영혼의 집 2

La Casa de los Espíritus

세계문학전집 79

영혼의 집 2

La Casa de los Espíritus

이사벨 아옌데

권미선 옮김

민음사

차례

8
백작

클라라와 블랑카가 서로 주고받은 편지들이 없었더라면 그 시기는 시간이 흐르면서 빛이 바래고 희미해진 기억들로 뒤죽박죽되었을 것이다. 그들이 주고받은 수많은 편지들 덕분에 베일에 싸일 뻔한, 도저히 있을 수도 없을 것 같은 엄청난 진실이 보존되었다. 클라라는 결혼식 이후 딸에게서 온 첫 편지를 읽는 순간 블랑카와 오래 헤어져 있지 않을 거라고 예감했다. 그래서 아무에게도 말하지 않고서 집 안에서 가장 크고 햇빛이 잘 드는 방을 준비해 두었다. 그러고는 그 방 안에다 세 자식들이 사용했던 청동 요람도 갖다 놓았다.

블랑카는 자기가 왜 그 결혼을 하겠다고 했는지 엄마에게 설명할 수가 없었다. 그건 블랑카 자신도 알지 못했다. 블랑카는 중년의 나이에 이르러 과거를 돌아보면서 자기가 결혼한 가장 큰 이유는 아버지에 대한 두려움 때문이었다고 결론 내렸다. 블랑카는 젖먹이였을 때부터 아버지가 화만 났다 하면 비이성적으로 노발대발한다는 것을 알고 있었다. 그래서 아버지 말이라면 무조건 복종하는 데 익숙해져 있었다. 그러다가 임신도 하고, 페드로 테르세로가 죽었다는 소식을 듣고는 마음을 정한 것이다. 하지만 장 드 사티니와의 결합을 받아들인 그 순간부터 잠자리는 절대 같이하지 않으리라 굳게 마음먹었다. 블랑카는 처음에는 임신 때문에 몸이 불편하다고 핑계를 대고, 나중에는 어떻게든 다른 이유를 찾아내 그와의 육체적 결합을 미룰 수 있는 핑곗거리란 핑곗거리는 모두 갖다 댈 작정이었다. 새끼양 가죽 구두를 신고 손톱에 매니큐어를 칠하고, 다른 남자의 아이를 임신한 여자를 기꺼이 아내로 받아들이겠다고 나선 백작과 같은 남편을 상대하는 게 에스테반 트루에바와 같은 아버지와 맞서는 것보다 훨씬 수월하리라 자신했다. 블랑카는 둘 다 마음이 내키지 않았지만, 그나마 덜 나빠 보이는 쪽으로 선택한 것이다.

블랑카는 아버지와 프랑스 백작 사이에 자기가 뭐라고 왈가왈부할 수 없는 모종의 합의가 있었다는 느낌이 들었다. 에스테반 트루에바는 손자에게 제대로 된 가문을 주는 대가로, 장 드 사티니에게 엄청난 결혼 지참금을 안겨주었고, 나중에 한몫 단단히 상속받게 해주겠다고 약속했다. 블랑카는 그 협상에 따를 용의는 있었지만, 남편 될 사람에게 자신의 사랑이나 마음까지 바칠 생각은 없었다. 블랑카는 아직도 페드로 테르세로를 사랑하고 있었다. 다시 만날 수 있을 거라는 희망에서라기보다는 습관적으로 여전히 그를 사랑하고 있었다.

블랑카와 새신랑은 수도에서 가장 좋은 호텔의 허니문 객실에서 신혼 첫날밤을 보냈다. 에스테반 트루에바는 지난 몇 달 동안 자기가 딸에게 저지른 온갖 몹쓸 짓을 용서받고자 그 방을 꽃으로 가득 도배하게 했다. 단둘만 남게 되자 장이 신부의 목에 키스하고 가장 좋은 새우만 골라 먹여주던 새신랑 역할을 집어치웠기 때문에 블랑카는 상당히 의아했다. 괜히 머리가 아프다고 핑계 댈 필요도 없었다. 장은 더 이상 무성 영화에서나 나올 법한 멋진 애인이 아니었다. 그들이 시골에서 산책 나가 풀 위에 앉아 식사하고, 사진 찍고, 프랑스어로 된 책을 읽던 그 시절에 그랬던 것처럼 오빠같이 행동했다.

장이 욕실에 한참 동안 들어가 있었기 때문에 다시 침실로 돌아왔을 때 블랑카는 거의 잠들어 있었다. 남편이 결혼 예복을 벗고 검정색 실크 파자마에 으리으리한 벨벳 가운을 걸치고, 멋지게 구불거리는 곱슬머리를 잘 건사하기 위해 머리에 망사를 뒤집어쓰고 짙은 영국 향수 냄새를 풍기며 돌아왔을 때 블랑카는 자기가 꿈을 꾸고 있는 줄 알았다. 그는 섹스를 하려는 마음이 조금도 없어 보였다. 장은 침대 옆에 앉아, 전에도 여러 번 본 적 있는 약간 장난기 어린 손길로 블랑카의 뺨을 어루만졌다. 그러고는 'rr' 발음이 되지 않는 어설픈 스페인어로 자기는 예술과 문학, 과학적 호기심만 사랑할 뿐, 결혼 생활에는 별로 끌리지 않으니 남편이랍시고 그녀를 귀찮게 하는 일은 없을 거라고 설명했다. 한데 뒤엉키지 않고서도 함께 완벽한 조화를 이루며 고상하게 살 수 있다고 말했다. 블랑카는 한결 마음이 놓여 장의 목에 양팔을 두르고는 양쪽 볼에 키스했다.

"고마워요, 장!" 블랑카가 탄성을 질렀다.

"천만에." 장이 정중하게 대답했다.

블랑카와 장은 제국 시대풍의 커다란 침대에 누워 결혼식 파티에 대해 얘기하고, 자신들의 미래도 설계했다.

"아이 아버지가 누군지 알고 싶지 않아요?" 블랑카가 물었다.

"내가 아버지야." 장이 블랑카의 이마에 키스하며 대답했다.

블랑카와 장은 각기 침대를 한쪽씩 차지하고 서로 등을 맞댄 채 잠을 청했다. 새벽 5시에 블랑카는 아버지가 신방을 장식하기 위해 꽂아놓은 꽃들의 달짝지근한 향기로 배 속이 뒤집어질 것 같아 잠에서 깨어났다. 장 드 사티니가 욕실까지 따라와, 그녀가 변기에 엎드려 있는 동안 부축해 주고 다시 침대로 데리고 온 다음 꽃들을 복도에 내놓았다. 그러고 나서 장은 다시 잠을 이루지 못해 사드 후작의 『밀실의 철학』을 읽으며 남은 밤을 보냈다. 반면에 블랑카는 지식인과 결혼해 다행이라 생각하며 자면서 간간이 한숨을 내쉬었다.

이튿날 장은 은행에 가서 장인이 준 수표 한 장을 현금으로 바꾼 다음, 시내 상점을 돌아다니며 하루 종일 자신의 새로운 경제적 지위에 상응하는 옷들을 사들였다. 그동안 호텔 로비에서 장을 기다리다 지친 블랑카는 엄마한테 가보기로 했다. 블랑카는 제일 좋은 모자를 골라 쓰고서 마차를 불러 모퉁이 큰 집으로 향했다. 그때 마침 가족 모두가 결혼식의 소란과 근래의 신경전의 여파로 여전히 짜증이 난 채로 지쳐서 아무 말

없이 식사하고 있었다. 블랑카가 식당 안으로 들어서자 아버지가 질겁하고 소리 질렀다.

"여긴 뭐 하러 왔어!" 에스테반이 호통을 쳤다.

"그냥…… 식구들 보러 왔어요." 블랑카가 겁에 질려 중얼거렸다.

"정신 나갔구나! 행여라도 누가 너를 본다면 신혼여행 가서 소박맞았다고 할 게 아니냐? 네가 처녀가 아니라서 그랬다고 떠들어댈 거 아니야!"

"하지만 나는 처녀가 아니에요, 아버지."

에스테반이 블랑카의 따귀를 갈기려 했지만 하이메가 두 사람 사이를 딱 버티고 가로막는 바람에, 블랑카의 어리석은 행동에 욕을 퍼붓는 걸로 끝내야 했다. 클라라는 조금도 동요하지 않고 블랑카를 의자에 데려가 앉히고, 케이퍼 소스를 얹은 차가운 생선 요리를 내주었다. 에스테반이 계속 고함지르고, 니콜라스가 블랑카를 남편에게 도로 데려다 줄 마차를 찾으러 나가 있는 동안, 클라라와 블랑카는 옛날처럼 두런두런 얘기를 나누었다.

그날 오후 블랑카와 장은 항구로 가는 기차에 올랐고, 다시 항구에서 영국 정기선에 올랐다. 장은 흰색 리넨 바지에 해군 스타일의 푸른색 재킷을 입고 있었으며, 그 옷은 맞춤복인 아내의 푸른 스커트와 흰 재킷과 아주 잘 어울렸다. 나흘 후에 그들은 북부에서도 제일 구석에 틀어박혀 있는 지역에 하선했다. 낮잠 자는 시간의 건조하면서도 숨이 막힐 듯한 폭염 속에서 그들의 우아한 여행복과 악어가죽 가방은 아무런 시선도 끌지 못했다. 장 드 사티니는 임시로 아내를 호텔에 투숙시켜 놓고, 자신의 새로운 수입에 어울릴 만한 거처를 찾느라 여념이 없었다. 스물네 시간 내에 그 조그만 지방 사회에는 진짜 백작이 도착했다는 소문이 쫙 돌았다. 그 덕분에 장은 쉽게 볼일을 볼 수 있었다. 장은 합성 대체물이 발명되어 그 지역 전체가 퇴색하기 전에 초석 산업으로 큰돈을 벌었던 사람이 소유했던 고풍스러운 저택을 빌릴 수 있었다. 그곳에 있는 다른 것들과 마찬가지로, 그 집 역시 낡고 버려진 상태라 손볼 곳은 많았지만 이전의 위엄과 19세기 말의 매력을 고스란히 간직하고 있었다.

백작은 자신의 취향에 따라 집을 장식했다. 어딘지 퇴폐적이면서도 세련된 느낌이 시골 생활과 아버지의 고전적이면서도 간결한 취향에 익숙해져 있던 블랑카를 깜짝 놀라게 했다. 장은 꽃 대신에 염색한 타조 깃털이 담긴 이상한 모양의 중국산 도자기 꽃병과 주름이 잡히고 장식술이 달린 다마스크 커튼, 가장자리에 장식술과 방울술이 달린 쿠션, 갖가지 스타일의 가구, 황금색 방 칸막이와 병풍, 희한하게 생긴 램프를 여러 개 들여놨다. 터번을 두르고 샌들을 신고, 거의 벌거벗다시피 한 에티오피아 흑인들을 실제 크기로 조각한 도자기 조각상들이 그 램프들을 받쳐 들고 있었다. 집 안에는 늘 커튼이 쳐져 있어서 옅은 어두움에 잠겨 있었다. 그 덕분에 사막을 내리쬐는 강한 햇볕은 막을 수 있었다. 집 안 구석 곳곳에는 장이 동양의 향로들을 놓아두고서 특별한 향이 나는 약초와 막대기 향을 태워 처음에는 블랑카의 속을 뒤집어 놓았지만, 블랑카도 점차 그 냄새에 익숙해졌다. 그러고는 그들의 시중을 들어줄 인디오도 몇 명 고용했다. 이외에도 어마어마하게 뚱뚱한 여자 요리사를 고용해 자기가 좋아하는 향긋한 소스 만드는 법을 가르쳤고, 블랑카의 시중을 들 절름발이 까막눈 하녀도 한 명 고용했다. 장은 하인들 모두에게 오페레타의 의상처럼 화려한 제복을 입혔지만, 신발은 끝내 신기지 못했다. 그들은 맨발로 다니는 데 익숙해져 있어서 신발에는 절대 적응하지 못했다.

블랑카는 집에서도 마음이 불편했다. 성의 없이 시중들고 뒤에서는 자기를 비웃는 것 같은 무표정한 인디오들을 믿을 수가 없었다. 인디오 하인들은 거의 항상 할 일이 없어 빈둥거리고 지겨워하며 이 방 저 방을 소리 없이 미끄러지듯 돌아다니면서 혼령처럼 블랑카의 주변을 맴돌았다. 그들은 블랑카가 말을 걸어도 마치 스페인어를 모르는 것처럼 대꾸도 하지 않았다. 그리고 자기네끼리 쑥덕거리거나 산악 지방 사투리로 얘기했다. 블랑카가 남편에게 하인들의 이상한 행동거지를 얘기할 때마다 그는 인디오의 습관이니 별로 마음 쓸 필요가 없다고만 말했다. 하루는 한 인디오가 못이 박힌 널찍한 발에 굽이 휘어지고 벨벳 끈으로 묶는, 고릿적에나 신었을 법한 희한하게 생긴 신발을 신고 꽉 끼어 뒤뚱거리며 걷는 모습을 본 블랑카가 엄마에게 편지를 써 보내자 엄마 역시 똑같은 말을 했다. "사막의 열기와 임신, 그리고 남편의 혈통에 맞춰 백작 부인답게 살고자 하는 소리 없는 열망 때문에 네가 헛것을 본 거다."라고 클라라가 농담으로 쓰고 나서, 루이 15세나 신었을 그런 구두를 보았으니, 거기에 대한 최상의 치료법은 차가운 물로 샤워하고 나서 만사니야 차를 한 잔 마시는 거라고 덧붙였다.

또 한번은 블랑카가 막 입에 집어넣으려던 순간, 요리 접시에 작은 도마뱀 한 마리가 죽어 있는 것을 발견한 적도 있었다. 블랑카는 충격에서 벗어나 간신히 말을 할 수 있게 되자, 소리를 질러서 요리사를 불러 떨리는 손가락으로 접시를 가리켰다. 요리사는 어마어마한 살덩어리와 검은 댕기 머리를 흔들며 다가와 아무 말 없이 접시를 들고 나갔다. 그러나 요리사가 뒤로 돌아선 순간, 블랑카는 남편과 요리사가 뭔가 일을 꾸미는 듯 서로 윙크를 주고받는 것을 본 것 같았다. 그날 밤 블랑카는 자기가 목격한 장면을 곰곰이 생각하며 아주 늦게까지 깨어 있었다. 그러다가 결국 새벽녘에 이르러서는 자신의 상상에서 비롯된 거라고 결론 내렸다. 엄마의 말이 옳았다. 날씨가 더운 데다가 임신한 상태라 정신이 점점 이상해지고 있었나.

집 안에서 가장 구석에 있는 방들은 장의 광적인 사진 취미에 할당되었다. 장은 그곳에 조명대와 삼각대를 비롯한 여러 가지 다양한 기구들을 설치했다. 그러고는 자연광이 들어가면 감광판을 버릴 수도 있으니 자기가 '실험실'이라 부르는 그곳에는 절대 자기 허락 없이 들어가서는 안 된다고 블랑카에게 신신당부했다. 장은 그곳 문을 열쇠로 잠근 다음 그 열쇠를 금시계 줄에 매달아 항상 몸에 지니고 다녔다. 그렇지만 사실상 아내가 주변 환경에 아무런 관심이 없었고, 사진 예술에는 더

더욱 관심이 없었기 때문에 그것은 쓸데없는 기우였다.

　블랑카는 몸이 점점 불어날수록 아내를 사교계로 끌어들이려는 남편의 노력을 모두 저버리고, 동양풍으로 꾸민 집 안에만 틀어박혀 조용히 지내려고 했다. 남편은 아내를 파티에 데려가고, 마차에 태워 돌아다니고, 새 집을 단장해서 아내를 즐겁게 해주려 했지만 아무 소용이 없었다. 블랑카는 몸이 무거워지면서 행동도 둔해지고 생활도 적적한 데다 만성 피로에 시달려 뜨개질을 하거나 수나 놓으며 지내려 했다. 그녀는 거의 하루 종일 잠만 잤다. 그리고 눈을 뜨고 있을 때는 딸을 낳을 거라고 확신하고 있었기 때문에 분홍색으로 자그마한 아기 옷들을 만들었다. 엄마가 자기를 가졌을 때 그랬던 것처럼, 그녀 역시 배 속에서 자라고 있는 태아와 의사소통 하는 방법을 개발해 내서 아이와 끊임없는 대화를 조용히 나누었다. 블랑카는 엄마에게 보내는 편지에 적적하고 쓸쓸한 자신의 삶에 대해 썼다. 그리고 남편에 대해서는 거의 맹목적일 정도로 좋게 썼다. 훌륭하고 신중하고 사려 깊은 사람으로 남편을 묘사했다. 그래서 그렇게 하려고 의도한 것은 아니었지만 장 드 사티니를 거의 예의 바른 왕자처럼 만들어놓았다. 그렇지만 부모가 이해하지 못할 거라고 확신했기 때문에 남편이 오후마다 코카인을 흡입하고 아편을 피운다는 얘기는 절대 언급하지 않았다.

　블랑카는 저택 한쪽을 거의 독차지하다시피 했다. 그녀는 그곳에 자신만의 공간을 만들어놓고, 딸이 세상에 나올 때를 대비해 하나씩 물건들을 장만하여 차곡차곡 쌓아두었다. 장은 아이들이 오십 명이 있어도 그 옷들을 다 입어보거나 그 장난감들을 다 갖고 놀 수 없을 거라고 말했지만, 블랑카는 그곳 번화가의 몇 안 되는 상점들을 돌아다니며 분홍색 아기 용품이 눈에 띌 때마다 사들이는 게 유일한 낙이었다. 블랑카는 아기 담요에 수를 놓고, 털 신발을 뜨고, 작은 바구니들을 장식하고, 조그만 블라우스와 턱받이, 기저귀 더미를 정리하고, 수놓은 시트를 다시 들여다보며 하루를 보냈다. 낮잠 시간 뒤에는 엄마에게 편지를 썼으며, 가끔은 하이메에게도 편지를 썼다. 그러고 나서 해가 저물어 공기가 서늘해지면 다리 운동을 하기 위해 그 주변을 돌아다녔다.

저녁에는 집 식당에서 남편과 함께 자리를 했다. 그 엄청나게 큰 식당의 사방 구석에는 흑인 도자기 상들이 자리 잡고 서서 홍등가처럼 야릇한 불빛을 내뿜었다. 블랑카와 장은 식탁 양쪽 끝에 각각 자리 잡고 앉았다. 식탁에는 긴 테이블보가 깔려 있고, 크리스털 잔과 도자기 식기 세트가 놓여 있었다. 그리고 그 지역에서는 기후가 혹독해서 자연 산 꽃이 자라지 않았기 때문에 조화가 놓여 있었다. 늘 무표정하고 말이 없는 인디오가 항상 그들의 식사 시중을 들었다. 그는 자신들의 주식인 코카 잎사귀로 만든 시퍼런 덩어리를 늘 입에 물고 있었다. 그는 평범한 하인이 아니었다. 그래서 집 안의 다른 하인들처럼 특별히 자기 일이 정해져 있지도 않았다. 그렇다고 식사 시중을 드는 것이 전문도 아니었다. 그는 샐러드 볼이나 식기도 제대로 들지 못해 결국에는 번번이 음식을 엎어버리고 말았다. 한번은 블랑카가 손으로 감자를 집어 접시 위에 올려놓지 말라고 그에게 따끔하게 주의를 줘야 했다. 그렇지만 장 드 사티니는 무엇인지 알 수 없는 이유로 그를 상당히 두둔했으며, 실험실 조수로 쓰기 위해 열심히 훈련시켰다.

"제대로 말도 못하는데 무슨 사진을 찍겠어요?" 블랑카가 장의 계획을 알고서 한마디 거들었다.

블랑카가 목격한, 루이 15세의 뾰족 구두를 신고 있었던 인디오가 바로 그 하인이었다.

장의 아내로서 지낸 처음 몇 달간은 평온하고 지루한 나날들이었다. 가뜩이나 혼자 있기를 좋아하고 고독을 즐기는 블랑카의 취향이 이때 더욱 두드러졌다. 블랑카가 절대 사교계에 나가려 하지 않았기 때문에 결국에는 장 드 사티니 혼자 파티에 나가야 했다. 그러고 나서 집에 돌아와 장은 블랑카 앞에서 구식에다가 고지식하고 촌스러운 그곳 사람들을 비웃었다. 시집을 가지 않은 처녀들은 아직도 보호자와 함께 다녀야 하고 신사들은 여전히 백포 부적을 두르고 다닌다며 비웃었다. 블랑카는 자기 적성에 맞게 한가로운 생활을 보냈다. 그리고 장은 돈으로만 살 수 있지만 오랫동안 돈이 없이 누리지 못했던 작은 쾌락들을 만끽하며 보냈다. 장은 밤마다 카지노에 갔다. 월말이 되면 채권자들이 변함없이 대문 앞에 길게 늘어섰기 때문에 블랑카는 그가 막대한 액수의 돈을 잃고 다니는 게 분명하다고 생각했다.

장은 경제 관념이 상당히 특이했다. 그는 아랍 왕자한테나 어울릴 법한 표범 가죽 시트에 황금빛 장신구가 달린 최신식 자동차를 구입했다. 그 지역에 있는 자동차들 중에서 가장 크고 화려한 차였다. 장은 또한 수수께끼 같은 연락망을 구축해 골동품들을 사들였으며, 그중에서도 특히 그가 사족을 못 쓰는 바로크풍의 프랑스 도자기들을 집중적으로 모았다. 그리고 고급 양주들을 상자째 아무런 문제도 없이 세관을 통과시켜 국내로 들여왔다. 그의 밀수품들은 부엌 뒷문을 통해 들어왔다가 대문을 통해 거의 그대로 다른 곳으로 실려 나갔다. 그곳에서 장은 성대한 비밀 파티를 열어 모두 마셔버리거나 엄청난 가격으로 팔아 넘겼다. 그들은 사람들을 집에 초대하지 않았으며, 몇 주 지나지 않아 그 지역 부인들도 더 이상 블랑카를 초대하지 않았다. 블랑카가 거만하고 오만하며 병약하다는 소문이 돌자 사람들은 가뜩이나 참을성이 많고 불쌍한 남편이라는 평판을 얻은 백작에게 더 잘해 주었다.

블랑카는 남편과 사이좋게 지냈다. 그러다가 블랑카가 재정 상태에 대해 알아보려고 할 때만 유일하게 말다툼이 일어났다. 블랑카는 장이 잡화점의 중국인에게 밀린 외상값도 제대로 갚지 못하고, 그 많은 하인들에게 월급도 주지 못하면서 어떻게 도자기들을 사들이고 고급차를 굴릴 수 있는지 이해할 수가 없었다. 장은 그건 남자의 일이니 이해하지 못할 문제로 괜히 좋지도 않은 머리 썩일 이유가 없다며 아예 그 일에 대해서는 말도 꺼내지 못하게 했다. 블랑카는 장 드 사티니가 자기 아버지와 타협해서 무제한으로 돈을 받고 있을 거라고 생각했다. 장과는 어떤 합일점에도 이르는 게 불가능해 보이자 블랑카도 결국 모른 척하게 되었다. 블랑카는 모래사막 한가운데에 파묻힌 그 집에서 다른 기후에 적응하지 못한 꽃

18

처럼 무기력하게 보냈다. 그녀는 다른 차원에서나 존재하는 듯
한 낯선 인디오들에게 둘러싸여, 가끔 자질구레한 여러 문제
들에 부딪힐 때마다 자기가 제정신인지 의문스러워하며 살았
다. 블랑카에게는 현실의 윤곽이 또렷하게 보이지 않았다. 마
치 강한 햇살에 색깔이 모두 바랜 듯, 그 강한 햇살에 자기를
둘러싸고 있는 사물들의 형체도 녹아내리고, 사람들도 모두
소리 없는 그림자로 변한 것 같았다.

　몇 달 동안 푹푹 찌는 더위 속에서 블랑카는 배 속에 자라
고 있는 아이의 보호를 받으며 자신의 어마어마한 불행을 잊
고 살았다. 블랑카는 예전처럼 절박하게 페드로 테르세로 가
르시아를 생각하지 않았다. 언제든 달콤하게 빛바랜 추억들을
불러내 그 안에서 자신의 안식처를 찾을 뿐이었다. 그녀의 욕
정은 잠들어 있었다. 자신의 불행한 운명에 대해 어쩌다 한번
씩 생각할 때도, 블랑카는 유일한 동반자로 딸 하나만을 데리
고 잔인한 현실에서 멀리 떨어져, 절망도 기쁨도 없이 성운 사
이를 훨훨 떠돌아다니는 상상을 하며 스스로를 위안했다. 블
랑카는 자기가 사랑하는 능력을 영원히 상실했으며, 타오르
던 육체적 갈망도 완전히 가라앉았다고 믿게 되었다.

　블랑카는 창밖으로 펼쳐진 황량한 풍경을 몇 시간이고 끝
도 없이 바라보았다. 그녀의 집은 그 도시에서도 제일 가장자
리에 위치하고 있었는데, 사막의 맹공격을 용케 견뎌낸 쓰러
질 듯한 나무 몇 그루에 둘러싸여 있었다. 북쪽으로는 바람
이 거세게 불어 식물이 제대로 자라지 못했으며, 모래 언덕으
로 이루어진 광활한 벌판과 언덕들이 무더운 땡볕을 받아 멀

리에서 아른거리며 보였다. 블랑카는 낮에는 무겁게 짓누르는 태양에 압도당해 질식할 것만 같았고, 밤에는 얼어 죽지 않기 위해 뜨거운 물병과 양모 숄을 챙긴 뒤 이불을 뒤집어쓴 채 추워서 벌벌 떨어야 했다. 블랑카는 구름 한 점 없는 맑고 깨끗한 하늘을 바라보며, 달나라 같은 이곳의 황량함을 조금이라도 누그러뜨릴 수 있는 비라도 몇 방울 떨어졌으면 하는 바람으로 비구름을 찾았다.

엄마가 보내주는 편지 외에는 별다른 낙도 없이 지루한 몇 달이 그냥 지나갔다. 엄마는 편지에다가 아버지의 정치 활동과 니콜라스의 미친 짓거리, 신부처럼 살면서도 늘 상사병에 걸린 사람처럼 퀭한 눈으로 다니는 하이메의 이상한 행동에 대해 이야기했다. 한 편지에서 클라라는 블랑카에게 다시 성탄 인형을 만들어 손을 바쁘게 놀려보라고 제안했다. 블랑카는 엄마의 말대로 했다. 그녀는 트레스 마리아스에서 사용했던 특수 점토를 주문하고 부엌 뒤편에 작업실을 만들었다. 그리고 인디오 두 명에게 도자기 모형을 구울 수 있도록 가마도 만들게 했다. 그러나 장 드 사티니는 블랑카의 예술적 열망을 비웃으며, 손을 바쁘게 놀리고 싶으면 아기 양말을 짜거나 파이 만드는 법을 배우는 게 나을 거라고 얘기했다. 결국 블랑카도 그 일을 집어치웠다. 남편이 빈정대었기 때문이라기보다는, 고대부터 내려온 인디오들의 도기 제조법과 겨룬다는 것이 어째 불가능해 보였기 때문이었다.

장은 이전에 친칠라 사업에 바쳤던 것과 똑같은 열정으로 집요하게 사업을 준비했다. 그렇지만 이번이 조금 더 성공적이었다. 그 지역 전역에 걸쳐 잉카 유적을 발굴하는 데 삼십 년을 보낸 한 독일인 신부만이 그 유물들이 상업적 가치가 있다고 생각했기 때문에 잉카 문화 유산에 대해 신경을 쓰는 사람이 아무도 없었다. 정부는 인디오 골동품의 매매를 금하고 그 신부에게 전적인 발굴권을 줘서 신부가 유물들을 발굴해 박물관에 보내도록 했다. 장은 박물관의 먼지가 덮인 전시관 안에서 처음으로 그 유물들을 보았다. 장은 그 독일인 신부와 이틀을 함께 보냈다. 독일인 신부는 자기가 하는 일에 관심을 보이는 사람이 정말 오랜만에 나타났기 때문에 아무런 의심도 하지 않고 신이 나서 자신의 폭넓은 지식을 전해 주었다. 그렇게 장은 유물들이 파묻혀 있었던 시간을 정확히 측정하는 방법과 다양한 양식과 시대를 구분하는 방법, 문명인에게는 보이지 않는 표식으로 사막에서 무덤의 위치를 찾아내는 방법 등을 배웠다. 마침내 장은 그 유물이 고대 이집트 무덤의 황금빛 호화로움에는 미치지 못하지만 그래도 역사적 가치는 그에 못지않다고 결론 내렸다. 장은 일단 자신이 필요한 정보를 모두 얻자, 신부의 고고학적 열정에서 살아남은 것은 뭐가 됐든지 파내기 위해 인디오들로 이루어진 탐사 팀을 몇 개 조직했다.

세월이 흘러 고색창연하게 푸른빛을 띤 멋진 토기들이 인디오의 보따리와 라마의 안장 속에 숨겨져 집에 도착하기 시작했다. 그러면서 토기들을 보관하기 위해 따로 마련한 방들이 금세 가득 찼다. 블랑카는 토기들이 방마다 가득 쌓여가는 것을 보며, 그 신기한 생김생김이 그저 놀랍기만 했다. 블랑카는 최면에 걸린 듯 토기들을 손에 들고 만져보았으며, 알지도 못하는 먼 곳으로 보내기 위해 짚과 종이로 쌀 때는 마음이 울적해지기까지 했다. 블랑카에게는 토기들이 너무 아름다워 보였다. 자기가 만드는 성탄 인형들은 그 토기들과 한 지붕 아래에 있을 자격도 없어 보였다. 다른 무엇보다 바로 그 이유 때문에 작업장 만드는 일을 포기했던 것이다.

인디오 유물은 그 나라의 역사적 유산이기 때문에 이 발굴 사업은 완전히 비밀에 부쳐졌다. 국경의 구불구불한 고갯길을 들키지 않고 몰래 넘어온 여러 팀의 인디오들이 장 드 사티니 밑에서 일했다. 그들은 인간임을 증명하는 어떤 서류도 갖고 있지 않았고, 과묵하고 고집이 세었으며 속을 알 수가 없었다. 그들이 집 마당에 갑자기 모습을 드러내 블랑카가 어디에서 온 거냐고 물으면 그때마다 식당에서 시중을 드는 하인의 사촌이라고 말했다. 그리고 모두 비슷비슷해 보였기 때문에 그 말이 사실 같아 보였다. 그들은 그 집에서 오래 머물지 않았다. 대부분의 시간은 그들을 살아서 버티게 하는 코카 잎사귀 뭉치를 입에 문 채, 다른 장비 하나 없이 모래 파는 삽 하나만 들고 사막에서 보냈다. 이따금 운이 좋아 반쯤 묻힌 잉카 마을의 유적지를 발견하면 그 즉시 유적지에서 훔쳐온 물건들로 집 안 창고들이 가득 찼다.

이들 유물의 발굴과 운송, 판매 모두가 아주 극비리에 조심스럽게 진행되었기 때문에 블랑카는 남편이 하는 일이 불법적인 일과 깊숙이 관여되어 있으리라 확신했다. 장은 사막에서 나온 지저분한 항아리와 돌 조각으로 만든 앙상한 목걸이에 정부가 굉장히 민감하게 반응하는데, 공무원들이 요구하는 끝도 없는 서류 절차를 피하기 위해 자기 방식으로 알아서 사업하는 것뿐이라고 블랑카에게 설명했다. 장은 그 일과 관련된 세관원 몇 명의 협력을 받아 사과 상표를 붙여서 봉인한 상자에 유물들을 담아 국외로 빼돌렸다.

블랑카는 남편이 하는 일에 관심도 없었다. 단지 미라만 걱정이 될 뿐이었다. 블랑카는 엄마가 삼각 테이블로 죽은 자들을 불러내 혼령들과 긴밀히 접촉하면서 많은 시간을 보냈기 때문에 혼령들에게는 꽤 익숙해져 있었다. 블랑카는 친정집에서 혼령들의 투명한 그림자가 복도를 미끄러져 돌아다니고, 옷장 속에서 소리를 내고, 사람들의 꿈속에 나타나 재난이나 복권 당첨을 예언하는 걸 많이 봐와서 혼령이라면 낯설지 않았다. 그렇지만 미라는 달랐다. 부패하여 먼지가 풀풀 나는 실밥 뭉치로 변한 넝마에 싸인 미라들의 말라비틀어진 누런 머리와 쪼글쪼글한 손, 꿰맨 눈꺼풀, 목덜미에 드문드문 남은 머리카락, 입술이 없어 영원하면서도 섬뜩한 느낌을 주는 미소, 썩는 악취를 비롯한 고대 송장들의 서글프고도 불쌍한 분위기를 볼 때마다 블랑카는 혼이 달아날 것만 같았다.

미라가 나오는 일은 아주 드물었다. 인디오들이 어쩌다 한 번씩 가져올 뿐이었다. 굼뜨고 무표정한 인디오들이 구운 진흙으로 밀봉한 엄청나게 큰 상자를 메고 문간에 나타났다. 그러면 장이 바람만 한번 불어도 모두 재로 변할까 봐 겁을 내며, 문과 창문을 모두 걸어 잠그고서 방 안에서 조심스럽게 뚜껑을 벗겼다. 용기 안에는 누더기에 싸여 태아처럼 쪼그린 자세로 외국 과일의 씨앗같이 말라비틀어진 미라가 나타났다. 그리고 그 미라에는 헝겊 인형이나 이빨로 만든 목걸이 같은 보잘것없는 보물들도 함께 나왔다. 미라는 개인 소장가들이나 몇몇 외국 박물관에서 후한 값을 쳐주기 때문에 무덤에서 발굴된 다른 어느 것보다 훨씬 더 귀한 대접을 받았다. 블랑카는 어떤 사람들이 죽은 자들을 수집하고, 어디에다가 미라를 진열해 놓는지 궁금했다. 블랑카로서는 미라를 거실의 장식품으로 상상할 수도 없었다. 하지만 유럽의 백만장자들에게는 유리 단지에 넣어 진열된 미라가 다른 어느 예술 작품보다 훨씬 더 귀하다고 장이 블랑카에게 설명했다. 미라들은 운송이나 세관을 통과하는 것은 물론, 시장에 내놓고 거래하기도 쉽지 않았다. 그렇기 때문에 미라들은 해외로 가는 멀고 먼 여행길에 오르기 위해 자기 차례를 기다리면서 몇 주일이고 그 집 창고에서 머물러 있어야 했다.

블랑카는 미라들이 나타나는 꿈을 꾸었으며, 헛것까지 보게 되었다. 블랑카는 약삭빠르게 도망 다니는 숲 속의 늙은 요정들처럼 자그마한 미라들이 발꿈치를 들고 까치발로 복도를 돌아다니는 모습을 자기 눈으로 직접 본 것 같기도 했다. 그녀는 침실 문을 걸어 잠그고 이불을 뒤집어쓴 채 몇 시간이고 벌벌 떨었다. 기도를 하기도 하고, 울면서 염력으로 엄마를 찾기도 했다. 블랑카는 편지로 클라라에게 미라 이야기를 했다. 그러면 클라라는 살아 있는 사람이 무섭지, 죽은 사람은 전혀 무서워할 필요가 없다는 답장을 보내왔다. 미라들에 대한 평이 별로 좋지는 않지만 그들이 사람한테 덤벼들었다는 얘기는 들은 적이 없다고 했다. 오히려 그 반대로 미라들은 소심한 편이라고 했다. 블랑카는 엄마의 충고에 용기를 얻어 미라들을 몰래 염탐하기로 결심했다.

블랑카는 반쯤 열린 방문을 통해 밖을 지켜보면서 조용히 미라들을 기다렸다. 곧 블랑카는 미라들이 집 안을 돌아다닌다는 확신을 갖게 되었다. 미라들은 작은 발을 질질 끌고 양탄자를 가로질러, 학교 다니는 아이들처럼 소곤거리며 밤마다 두세 명씩 짝을 지어 자기네들끼리 밀치며 항상 장 드 사티니의 암실 쪽으로 간다는 확신을 얻게 되었다. 가끔 이 세상 소리가 아닌, 으스스한 신음 소리가 들리는 것 같기도 했다. 그러면 감당할 수도 없을 정도로 무서워서 벌벌 떨며 남편을 불러보았지만 아무도 오지 않았다. 그렇다고 남편을 찾아 집 반대편까지 갈 수도 없었다. 첫 햇살이 비치고 나서야 블랑카는 정신을 차리고 마음을 진정시킬 수 있었다. 블랑카는 자기가 밤에 불안해하고 무서워하는 게 다 엄마로부터 물려받은 엄청난 상상력 때문이라고 생각했다. 그러면 어두운 밤이 깔리면서 그 끔찍한 공포가 다시 재현될 때까지는 어느 정도 위안이 되었다.

밤이 다가올수록 블랑카는 너무 긴장되고 마음을 졸였기 때문에 더는 참을 수가 없어서 하루는 남편에게 미라에 대해 말하기로 작정했다. 함께 저녁 식사를 하고 있을 때였다. 블랑카가 남편에게 미라들이 밤에 속닥거리며 돌아다니고, 묵직하게 소리 지른다고 얘기하자 장 드 사티니는 손에 포크를 들고 입을 벌린 채 돌처럼 굳어졌다. 쟁반을 들고 식당 안으로 들어

오던 인디오는 발을 헛디뎌 구운 닭고기가 의자 밑으로 굴러 떨어졌다. 장은 자신의 모든 매력과 신념, 논리를 동원해서 블링카가 신경이 쇠약해서 그런 것이며, 실제로 그런 일은 절대 일어나지 않았고, 모두 블랑카의 망상에서 비롯된 거라고 아내를 설득시키려 무진장 애를 썼다. 일단 블랑카는 남편의 설명을 수긍하는 척했지만 어딘지 남편이 미심쩍어 보였다. 평소에는 자기 문제에 별로 관심도 보이지 않던 남편이 괜히 열을 내며 얘기하는 게 오히려 수상쩍었던 것이다. 그리고 하인의 얼굴도 마찬가지였다. 평소 무표정하던 얼굴이 순식간에 변하며 눈이 휘둥그레졌던 것이다. 그래서 블랑카는 돌아다니는 미라들에 대해 본격적으로 조사에 착수할 때가 되었다고 마음속으로 결심했다. 그날 밤 블랑카는 남편에게 확실하게 잠들기 위해서 안정제를 먹어야겠다고 말하고는 일찍 자리를 떴다. 그러나 그녀는 안정제 대신 블랙커피를 큰 컵으로 한 잔 마시고, 몇 시간이고 기다릴 각오로 문 뒤에 자리 잡았다.

사정이 가까워졌을 무렵 블랑카는 첫 발소리를 들었다. 블랑카가 아주 조심스럽게 문을 열고 밖을 내다보니, 자그마하고 납작한 물체가 막 복도를 따라 내려가고 있었다. 블랑카는 이번만큼은 꿈을 꾸고 있는 게 아니라고 확신했지만 배가 무거워서 복도까지 다다르는 데 거의 일 분이 걸렸다. 차가운 밤이었고, 사막에서 바람이 불어와 낡은 목재 천장이 삐걱거렸으며, 커튼은 깊은 바다에 떠 있는 검은 돛대처럼 잔뜩 부풀어 올랐다. 부엌에서 유모가 해주는 도깨비 얘기를 들으며 자란 어린 시절부터 블랑카는 어두움을 두려워했지만, 여기저기

돌아다니는 작은 미라들을 놀라게 할까 봐 감히 불도 밝히지 못했다.

갑자기 묵직하고 나지막한 소리가 밤의 깊은 정적을 깼다. 마치 관 속에서 흘러나오는 것 같은 소리였는데, 적어도 블랑카는 그렇다고 생각했다. 블랑카는 저승 귀신이 나타난 줄 알고 끔찍한 환상에 시달렸다. 블랑카는 혼비백산해서 꼼짝도 할 수가 없었지만, 두 번째 신음 소리가 들리면서 다시 제정신으로 돌아와 장 드 사티니의 암실 문을 향해 계속 걸어갔다. 블랑카가 암실 문을 열려고 했지만, 문이 열쇠로 잠겨 있었다. 그녀가 얼굴을 문에 바짝 갖다 대었다. 그러자 중얼거리는 소리, 묵직한 신음 소리, 웃음소리가 확실히 들려왔다. 이제는 미라들과 관련되어 어떤 괴상한 일이 벌어지고 있다는 것을 확신할 수 있었다. 블랑카는 자기가 신경 쇠약에 걸린 게 아니고, 남편의 비밀 소굴 안에서 뭔가 흉악스러운 일이 벌어지고 있다고 확신하며 일단 안심이 되어 자기 방으로 돌아왔다.

다음 날 블랑카는 장 드 사티니가 욕실에서 꼼꼼하게 단장하고, 평소처럼 느릿느릿 아침 식사를 마치고 신문의 마지막 면까지 모두 읽은 다음, 마침내 여느 때처럼 아침 산책을 나갈 때까지 기다렸다. 그러면서도 임신한 여인의 평온한 표정 밖으로는 그녀가 내린 무모한 결정을 전혀 드러내지 않았다. 장이 나가자 블랑카는 굽이 높은 뾰족구두를 신은 인디오를 불러 처음으로 그에게 명령을 내렸다.

"시내에 가서 파파야 캔디를 사가지고 오너라." 블랑카가 퉁명스럽게 말했다.

그 인디오 하인이 그들 종족 특유의 느린 걸음걸이로 출발하고 나서, 블랑카는 궁중 취향을 가진 그 이상한 별종보다는 훨씬 덜 무서운 다른 하인들과 함께 집에 남았다. 블랑카는 그가 돌아오기 전까지는 두 시간 정도 시간 여유가 있다고 생각하고는, 서두르지 않고 침착하게 행동하기로 마음먹었다. 블랑카는 미심쩍은 미라들의 비밀을 벗겨내기로 작정했다. 낮에는 미라들이 허튼 짓을 하지 않을 거라고 확신하며 암실 쪽으로 향하면서 문이 열려 있기를 간절히 빌었다. 그러나 문은 평소처럼 잠겨 있었다. 블랑카가 가지고 있던 열쇠들로 모두 열어보았지만 헛수고였다. 그래서 그녀는 부엌에서 가장 큰 식칼을 가지고 와서 그것을 문틈에 밀어 넣고, 마른나무 받침대가 부서져 조각날 때까지 있는 대로 힘을 주었다. 마침내 받침대를 떼어내 문을 열 수가 있었다. 하지만 문짝에 난 자국을 감출 수는 없었다. 결국 남편이 그걸 보면 뭔가 합리적인 설명을 해야 할 거라고 생각했다. 그렇지만 자신은 안주인으로서 자기 집 지붕 아래서 무슨 일이 벌어지고 있는지 알아야 할 권리가 있다는 논리로 스스로 위안했다. 엄마의 삼각 테이블이 춤추는 것을 보고, 별의별 희한한 예언을 하는 엄마의 얘기를 들으며 이십 년 이상 살아오면서도 현실적인 성격으로 꿈쩍도 하지 않았던 블랑카이지만, 암실의 문턱을 넘어설 때는 벌벌 떨었다.

블랑카가 더듬거리며 스위치를 찾아 불을 켰다. 그녀는 사방의 벽이 검게 칠해져 있고, 창문으로 흐릿한 빛 한 줄기 새어 들어오지 못하도록 두꺼운 검은 커튼이 쳐져 있는 널따란 방 안에 와 있었다. 바닥에도 어두운 색깔의 두툼한 융단이 깔려 있었다. 전등과 램프, 스크린 등이 사방에 널려 있었다. 블랑카는 페드로 가르시아 노인의 장례식 때 장이 그 물건들을 사용하는 것을 처음으로 보았다. 그때 장이 고인과 산 사람들의 사진을 찍는 데 너무 열을 올리는 바람에 사람들이 불안에 떨다가 결국 장의 감광판을 땅바닥에 내동댕이친 적이 있었다. 블랑카는 당황하여 주위를 둘러보았다. 그녀는 환상적인 무대 한가운데에 와 있었다. 그녀는 갖가지 시대의 깃털 달린 의상과 곱슬곱슬한 가발과 화려한 모자가 담긴 채 열려 있는 궤짝들을 비켜서 계속 앞으로 나아갔다. 블랑카는 천장에 매달린 황금빛 공중 그네 앞에 와서 멈춰 섰다. 그네 위에는 사람만 한 크기로 관절이 탈구된 인형이 걸려 있었다. 블랑카는 한쪽 구석에서 박제된 라마를 보았다. 테이블 위에는 호박색 액체가 가득 담긴 병들이 놓여 있었고, 바닥에는 이국적인 동물들의 가죽이 널려 있었다. 그러나 블랑카를 가장 놀라게 한 것은 사진들이었다. 그녀는 사진들을 본 순간 놀라서 그 자리에 얼어붙었다. 장 드 사티니의 스튜디오의 사방 벽에는 남편의 숨겨진 성정(性情)을 그대로 드러내는 끔찍하고도 에로틱한 장면들이 가득 붙어 있었다.

블랑카의 반응은 느렸다. 그녀는 그쪽 방면으로는 전혀 경험이 없었기 때문에 시간이 좀 지나고 나서야 자기가 뭘 보고 있는지 비로소 깨달았다. 블랑카에게 성적 쾌락은 시골의 침묵 속에서 숲과 밀밭과 강과 무한한 하늘에 둘러싸여 서두르지 않고 기분 좋게 페드로 테르세로와 함께한 길고 긴 여정의 마지막 단계에 이르러 얻는 소중한 경험이었다. 블랑카는 보통의 청소년들이 겪는 불안을 한번도 느껴본 적이 없었다. 학교 친구들이 열정적인 애인들과 어서 처녀이기를 포기하고 싶어 안절부절못하는 여자들의 이야기가 실린 금지된 연애 소설을 몰래 숨어서 읽는 동안, 블랑카는 수녀원 안뜰에 있는 자두나무 그늘 아래 앉아 두 눈을 감고서 페드로 테르세로가 자기를 품에 안아 애무하고, 키스하고, 그가 기타를 연주하며 내는 소리와 똑같이 심오한 화음으로 자기의 몸에서 그 아름다운 소리를 끌어내는 장면을 그대로 연상했다. 그녀의 본능은 깨어나자마자 그 즉시 만족되었으며, 열정이 다른 모습을 취할 수 있으리라고는 단 한 번도 상상해 본 적이 없었다. 혼란스럽고 끔찍한 그 사진들은 블랑카가 찾아내고자 했던 시끄러운 미라들보다 훨씬 더 당혹스러운 것이었다.

블랑카는 그 사진들에서 집안 하인들의 얼굴을 알아보았다. 그들은 사진 속에서 잉카 제국의 조정 신하들 전체가 신이 그들을 세상에 내려 보냈을 때의 모습 그대로 벌거벗거나 연극 의상으로 살짝 가린 채로 있었다. 블랑카는 뚱뚱한 요리사의 허벅지 사이로 한없이 갈라진 심연과 절름발이 하녀 위에 올라탄 박제된 라마, 식사 시중을 드는 오만방자한 하인이 갓난아기처럼 홀딱 벗은 모습을 보았다. 수염도 나지 않고 다리도 짧은 그 하인은 무표정하게 돌처럼 굳은 얼굴로 불균형적으로 발기한 페니스를 그대로 드러내놓고 있었다.

끝도 없을 것 같은 그 짧은 순간, 블랑카 자신도 그 사실을 믿을 수가 없었다. 그렇지만 곧 공포가 밀려들어 왔다. 블랑카는 또렷하게 기억을 더듬어보았다. 장 드 사티니가 결혼 첫날 밤 자기는 결혼 생활에 별로 끌리지 않는다고 했던 말의 의미를 그제야 알 것 같았다. 또한 식사 시중을 드는 인디오의 사악한 힘과 하인들의 은근한 조롱도 대충 알 것 같았다. 블랑카는 자신이 지옥을 코앞에 두고 인질로 붙잡혀 있는 것 같았다. 바로 그때, 아이가 배 속에서 꿈틀거렸다. 마치 경계경보가 울린 것처럼 블랑카는 온몸에 소름이 돋았다.

"내 딸! 여기서 빠져나가야 해!" 블랑카가 배를 부둥켜안으며 소리 질렀다.

블랑카는 암실에서 뛰쳐나와, 집 안 전체를 단숨에 가로질러 길 밖으로 나왔다. 길가의 푹푹 찌는 더위와 가혹하게 내리쬐는 정오의 햇볕이 블랑카를 현실로 되돌려 주었다. 블랑카는 임신 구 개월의 배를 하고서는 걸어서 얼마 갈 수 없다는 사실을 깨달았다. 그녀는 다시 자기 방으로 돌아가 찾을 수 있는 돈은 모두 찾은 다음, 호화로운 아기 옷장에서 미리 장만해 둔 옷가지들 중 몇 개만 골라 보따리에 싼 뒤 기차역을 향해 출발했다.

블랑카는 보따리를 무릎에 얹고 두 눈은 공포로 가득 질린 채, 철로 옆의 딱딱한 나무 벤치에 앉아 몇 시간 동안 기차를 기다렸다. 백작이 집에 돌아오자마자 암실 문이 부서진 것을 보고서 자신을 찾으러 이곳까지 와서 그 사악한 잉카 제국으로 도로 데려가는 일이 없게 해달라고 간절히 기도했다. 블랑카는 배 속의 아이가 배를 쥐어짜고 갈비뼈를 걷어차며 세상 밖으로 나오기 전에 친정집에 도착할 수 있도록, 기차가 딱 한

번만이라도 좋으니 제발 제시간에 오게 해달라고 기도했다. 그리고 쉬지 않고 이틀이나 가야 하는 이 여행을 견뎌낼 수 있도록 충분한 힘을 달라고 기도했다. 그리고 무엇보다도 온몸을 마비시키는 이 무시무시한 적막감보다, 살고 싶다는 열망이 더 강하게 들게 해달라고 기도했다. 블랑카는 이를 악물고 기다렸다.

9
알바

알바는 다리가 먼저 나왔는데, 그것은 길운의 표시였다. 클라라는 알바의 등을 살펴, 진정한 행복을 타고난 사람들이 가지고 있는 작은 별 모양의 얼룩을 찾아냈다.

"이 아이에 대해서는 아무것도 걱정할 게 없다. 이 아이는 운도 좋고 행복할 거야. 그리고 피부도 좋을 거다. 그건 유전이니까. 나도 이 나이에 아직 주름살 하나 없잖니. 게다가 나는 여드름 난 적도 없단다."

아이가 태어난 지 이틀 후에 클라라가 단언했다. 이미 별들이 다 알아서 알바에게 너무나도 많은 선물을 내려주었기 때문에 그들은 아이에게 따로 인생 준비를 시키기 위한 어떤 노력도 기울이지 않았다. 알바의 별자리는 사자자리였다. 클라라는 알바의 점성도를 연구하여, 검은 종이로 된 앨범에다가 하얀 잉크로 알바의 운명을 적고, 또 그 앨범에 초록빛이 감도는 최초의 머리카락과 태어난 뒤 갓 깎은 손톱, 당시 알바의 모습을 담은 독사진들도 붙여놓았다. 아기는 아주 작은 체구에 머리숱이 거의 없고 주름 지고 창백했으며, 빛나는 까만 눈을 제외하고는 인간의 지능을 알려줄 만한 어떤 표시도 찾을 수 없었다. 알바의 검고 반짝이는 눈에는 요람에 있을 때부터 나이 든 사람의 지혜로운 표정이 담겨 있었다. 제 아빠의 눈을 쏙 빼닮은 눈이었다.

블랑카가 아이를 클라라라고 부르고 싶어 했지만, 삶을 기록하는 노트에 혼란을 가중시킬 수 있기 때문에 클라라가 식구들끼리 같은 이름을 반복해서 쓰는 걸 별로 탐탁하게 여기지 않았다. 그들은 이름을 짓기 위해 동의어 사전을 뒤적이다가 밝다는 뜻을 지닌 단어들 중 마지막으로 나와 있는 '새벽'을 뜻하는 단어인 알바를 찾아냈다. 몇 년 후에 알바는 자신이 딸을 낳게 되면 그 뜻을 가진 단어들 중 자기가 사용할 이름이 없다며 속상해했지만, 블랑카가 외국어를 사용하면 선택의 폭이 더 넓어진다는 아이디어를 내놓기도 했다.

알바는 하마터면 사막 한가운데서, 그것도 오후 3시에 협궤 열차 안에서 태어날 뻔했다. 그랬더라면 그녀의 점성도에도 치명적이었을 것이다. 다행히도 알바는 엄마의 배 속에서 몇 시간 더 참았다가 외갓집에 도착한 뒤, 운세가 좋은 날과 시와 장소에서 태어났다. 블랑카는 사전에 아무 연락도 없이 모퉁이 큰 집에 도착했다. 머리는 죄다 헝클어지고 온몸이 먼지투성이인 데다 눈 밑이 시커멨으며, 알바가 밀고 나오려 했기 때문에 배가 뒤틀려 몸을 웅크리고 있었다. 블랑카는 필사적으로 대문을 두드렸고, 대문이 열리자 곧바로 바느질 방으로 향했다. 그 방에서는 클라라가 미래의 손녀를 위해 만든 예쁜 옷에 마지막 손질을 하고 있었다. 그 방에서 블랑카는 긴 여행 끝에, 한마디 설명도 하지 못한 채 그냥 허물어졌다. 배가 깊고 끈끈한 한숨을 내쉬며 터진 것 같았으며, 다리 밑으로 이 세상의 물이란 물은 죄다 콸콸 쏟아지는 것 같았기 때문에 그냥 쓰러지고 말았다. 클라라의 고함 소리에 하인들이 달려왔고, 그동안 아만다를 돌보느라 늘 집에 있던 하이메도 달려왔다. 그들은 블랑카를 클라라의 방으로 옮겼다. 그들이 블랑카를 침대에 눕히고 허겁지겁 옷을 벗기는 사이 알바가 아주 작은 인간의 모습을 드러냈다.

병원에서 몇 번 출산을 도운 적이 있는 하이메가 오른손으로 알바의 엉덩이를 꽉 붙잡고 왼손으로는 어둠 속을 더듬으며 알바의 목이 탯줄에 감기지 않도록 주의하면서 알바가 세상에 태어나도록 도와주었다. 한편 소란스러운 소리를 듣고 달려온 아만다가 자신의 몸무게를 실어 블랑카의 배를 누르는 동안, 클라라는 딸의 고통스러워하는 얼굴 위로 몸을 굽히고서, 에테르 몇 방울을 떨어뜨린 헝겊으로 싼 차 여과기를 딸의 코에 대주었다. 알바는 금세 태어났다. 하이메는 알바의 목에 감겨 있던 탯줄을 제거하고, 몸을 허공에 거꾸로 들어 올려 두 번 찰싹 때림으로써 삶의 고통과 호흡의 원리를 터득하게 하였다. 그러나 아프리카 부족들의 관습에 관한 책을 읽고서 자연으로 돌아가라며 외치고 다녔던 아만다는 갓난아이를 하이메의 손에서 빼앗아 태어난 슬픔을 위로받을 수 있도록 따뜻한 엄마의 배 위에 가만히 올려놓았다. 엄마와 딸은 벌거 벗고 서로 꼭 껴안은 채 푹 쉬었다. 그사이 다른 사람들은 출산 분비물을 치우고 새 시트와 첫 기저귀 다발을 준비하느라 법석을 떨었다. 그 순간의 흥분 속에서 옷장 문이 반쯤 열려 있는 것을 눈치 챈 사람은 아무도 없었다. 어린 미겔이 옷장 안에서 공포에 질려 온몸이 얼어붙은 채 그 장면을 모두 지켜 보고 있었다. 미겔은 꼭대기에 엄청나게 큰 배꼽이 달리고 핏 줄이 튀어 올라 잔뜩 부푼 풍선에서 시퍼렇고 끔찍한 내장을 두른 보랏빛 물체가 나오는 광경을 생생하게 목격했다.

알바의 이름은 시 등기소와 교구록에 아버지의 프랑스 성 으로 등록되었지만, 엄마의 성이 훨씬 더 쓰기 편했기 때문에 아빠의 성은 거의 사용하지 않았다. 외할아버지인 에스테반 트루에바는 이런 나쁜 습관에 찬성하지 않았다. 에스테반은 손녀딸에게 아버지와 지체 있는 성을 주기 위해 갖은 애를 썼 으며, 기회가 될 때마다 손녀딸을 설득시키려고 별의별 노력을 다 기울였다. 손녀딸이 치욕과 죄악으로 태어난 아이처럼 엄 마의 성을 쓰지 않게 하기 위해서 그가 들인 공이 얼마인데, 말도 안 되는 일이었다. 또한 에스테반은 누구든 백작이 아이 의 친아버지라는 걸 의심하도록 내버려 두지 않았다. 이치에 서 완전히 벗어나는 생각이었지만 에스테반은 그 집을 미끄러 지듯 기어 다니는 조용하고 다루기 힘든 어린 손녀딸이 조만 간 프랑스인 특유의 우아한 매너와 세련된 매력을 풍기리라 는 기대를 버리지 않았다. 훨씬 나중에 어린 손녀딸이 정원의 황폐화된 조각상들 사이에서 뛰어노는 모습을 보면서 아이가 장 드 사티니는 고사하고, 그 집안 사람 누구하고도 닮지 않았다는 것을 깨닫기 전까지는 클라라 역시 그 문제에 대해서 아무 말 하지 않았다.

"저 애늙은이 같은 눈은 어디서 나온 걸까?" 클라라가 물었다.

"제 아빠의 눈을 쏙 빼닮았어요." 블랑카가 아무렇지도 않게 얘기했다.

"페드로 테르세로 가르시아겠지." 클라라가 말했다.

"그래요!" 블랑카가 인정했다.

식구들 간에 알바의 출생에 대해 이야기가 오간 건 그때 딱 한 번뿐이었다. 클라라가 기록해 놓았듯, 이제 장 드 사티니는 그들의 인생에서 완전히 사라졌기 때문에 어찌됐든 그 문제는 그다지 중요하지 않았다. 그들은 장에 대해 아무런 소식도 듣지 못했다. 심지어 블랑카의 신분을 법적으로 처리하기 위해서라도 장이 어디에 있는지 알려고 애쓰는 사람도 한 명 없었다. 블랑카는 독신녀의 자유를 모두 잃어버린 채, 남편이 없으면서도 결혼한 여자처럼 늘 구속되어 있었다.

블랑카가 집 안 구석구석을 돌아다니며 사진이란 사진은 죄다 없애버렸기 때문에 알바는 백작의 사진을 한번도 보지 못했다. 심지어 결혼식 날 장의 팔짱을 끼고 찍은 사진도 없애버렸다. 블랑카는 자신과 결혼했던 그 남자를 잊어버리고, 아예 그 사람이 존재하지도 않았던 것처럼 행동하기로 마음먹었다. 블랑카는 장에 대한 얘기를 일절 하지 않았으며, 왜 그 집을 뛰쳐나왔는지도 설명하지 않았다. 클라라는 구 년간 벙어리로 지내면서 침묵이 왜 좋은지 알고 있었기 때문에 딸에게 아무것도 묻지 않았다. 오히려 장 드 사티니의 기억을 모두 지우려고 애쓰는 딸을 도와주었다.

알바한테는 아버지가 지적이고 훌륭한 귀족이었으며, 불행히도 북부 지방의 사막에서 열병으로 죽었다고 얘기해 주었다. 그것은 알바가 어린 시절에 참아내야 했던 몇 안 되는 거짓말 중의 하나였다. 하지만 그 외에는 삶의 무미건조한 진실과 직접 맞닥뜨리게 했다. 하이메 외삼촌은 양배추 밭에서 아이가 나온다든가 황새가 파리에서 아이들을 데리고 온다는 등의 이야기에 나오는 아이들이 어떻게 태어나는지에 대한 환상을 모두 깨버렸다. 그리고 니콜라스 외삼촌은 동방 박사나 착한 요정, 도깨비 얘기들에 대한 환상을 깨버렸다.

알바는 아버지가 죽는 악몽을 자주 꾸었다. 하얀 옷을 입은 젊고 잘생긴 남자가 흰색 에나멜가죽 구두를 신고 밀짚모자를 쓴 채 태양이 내리쬐는 사막을 가로질러 걸어가는 꿈을 꾸었다. 꿈속에서 남자는 비틀거리면서 점점 더 천천히 걸어갔으며, 더위와 사막의 열기와 갈증으로 타는 듯한 가운데 쓰러졌다가 일어나기를 몇 번 반복했다. 한동안은 뜨거운 모래 위를 엎드려 기어갔지만 마침내 희미하고 광대한 모래 언덕 위로 드러누웠고, 생기 없는 그의 몸 위로 육식조가 원을 그리며 날아다녔다.

알바는 아버지가 나오는 꿈을 너무 자주 꿔서, 한참 세월이 지난 다음에 중앙 시체 공시소에서 아버지로 추정되는 남자의 시신을 확인하러 오라는 연락을 받고서는 까무러치게 놀랐다. 그때쯤 알바는 과감한 성격의 당찬 젊은이가 되어 있었고, 인생 역경을 많이 겪은 뒤라 혼자서 갔다. 하얀 앞치마를 두른 견습생이 알바를 맞아, 낡은 건물의 긴 복도를 따라 벽이 회색으로 칠해진 커다랗고 서늘한 홀로 안내했다. 하얀 앞치마를 두른 남자는 엄청나게 큰 냉각기의 문을 열고서 푸르스름하게 부어오른 늙은 시신이 놓인 받침대를 끌어냈다. 알바는 그 시체를 자세히 살펴보았지만 꿈에서 봤던 모습과는 닮은 구석이 하나도 없었다. 오히려 우체국 직원의 모습을 한 평범한 사람 같았다. 알바는 그의 손을 바라보았다. 세련되고 지적인 귀족의 손이 아니었다. 별로 얘기할 거리도 없는 평범한 남자의 손이었다. 그러나 그의 신분증은 그 서글프고 푸르스름한 시체가 장 드 사티니이며, 어린 시절 악몽에서 봤듯이 황금빛 모래 언덕에서 열병으로 죽은 게 아니라, 노령에 길을 건너다 단순한 뇌일혈로 죽었다는 반박할 수 없는 확실한 증거를 제시하고 있었다. 그러나 그것은 한참 후의 일이었다. 클라라가 생존해 있고 알바가 아직 어린아이였을 때, 모퉁이 큰 집은 알바의 악몽까지도 보호하며 자랄 수 있게 해준 또 다른 외딴 세계였다.

알바가 태어난 지 채 이 주도 지나지 않아 아만다가 모퉁이 큰 집을 떠났다. 아만다는 기력을 회복한 후 하이메의 가슴에 담긴 열망을 어렵지 않게 느낄 수 있었다. 아만다는 어린 동생의 손을 잡고, 그녀가 들어왔을 때와 똑같이 아무런 소리도 없이, 아무런 기약도 없이 그 집을 떠났다. 가족들은 더 이상 아만다를 보지 못했고, 하이메가 유일하게 아만다를 찾아 나설 수 있는 사람이었지만 그 역시 니콜라스의 마음을 상하게 하고 싶지 않아 아만다를 찾지 않았다. 한참 세월이 흐른 뒤에야 하이메는 아주 우연히 아만다를 다시 보게 되었지만, 그때는 두 사람 모두에게 이미 늦어버린 뒤였다. 아만다가 떠난 뒤로 하이메는 연구와 공부에만 몰두하며 절망감을 달랬다. 옛 버릇이 다시 도져 은둔자처럼 살면서 집 안에는 거의 모습을 드러내지 않았다. 하이메는 절대 아만다의 이름을 입 밖으로 꺼내지 않았으며, 니콜라스와는 완전히 멀어졌다.

손녀딸이 그 집에 머물게 되면서 에스테반 트루에바의 고약한 성격이 많이 누그러졌다. 정확히 감지하기 어려울 정도로 미미한 변화였지만 클라라는 그 차이를 느낄 수 있었다. 아주 사소한 징후들에서 그 차이가 드러났다. 에스테반이 어린 손녀딸을 바라볼 때의 반짝이는 눈빛이나 손녀딸에게 사다 주는 값비싼 선물들, 손녀딸이 우는 소리를 들으면 안절부절못하는 모습에서 그 변화를 느낄 수 있었다. 그렇다고 해서 블랑카와 가까워진 것은 아니었다. 부녀간의 관계는 한번도 좋은 적이 없었으며, 불행한 결혼 이후에는 클라라가 의무적으로라도 서로 예의 바르게 대하도록 하지 않으면 한 지붕 아래서 함께 살기도 어려울 정도로 관계가 악화되었다.

그 시절 트루에바 저택의 방들은 거의 모두 차 있었다. 그리고 매일 그 집 식구들과 손님들을 위해 음식이 준비되었으며, 심지어 미리 알리지 않고 불쑥 찾아올지도 모를 손님들을 위해 여분으로 늘 식탁이 차려져 있었다. 그 집에서 숙식을 해결하는 손님들과 방문객들이 드나들 수 있도록 대문은 항상 열려 있었다. 트루에바 상원의원이 국가의 운명을 바로잡기 위해 노력하는 동안, 그의 아내는 사교계의 거친 바다를 능수능란하게 항해했으며, 좀 더 놀라운 영역인 영적인 항해도 훌륭하게 잘 헤쳐 나갔다. 연륜이 쌓이면서 신비를 예언하고 멀리 있는 사물을 움직이는 클라라의 능력은 점점 커져갔다. 기분이 좋으면 쉽게 무아지경에 빠져 마치 의자 밑에 모터가 달린 것처럼 의자에 앉은 채 방 안을 한참 휘젓고 돌아다닐 수도 있었다.

불쌍히 여겨 그 집에서 숙식을 해결할 수 있도록 배려해 주었던 한 가난한 화가가 그에 대한 답례로 클라라의 유일한 초상화를 그린 것도 바로 그즈음이었다. 훗날 그 가난한 화가는 대가로 대성하게 되었고, 그가 그린 초상화는 오늘날 런던 박물관에 걸려 있다. 그 그림은 사람들이 소장품을 팔아서 박해받는 피해자들을 도와주던 때 다른 많은 예술 작품들처럼 국외로 팔려 나간 것이었다. 그 그림에서는 은발 머리에 하얀 옷을 입고 공중 곡예사처럼 부드러운 미소를 띤 중년 여인의 모습을 볼 수 있다. 그녀가 바닥 위로 붕 떠 있는 흔들의자에 앉아 꽃무늬 커튼 사이로 둥둥 떠다니고 있고, 꽃병이 거꾸로 뒤집어져 날아다니고 살찐 검은 고양이가 점잖은 신사인 양 그 광경을 바라보고 있는 그림이었다. 박물관의 카탈로그에 따르면 샤갈의 영향이라고 했지만 그건 사실이 아니었다. 그 그림은 클라라의 집에서 화가가 목격한 사실을 있는 그대로 묘사한 것이었다.

그때는 인간 본성의 숨겨진 힘과 뛰어난 영적 능력이 물리학과 논리학의 법칙에 정면으로 도전해 센세이션을 일으켜도 아무 달이 없던 시설이었다. 클라라는 떠도는 영혼이나 외계의 존재와 주로 텔레파시나 꿈, 추를 이용해 교신했다. 클라라는 그 목적을 위해 테이블 위에 알파벳 글자들을 일정하게 배열해 놓고 추를 높이 쳐들었다. 그러면 추가 자동적으로 움직이면서 글자를 가리켜 스페인어와 에스페란토어로 메시지를 만들었다. 그것은 클라라가 영어권의 강대국 대사들에게 써 보낸 편지의 내용처럼 다른 차원에서 온 존재들이 유일하게 흥미 있어 하는 언어는 영어가 아닌 이들 두 언어임을 증명하는 것이었다. 하지만 영어권 대사들은 절대 클라라에게 답장하지 않았다. 마찬가지로 클라라는 선원이나 장사꾼, 아니면 고리대금업자나 사용하는 언어인 영어나 프랑스어를 학교에서 가르치는 대신, 에스페란토어를 배우게 하라는 논리를 펴면서 해당 국가들의 교육부 장관에게 편지를 보냈지만 역시 아무런 납상도 받지 못했다.

　알바의 어린 시절은 채식 식단과 일본 무술, 티베트 춤, 요가 호흡법, 하우저 교수와 함께한 긴장 완화와 정신 집중을 비롯한 여러 흥미 있는 기술들이 뒤범벅된 시기였다. 게다가 알바의 두 외삼촌 외에도 매력 넘치는 모라 세 자매가 알바의 교육에 한몫 거들었으리라는 사실은 두말할 필요도 없었다. 클라라는 미친 사람들이 우글거리는 거대한 포장마차처럼 되어버린 집을 잘 이끌어 나갔다. 하지만 집안일에는 전혀 재능이 없었고, 덧셈도 잊어버릴 정도로 기초적인 산술 계산을 경멸했다. 따라서 집안일과 돈 계산은 자연스럽게 블랑카의 몫이 되었다. 블랑카는 시간을 둘로 쪼개서 하나는 이 조그만 왕국의 집사로서의 업무를 수행하는 데 썼고, 나머지 하나는 마당의 한쪽 구석에 마련한 작업장에서 도자기를 굽는 데 썼다. 그곳은 자신의 슬픔을 달랠 수 있는 마지막 피신처였다. 거기에서 블랑카는 다운 증후군을 가진 아이들과 젊은 여자들을 대상으로 강좌를 열어, 온갖 괴물을 모델로 성탄 인형을 만들었다. 이 성탄 인형들은 의외로 아주 불티나게 팔려 나갔다.

알바는 아주 어렸을 때부터 책임지고 꽃병에 싱싱한 꽃을 꽂아두어야 했다. 알바는 공기와 햇빛이 잘 들어오도록 창문을 활짝 열어두었지만, 에스테반 트루에바가 천둥 같은 고함을 지르고 지팡이를 휘둘러대면 자연까지도 겁에 질릴 정도였기 때문에 꽃들은 밤이 될 때까지 한번도 제대로 버틴 적이 없었다. 에스테반의 발걸음 소리에 집 안의 애완동물들이 뿔뿔이 흩어졌으며, 식물들은 그냥 시들어버렸다. 블랑카가 브라질 산 고무나무 한 그루를 키우고 있었는데, 이파리 한 개당 가격이 매겨지기 때문에 가격 이외에는 별로 볼 게 없는, 볼품없고 작은 관목이었다. 그런데 에스테반이 방에만 들어왔다 하면 고무나무의 잎사귀가 축 늘어지고 줄기에서는 우윳빛 눈물 같은 허여스름한 액체가 스며 나오기 시작했기 때문에 에스테반이 들어오는 소리가 들리면, 누구든지 그 나무에서 가장 가까이 있는 사람이 달려가 고무나무를 테라스 바깥

쪽으로 내다 놔야만 했다.

클라라는 알바처럼 운명을 잘 타고 태어난 사람은 읽고 쓸 줄만 알면 된다고 여겼고, 그 정도는 집에서도 배울 수 있었기 때문에 알바는 학교에 다니지 않았다. 클라라가 서둘러 알바에게 글을 가르친 덕분에 알바는 다섯 살이 되자 아침 식사를 하면서 신문을 읽고 외할아버지와 함께 뉴스에 대해 토론하게 되었다. 그리고 여섯 살에는 전설적인 마르코스 외증조부의 마법의 궤짝들 안에 들어 있던 신비한 책들을 발견해서 돌아올 수 없는 상상의 세계에 흠뻑 도취되었다. 알바의 건강에 대해서는 아무도 걱정하지 않았다. 식구들은 비타민의 효력을 믿지 않았으며, 예방 주사는 닭들한테나 놔주는 거라고 생각했다. 더구나 외할머니는 알바의 손금을 읽고 나더니 알바는 몸이 무쇠로 만들어져서 무병장수할 거라고 호언장담했다.

집안 식구들이 유일하게 알바에게 관심을 보이는 때는 태어날 때부터 짙은 초록색인 머리카락의 색깔을 누그러뜨리기 위해 베이럼[1]을 묻혀 알바의 머리를 빗길 때였다. 하지만 트루에바 상원의원은 알바가 아름다운 로사로부터 무엇인가를 물려받은 유일한 사람이기 때문에 초록색 머리를 그대로 놔둬야 한다고 주장했다. 그래서 불행히도 그 머리카락이 시퍼런 바다를 연상시키기는 했지만 외할아버지를 기쁘게 하기 위해 알바는 사춘기에 들어 베이럼으로 머리 감는 일을 그만두고,

---

1) 기름 성분이 없는 머리 화장수. 월계수 잎을 럼주에 담가 증류하여 만든다.

파슬리를 넣은 물로 머리를 감았다. 그 덕분에 풍성한 나뭇잎처럼 초록 빛깔을 띠게 되었다. 머리카락을 제외하면 알바의 외모는 집안의 다른 여자들과는 달리 작고 볼품없었다. 다른 여자들은 한 명의 예외도 없이 모두 한결같이 아름다웠다.

블랑카는 틈이 날 때마다 자신과 딸에 대해 생각했다. 블랑카는 알바가 너무 말없이 외롭게 지내고, 같이 놀아줄 제 또래의 친구도 없는 게 안타까웠다. 그러나 알바는 조금도 외롭다고 느끼지 않았다. 사실 알바는 외할머니의 투시력과 엄마의 통찰력, 모퉁이 큰 집에서 끊임없이 나타났다가 사라지고 또다시 나타나는 괴짜들의 소동에서 벗어나면 얼마나 행복할까 생각한 적도 있었다. 알바가 인형을 가지고 놀지 않는다는 게 블랑카에게는 또 다른 걱정거리였다. 그렇지만 클라라는 열렸다 닫혔다 하는 눈과 심술궂어 보이는 뾰족한 입을 가진 사기로 된 작은 시체를 가지고 노는 것은 쓸데없는 일이라고 주장하면서 손녀딸의 역성을 들어주었다. 그러고는 손수 가난한 사람들을 위해 뜨다 남은 털실 도막으로 볼품없는 인형을 만들어주었다. 하지만 전혀 사람같이 생기지 않았기 때문에 오히려 그 인형들은 안아서 달래고 목욕시키며 가지고 놀다가 쓰레기통에 버리기에도 부담이 없어 좋았다.

그러나 알바가 가장 좋아하는 장난감은 지하실이었다. 에스테반 트루에바가 쥐가 많다며 그곳을 빗장으로 잠가놓으라고 명했지만, 알바는 채광창에 머리부터 내밀어, 잊힌 지 오래된 물건들이 있는 그 천국에 소리 없이 미끄러지듯 들어갔다. 그곳은 항상 어두움 속에 잠겨 있었으며, 봉인된 피라미드처럼 시간의 파괴로부터 보호되어 있었다. 그곳에는 부서진 가구들과 어디에 쓰이는지 용도도 알 수 없는 도구들, 고장 난 기계들, 외삼촌들이 분해해서 다시 경주용 차로 재조립했다가 끝내는 고철 더미가 되어 생을 마감한 코바동가가 있었다. 알바는 그것들을 모두 끌어다가 구석에 자그마한 집을 지었다. 옛날 옷이 가득 들어 있는 트렁크와 옷 가방도 있었는데, 알바는 고독한 연극 무대를 연출할 때면 그 옷들을 사용했다. 그리고 개의 머리가 달린 우중충하고 칙칙한 좀 먹은 양탄자도 있었다. 그것을 바닥에 펼쳐보면 배가 갈라진 불쌍한 짐승 모양을 하고 있었다. 그것은 바로 충견이었던 바라바스의 불명예스러운 마지막 흔적이었다.

크리스마스이브에 클라라는 지하실의 환상적인 매력을 가끔은 대신할 수 있는 멋진 선물을 손녀딸에게 주었다. 물감이 가득 든 상자와 붓과 작은 사다리, 그리고 침실의 가장 넓은 벽에다가 마음대로 그림을 그려도 좋다는 허락이 바로 그 선물이었다.

"이건 그 아이에게 감정의 분출구 역할을 할 거야." 클라라는 알바가 사다리의 균형을 맞추고 그 위에 올라가 천장 바로 아래에 동물들을 가득 실은 기차를 그리는 것을 보면서 말했다.

시간이 지나면서 알바는 단지 한쪽 벽만이 아니라 침실 벽 전체를 거대한 프레스코 화로 가득 채워 넣었다. 알바는 로사가 테이블보에 수를 놓고, 블랑카가 도자기 가마에서 구워냈던 것과 같은, 존재할 수도 없는 수많은 상상 속의 동물과 금성에나 있을 법한 식물을 그려 넣으며 그곳에 자신의 유년 시절의 소망과 추억, 슬픔과 기쁨을 모두 담았다.

알바는 두 외삼촌과 아주 친했는데 그중 하이메를 더 따랐다. 하이메 외삼촌은 몸집이 아주 컸고 하루에도 두 번씩 면도를 했지만 나흘이나 면도를 하지 않은 것처럼 수염이 덥수룩했다. 그는 눈썹이 시커멓고 짙었으며 조카에게 자기가 악마와 친척이라는 것을 믿게 하려고 눈썹을 위쪽으로 치켜세워서 빗었다. 머리가 빗자루처럼 뻣뻣해 기름을 발라도 아무 소용 없이 축축하게 젖기만 할 뿐이었다. 하이메 외삼촌은 팔에다 책을 끼고, 손에는 배관공들이 드는 가방을 들고 다녔다. 하이메 외삼촌이 알바에게 자기는 보석 도둑이며, 그 무시무시한 가방 안에는 금고 털이 도구와 수갑이 들어 있다고 말했다. 알바는 깜짝 놀라는 체했지만 외삼촌이 의사이고 가방 안에는 진찰 도구가 들어 있다는 것을 알고 있었다. 그들은 비 오는 날 오후에는 함께 놀 수 있는 상상의 놀이도 만들어 냈다.

"코끼리를 대령하도록 해라!" 하이메 외삼촌이 명령했다.

그럼 알바가 밖으로 나가 보이지 않는 끈에 가상의 코끼리를 묶어서 낑낑대며 끌고 들어왔다. 그들은 코끼리가 좋아하는 풀도 먹이고, 나쁜 날씨에 피부를 보호하기 위해 흙으로 목욕시키고, 상아를 윤나게 닦아주면서 정글에서 사는 것의 장단점에 대해 열띤 토의를 벌이면서 족히 삼십 분은 보낼 수 있었다.

"저 애는 결국 굉장한 미치광이가 되고 말 거야!" 트루에바 상원의원은 어린 알바가 발코니에 앉아서, 하이메 외삼촌이 빌려준 의학 서적을 읽고 있는 것을 볼 때마다 이렇게 말했다.

알바는 그 집안에서 유일하게, 책이 미로처럼 꽉 들어차 있는 하이메 외삼촌의 방에 들어갈 수 있는 열쇠를 갖고 있었다. 또 마음대로 책을 꺼내서 읽을 수 있도록 허락을 받은 유일한 사람이었다. 블랑카는 알바 나이에 맞지 않는 책들도 있으므로 독서도 가려서 해야 한다는 주의였다. 그렇지만 하이메 외삼촌은 사람들은 흥미를 느끼지 못하는 책은 절대 읽지 못하며, 만약 그 책에 흥미를 느낀다면 그건 이미 그 책을 읽을 수 있을 만큼 성숙하다는 걸 의미한다고 주장했다. 하이메 외삼촌은 목욕과 식사에 대해서도 마찬가지 이론을 갖고 있었다. 자기 몸은 자기가 잘 알기 때문에, 만약 알바가 목욕하고 싶어 하지 않는다면 그건 목욕할 필요가 없어서 그런 것이며, 애가 배가 고플 때는 뭐가 됐든지 자기가 원하는 음식을 먹어야 한다고 주장했다. 하지만 그 점에 있어서는 블랑카도 절대 굽히지 않았나. 블랑카는 알바에게 식사 시간을 엄격히 지키고 평소에 위생 규칙을 지킬 것을 강요했다. 그 결과 알바는 평상시에 하는 목욕과 식사 이외에도, 외삼촌이 가져다주는 주전부리를 닥치는 대로 먹고, 더울 때마다 호스로 몸에 물을 뿌려댔다. 그렇지만 아무리 그래도 알바의 건강은 끄떡없었다.

알바는 하이메가 외삼촌인 것보다 아버지인 쪽이 훨씬 더 든든했기 때문에 하이메 외삼촌이 엄마와 결혼하기를 바랐다. 그렇지만 어른들은 그런 근친상간의 관계에서는 다운 증후군에 걸린 아이가 태어난다고 알바에게 설명해 주었다. 그래서 알바는 엄마의 목요일 수업 시간에 오는 아이들이 모두 자기 외삼촌들의 자식일 거라고 생각하게 되었다.

니콜라스 외삼촌 역시 어린 알바에게는 소중한 존재였다. 그러나 니콜라스 외삼촌에게는 일시적이고 변덕스러운 면이 있었다. 언제나 조급했으며, 어떤 생각을 하다가 금세 다른 생각을 하는 것처럼 진득한 면이 없어 알바를 불안하게 했다. 니콜라스 외삼촌이 인도에서 돌아왔을 때 알바는 다섯 살이었다. 삼각 테이블과 아편 연기를 통해 신을 불러대다가 지친 그는 자신의 조국보다 덜 거친 지역에서 신을 찾기로 결심했다. 니콜라스는 클라라가 가는 곳마다 졸졸 쫓아다니고, 클라라가 자는 동안에도 그녀의 귀에다가 속닥거리며 두 달 동안 괴롭히다가, 결국은 다이아몬드 반지 한 개를 팔아서 마하트마 간디의 나라로 가는 여행 비용을 대도록 클라라를 설득했다. 에스테반도 이번만큼은 니콜라스를 막으려 들지 않았다. 굶주린 사람들과 떠돌이 소들이 사는 그 머나먼 나라를 여행하다 보면 아들도 철이 들리라 생각했던 것이다.

"만약 뱀에게 물리거나 외국의 전염병에 걸려서 죽지 않는다면 네가 사람이 되어서 돌아오기를 바란다. 나는 네 괴상망측한 짓거리에 질릴 대로 질렸다."

아버지가 부둣가에서 작별 인사로 아들에게 한 말이었다.

니콜라스는 일 년 동안 거지 생활을 하며 요가 수행자들의 길을 따라서, 히말라야를 거쳐 카트만두를 통해 갠지스 강을 따라 바라나시까지 맨발로 걸어갔다. 순례 끝에 니콜라스는 신의 존재를 확신하게 되었으며, 자신의 뺨과 가슴에 모자 핀을 관통시키는 법과 먹지 않고서도 살아가는 법을 배웠다.

니콜라스는 사전에 아무런 연락도 하지 않고 여느 날과 다름없이 평소처럼 집으로 돌아왔다. 그는 아기 기저귀로 은밀한 부분만 가린 채 피골이 상접한 모습에 채식주의자들에게서 종종 볼 수 있는 멍한 시선을 하고서 집으로 돌아왔다. 그는 도저히 믿을 수 없다는 표정을 짓고 있는 경찰관 두 명과 따라다니면서 쓰레기를 던지며 놀리는 아이들 한 무리에게 호위를 받으며 돌아왔다. 경찰관들은 니콜라스가 진짜 트루에바 상원의원의 아들이라는 걸 증명하지 못하면 금세라도 체포할 태세로 따라왔다. 클라라 한 사람만이 니콜라스를 어렵지 않게 알아보았다. 에스테반은 경찰관들을 안심시켜 돌려보낸 다음, 니콜라스에게 만약 집에 머물고 싶으면 당장 목욕하고 사람들이 입는 평범한 옷으로 갈아입으라고 명했다. 그러나 니콜라스는 아무것도 보이지 않는 듯 아버지를 빤히 쳐다보면서노 아부 대답도 하지 않았다.

니콜라스는 채식주의자가 되어 고기나 우유, 달걀은 입에도 대지 않았다. 그의 식사는 토끼가 먹는 것과 다를 바 없었으며, 그의 불안해 보이는 얼굴도 점점 토끼를 닮아갔다. 니콜라스는 얼마 되지 않는 식사를 소량씩 떠서 입에 넣고 쉰 번 정도 씹었다. 식사는 끝없는 의식이 되어버렸다. 식사 시간 동안 알바는 다 먹고 난 빈 접시 위에서 잠들었으며, 하인들은 부엌에서 쟁반을 들고 꾸벅꾸벅 졸았다. 그러는 동안에도 니콜라스는 진지하게 음식을 씹고 또 씹었다. 에스테반 트루에바는 더 이상 집에 와서 밥을 먹지 않고 클럽에서 식사하게 되었다.

니콜라스는 자기가 이글거리는 숯불 위에서 맨발로 걸어 다닐 수 있다고 자신했지만, 그가 시범을 보이려 할 때마다 클라라가 천식 발작을 일으켜 그만두어야 했다. 니콜라스는 항상 제대로 알아들을 수도 없는 아시아식 비유를 들어 얘기했다. 그는 영혼의 본질적인 문제에만 유일하게 관심을 보였다. 가정 생활의 물질주의는 자기를 잘 먹이고 잘 입히는 일에 끈질기게 집착하는 엄마와 누나의 지나친 보호만큼이나 귀찮고 짜증나는 일이었다. 알바가 신나서 쫓아다니는 것도 귀찮았다. 알바는 강아지처럼 니콜라스 외삼촌을 졸졸 따라다니면서 물구나무 서는 법과 살갗에 핀 꽃는 법을 가르쳐달라고 졸랐다. 니콜라스는 혹독한 겨울이 시작된 이후에도 여전히 벌거벗고 지냈다. 그는 삼 분간 숨을 쉬지 않고서도 견딜 수 있었으며, 누가 언제 청하든 간에 얼른 그 묘기를 보여주었는데, 그런 일은 자주 있었다. 하이메는 니콜라스가 정상인이 마시는 공기의 절반밖에 마시지 않는데도 아무런 영향을 받지 않는 것을 보고는 공기가 공짜인 게 안타깝다고 말했다.

니콜라스는 자기 방에 처박혀, 춥다고 투덜거리지도 않고 당근만 먹으면서 겨울을 보냈다. 그는 그 겨울 내내 검은 잉크를 묻힌 펜을 써서 깨알 같은 글씨체로 한 쪽씩 꾸준히 메워 나갔다. 봄이 시작되려는 기미가 보일 무렵 니콜라스는 자신의 책이 완성되었다고 공포했다. 그는 천오백 쪽에 달하는 원고를 써놓고는, 아버지와 하이메에게 그 책의 판매로 나오는 모든 이익금을 담보로 책의 출판 비용을 대달라고 용케 설득했다. 교정을 끝내고 인쇄를 마치자 천 몇백 쪽에 해당하는 원고기 육백 쪽으로 줄어들었으며, 신의 아흔아홉 가지 이름과 단전호흡을 통해 니르바나에 도달할 수 있는 방법들에 관한 제법 무게 있는 논문집을 내놓게 되었다. 그러나 그 책은 기대했던 성공을 거두지 못하고, 결국 상자째 지하실에 처박히게 되었다. 그곳에서 책들은 알바가 참호를 쌓는 데 벽돌로 사용되다가 오랜 세월이 흐른 후에 치욕스럽게 불살라졌다.

니콜라스는 책이 출판되어 나오자 그 책을 사랑스럽게 손에 들고 하이에나 같은 원래의 미소를 되찾았다. 그는 점잖게 차려입고서, 이제 무지의 어둠 속에 있는 동시대 사람들에게 진실을 전해 줄 때가 되었다고 선언했다. 에스테반 트루에바는 니콜라스에게 제멋대로 그 집을 학원으로 사용해서는 안 된다는 사실을 상기시켜 주었다. 그리고 알바의 머리에 이교도 사상을 불어넣는 짓은 용납하지 않을 것이며, 알바에게 탁발승들의 속임수를 가르치는 것은 더더욱 용납하지 않겠다고 경고했다. 니콜라스는 대학의 카페에서 설교를 시작했다. 그곳에서 그는 영적 훈련과 단전호흡을 배우려는 문하생들을 놀랄 정도로 많이 확보하게 되었다.

니콜라스는 여가 시간이 나면 오토바이를 타거나, 조카에게 고통과 육체적 시련을 물리칠 수 있는 방법들을 가르쳤다. 그의 방법은 공포를 유발시키는 원인을 밝히는 것이었다. 알바는 무서운 것에 매력을 느끼는 경향이 있었기 때문에 니콜라스 외삼촌의 지시에 따라 정신을 집중해서 결국에는 자기 엄마의 죽음을 실제 상황인 것처럼 생생하게 보기도 했다. 엄마는 동양적인 분위기를 풍기는 아름다운 두 눈을 감은 채 백묵처럼 하얗고 차갑게 변하여 관 속에 누워 있었다. 식구들이 우는 소리도 들렸다. 엄마의 친구들이 아무 말 없이 행렬을 이루며 들어와 쟁반 위에 명함을 내려놓고 고개를 숙인 채 밖으로 나갔다. 꽃향기도 났으며, 장례식 마차의 깃 장식이 달린 말들이 히힝거리는 소리도 들렸다. 알바는 장례식 때 새 신발을 신고서 발이 몹시 아프다는 것을 느꼈다. 알바는 자신의 외로움과 버림받은 느낌, 고아가 된 느낌을 상상해 보았다. 니콜라스 외삼촌은 알바가 울지 않고서 그 모든 장면에 대해 생각할 수 있도록 도와주었다. 그리고 고통이 알바의 마음속에 머물지 않고 그대로 지나갈 수 있도록 고통에 저항하지 않고 마음을 느긋하게 갖는 법을 가르쳐주었다. 때로 알바는 문간에 손가락을 끼워 넣고서도 그 타는 듯한 아픔을 불평하지 않고 꾹 참는 법을 배우기도 했다.

알바가 일주일간 울지 않고서 니콜라스 외삼촌이 부과한 시련들을 모두 용케 극복하면 외삼촌이 상을 주었다. 상은 거의 대부분 외삼촌의 오토바이를 타고서 전속력으로 질주하는 것이었는데, 그것은 잊을 수 없는 경험이었다. 한번은 니콜라스가 상을 주기 위해서 조카를 데리고 도시 외곽으로 나간 적이 있었다. 그때 그들은 우리를 향해 가던 소 떼에게 둘러싸였는데, 알바는 그 육중한 짐승들의 느낌을 영원히 간직했다. 소 떼의 느릿느릿한 걸음걸이, 얼굴 위를 때리던 더러운 꼬리, 분뇨 냄새, 옆을 스쳐 지나가던 뿔들, 위장이 텅 빈 듯한 엄청난 공복감, 황홀한 현기증, 믿을 수 없는 흥분, 열정적인 호기심과 공포가 뒤섞인 짜릿한 느낌을 받았다. 그리고 그 기분은 알바가 살아가면서 찰나와 같은 짧은 순간에만 잠시 느낄 수 있는 그런 느낌이었다.

평생 자신의 애정을 제대로 표현할 줄 몰랐으며, 클라라와의 부부 관계가 악화된 이후로는 아무런 정도 느껴보지 못했던 에스테반 트루에바는 알바에게 모든 애정을 쏟아 부었다. 에스테반에게는 손녀딸이 자식들보다 훨씬 더 귀하고 소중했다. 매일 아침 알바는 잠옷을 입은 채로 외할아버지의 방에 갔다. 알바는 노크도 하지 않고 들어가 외할아버지의 침대 속으로 쏙 기어 들어갔다. 사실 에스테반은 알바를 기다리고 있었으면서도 깜짝 놀라 깨어난 체하면서 알바에게 자는 걸 방해하지 말고 네 방으로 돌아가라고 퉁명스럽게 얘기했다. 알바는 외할아버지가 결국 항복하고, 자기를 위해 숨겨둔 초콜릿을 찾아도 된다고 허락할 때까지 외할아버지에게 계속 간시럼을 태웠다. 알바는 외할아버지가 초콜릿을 숨겨놓는 장소를 모두 알고 있었으며, 외할아버지는 늘 똑같은 순서로 같은 장소에다가 초콜릿을 숨겨두었다. 그러나 알바는 외할아버지를 실망시키지 않기 위해 한참 찾는 척하며 뜸을 들이다가 초콜릿을 찾아냈다며 좋아서 환호를 질렀다. 에스테반은 알바가 초콜릿을 싫어하지만 단지 외할아버지를 사랑하는 마음에서 먹었다는 것을 전혀 알지 못했다.

트루에바 상원의원은 아침에 손녀딸과 장난치면서 스킨십을 원하는 자신의 욕구를 어느 정도 충족시켰다. 나머지 낮 시간에는 국회나 클럽, 골프, 사업, 정치 모임 등으로 바쁘게 지냈다. 에스테반은 일 년에 두 번씩 손녀딸을 데리고 트레스 마리아스에 가서 이삼 주일을 보내고는, 둘 다 그을린 피부에 더 행복하고 살찐 모습으로 돌아왔다. 그곳에서 그들은 가정용 소주를 증류시켜서 마시기도 하고, 오븐에 불을 지피기도 하고, 상처를 소독하기도 하고, 바퀴벌레들을 죽이기도 했다. 그들은 그 술을 과장해서 허풍스럽게 '보드카'라고 명명했다. 말년에 이르러 아흔 살의 나이로 말라 뒤틀린 고목나무 같은 모습이 되었을 때 에스테반 트루에바는 손녀딸과 보낸 그 순간들이 자신의 인생을 통틀어 가장 행복했던 순간이었다고 회상했다. 알바 역시 외할아버지 손에 매달려 함께 시골에 갔던 그 여행들과 외할아버지의 뒤에 매달려 말을 타고 나갔던 산보, 드넓은 초원을 물들이던 일몰, 거실의 벽난로 곁에서 혼령 이야기를 하고 그림을 그리면서 보냈던 긴긴 밤들을 마음속 깊이 고이 간직했다.

나머지 식구들과 트루에바 상원의원의 관계는 시간이 흐를수록 점점 더 악화되기만 했다. 에스테반은 일주일에 한 번씩 토요일마다, 처음에는 델 바예 가문의 소유였던 떡갈나무로 만든 커다란 식탁에 모여 식구들과 함께 식사했다. 그 식탁은 아주 오래된 골동품으로, 장례식 때 고인을 올려놓거나 플라멩코를 추는 등 예기치 못했던 여러 용도로 다양하게 쓰여왔다. 알바가 엄마와 외할머니 사이에 앉았다. 코가 접시 높이에라도 닿을 수 있도록 의자에 쿠션을 얹어놓고 그 위에 앉았다. 알바는 신기해서 어른들을 살펴보았다. 외할머니는 저녁 식사를 위해 틀니를 끼고 멋지게 차려입고 나왔지만 자식들이나 하인들을 통해 외할아버지에게 메시지를 전했다. 하이메 외삼촌은 메뉴 하나를 마칠 때마다 꺼억 트림을 하고 새끼손가락으로 이빨을 쑤셔 나쁜 매너를 과시하며 일부러 외할아버지의 심기를 불편하게 했으며, 니콜라스 외삼촌은 눈을 반쯤 내리깔고 음식을 한 입 넣고 쉰 번씩 씹었다. 엄마인 블랑카는 정상적인 저녁 식사라는 환상을 만들어내기 위해 아무 이야기나 생각나는 대로 떠들어댔다.

트루에바 상원의원은 고약한 성질이 발동해서 자식들에게 시비를 걸 때까지는 비교적 말이 없는 편이었다. 하이메와는 가난한 사람들이나 선거, 사회주의자들, 그리고 기본적인 원칙들을 두고 말다툼을 벌였고, 니콜라스에게는 열기구를 타고 여행을 떠나려 했던 일이나 알바에게 침술을 시행했던 일로 욕을 퍼부어 댔다. 그리고 블랑카에게는 퉁명스럽게 쏘아붙이거나 아예 싹 무시하기도 하고, 아니면 블랑카가 자신의 인생을 낭쳐놨으며 그녀에게는 한 푼도 상속하지 않겠다는 쓸데없는 경고를 하기도 했다. 유일하게 맞서지 않는 사람이 클라라였지만, 그녀와는 거의 말을 섞지 않았다. 때로 알바는 외할아버지가 외할머니를 바라보는 눈길이 그윽하고 다정다감해지면서 전혀 낯선 사람처럼 보인 적도 있었다. 그렇지만 그런 일은 아주 드물었으며, 보통 외할아버지와 외할머니는 서로 모른 척했다. 가끔 트루에바 상원의원이 이성을 잃고 고래고래 소리를 질러 얼굴이 시뻘게지면, 화를 가라앉히고 정상적으로 호흡이 돌아오도록 하기 위해 그의 얼굴에 찬물을 한바가지 부어야 했다.

그 시절 블랑카의 미모는 절정에 이르렀다. 블랑카에게서는 안정감과 신뢰감을 불러일으키는 나른하면서도 넉넉한 아랍 여자의 분위기가 느껴졌다. 블랑카는 키가 크고 몸매도 풍만 했지만, 다소 무기력한 분위기와 눈물을 잘 비치는 습관이 남자들 특유의 보호 본능을 자극하기도 했다. 그렇지만 블랑카의 아버지는 딸을 절대 동정하지 않았다. 아버지는 딸이 페드로 테르세로를 사랑한 것을 절대 용서하지 않았으며, 블랑카가 자기 덕에 먹고살고 있다는 것을 늘 상기시켰다. 에스테반은 자기 딸을 좋아하는 남자가 왜 그렇게 많은지 이해할 수가 없었다. 블랑카에게는 그가 여자들에게서 좋아하는 깜찍하고 발랄한 면도 없었고, 게다가 웬만큼 정상적인 남자라면 건강이 좋지 않아 비실비실하고 신분도 애매한 데다, 혹까지 딸린 여자와 결혼하고 싶어 하지 않을 거라고 생각했다.

그러나 블랑카 자신은 남자들이 자기를 좋아하는 것을 당연하게 생각했다. 자신의 미모에 자신이 있었다. 그렇지만 자기를 찾아오는 신사들 앞에서는 아랍 여인처럼 매혹적인 눈을 깜빡여 그들에게 용기를 심어주면서도, 나중에는 신중하게 거리를 두는 모순된 태도를 취했다. 블랑카는 그들의 마음이 진실이라는 걸 알게 되면 그 자리에서 매몰차게 거절해 관계를 끊어버렸다. 경제적 지위가 좋은 몇몇 남자들은 딸의 마음을 사로잡아 엄마의 사랑을 얻으려고도 했다. 그들은 걷기도 하고 울기도 하고 밥도 먹을 수 있도록 인간처럼 특수 장치가 된 귀한 인형과 값비싼 선물을 알바에게 수없이 안겨주었다.

그리고 배가 터질 때까지 크림빵을 잔뜩 사주기도 하고, 동물원에 데려가기도 했다. 동물원에서 알바는 그곳에 갇힌 동물들이 불쌍해서, 특히 어딘지 무섭고 불길한 예감을 불러일으키는 바다표범이 가여워서 엉엉 울었다. 우쭐대며 돈을 펑펑쓰는 구혼자들의 손에 이끌려 동물원에 간 이후로 알바는 우리나 벽, 쇠창살, 고립을 평생 두려워하게 되었다.

블랑카를 좋아하는 남자들 가운데 '압력 밥솥의 왕'이 블랑카의 마음을 가장 많이 사로잡았다. 그가 막대한 재산에 순하고 내성적인 성격을 지녔음에도 불구하고, 에스테반 트루에바는 그가 할례를 받았고, 유대인 특유의 매부리코에 곱슬머리라는 이유로 그를 끔찍이 싫어했다. 에스테반은 특유의 빈정거림과 적대적인 태도로, 강제 수용소에서도 용케 살아남아 가난한 이민 생활을 이겨내고 살벌한 사업계에서도 승리를 거둔 그 남자를 주눅 들게 만들었다. 그들의 로맨스가 계속되는 동안 '압력 밥솥의 왕'은 최고급 레스토랑으로 식사하러 가기 위해 멋진 스포츠카를 몰고 와서 블랑카를 데려갔다. 같은 차종 중에서도 희귀한 모델로, 좌석은 단 두 개밖에 없지만 타이어가 트랙터만 했고, 모터에 요란한 소리를 내는 터빈이 달려 있어 지나갈 때마다 사람들이 호기심에 몰려와서 구경했지만, 정작 트루에바 가족들은 별것 아니라는 표정을 지었다. 블랑카는 아버지의 역성과 참견하기 좋아하는 이웃사람들의 호기심을 무시한 채 특별한 날에만 입는 한 벌뿐인 검정색 맞춤 정장에 하얀 실크 블라우스를 입고 수상처럼 당당하게 차에 올라탔다.

알바는 엄마에게 작별 키스를 하고서, 엄마에게서 나는 야릇한 재스민 향을 그대로 코끝에 간직한 채 가슴 한가운데가 답답해져 오는 불안감을 억누르며 대문 앞에 한참 서 있었다. 그때는 니콜라스 외삼촌에게서 받은 극기 훈련만이 엄마의 데이트를 울지 않고 견딜 수 있게 해주었다. 알바는 언젠가 엄마의 구혼자들 중 엄마를 설득해서 결혼하는 사람이 생겨, 자기는 엄마 없이 외롭게 영원히 혼자 남겨질까 봐 늘 두려웠다. 알바는 이미 오래전에 자기에게는 아버지가 필요 없으며, 의붓아버지는 더더욱 필요 없다고 생각했다. 그렇지만 만에 하나 엄마를 잃는다면 요리사가 하는 것처럼 자기도 죽을 때까지 양동이에 머리를 처박고 있기로 결심했다. 요리사는 고양이가 넉 달에 한 번 꼴로 낳는 새끼 고양이들을 그렇게 물속에 집어넣어 죽였다.

알바는 페드로 테르세로 아저씨를 처음으로 보았을 때 엄마가 자기를 버릴 수도 있다는 두려움에서 완전히 벗어났다. 그 아저씨가 있는 한은 아무도 엄마의 사랑을 얻을 수 없을 거라는 사실을 직관적으로 알 수 있었다. 어느 여름 일요일이었다. 블랑카가 알바의 귀에 흉터를 남긴 적이 있는 인두로 알바의 머리를 나선형의 곱슬머리가 되도록 손질해 주었다. 그러고 나서는 알바에게 하얀 장갑을 끼워주고, 검은 에나멜가죽 구두를 신기고, 가짜 체리가 달린 밀짚모자를 씌워주었다. 외할머니는 알바를 보고 웃음을 터뜨렸지만, 엄마는 알바의 목에 향수 두 방울을 떨어뜨려 주면서 알바를 위로했다.

"너는 이제 아주 유명한 사람을 만나게 될 거야." 블랑카가 집을 나서면서 수수께끼 같은 말을 했다.

블랑카는 알바를 데리고 일본 공원으로 갔다. 그곳에서 블랑카는 알바에게 시럽을 씌운 막대 사탕과 팝콘 한 봉지를 사주었다. 모녀는 옥수수 알갱이를 열심히 쪼고 있는 비둘기들에 둘러싸여, 서로 손을 꼭 잡고 그늘에 있는 벤치에 앉아 있었다.

알바는 엄마가 손가락을 들어 가리키기도 전에 그 아저씨가 다가오는 것을 보았다. 아저씨는 공원들이 입는 작업복을 입고 있었다. 검고 엄청나게 긴 수염이 가슴 절반을 뒤덮고 있었으며, 머리카락은 헝클어져 있었다. 양말도 신지 않은 채 프란체스코 수도사들이 신는 샌들을 신고 있었다. 그렇지만 너무나도 근사하고 화사한 미소를 머금고 있어서, 단번에 알바의 침실의 거대한 벽화에 그려질 정도로 인상 깊은 사람들의 범주에 들어갔다.

아저씨와 작은 꼬마 숙녀는 서로 바라보며, 상대방의 눈에서 자신의 모습을 찾아보았다.

"이분은 페드로 테르세로 씨야. 가수시란다. 라디오에서 아저씨 노래 들었지?" 엄마가 말했다.

알바가 손을 내밀자 아저씨가 왼손으로 알바의 손을 꼭 쥐었다. 그때 알바는 아저씨의 오른손 손가락 몇 개가 없다는 것을 알아차렸다. 그러나 아저씨는 사람들은 자기가 하고 싶은 게 있으면 어떻게든 방법을 찾아낼 수 있다며, 자기는 손가락이 없어도 기타를 칠 수 있다고 설명했다. 그들 세 사람은 함께 일본 공원을 거닐었다. 느지막한 오후쯤에 그들은 그때까지도 존재하고 있던 그 도시의 거의 마지막 고물 전차를 타고, 시장 노점에서 파는 생선 튀김을 사 먹으러 갔다. 땅거미가 질 무렵에 아저씨가 그들을 집 골목이 있는 데까지 바래다 주었다. 작별 인사를 할 때 블랑카와 페드로 테르세로는 서로 진한 입맞춤을 했다. 알바의 주위에는 사랑에 빠진 사람이 아무도 없었기 때문에 그런 키스를 본 것은 난생처음이었다.

그날부터 블랑카는 주말마다 혼자 외출하기 시작했다. 블랑카는 먼 친척 언니들을 방문하러 가는 거라고 둘러댔다. 에스테반 트루에바가 화를 내며 집에서 쫓아내겠다고 협박했지만 블랑카는 전혀 아랑곳하지 않았다. 블랑카는 알바를 클라라에게 맡기고, 꽃무늬로 뒤덮인 촌스러운 손가방을 들고서 버스에 올라탔다.

"엄마는 절대 결혼하지 않을 거고, 내일 저녁 때 반드시 돌아오겠다고 약속할게."

블랑카는 딸과 헤어질 때마다 그렇게 말했다.

알바는 낮잠 자는 시간에 요리사 아줌마와 함께 앉아 라디오에서 흘러나오는 대중가요, 특히 일본 공원에서 만났던 아저씨가 부르는 노래를 듣는 것을 좋아했다. 에스테반 트루에바는 어느 날 갑자기 부엌에 들어왔다가 라디오에서 흘러나오는 그 노래를 듣고는, 외할아버지가 왜 그렇게 노발대발하는 건지 영문도 모르는 채 어리둥절해하는 손녀딸 앞에서 라디오가 비틀어진 고철 더미가 될 때까지 지팡이로 내리쳤다. 다음 날 클라라는 알바가 페드로 테르세로의 노래를 듣고 싶을 때마다 들을 수 있도록 새 라디오를 사주었고, 늙은 트루에바는 모르는 체했다.

그때는 아직도 '압력 밥솥의 왕'이 드나들던 시절이었다. 페드로 테르세로도 그의 존재에 대해 알게 되었으며, 괜히 질투를 부렸다. 사실 페드로 테르세로는 블랑카를 좌지우지한 반면, 그 불쌍한 유대인 사업가는 블랑카의 근처에서 수줍게 서성거릴 뿐이었다. 페드로 테르세로는 블랑카에게 에스테반 트루에바의 집을 나와 자기와 함께 떠나자고 수도 없이 얘기했다. 아버지의 지나친 간섭과 다운 증후군 환자들과 할 일 없는 여자들이나 우글거리는 외로운 작업실에서 벗어나 속 시원하게 자기와 함께 떠나, 어렸을 때부터 숨겨왔던 그 격렬한 사랑을 죽을 때까지 나누자고 간청했다. 그러나 블랑카는 마음을 정할 수가 없었다. 자기가 만일 페드로 테르세로와 함께 산다면 자신이 속한 사회 계층과 자신이 늘 누려왔던 지위로부터 영원히 추방될 거라는 사실을 잘 알고 있었다. 또한 페드로 테르세로의 친구들은 결코 자신을 받아들이지 않을 것이며, 노동자 계급이 사는 그 동네의 비참한 생활에 자기도 제대로 적응하지 못할 거라는 것도 알고 있었다.

오랜 세월이 흐른 후 알바가 엄마의 인생을 되돌아보며 분석할 수 있을 정도로 나이가 들었을 때, 알바는 엄마가 단지 페드로 테르세로를 충분히 사랑하지 않았기 때문에 과감하게 그에게 가지 않았던 거라고 결론 내렸다. 사실 트루에바의 집에서 누릴 수 있는 것은 페드로 테르세로도 얼마든지 해줄 수 있었다. 블랑카는 클라라가 얼마간의 용돈을 쥐어주거나 성탄 인형을 팔았을 때만 수중에 돈이 있는 아주 가난한 여자였다. 수입이라고 해봐야 얼마 되지도 않았을뿐더러 의사들에게 치료비를 갖다 바치느라 그나마 수입의 대부분을 써야 했다. 아무리 일을 많이 하고 돈에 쪼들려도 상상으로 꾀병을 앓곤 하던 그 능력은 전혀 줄어들지 않았다. 오히려 해가 거듭할수록 더 늘어만 갔다. 블랑카는 아버지에게 조금도 꼬투리를 잡히지 않으려고 아버지한테는 아무것도 요구하지 않았다. 이따금 클라라와 하이메가 블랑카에게 옷을 사주거나 필요한 데 쓰라며 용돈을 주기는 했지만, 보통은 양말 한 켤레도 살 여유가 없었다. 블랑카의 가난과, 에스테반 트루에바가 손녀딸에게 사다 입히는 수놓인 값비싼 옷이며 맞춤 구두들은 엄청난 대조를 이루었다.

블랑카의 삶은 아주 고되었다. 그녀는 겨울이건 여름이건 매일 아침 6시에 일어나 곧장 고무 앞치마를 두르고 나막신을 신고서 가마에 불을 지피고 작업대를 준비하고 거칠고 차가운 진흙 속에 팔뚝까지 담근 채 수업 시간에 쓸 점토를 준비했다. 손톱이 언제나 부러져 있고, 살갗이 터져 있는 것도 다 이 때문이었으며, 시간이 흐르면서 손가락 모양도 뒤틀렸다. 하루 중 그 시각에 블랑카는 가장 많은 영감을 받았고, 그때는 방해할 사람도 없었기 때문에 성탄 인형에 쓰일 괴상한 동물들을 만들면서 하루를 시작했다. 그러고 나서 블랑카는 수업이 시작할 때까지 집안일을 돌보고 하인들을 다스리고, 생활 용품도 사들여야 했다. 블랑카의 제자들은 아무것도 할 일이 없는 좋은 집안의 자녀들이었다. 그래서 그들은 자기네 할머니들이 그랬던 것처럼, 가난한 사람들을 위해 뜨개질을 하는 것보다 도자기를 만드는 것이 좀 더 품위 있는 유행이라고 여기는 정도였다.

블랑카는 아주 우연한 계기로 나온 증후군 환자들에게도 도자기 수업을 해야겠다는 생각을 하게 되었다. 어느 날, 클라라의 옛날 친구가 손자를 데리고 트루에바 상원의원의 집을 찾아온 적이 있었다. 손자는 물렁살이 통통한 십 대로, 달덩어리같이 둥글고 순한 얼굴과 자그마한 동양인의 눈에 늘 다정한 표정을 짓고 있었다. 열다섯 살이나 먹었지만 알바는 그 아이가 갓난아기 같다는 생각이 들었다. 클라라는 손녀딸에게 아이를 정원으로 데리고 나가 함께 놀면서 아이가 옷을 더럽히거나, 분수에 빠지거나, 흙을 집어먹거나, 바지 앞 지퍼 있는 데를 손으로 만지작거리지 못하게 하라고 했다. 알바는 아이를 지켜보는 일이 금방 싫증 난 데다 그 아이와 조리 있는 언어로는 의사소통이 불가능하다는 것을 알게 되자 아이를 데리고 엄마의 도자기 작업실로 갔다. 그곳에서 블랑카는 아이를 재미있게 해주기 위해 흙이나 더러운 것이 묻지 않도록 앞치마를 둘러주고 아이의 손에 점토 덩어리를 쥐여주었다. 아이는 침을 흘리거나 오줌을 싸거나 벽에 머리를 부딪히지 않고 세 시간 이상 진흙 덩어리를 가지고 놀면서 조잡한 형상들을 몇 개 빚어서 자기 외할머니에게 선물이라며 가지고 갔다. 외할머니는 자기가 손자와 함께 왔었다는 사실도 잊고 있다가 너무 좋아서 어쩔 줄을 몰라 했다. 그렇게 해서 도자기를 빚는 것이 다운 증후군 환자들에게 유익하다는 생각을 하게 되었다.

결국 블랑카는 매주 목요일 오후에 작업실을 찾아오는 아이들 한 그룹에게 수업을 하게 되었다. 그들은 승합차를 타고 풀 먹인 두건을 두른 수녀 두 명의 보호를 받으며 왔다. 블랑카와 알바가 벌레나 공, 눌러 뭉개진 개, 찌그러진 컵 만드는 법을 아이들에게 가르치는 동안, 수녀들은 클라라와 함께 정원에 앉아 핫 초콜릿을 마시면서 십자수의 좋은 점과 죄악의 종류를 단계별로 분류하여 얘기했다. 연말이면 수녀들이 전시회와 파티를 열었으며, 사람들은 그 흉측한 예술 작품들을 인정상 사주었다.

블랑카와 알바는 아이들이 자기네가 사랑받고 있다고 느낄 때 작품을 훨씬 더 잘 만들며, 애정을 가질 때만이 그들과 의사 소통할 수 있다는 사실을 금세 깨달았다. 블랑카와 알바는 아이들을 부둥켜안고, 뽀뽀하고, 쓰다듬는 법을 배우다가 결국에는 그 아이들을 진정으로 사랑하게 되었다. 알바는 저능아들을 실은 승합차가 오기를 일주일 내내 손꼽아 기다렸으며, 아이들이 알바를 껴안으러 달려오면 좋아서 팔짝팔짝 뛰었다. 그러나 목요일은 너무 힘든 하루였다. 알바는 기진맥진해서 곯아떨어졌으며, 작업실에 있던 동양인처럼 생긴 아이들의 다정다감한 얼굴이 머릿속에서 떠나지 않고 계속 맴돌았다. 블랑카는 한결같이 편두통에 시달렸다. 수녀들이 다운 증후군에 걸린 아이들을 챙겨서 하얀 날개 같은 옷을 펄럭거리며 떠나고 나면 블랑카는 딸을 꼭 껴안고 딸의 얼굴을 온통 키스로 뒤덮으면서 알바가 정상으로 태어난 것에 대해 하느님께 감사해야 한다고 말했다. 그런 까닭에 알바는 정상인 것이

하늘이 준 큰 선물이라 생각하면서 성장하게 되었다. 알바는 그 문제를 외할머니와 토론하기도 했다.

"거의 집집마다 바보나 미친 사람이 한 명씩은 있단다, 애야." 외할머니는 그렇게 많은 세월이 지났는데도 눈을 떼면 바늘을 놀릴 줄 몰라 뜨개질에 열중하면서 손녀에게 말했다.

"그렇지만 그들을 무슨 집안 망신쯤이라 생각해서 늘 숨기려 하기 때문에 거의 눈에 띄지 않는 거다. 손님들이 와도 볼 수 없도록 아주 깊숙한 골방에다가 가둬놓기 일쑤지. 하지만 사실, 그 아이들도 신의 창조물이기 때문에 부끄러워할 일이 아니란다."

"하지만 외할머니, 우리 집안에는 그런 사람이 아무도 없잖아요." 알바가 대답했다.

"없지. 우리 집안에서는 사람들이 공평하게 골고루 미쳐 있기 때문에 제대로 된 미치광이가 나오기 힘들지."

클라라 외할머니와의 대화는 늘 그런 식으로 이어졌다. 그래서 일바에게는 글라라 외할머니가 집안에서 가장 중요한 사람이고, 그녀의 삶에서 가장 강력한 존재였다. 클라라 외할머니는 모퉁이 큰 집의 뒤채에 자리 잡은 마법의 세계를 움직이는 원동력이었으며, 알바는 그 세계에서 완전한 자유를 만끽하며 일곱 살까지 살았다. 알바는 외할머니가 하는 이상한 행동들에 익숙해져 있었다. 예를 들어 외할머니가 책상다리를 하고 안락의자에 앉아서 보이지 않는 힘에 이끌려 무아지경 상태에서 방 안을 떠돌아다니는 모습을 봐도 알바는 전혀 놀라지 않았다. 알바는 클라라 외할머니가 병원과 구빈원으로 순례 여행을 떠날 때도 따라가, 그곳에서 가난한 사람들을 위해 열심히 일하는 외할머니의 뒤를 졸졸 따라다녔다. 심지어는 이빨이 빠진 외할머니의 해맑은 미소를 뜨개질하면서 곁눈질로 훔쳐보기 위해 실 네 겹을 겹쳐서 두꺼운 바늘로 하이메 외삼촌의 조끼를 뜨는 법을 배우기도 했다. 그러면 삼촌은 한 번만 입고는 벗어서 가난한 사람들에게 선물했다.

클라라는 손녀딸 편으로 자주 에스테반에게 메시지를 보냈다. 그래서 알바는 '연락 비둘기'라는 별명도 얻게 되었다. 어린 알바는 금요 모임에도 참석했다. 그 모임에서는 백주 대낮에 별다른 속임수도 부리지 않았는데 삼각 테이블이 우리가 알고 있는 에너지의 동력 없이, 지레 작용의 원리도 벗어나 혼자 위로 붕 떠올랐다. 알바는 또한 유명한 대가들과 클라라 외할머니의 후원을 받는 수줍음 많은 무명의 예술가들이 번갈아 참석하는 문학의 밤에도 참석했다. 그 시절에는 수많은 손님들이 모퉁이 큰 집에서 먹고 마셨다. 그 나라의 유명 인사들은 대부분 한 번씩은 번갈아 가면서 그 집에서 기거한 적이 있거나, 아니면 최소한 심령주의자들의 모임과 문학 토론과 친목 모임에 참석한 적이 있었다. 그들 중에는 오랜 세월이 흐른 후에 금세기 최고의 시인으로 인정받아 그의 시가 세상의 모든 언어로 번역되기도 했던 그 나라 최고의 시인도 있었다. 알바는 그 시인의 무릎에 자주 앉았었다. 그렇지만 그때는 훗날 자기가 두 줄로 늘어선 기관총들 사이로, 핏빛 카네이션 한 다발을 손에 들고 그 시인의 관을 따라서 걷게 되리라고는 상상도 하지 못했다.

클라라는 아직 젊었지만 이빨이 없어서 손녀딸의 눈에는 아주 나이 들어 보였다. 클라라는 주름살 하나 없었고, 입을 다물고 있을 때는 순진무구한 표정 때문에 아주 젊어 보였다. 클라라는 정신병자들이 입는 가운처럼 생긴 천연 마로 된 가운을 입었으며, 겨울에는 울로 짠 긴 양말을 신고 손가락 없는 장갑을 꼈다. 클라라는 하나도 웃기지 않은 일에 잘 웃었으며, 농담을 제대로 이해하지 못해서 아무도 웃지 않을 때 혼자 좋다고 웃기도 했다. 또 때로는 다른 사람들이 우스꽝스럽게 행동하는 것을 보고 몹시 슬퍼한 적도 있었다. 클라라는 가끔 천식 발작을 일으켰으며, 그럴 때에는 늘 몸에 지니고 다니는 작은 은방울로 손녀를 불렀다. 그럼 알바가 얼른 달려가 외할머니를 꼭 껴안고 위로의 말을 속삭였다. 두 사람 모두 천식에는 사랑하는 사람이 한참 동안 꼭 껴안아 주는 게 제일이라는 것을 오랜 체험으로 알고 있었다.

클라라는 늘 생글거리는 갈색 눈에, 새치가 섞여 반짝이는 머리를 하나로 묶고 다녔다. 그렇지만 늘 억센 머리카락이 몇 올씩은 빠져나와 약간은 헝클어져 있었다. 손은 하얗고 가느다랬으며, 손톱은 아몬드처럼 생겼고, 길쭉한 손가락에는 반지 하나 끼고 있지 않았다. 그 손은 유연한 동작을 하거나 점치는 카드를 내려놓을 때와 식사 시간에 의치를 낄 때만 사용하였다. 알바는 외할머니의 치맛자락 안으로 들어가거나, 옛날이야기를 해달라고 조르거나, 염력으로 꽃병을 움직여보라고 조르면서 하루 종일 외할머니만 졸졸 따라다니며 보냈다. 알바는 악몽을 꾸거나 니콜라스 외삼촌의 극기 훈련을 견딜 수 없을 때는 외할머니에게서 안전한 피난처를 찾았다. 클라라 외할머니는 알바에게 새들을 보살피고, 새의 언어로 그 새들 하나하나와 대화할 수 있는 방법도 가르쳐주었다. 그와 더불어 자연의 전조를 읽어내는 법과 가난한 사람들을 위해 사슬뜨기로 목도리를 뜨는 법도 가르쳐주었다.

알바는 클라라 외할머니가 모퉁이 큰 집의 영혼이라는 것을 알았다. 다른 사람들은 나중에 클라라가 죽은 뒤 그 집에서 꽃이나 방랑벽 있는 친구들, 장난기 많던 혼령들이 모두 사라지고 나서야 비로소 모퉁이 큰 집이 쇠락의 길로 접어들었다는 것을 알게 되었다.

알바가 에스테반 가르시아를 처음으로 본 것은 여섯 살 때였지만 결코 그를 잊을 수가 없었다. 어쩌면 여름 방학 때 외할아버지와 함께 트레스 마리아스에 놀러갔다가 그를 봤을 수도 있었다. 에스테반 트루에바는 알바를 데리고 나가 그의 소유지를 돌아보았다. 그는 작은 벽돌집들을 포함해서 포플러 나무에서 화산에 이르기까지 눈에 들어오는 것은 모두 끌어안을 듯한 자세로 그 땅이 언젠가 그녀의 소유가 될 테니 땅을 사랑할 줄 알아야 한다고 자주 말했다.

"내 자식들은 모두 하나같이 얼간이거든. 걔들이 트레스 마리아스를 물려받았다가는 일 년도 못 돼서 내 아버지가 그랬던 것처럼 다시 폐허로 만들어버릴 게다." 에스테반이 손녀딸에게 말했다.

"이게 전부 외할아버지 거예요?"

"전부. 큰 도로에서부터 저 너머 산꼭대기까지 모두 외할아버지 거다. 보이니?"

"왜요, 외할아버지?"

"왜는 무슨 왜야! 그거야 내가 주인이니까 그렇지!"

"하지만, 왜 외할아버지가 주인이에요?"

"그게 우리 집안의 소유니까."

"왜요?"

"우리 집안이 인디오들한테 샀으니까."

"그럼 소작인들은요? 소작인들은 여기서 한평생 살았는데도 왜 주인이 아니에요?"

"하이메 외삼촌이 네 머리에다가 그 빌어먹을 볼셰비키 사상을 집어넣었구나!" 트루에바 상원의원은 화가 나서 침을 튀기며 호통을 쳤다. "주인이 없으면 여기가 어떻게 될지 알고나 있니?"

"몰라요."

"완전히 개판이 될 거나! 명령을 내리고, 작물을 내다가 팔고, 여러 골치 아픈 일들을 책임지고 맡아서 할 사람이 한 명도 없을 거야, 알겠니? 다른 사람들을 돌볼 이도 아무도 없을 거다. 예를 들어 누군가 병들어서 죽거나 한다면, 그 마누라와 자식들은 모두 굶어서 죽고 말 거다. 모두 코딱지만 한 땅뙈기를 나눠서 가지면 집에서 먹을 것도 없을 거야. 그 사람들을 대신해서 생각할 사람이 필요해. 결정을 내려주고 그들을 도와줄 사람이 필요한 거다. 나는 이 근방에서 가장 훌륭한 농장주란다. 알바. 성질은 고약할지 몰라도 난 공평하다. 내 소작인들이 도시에 사는 사람들보다 더 잘살고 있지. 그들에게는 부족한 게 없어. 그리고 가뭄이나 홍수, 지진이 일어날 때도 나는 이곳 사람들이 아무 고생 하지 않도록 각별히 배려해 준다. 그리고 너도 나이가 들면 그렇게 해야 한단다. 그래서 너를 트레스 마리아스에 데리고 온 거란다. 네가 돌부리나 동물 하나하나까지 다 알 수 있도록, 특히 사람들의 이름과 성까지 다 알 수 있도록 말이다. 무슨 말인지 알겠니?"

그러나 실제로 알바는 농민들과 거의 접촉하지 않았기 때문에 소작인 하나하나의 이름과 성을 알기란 거의 불가능했다. 바로 이런 이유로, 어느 날 오후 피부가 가무잡잡하고 동작이 서툴고 굼뜬 데다가 쥐새끼처럼 포악한 눈을 가진 젊은 이가 수도에 있는 모퉁이 큰 집을 찾아왔을 때 알바는 그를 알아보지 못했다. 그는 몸에 꼭 끼는 어두운 색깔의 양복을 입고 있었다. 천이 워낙 낡아서 무릎과 팔꿈치, 등판이 필름처럼 윤이 나서 반들거렸다. 그는 트루에바 상원의원을 만나 뵙고 싶으며, 트레스 마리아스에서 일하는 소작인의 아들이라고 자신을 소개했다. 보통 때 같으면 그와 같은 처지의 사람들은 부엌 뒷문으로 들어와 부엌에서 기다려야 했지만, 그날 모퉁이 큰 집에서 보수당 대부분의 의원들이 참석하는 연회가 있었기 때문에 서재로 안내되었다. 부엌에는 일개 부대의 요리사들과 트루에바가 클럽에서 차출한 웨이터들이 법석거렸다. 부엌이 시끄럽고 정신 없이 북적거렸기 때문에 방문객은 거치적거리기만 할 뿐이었다. 겨울 오후였다. 서재는 어두컴컴하고 조용했으며, 난로에서 너울거리며 춤추는 불빛만이 방 안을 비추고 있었다. 목재와 가죽을 닦는 광택제 냄새가 풍겼다.

"여기서 기다려. 아무것도 손대면 안 된다. 의원님께서 곧 오실 게다."

하녀가 퉁명스럽게 말하고는 그를 혼자 남겨두고 가버렸다.

젊은이는 감히 움직일 엄두도 내지 못하고, 시선만 들어 방 안을 둘러보았다. 만약 할머니인 판차 가르시아가 말한 대로 자기가 적자로 태어났더라면 이 모든 것이 자기 차지가 되었을 수도 있다는 생각이 들자 분노가 끓어올랐다. 할머니가 오한을 일으키는 설사병에 걸려 죽기 전까지 그런 이야기를 수없이 많이 했었다. 할머니가 돌아가신 후에 그는 북적거리는 형제들과 사촌들 속에 뒤섞여 정말 고아처럼 자랐다. 할머니는 많은 아이들 중에 유독 그를 차별해서 그의 피 속에 주인 나리의 피가 섞여 있고, 다른 아이들과는 근본적으로 다르다는 것을 잊지 않도록 늘 상기시켜 주었다. 그는 숨이 막힐 듯한 기분으로 서재를 둘러보았다. 벽난로 양쪽을 제외하고는 모든 벽이 번쩍번쩍 윤이 나는 마호가니 책장들로 뒤덮여 있었다. 벽난로 양쪽으로는 상아와 동양 특유의 단단한 돌들이 가득 놓인 유리 선반 두 개가 놓여 있었다. 서재는 2층 높이였으며, 에스테반 트루에바가 유일하게 건축가의 변덕에 찬성한 방이었다. 발코니는 나선 모양의 연철로 만든 계단을 통해 올라갈 수 있었으며, 책장 위층을 대신하고 있었다.

에스테반 트루에바는 서재를 점차 자신의 피난처이자 집무실, 성소로 만들어가면서 자신이 가장 소중히 여기는 물건들을 가까이 두고 싶어 했다. 그래서 그곳에 그 집에서 가장 좋은 그림들을 가져다 걸었다. 책장들은 바닥에서 천장까지 책과 예술품으로 빼곡히 들어차 있었다. 그곳에는 육중한 스페인풍의 책상과 창 쪽으로 등이 돌려져 있는 검은 가죽으로 된 큼지막한 팔걸이의자들, 오크 마룻바닥을 장식하고 있는 페르시아 양탄자 네 장, 언제 어디서나 책을 읽기에 충분한 밝기로 곳곳에 전략적으로 배치해 놓은 양피지 갓을 씌운 독서용 램프 네 개가 놓여 있었다. 트루에바 상원의원은 이 서재에서 회의를 열고, 음모를 꾸미고, 사업 구상하기를 좋아했으며, 혼자 있을 때에는 이곳에서 분노와 좌절된 욕망 혹은 슬픔을 삭이기도 했다.

그렇지만 양탄자 위에 서서 감히 손도 어디다 둬야 할지 몰라 곤혹스러워하며 진땀을 흘리고 있는 농촌 총각이 그 사실을 알 리가 없었다. 그 위엄 가득 차고, 육중하고, 사람을 압도하는 듯한 서재는 그가 '주인 나리'에 대해 갖고 있는 이미지와 똑같았다. 그는 증오심과 두려움으로 몸을 떨었다. 그는 한번도 그런 장소에 와본 적이 없었다. 지금까지는 산 루카스에 있는 영화관이 이 세상에서 가장 화려한 곳이라고 생각했다. 옛날에 학교 여선생님이 학생들을 데리고 타잔 영화를 보여주러 그곳에 간 적이 한 번 있었다. 그가 결단을 내리고, 가족들을 설득해서 주인 나리에게 이야기하기 위해 혼자서, 그것도 무일푼으로 수도까지 긴 여행을 하기란 결코 쉬운 일이 아니었다. 그는 가슴속에 품은 생각을 주인 나리에게 말하기 위해 여름까지 기다릴 수가 없었다. 갑자기 누군가 자기를 주시하고 있는 느낌이 들었다. 뒤를 돌아보니, 땋아 내린 머리에 수놓은 양말을 신은 작은 여자아이가 문간에 서서 자기를 빤히 바라보고 있었다.

"이름이 뭐예요?" 아이가 물었다.

"에스테반 가르시아." 그가 말했다.

"나는 알바 트루에바예요. 내 이름 기억하세요."

"그럴게."

알바와 에스테반 가르시아는 서로 한참을 바라보았다. 마침내 알바가 경계를 풀고 그의 곁으로 가까이 다가갔다. 알바는 외할아버지가 아직 국회에서 돌아오시지 않아 더 기다려야 한다고 설명하고, 파티 때문에 부엌에 난리가 났다며 나중에 자기가 과자를 가져다주겠다고 약속했다. 에스테반 가르시아는 마음이 좀 편해졌다. 그는 검은 가죽 팔걸이의자에 앉아 아이를 조금씩 자기 쪽으로 끌어당겨 무릎 위에 앉혔다. 알바에게서는 베이럼 냄새가 났다. 그 상큼하면서도 달콤한 향이 어린아이의 땀 냄새와 뒤섞여 있었다. 청년은 아이의 목덜미에 코를 갖다 내고서, 난생처음으로 맡는 깨끗하면서도 행복이 가득한 향을 깊이 들이마셨다. 까닭도 없이 그의 눈에 눈물이 가득 고였다. 그는 자기가 이 어린아이를 늙은 트루에바 못지않게 증오하고 있다는 사실을 깨달았다. 아이는 자기가 절대 가질 수 없는 것을, 자기는 절대 도달할 수 없는 것을 모두 누리고 있었다. 그는 아이에게 상처를 주고, 아이를 파괴하고 싶었다. 그렇지만 또 한편으로는 계속 아이의 냄새를 맡고, 갓난아이처럼 여린 아이의 목소리를 듣고, 아이의 부드러운 살갗을 계속 느끼고 싶었다. 그는 수놓은 양말의 위쪽 끝으로 나와 있는 아이의 무릎을 어루만졌다. 따뜻한 촉감에 가는 주름들이 살짝 파인 무릎이었다.

알바는 요리사가 저녁 식사 때 내놓을 닭의 엉덩이에 호두를 가득 채워 넣고 있다며 쉴 새 없이 재잘거렸다. 에스테반이 두 눈을 감았다. 몸을 떨고 있었다. 그가 한쪽 손으로 아이의 목을 감쌌다. 땋아 내린 아이의 머리가 그의 손목을 간질였다. 아이가 너무 작아서 아주 조금만 힘을 줘도 목 졸라 죽일 수 있다고 생각하면서 가만히 손에 힘을 주었다. 그는 아이를 목 졸라 죽이고 싶었다. 아이가 몸부림을 치며 자기 무릎을 걷어차고 살려고 바동거리는 느낌이 어떤 것인지 느껴보고 싶었다. 그는 아이의 신음 소리를 듣고 싶었고, 아이가 자기 품안에서 죽었으면 하고 바랐다. 그는 아이의 옷을 벗기고 싶었다. 곧 격렬한 흥분이 느껴졌다. 풀 먹인 아이의 원피스 속으로 과감하게 다른 쪽 손을 집어넣어, 아이의 다리를 더듬으며 조금씩 위쪽으로 올라가다가 마침내 바티스트 천으로 만든 속치마의 레이스와 고무줄을 끼운 울 팬츠에 손이 닿았다. 머리 한쪽 구석에서는 자신이 끝없는 나락으로 빠져 들어가려 한다며 계속 경고를 보내왔다. 아이는 재잘거리던 것을 멈추고, 크고 까만 눈을 동그랗게 뜬 채 가만히 있었다. 에스테반 가르시아가 아이의 손을 잡아서 딱딱해진 자신의 성기에 갖다 대었다.

"너 이게 뭔지 아니?" 그가 잠긴 목소리로 물었다.

"고추." 아이가 대답했다. 알바는 하이메 외삼촌의 의학 서적에 실린 그림에서 그것을 보았고, 니콜라스 외삼촌이 동양

체조를 한다고 발가벗고 돌아다닐 때도 본 적이 있었다.

에스테반 가르시아는 깜짝 놀랐다. 그가 갑자기 일어나는 바람에 알바가 양탄자 위로 나동그라졌다. 그는 놀라서 겁에 질려 있었다. 두 손이 바들바들 떨렸고 무릎에서는 힘이 쫙 빠져나갔으며, 귀가 후끈하게 달아올랐다. 바로 그때 복도에서 트루에바 상원의원의 발소리가 들려왔고, 몇 초 뒤에 그가 제대로 숨을 가다듬기도 전에 노인이 서재 안으로 들어섰다.

"왜 이렇게 어두운 거야?"

에스테반 트루에바가 지진이 일어날 듯한 쩌렁쩌렁한 목소리로 고함을 질렀다.

트루에바 상원의원이 불을 켰다. 그는 당혹스러운 눈빛으로 자기를 빤히 바라보고 있는 청년을 보지 못했다. 에스테반이 손녀딸을 향해 양팔을 벌리자 알바가 매 맞은 강아지처럼 외할아버지한테 쪼르르 달려가 안겼다. 그렇지만 금세 몸을 빼내 얼른 문을 닫고는 밖으로 나갔다.

"자네는 누군가?" 그는 역시 자기 손자이기도 한 청년에게 퉁명스럽게 말을 내뱉었다.

"에스테반 가르시아입니다. 절 모르시겠습니까, 주인 나리?" 청년이 겨우 더듬거리며 입을 뗐다.

그제야 에스테반 트루에바는 아주 예전에 페드로 테르세로를 밀고했던 간교한 어린아이가 생각났다. 그 아이는 잘려 나간 손가락들을 땅바닥에서 주워 들고 서 있었다. 대체로 소작인들과 관련된 문제는 트레스 마리아스에 있는 감독이 알아서 해결하기로 되어 있었지만, 에스테반 트루에바는 왠지 그

청년의 말을 들어주지 않고서는 쫓아내기가 쉽지 않을 것 같은 생각이 들었다.

"뭘 원하는가?" 에스테반 트루에바가 물었다.

에스테반 가르시아가 순간 머뭇거렸다. 그는 감히 주인 나리의 저택 문을 두드리기 전 몇 달 동안 열심히 준비해 두었던 말을 바로 떠올릴 수가 없었다.

"빨리 얘기해. 시간이 별로 없어." 에스테반 트루에바가 재촉했다.

청년은 더듬거리면서 간신히 자신의 청을 말했다. 그는 산루카스에 있는 고등학교를 마친 후 특수 경찰 사관학교에 들어갈 수 있는 추천장과 학비를 지원받을 수 있도록 정부 장학금을 받고 싶다고 했다.

"어째서 너의 아버지와 외할아버지처럼 시골에서 살려고 하지 않는 거지?" 주인 나리가 청년에게 물었다.

"용서하십시오, 주인 나리. 하지만 저는 특수 경찰이 되고 싶습니다." 에스테반 가르시아가 사정했다.

트루에바는 페드로 테르세로를 밀고한 보상금을 아직도 그에게 빚지고 있다는 사실을 상기하고는, 이 기회에 그 빚도 갚고 특수 경찰에 쓸 만한 사람을 하나 심어두는 것도 괜찮을 거라는 결론을 내렸다. '언젠가 내가 이 친구를 요긴하게 쓸 날이 올지도 모르지.' 하고 생각했다. 그는 육중한 책상 앞에 앉아, 상단에 상원의원의 인장이 찍힌 종이를 꺼내 관례적인 말들로 추천서를 작성한 다음, 서서 기다리고 있는 청년에게 건네주었다.

"여기 있네. 자네가 그런 직업을 선택해서 정말 다행이야. 무기를 갖고 돌아다니고 싶다면 범죄자가 되거나 경찰이 돼야 하는데, 경찰이 훨씬 낫지. 그건 처벌 대상이 아니니까 말일세. 내 친구인 우르타도 장군에게 전화를 걸어서 자네가 장학금을 받을 수 있도록 조치를 취해 놓겠네. 또 필요한 게 있으면 연락하게."

"너무 감사합니다, 주인 나리."

"그런 말 말게. 난 내 사람은 확실하게 도와주지." 트루에바 상원의원이 에스테반 가르시아의 어깨를 다정하게 다독거리며 작별 인사를 했다.

"자네 이름이 왜 에스테반인가?" 트루에바가 문간에서 물었다.

"주인 어른 때문이지요, 나리." 청년이 얼굴을 붉히며 대답했다.

트루에바는 그 말을 두 번 생각하지 않았다. 소작인들이 존경을 표시하기 위해 자식들에게 주인의 이름을 붙이는 일은 종종 있었다.

클라라는 알바의 일곱 번째 생일날 이 세상을 하직했다. 그녀는 자신이 곧 죽으리라는 징후를 감지하고는 비밀스럽게 떠날 준비를 시작했다. 자기가 입을 옷 몇 벌만 제외하고는 옷을 전부 하인들과 항상 자기를 따르던 추종자들에게 아주 은밀히 나눠주었다. 클라라는 자신의 편지들을 정리하고, 집 안의 외진 구석에서 삶을 증언하는 노트들을 찾아냈다. 클라라는 그 노트들을 시간적인 순서가 아닌, 사건별로 정리해서 색 리본으로 묶었다. 유일하게 날짜만 깜빡 잊고서 기록하지 않았기 때문에 마지막의 급한 상황에서 날짜를 찾느라 시간을 허비할 틈이 없다고 결론 내린 것이다. 클라라가 노트들을 찾는 와중에 구두 상자 속에서, 스타킹 포장지 속에서, 옷장의 맨 아래 서랍에서 보석들이 나타나기 시작했다. 남편이 그녀의 사랑을 얻기 위해 보석을 선물했던 시절 이후로 클라라는 보석들을 옷장 맨 아래 서랍에 넣어두었다. 클라라는 보석들을 낡은 울 양말 한 짝에 쏟아 넣어 옷핀으로 묶은 다음 블랑카에게 건네주었다.

"이것들을 잘 챙겨둬라, 얘야. 언젠가는 이것들이 치렁치렁 달고 다니는 것 이상으로 요긴하게 쓰일 때가 있을 거다." 클라라가 말했다.

블랑카가 이 문제를 하이메에게 얘기하자 그때부터 하이메가 엄마를 주시하기 시작했다. 하이메는 엄마가 겉으로 보기에는 정상적인 생활을 하고 있는 것 같지만, 거의 식사도 하지 않고 우유와 꿀 몇 숟갈로 버티고 있다는 것을 알았다. 클라라는 잠도 거의 자지 않았다. 그녀는 매일 밤 편지를 쓰거나 집 안을 돌아다녔다. 마치 세상으로부터 벗어나려는 듯 몸이 점점 가벼워지고, 투명해지고, 날개가 솟는 것 같았다.

"조만간 엄마가 날아가 버릴 것 같아." 하이메가 근심스럽게 말했다.

갑자기 클라라는 숨이 차기 시작했다. 가슴속에서 미친 말이 전속력으로 질주하는 바람에, 기수가 조바심을 내며 바람

알바

속으로 곤두박질치는 것 같았다. 클라라는 천식 때문에 그렇다고 말했지만, 알바는 전처럼 자기가 달려가 할머니를 한참 껴안아 나올 수 있도록 할머니가 작은 은방울을 울리지 않는다는 것을 눈치 챘다. 어느 날 아침, 알바는 외할머니가 형언할 수 없이 기쁜 얼굴로 새장들을 열고 있는 것을 보았다.

클라라는 자기가 사랑하는 많은 사람들에게 일일이 짤막한 편지를 써서 자기 침대 밑의 상자 안에 아무도 모르게 넣어두었다. 다음 날 아침 클라라는 일어나지 않았다. 하녀가 아침 식사를 쟁반에 받쳐가지고 들어가 커튼을 열려고 하자 그러지 말라고 말렸다. 클라라는 서서히 어둠 속으로 들어가기 위해 빛에서도 벗어나려 하고 있었다.

하이메가 그 이야기를 듣더니 엄마를 보러 가서 자기가 진찰해야 한다고 우겼다. 엄마에게서 평소와 다른 점을 발견할 수는 없었지만 엄마가 돌아가시려 한다는 것은 확실히 알 수 있었다. 하이메는 억지로 환한 웃음을 띠며 엄마의 방을 나왔지만, 일단 엄마의 시야에서 벗어나자 다리가 후들거려 벽에 한참 기대 있어야만 했다. 집안 식구들에게는 아무 말 하지 않았다. 하이메는 의대에서 자기를 가르친 교수이기도 했던 전문의를 불렀다. 그러자 전문의가 바로 그날 트루에바의 저택에 도착했다. 그가 클라라를 진찰한 뒤, 하이메의 진단이 옳았다는 것을 확인해 주었다. 하이메는 그 전문의와 함께 가족들을 불러 모두 거실에 모아놓고 별다른 서론 없이 엄마가 이삼 주 이상은 살지 못할 것이며, 지금 엄마에게 해줄 수 있는 유일한 일은 행복하게 돌아가실 수 있도록 곁을 지켜주는 거라고 말했다.

"엄마가 돌아가시려고 작정하신 것 같아요. 그건 과학의 힘으로도 어떻게 할 수가 없어요." 하이메가 말했다.

에스테반 트루에바는 아들의 멱살을 쥐고서 그 자리에서 아들을 목 졸라 죽일 태세였다. 전문의도 밖으로 쫓아낸 후, 지팡이를 휘둘러 거실 안에 있던 램프와 도자기를 몽땅 박살냈다. 마침내 에스테반은 갓난아이처럼 흐느껴 울며 바닥에 주저앉았다. 바로 그 순간, 알바가 거실 안으로 들어왔다가 외할아버지가 자기 키만 하게 작아져 있는 것을 보았다. 알바가 놀라서 외할아버지에게 다가가 외할아버지의 눈을 들여다보았다. 알바는 외할아버지가 우는 걸 보고는 그를 두 팔로 꼭 껴안았다. 아이는 외할아버지의 눈물을 보고서 무슨 일이 일어났는지 알 수 있었다. 알바가 그 집안에서 침착함을 잃지 않은 유일한 사람이었다. 그것은 고통을 극복하는 극기 훈련을 받은 덕분이기도 했고, 또 외할머니가 가끔 죽음의 상황과 의식에 대해 그녀에게 설명해 준 덕분이기도 했다.

"우리는 세상에 태어날 때와 마찬가지로 죽을 때도 미지의 세계를 두려워한단다. 하지만 그 두려움은 우리 마음 안에 있는 것일 뿐, 현실과는 아무 상관도 없어. 죽음은 탄생과 같은 거야. 그냥 옮겨가는 것일 뿐이지." 클라라가 말했다.

그러고 나서 클라라는 자기가 저승에서 온 영혼들과 어렵지 않게 의사소통을 할 수 있는 것처럼, 나중에 이승의 영혼들과도 그렇게 할 수 있으리라 절대 확신하고 있다고 덧붙였다. 그러니 자신의 경우에는 죽음이 이별이 아니라, 더욱더 하나가 될 수 있는 방법이기 때문에 만일 그때가 오면 알바가 울지 말고 침착하기를 바란다고 말했다. 알바는 외할머니의 말을 완벽하게 이해했다.

잠시 후에 클라라는 달콤한 꿈속으로 빨려 들어간 것 같았다. 폐로 공기를 들이마시려는 힘겨운 노력만이 그녀가 살아 있다는 것을 알려줄 뿐이었다. 그렇지만 클라라가 살려고 발버둥치지 않았기 때문에 질식 상태로 있어도 별로 고통스러워 보이지 않았다. 손녀딸은 잠시도 외할머니의 곁을 떠나지 않고 지켰다. 알바가 그 방에서 나가려 하지 않다가, 어른들이 억지로 끌고 나가려 했을 때에는 처음으로 발버둥 치며 고집을 피웠기 때문에 바닥에 임시로 침대까지 만들어줘야 했다. 알바는 외할머니가 모두 알고 있고, 자기를 필요로 한다며 고집을 피웠다. 그리고 그 말은 사실이었다. 클라라는 임종 직전에 의식을 되찾아 차분하게 말할 수 있었다. 클라라는 알바가 자기 손을 꼭 쥐고 있는 것을 맨 먼저 알아보았다.

"나 이제 곧 죽을 거다. 그렇지, 아가야?" 클라라가 물었다.

"그래요, 외할머니. 하지만 제가 여기 있으니까 아무 걱정하지 마세요." 알바가 대답했다.

"그래. 침대 밑에서 편지 상자를 꺼내 식구들에게 나눠주어라. 모두에게 작별 인사를 할 시간이 없구나."

클라라는 두 눈을 감고 만족스러운 한숨을 내쉬고는, 다른 세상을 향해 뒤도 돌아보지 않고 떠났다. 클라라의 주위로 가족 모두가 모여 있었다. 하이메와 블랑카는 밤에 제대로 잠을 자지 못해 꺼칠했고, 니콜라스는 산스크리트어로 기도를 중얼거렸으며, 에스테반은 한없이 화가 나고 쓸쓸한 마음에 이를 악물고 주먹을 꽉 움켜쥐었다. 어린 알바만이 유일하게 침착했다. 그곳에는 하인들과 모라 세 자매, 지난 몇 달간 그 집에서 숙식해 온 비참하게 가난한 예술가 두 명과 요리사의 연락을 받고 온 신부도 있었다. 트루에바가 마지막으로 고해 성사나 성수를 떨어뜨리는 일로 죽어가는 사람을 괴롭히지 못하게 했기 때문에 신부는 아무것도 할 일이 없었다.

하이메가 엄마 위로 몸을 숙여 뭔가 미세한 심장 박동 소리라도 들리지 않을까 해서 살펴보았지만, 아무것도 느껴지지 않았다.

"엄마는 돌아가셨어." 하이메가 흐느끼며 말했다.

10
쇠락의 시대

그 일을 말로는 할 수가 없다. 그렇지만 글로 써보도록 하겠다. 이십 년이란 세월이 흘렀지만 그 오랜 시간 동안에도 슬픔은 줄어들지 않았다. 나는 그 슬픔을 절대 극복할 수 없을 거리고 생각했다. 그렇지만 아흔이 된 지금, 그런 년에 경험이 많은 클라라가 항상 우리 곁에 있겠다고 약속했을 때 무슨 말을 하려던 것인지 알 것 같다. 전에 나는 길을 잃은 사람처럼 클라라를 찾아 집 안 곳곳을 헤매며 돌아다녔다. 매일 밤 잠자리에 들 때마다, 나는 클라라가 이빨이 부러지기 전, 아직 나를 사랑하고 있었을 때 그랬던 것처럼 클라라가 내 옆에 누워 있다고 상상했다. 나는 불을 끄고 두 눈을 감았다. 그리고 침실의 침묵 속에서 클라라의 모습을 그려보려고 노력했다. 나는 깨어 있을 때도 아내의 이름을 불렀다. 그런데 사람들은 내가 자면서까지 아내의 이름을 부른다고 했다.

클라라가 죽던 날 밤, 나는 클라라와 함께 그 방에서 꼼짝 않고 있었다. 서로 말을 하지 않고 보낸 오랜 세월 끝에, 우리는 부드러운 푸른 실크 바다의 범선에 나란히 누워 마지막 시간을 함께 보냈다. 클라라는 자기 침대를 그렇게 부르는 걸 좋아했다. 전에는 말할 수 없던 것들을, 내가 클라라에게 손을 댔던 그 끔찍한 밤 이후로 내가 마음속에 품어왔던 모든 것을 클라라에게 말할 기회를 얻었다. 나는 클라라의 잠옷을 벗기고, 그녀의 죽음을 정당화할 수 있는 병의 흔적을 찾아 세심하게 살펴보았다. 그러나 아무런 흔적도 찾을 수 없었다. 그제야 나는 클라라가 단지 이 세상에서의 자신의 사명을 완수하고, 마침내 그녀의 영혼이 물질적인 구속으로부터 벗어나 좀 더 편안하게 지낼 수 있는 다른 차원으로 날아갔을 뿐이라는 것을 깨닫게 되었다. 클라라의 죽음에는 추한 면도, 끔찍한 면도 없었다.

오랜 세월 클라라를 내 마음대로 볼 기회가 없었기 때문에 나는 클라라를 한참 동안 바라보았다. 우리 모두 나이가 들면서 변하듯 아내도 변해 있었다. 하지만 내가 보기에는 평소와 다름없이 아름다워 보였다. 체중이 줄어서 더 커 보였기 때문에 처음에는 클라라가 더 자란 거라고 생각했지만, 곧 내가 쭈그러들어서 생긴 착각일 뿐이라는 것을 알았다. 옛날에는 아내 곁에 있으면 내가 거인 같다는 느낌이 들었지만, 그때 침대 위 아내의 옆에 눕자 우리의 키가 거의 비슷해졌다는 것을 깨달았다. 결혼했을 무렵 나를 그토록 매혹시켰던, 숱이 많아어지럽게 헝클어진 곱슬머리 그대로였다. 하지만 잠든 얼굴 위로 반짝이는 흰 머리카락 몇 올 때문에 훨씬 부드러워 보였다. 눈 밑에 검은 그림자가 내려앉아 얼굴이 아주 창백해 보였다. 그리고 그때 처음으로 클라라의 입술과 이마 주변으로 아주 곱고 미세한 주름들이 있다는 것을 알았다. 어린아이 같아 보였다. 차가웠지만 평소처럼 상냥한 여인이었다. 나는 클라라에게 가만히 말도 걸어보고, 어루만져 보기도 했다. 그러다가 슬픔을 이기지 못하고 피곤에 지쳐 얼마간 잠을 자기도 했다. 클라라가 죽었다는 돌이킬 수 없는 사실도 우리의 재결합을 막을 수는 없었다. 마침내 우리는 화해할 수 있었다.

다른 사람들이 들어왔을 때 클라라가 아름답게 보일 수 있도록, 동이 틀 무렵 나는 클라라를 단장시키기 시작했다. 옷장에 있던 흰색 가운을 클라라에게 입혔다. 나는 아내가 상당히 우아한 여자라고 생각했는데 옷장 안에 옷이 얼마 없는 것을 보고는 깜짝 놀랐다. 클라라가 늘 추위를 탔기 때문에 울 양 말을 찾아내 발에 신겼다. 그러고 나서는 머리를 빗겼다. 평소처럼 하나로 묶을 생각이었지만, 브러시로 아내의 머리를 빗기다 보니 아내의 얼굴 주변으로 두둥실 부풀어 오른 곱슬머리가 더 아름다워 보였다. 그리고 보석을 달아주려고 찾아보았지만 보석은 하나도 찾을 수가 없었다. 그래서 약혼식 날부터 내가 끼고 다니던 반지를 빼서 클라라가 나를 자기 인생에서 쫓아냈을 때 빼버렸던 그 반지 대신 끼워주었다. 나는 베개를 매만지고, 침대 시트를 주름이 없도록 매만지고, 아내의 목 주변에 향수 몇 방울을 떨어뜨린 다음, 아침 햇살이 들어올 수 있도록 창문을 활짝 열었다. 모든 준비를 마치고 나서 문을 열어 자식들과 손녀가 아내와 작별 인사를 나눌 수 있도록 했다. 그들은 평소처럼 깨끗하고 아름다운 모습으로 환한 미소를 띤 클라라를 만날 수 있었다. 나는 그새 키가 10센티미터나 줄어들었다. 발이 구두 속에서 헤엄칠 수 있을 만큼 헐렁해졌고, 머리는 완전히 백발이 되었다. 하지만 나는 더 이상 울음을 보이지 않았다.

"이제 클라라를 묻어도 된다." 내가 말했다.

"그리고 이 기회에 장모의 머리도 함께 묻도록 하자. 너무 오랫동안 지하실에서 먼지를 뒤집어쓰고 있었다."

이렇게 덧붙여 말하고는 구두가 벗겨지지 않도록 발을 질질 끌며 그 방에서 나왔다.

그렇게 해서 손녀딸은 자기가 지하실에서 미사를 올리거나 집을 지을 때 장식으로 사용했던 돼지가죽 모자 상자 안의 내용물이 외증조모인 니베아의 머리였다는 사실을 알게 되었다. 그 머리는 아주 오랫동안 매장되지 못했다. 처음에는 소문을 피하기 위해서였고, 나중에는 집안이 워낙 소란스럽고 일이 많다 보니 그 문제를 완전히 잊고 살았던 것이다. 우리는 그 일이 사람들의 입에 오르내리지 않도록 아주 조심스럽게 진행했다. 장의사 사람들이 클라라를 관 속에 안치하고, 거실에 검은색 커튼과 망사를 휘감고 커다란 양초들을 꽂아 그럴싸한 장례식장 분위기를 만들고, 피아노 위에 임시로 제단을 설치하는 일을 모두 끝낸 다음, 하이메와 니콜라스가 가장 사랑했던 딸의 곁에서 편히 쉴 수 있도록 이제는 겁에 질린 표정을 지은 누런 장난감에 불과한 외할머니의 머리를 엄마의 관 속에 집어넣었다.

클라라의 장례식은 엄청난 행사였다. 아내의 죽음을 가슴 아파하는 사람들이 어디서 그렇게 많이 몰려왔는지 나조차도 설명할 수가 없었다. 나는 아내가 그렇게 많은 사람들을 알고 지냈는지도 몰랐다. 끝없는 행렬을 이룬 어마어마하게 많은 사람들이 나에게 악수를 건네었으며, 차들이 꼬리에 꼬리를 물고 몰려들어 묘지로 들어가는 길이 모두 막힐 정도였다. 가난한 사람, 학생, 노조원, 수녀, 다운 증후군에 걸린 아이, 보헤미안 예술가, 심령술사 등 별의별 단체의 대표들이 모두 와서 클라라의 죽음에 애도를 표했다. 트레스 마리아스에 사는 소작인들도 클라라에게 작별 인사를 하기 위해 거의 대부분 버스나 기차를 타고 올라왔다. 그들 중에는 난생처음으로 버스나 기차를 타본 사람도 몇 명 있었다. 그 많은 인파 속에서 나는 페드로 세군도 가르시아를 언뜻 보았다. 그를 못 본 지도 꽤 오래뇌었다. 나는 페드로 세군도를 만나려고 가까이 다가갔지만, 그는 내가 손 흔드는 것을 보고도 못 본 척했다. 그는 고개를 푹 숙이고 클라라의 관이 놓인 구덩이 앞으로 다가가, 어느 집 정원에서 꺾어온 것 같은 거의 시들어빠진 들꽃 한 다발을 관 위로 던졌다. 그는 울고 있었다.

알바도 내 손을 잡고서 장례식 행사에 참가했다. 알바는 우리가 임시로 얻은 묘지 안으로 관이 내려지는 것을 지켜보았다. 그러고는 외할머니가 유일하게 갖지 못했던 덕목들을 끝도 없이 칭찬하는 추도문을 들었다. 집으로 돌아오자 손녀딸은 지하실로 달려갔다. 그곳에서 알바는 외할머니가 약속했던 것처럼 외할머니의 영혼이 교신해 주기를 기다렸다. 내가 지하실에 내려가 보니 손녀딸이 죽은 바라바스의 좀먹은 몸 위에 누워서 미소를 머금은 채 잠들어 있었다.

그날 밤 나는 잠을 이룰 수가 없었다. 내 인생에서 가장 사랑했던 두 여인인 초록색 머리카락의 로사와 영험한 능력을 지닌 클라라, 두 자매가 혼동되었다. 새벽녘에 나는 살아서 그 두 여인을 가질 수 없었다면, 최소한 죽어서는 그들이 나와 함께 있어야 한다는 결론에 이르게 되었다. 나는 책상에서 종이 몇 장을 꺼내, 연어 빛깔의 이탈리아 대리석으로 천사의 날개를 가진 로사와 클라라를 조각한 상을 세운, 세상에서 가장 장엄하고 호화로운 무덤을 도안했다. 로사와 클라라는 천사였고, 앞으로도 계속 천사일 거라고 생각했다. 언젠가 나도 그곳에서 그들 사이에 눕게 될 것이다.

아내가 없는 삶은 아무런 의미가 없기 때문에 나는 가능한 한 빨리 죽고 싶었다. 그때는 아직도 내가 이 세상에서 해야 할 일이 많이 남아 있다는 것을 알지 못했다. 다행히 클라라는 내 곁으로 돌아왔다. 아니, 어쩌면 클라라는 내 곁을 한 번도 떠나지 않았을지도 모른다. 내가 직접 이십 년 전에 클라라를 묻었다는 사실을 결코 간과할 수 없기 때문에 나는 가끔 늙어서 노망이 든 건지도 모른다는 생각이 들 때도 있었다. 내가 미친 늙은이처럼 헛것을 보며 돌아다니는 건 아닌지 의심이 들 때도 있다. 그렇지만 클라라가 내 곁을 스쳐 지나가는 것을 보거나, 클라라가 테라스에서 웃는 소리를 들을 때면 그런 의심은 눈 녹듯이 사라진다. 나는 클라라가 나와 함께 있다는 것을 안다. 클라라가 내 과거의 난폭한 행동을 모두 용서했으며, 옛날 그 어느 때보다 나와 더 가까이 있다는 것을 알고 있다. 클라라는 여전히 살아 있으며, 여전히 나와 함께 있다. 클라라, 가장 맑은 여인 클라라……

클라라의 죽음으로 모퉁이 큰 집의 생활은 완전히 바뀌었다. 세월 자체가 변해 버렸다. 클라라와 함께 혼령들이며 늘 들끓던 손님들, 환한 웃음도 모두 사라져버렸다. 클라라는 세상은 눈물의 골짜기가 아니라, 신의 우스갯소리에 불과하다고 생각했다. 신도 심각하게 받아들이지 않는 것을 우리가 괜히 심각하게 받아들이는 것은 어리석은 짓이라고 믿었기 때문에 그녀의 주변에는 늘 환한 웃음이 그치질 않았다. 알바는 첫날부터 쇠락의 기미를 눈치 챘다. 쇠락은 천천히 진행되었지만, 가차 없이 이루어지고 있는 것이 눈에 띄었다. 꽃병에서 시들어가는 꽃들을 보며 누구보다 먼저 감지할 수 있었다. 꽃들은 달짝지근하고 역겨운 냄새를 풍기며 말라비틀어져 갔고, 꽃잎이 하나 둘씩 떨어지면서 결국에는 곰팡이 낀 줄기만 앙상하게 남게 되었다. 그래도 사람들은 한참이 지날 때까지도 그 꽃들을 치우지 않았다. 알바는 더 이상 집 안을 장식하기 위해 꽃 꺾는 일을 하지 않았다. 물을 주는 사람도 없고, 클라라처럼 말 걸어주는 사람도 없었기 때문에 그 다음에는 식물들이 죽어갔다. 고양이들도 지붕 틈새에서 기어 나오거나, 태어났을 때처럼 살금살금 그 집을 빠져나가 사라져버렸다.

에스테반 트루에바는 온통 검은색으로 옷을 입었고, 하룻밤 새에 건장한 초로의 남자에서 온몸이 쭈그러들고 말을 더 듬거리는 늙은이로 변했다. 그래도 그의 고약한 성질은 사라지지 않았다. 에스테반은 남은 평생 엄격하게 상복 차림만 하고 다녔다. 그런 상복 차림이 구식이 되어 옷소매에 검은 띠를 두르는 가난한 사람들 외에는 아무도 그렇게 입지 않게 된 이후에도 그런 차림으로 다녔다. 그는 스웨이드 가죽 주머니를 금줄 목걸이에 매달아 와이셔츠 아래쪽에 넣고 다녔다. 그 안에는 아내의 의치가 들어 있었다. 에스테반은 그 의치를 행운과 속죄의 징표로 생각했다. 가족들은 클라라도 없는데 함께 모여 살 이유가 없다고 느꼈다. 그들은 서로 할 말도 거의 없었다. 에스테반 트루에바는 손녀딸이 자신을 집안에 붙들어놓는 유일한 존재라는 것을 깨달았다.

몇 년이 흐르면서 집은 완전히 폐허가 되었다. 정원에 신경 써서 물을 주거나 잡초를 뽑아주는 사람이 아무도 없어, 결국 정원은 망각과 새들과 잡초로 뒤덮였다. 에스테반 트루에바가 프랑스 궁전의 정원 모형을 본떠서 지었던 기하학적인 공원과 클라라가 마술 세계를 펼치며 무질서하게 다스리던, 꽃들이 흐드러지게 피고 나무들이 엉켜 있던 곳은 모두 말라비틀어지고, 썩고, 황폐화되었다. 눈이 빠진 조각상들과 노래하는 분수는 낙엽과 새똥과 이끼로 가득 찼다. 부서져 더러워진 정자들은 벌레들이 들끓고 이웃 사람들이 내다 버린 쓰레기투성이였다. 정원 전체가 폐허가 된 마을처럼 빽빽한 덤불에 둘러싸여, 그곳을 지나가려면 날이 넓은 칼로 헤치고 가야만 했다. 바로크 분위기를 내기 위해 멋지게 연출한 화원들은 달팽이와 식물이 썩는 악취로 볼품없이 흉측해지고 황폐해져만 갔다.

거실에서는 커튼들이 고리에서 떨어져 나가 늙은 여자의 속옷처럼 먼지 끼고 빛바랜 채 걸려 있었다. 알바가 소꿉놀이를 하거나 참호를 파서 전쟁놀이를 하면서 밟고 다닌 가구들은 용수철이 튀어나와 시체와 다름없는 몰골이 되었다. 그리고 거실 벽면을 장식한 거대한 태피스트리는 목가적인 베르사유의 완벽한 아름다움을 잃어버리고 니콜라스와 알바의 다트 판이 되었다. 부엌은 숯검정과 기름때로 뒤덮였고, 빈 깡통과 신문 더미만 가득 쌓여 있었다. 부엌에서는 옛날처럼 설탕과 우유, 계란을 섞어 오븐에 구운 맛있는 디저트 요리나 향긋한 허브로 향을 낸 음식들도 만들지 않았다. 사마귀가 잔뜩 난 얼굴로 성질을 부리는 포악한 요리사들과 감히 맞설 수 있는 사람이 아무도 없었기 때문에 식구들은 모든 걸 체념한 채 거의 매일 콩 수프와 쌀과 우유로 만든 푸딩을 먹어야 했다. 요리사들은 자기네들끼리 교대로 돌아가며 잘못 쓴 탓에 시꺼메진 소스 팬으로 성의 없이 음식을 만들었다.

에스테반 트루에바가 늘 문을 쾅 닫고 지팡이를 휘두르고 다니는 데다가 지진도 자주 일어나서 벽에 금이 가고, 문짝도 부서져 나갔다. 격자창도 경첩이 벗겨져 나가 덜렁거렸지만 누구도 나서서 고치지 않았다. 수도꼭지가 줄줄 새기 시작했고, 파이프에서는 물이 새어 나오고, 기와들은 갈라지고, 습기로 초록색 얼룩이 벽 전체로 번져 나갔다. 푸른 실크로 뒤덮인 클라라의 침실만이 손상되지 않은 채 그대로 남아 있었다. 침실에는 금색 목재 가구와 하얀 면 정장 두 벌, 텅 빈 카나리아 새장, 채 끝내지 못한 뜨개질감 바구니, 마술 카드 몇 벌, 삼각 테이블과 클라라가 오십 년 동안 자신의 삶을 기록한 노트 더미가 쌓여 있었다. 세월이 훨씬 흐른 후에, 나는 텅 빈 집의 고독과 죽은 자들과 사라진 자들의 침묵 속에서 이 이야기를 재구성하기 위해 이 노트들을 정리해서 열심히 탐독했다.

하이메와 니콜라스는 가족에게 갖고 있었던 아주 작은 관심마저 모두 잃어버렸다. 그들은 고독으로 몸부림치는 아버지에게도 전혀 연민을 느끼지 못했다. 에스테반은 평생 자식들과 소원한 관계로 지내오면서 생긴 공허감을 메우고 그들과 사이좋게 지내보려고 했지만 아무 소용이 없었다. 그들은 먹고 자기에 그보다 더 적당한 곳을 찾지 못했기 때문에 그냥 그 집에서 살 뿐이었다. 그들은 집안이 어떻게 퇴락해 가는지 눈길 한번 주지 않고 그림자처럼 매사를 무관심하게 스쳐 지나쳤다. 하이메는 진정한 사도나 가질 수 있는 소명감으로 의사 업무를 보았다. 아버지가 트레스 마리아스를 폐허에서 복구시키고 재산을 모았던 것과 똑같은 끈기와 열정으로, 병원에서 일하고 남은 시간에는 무료로 가난한 사람들을 치료하는 데 온 힘을 쏟아 부었다.

"넌 어쩔 수 없는 패자다." 에스테반 트루에바가 한숨을 쉬며 말했다.

"너는 현실 감각이 전혀 없어. 넌 아직도 세상이 어떻게 돌아가는지 몰라. 절대 존재할 수도 없는 유토피아적 가치에 너무 연연하고 있어."

"남을 돕는다는 것은 확실히 존재하는 가치입니다, 아버지."

"아니다. 사회주의와 마찬가지로, 자선도 약자들이 강자들을 착복하고 무릎을 꿇게 하려는 수작일 뿐이야."

"나는 아버지의 약자와 강자 이론을 믿지 않아요." 하이메가 대답했다.

"그게 자연의 섭리야. 우리는 밀림 속에서 살고 있어."

"그래요. 그건 그런 법칙을 만든 사람들이 아버지처럼 생각하기 때문이지요. 하지만 늘 그렇게 되지는 않을 겁니다."

"아니야, 항상 그렇게 될 거다. 왜냐면 우리가 항상 이기는 쪽일 테니까. 우린 세상을 움직이고 권력을 사용할 줄 알아. 내 말을 들어라, 얘야. 정신 차리고 네 병원을 개업해. 내가 도와줄 테니까. 그렇지만 그 사회주의적 망상은 다 집어치워라!"

에스테반 트루에바는 아들을 붙잡고 얘기해 보았지만 아무런 성과도 얻지 못했다.

아만다가 자신의 인생에서 사라진 후 니콜라스도 어느 정도 정서적으로 안정을 되찾는 것 같았다. 인도에서의 체험으로 그는 영적인 사업에 흥미를 갖게 되었다. 젊었을 때 안달복달하며 온갖 상상력을 동원해 기상천외한 사업을 벌이려던 기질이나, 자기 앞에 지나가는 여자들은 모두 소유하고 싶어 하던 엉뚱한 욕망도 사라졌다. 대신 옛날부터 찾아다니던 신을 이번에는 평범하지 않은 방법으로 찾겠다는 열망이 다시 도졌다. 그는 플라멩코를 가르칠 생도를 모으기 위해 사용했던 바로 그 매력을, 이번에는 점점 늘어가는 문하생을 모으는 데 사용했다. 그의 문하생들 대부분은 편안한 생활에 넌덜머리가 난 젊은이들로, 니콜라스처럼 세파에 부대끼지 않고서도 그들의 존재를 가능케 하는 철학을 찾아 헤매는 자들이었다. 그들은 한 무리를 이루어서, 니콜라스가 동양에서 배워온 수천 가지 지식을 전도받을 자세가 되어 있었다.

얼마 동안 그들은 모퉁이 큰 집의 버려진 뒤채의 골방들에서 차례로 모임을 가졌다. 그러면 알바가 그들에게 호두를 내오기도 하고, 그들이 책상다리 자세로 명상하는 동안 약초를 달인 차도 대접했다. 에스테반 트루에바는 그들이 자기 몰래 자신의 집을 드나들며 배꼽으로 숨을 쉬고, 조그마한 핑곗거리에도 옷을 홀렁 벗어던진다는 사실을 알게 되자 성질을 참지 못하고 지팡이를 휘두르며 경찰을 부르겠다고 소리 질러 협박하여 그들을 내쫓았다. 그제야 니콜라스는 돈이 없으면 진리도 가르칠 수 없다는 사실을 깨달았다. 그래서 그는 적은 돈이나마 수업료를 받고서 가르치기 시작했다. 그리고 그 돈으로 집 한 채를 빌려 신의 계시를 받은 자들을 위한 학원을 설립했다. 법적인 절차상 공식적인 이름이 필요했기 때문에 니콜라스는 '무(無)와의 합일을 추구하는 연구소'를 줄여서 '이둔(IDUN)'이라는 이름을 붙였다.

그러나 니콜라스의 추종자들이 삭발한 머리에 아랫도리만 대충 가린 외설적인 옷을 입고서 축복을 받은 듯한 묘한 표정으로 사진에 찍혀 신문지상에 오르내리면서 트루에바의 이름에 먹칠을 하기 시작했기 때문에 에스테반 트루에바는 니콜라스가 하는 대로 가만히 내버려 둘 수가 없었다. 이둔의 교주가 트루에바 상원의원의 아들이라는 사실이 알려지자마자 야당에서는 그 얘기를 엉뚱하게 부풀려 아들의 영적인 질문을 아버지에 대한 정치적 무기로 사용하며 그를 공공연히 비웃었다. 그래도 에스테반은 손녀딸 알바가 당구공처럼 머리를 빡빡 깎고, 종교 용어인 '옴'을 끊임없이 중얼거리며 나타나기 전까지는 그나마 묵묵하게 잘 견뎌냈다. 그때 에스테반은 엄청나게 노발대발했다. 그의 평생 몇 번으로 손꼽을 정도로 크게 화를 냈다. 그는 청부업자 두 명을 고용해서 아들의 연구소에 갑작스럽게 들이닥쳤다. 청부업자들이 그곳에 있던 몇 가지 안 되는 가구들을 박살내고, 양순한 신도들에게도 똑같이 하려 했을 때 노인은 다시 한번 자신이 도가 지나쳤다는 것을 깨닫고서 그들에게 파괴 행위를 멈추고 밖에 나가 기다리라고 명했다. 아들과 단둘만 남게 되자 에스테반이 속에서 들끓는 분노를 간신히 자제하고, 그의 광대 짓거리가 지겹고 넌덜머리 난다며 가라앉은 목소리로 간신히 얘기했다.

"내 손녀딸의 머리카락이 나시 자라기 전까지는 네놈 꼴도 보기 싫다." 에스테반은 그렇게 고함을 지르고 나서, 마지막으로 문을 쾅 닫고 나가버렸다.

다음 날 니콜라스가 반격을 가해 왔다. 그는 자신의 마음속에서 분노의 흔적을 지우고 영혼을 순화시키기 위해 단전호흡을 하며, 아버지가 고용한 청부업자들이 박살낸 물건들을 모두 밖으로 집어던지고 방을 깨끗이 청소했다. 그러고는 허리에 손바닥만 한 옷을 걸치고 플래카드를 든 추종자들을 이끌고, 종교적 자유와 시민권의 존중을 외치며 국회 정문까지 행진했다. 그곳에서 그들은 나무 피리며 종에 임의로 만든 자그마한 징까지 꺼내 요란한 소리를 내며 교통이 마비될 정도로 커다란 혼란을 일으켰다. 니콜라스는 구경꾼이 충분히 모여들자 옷을 벗기 시작했다. 그는 갓난아기처럼 홀딱 벗은 채 큰대자로 사지를 쫙 벌리고서 길 한복판에 드러누웠다. 차 브레이크가 급정거하는 소리와 경적 소리, 고함 소리가 국회 건물 내부에까지 들릴 정도로 일대에 엄청난 혼란이 빚어졌다. 상원에서는 농장주들이 가시 철사를 쳐서 인근 도로를 차단할 수 있는지에 대한 권리를 회의하다가 결정이 유보되었고, 하원의원들은 발코니에 나가 트루에바 상원의원의 아들이 벌거벗은 채 아시아 성가를 부르는 진풍경을 구경했다. 에스테반 트루에바는 당장이라도 아들을 때려죽일 기세로 국회의 넓은 계단을 뛰어 내려가 거리를 향해 돌진했지만 정문까지 갈 수도 없었다. 그의 심장은 분노로 터질 것 같았고 붉은 베일이 시야를 덮었던 것이다. 결국 그는 땅바닥에 쓰러지고 말았다.

니콜라스는 특수 경찰차에 연행되었고, 상원의원은 적십자의 구급차에 실려 갔다. 에스테반 트루에바는 삼 주 동안 혼수상태로 있었으며, 하마터면 저승에 갈 뻔했다. 그는 퇴원하자마자 니콜라스의 멱살을 붙잡아 비행기에 태워 국외로 쫓아내고는, 자기가 죽을 때까지 절대 돌아오지 말라는 엄포를 놓았다. 그렇지만 니콜라스가 외국에서 살며 오랫동안 편히 지낼 수 있을 정도로 돈은 충분히 주었다. 하이메의 말대로, 그것만이 니콜라스가 외국에서라도 에스테반 트루에바를 곤경에 빠뜨리는 미친 짓을 하지 않게 할 수 있는 가장 확실한 방법이었다.

그 후로 몇 년 동안 에스테반 트루에바는 블랑카가 니콜라스와 가끔 주고받는 편지로 그 집안의 돌연변이가 어떻게 지내는지 안부 정도만 알고 지냈다. 그렇게 에스테반은 니콜라스가 미국에서 무(無)와 자신을 합일시키는 또 다른 학원을 설립해 대단한 성공을 거두었으며, 이전에 열기구나 샌드위치로는 얻지 못했던 부도 함께 얻었다는 사실을 알게 되었다. 절대 의도한 바는 아니었지만 신을 찾겠다던 열망이 사업 운과 맞아떨어져, 니콜라스는 마침내 장밋빛 대리석으로 만든 개인 소유의 수영장에서 제자들과 함께 빈둥빈둥 지내며 대중의 존경을 누리게 되었다. 물론 에스테반 트루에바는 한마디도 믿지 않았다.

트루에바 상원의원은 사람들이 알바가 전염병에 걸렸다고 생각하지 않도록 머리카락이 조금 자라기를 기다렸다. 그러고 나시 숙녀들을 위한 영국인 학교에 손수 손녀딸을 입학시켰다. 그는 두 아들한테서 기대했던 것과는 정반대되는 결과를 얻었음에도 불구하고 여전히 영국인 학교가 최고의 교육 기관이라고 믿었다. 블랑카는 아버지의 결정에 고분고분히 따랐다. 블랑카는 앞으로 딸이 인생을 살아가는 데 별자리를 좋게 타고 태어난 것만으로는 충분하지 않다는 것을 잘 알고 있었다.

알바는 학교에서 삶은 채소와 탄 밥을 먹는 법과 교정의 얼어붙을 듯한 추위를 건디고, 찬송가를 부르고, 스포츠를 제외한 세상사에서 일체의 허영심을 버리는 법을 배웠다. 그 외 성경 읽는 법이나 테니스, 타자도 배웠다. 외국인 학교에서 보낸 오랜 세월 후에 남은 것이라곤 타자를 칠 줄 알게 되었다는 것 하나뿐이었다. 알바는 그때까지 죄악이라든가 젊은 요조숙녀들이 지켜야 할 바른 몸가짐에 대해 들어본 적도 없었고, 인간적인 것과 신적인 것, 가능한 것과 불가능한 것도 구분할 줄 몰랐다. 외삼촌 한 명은 복도에서 벌거벗은 채 가라테를 한답시고 뛰어다니고, 다른 외삼촌 한 명은 책 더미 속에 파묻혀 지내고, 외할아버지는 지팡이로 전화기와 테라스에 있는 화분들을 박살내고 다니고, 엄마는 촌스러운 가방을 들고 몰래 나갔다 들어오고, 외할머니는 삼각 테이블을 저절로 움직이게 하고, 피아노 뚜껑을 열지 않은 채 쇼팽을 연주했다. 그런 것만 보고 자란 알바이니 당연히 틀에 박힌 학교 일과가 지겨울 수밖에 없었다. 수업 시간에는 따분해서 몸을 비틀었으며, 쉬는 시간에는 교정 맨 구석에 앉아, 누군가 같이 놀자고 말해 주기를 바라는 동시에 아무도 자기를 알아보지 못하기를 바라면서 벌벌 떨고 앉아 있었다.

엄마는 하이메 외삼촌의 의학 서적에서 본 인간의 특성에 대해 반 친구들에게 아무 설명 하지 말고, 선생님들에게는 영어 대신 에스페란토어를 배우면 좋다고 얘기하지 말라고 알바에게 단단히 주의를 주었다. 이렇게 미리 조치를 취했는데도 여교장 선생님은 새로 들어온 학생이 상당히 특이하다는 것을 첫날부터 어렵지 않게 알아보았다. 교장 선생은 두 주일 동안 알바를 관찰하다가 자기 판단이 옳다는 확신이 들자 블랑카 트루에바를 교장실로 불러 될 수 있는 한 정중하게, 그 아이에게는 영국식 교육이 전혀 맞지 않으니 스페인 수녀들이 운영히는 학교로 전학시기면 어떻겠냐고 제안했다. 스페인 수녀들이 아이의 황당한 상상력을 잘 억제하고 고약한 습관들도 바로잡아 줄 수 있을 거라는 것이었다.

그러나 트루에바 상원의원은 남자같이 괄괄한 수녀가 자기에게 기어오르도록 그냥 내버려 둘 수가 없었다. 그래서 교장이 손녀딸을 학교에서 내쫓지 못하도록 자신이 행사할 수 있는 영향력이란 영향력은 모두 동원했다. 에스테반은 영어가 스페인어보다 훨씬 우월하다고 확신했기 때문에 어떤 희생을 치르더라도 손녀딸이 영어를 배우게 하고 싶었다. 그는 스페인어는 집안일이나 마술, 고삐 풀린 사랑이나 쓸데없는 짓거리에 적합한 이급 언어일 뿐, 알바가 성공을 거두어야 할 과학이나 기술 분야에는 전혀 어울리지 않는 언어라고 생각했다. 에스테반도 결국은 새로운 사조의 영향을 받아들여 여자들 모두가 완진히 바보는 아니라는 것을 인정하게 되었다. 그는 알바가 좋은 조건의 남자를 유혹하기에는 많이 부족하기 때문에 전문 직업을 가지고 남자처럼 당당히 돈을 벌어야 한다고 생각했다. 그 점에서는 블랑카도 아버지의 의견을 적극적으로 지지했다. 제대로 교육받지 못한 채 세상과 맞섰다가는 어떤 결과가 나올지 그녀도 체험해 봐서 잘 알고 있었다.

"나는 네가 나처럼 가난하게 살거나 남자한테 의존해서 살지 않기를 바란다."

블랑카는 알바가 학교에 가기 싫다고 울며 버틸 때마다 그렇게 말했다.

학교에서 알바를 퇴학시키지 않은 탓에 알바는 그곳에서 꼬박 십 년이란 세월을 견뎌야 했다.

클라라 외할머니가 돌아가신 이후 정처 없이 표류하는 난파선으로 변한 모퉁이 큰 집에서 엄마는 알바에게 유일하게 안정감을 주는 사람이었다. 블랑카는 파괴와 쇠락에 맞서 암사자와도 같이 표독하게 싸웠다. 그러나 블랑카 혼자서는 그 일방적인 싸움에서 이길 수 없었다. 블랑카 한 사람만이 그 커다란 저택에 가정의 온기를 불어넣고자 안간힘을 쓸 뿐이었다. 트루에바 상원의원도 그 집에서 계속 살기는 했지만, 이제 더 이상 친구들이나 친한 정치인들을 집으로 초대하지는 않았다. 그는 거실들을 폐쇄하고, 자신의 서재와 침실만을 사용했다. 집에 뭐가 필요하고 뭐가 모자란지 전혀 보지도, 듣지도 않았다. 에스테반은 끊임없이 여행하고, 새로운 정치 활동에 자금을 대고, 토지와 트랙터를 구입하고, 경주용 말을 사육하고, 금이나 설탕, 종이 시세를 살피는 등 정치와 사업으로 눈코 뜰 새 없이 바빴다. 에스테반은 벽이 페인트칠을 새로 해야 할 정도로 더러워졌고, 가구들은 모두 부서졌으며, 부엌은 돼지우리로 변했다는 사실에 주목하지 않았다. 또한 낡아서 보푸라기가 인 손녀딸의 털조끼나 유행이 지난 딸의 옷, 집안일과 점토 때문에 꺼칠해진 딸의 손도 전혀 눈에 들어오지 않았다. 탐욕 때문에 그런 것은 절대 아니었다. 단지 가족에게 더 이상 관심이 없기 때문이었다.

때로 에스테반은 자기가 너무 무관심했다는 걸 깨닫고 손

녀딸에게 줄 터무니없이 크고 좋은 선물을 사들고 집에 들어
오기도 했다. 그러나 그런 행동은 그의 은행 계좌에 들어 있
는 눈에 보이지 않는 엄청난 부와 초라하기 짝이 없는 집안
꼴을 더 극명하게 대조시킬 뿐이었다. 에스테반이 블랑카에게
생활비 명목으로 일정액을 건네주기는 했지만, 옛날 대저택의
모습은 온데간데없이 어둡고 외풍도 세고 모든 게 뒤죽박죽이
되어버린 그 텅 빈 집을 유지하기에는 충분하지 못했다. 블랑
카는 한번도 적자를 면해 본 적이 없었다. 늘 하이메에게 돈
을 빌리고, 예산을 여기저기서 줄여보았지만 월말에는 늘 갚
지 못한 청구서들이 하나 잔뜩 쌓여 있었다. 결국 블랑카는
가지고 있던 보석들을 하나씩 꺼내 팔기 위해 유대인 지역의
보석 상인에게 가야 했다. 그 보석들은 이십오 년 전에 바로
그 가게에서 산 것으로, 클라라가 울 양말에 넣어서 물려준
바로 그 보석들이었다.

블랑카는 집 안에서 앞치마를 두르고 샌들을 신고 다녔다.
그래서 이젠 몇 명 남지도 않은 하인들과도 잘 구분이 되지
않았다. 외출할 때면 블랑카는 항상 수도 없이 다림질했던 검
은색 정장에 하얀색 실크 블라우스를 똑같이 입었다. 외할아
버지가 홀아비가 되면서 더 이상 자기에게 관심을 보이지 않
게 된 이후로, 알바는 먼 친척들에게서 옷을 물려받아 입었
다. 대부분 알바보다 덩치가 더 크거나 작은 사촌들에게서 받
은 것이라, 대체로 외투는 커서 군인용 오버코트처럼 되었고,
원피스는 너무 짧거나 꽉 끼었다. 하이메는 누나와 조카를 위
해 뭔가 해주고 싶었지만, 남은 돈으로 누나와 조카에게 사치

품을 사주느니 차라리 배고픈 사람들에게 식량을 사주는 편이 마음이 덜 불편했다.

외할머니가 돌아가신 이후로 알바는 자주 악몽을 꾸며 소리를 지르고 신열에 시달리다가 깨어났다. 식구들이 모두 죽어, 복도를 떠돌아다니는 희미하고 초라한 혼령들 외에는 아무도 없이 자기 혼자 그 큰 집에 덩그러니 남아 있는 꿈을 꾸었다. 하이메가 알바를 진정시키기 위해 블랑카에게 데리고 자라고 제안했다. 알바는 엄마와 함께 방을 쓰면서부터 어서 잠잘 시간이 되었으면 하고 남몰래 간절히 바라게 되었다. 알바는 이불을 쓰고 웅크린 채 엄마가 하루 일과를 마치고 침대 안으로 들어올 때까지 바라보는 것을 좋아했다. 블랑카는 여성의 피부에 기적을 일으킨다는, 장미향이 나는 장미 색깔의 하렘 크림으로 얼굴을 닦아냈다. 그녀는 아직 자기 눈에만 띄는 새치가 섞인 갈색 긴 머리를 수없이 빗어 내렸다. 블랑카는 쉽게 감기에 걸리는 체질이라, 시간 나는 대로 틈틈이 짠 모직 속치마를 겨울이나 여름이나 늘 입고 잤다. 그녀는 비가 올 때면 축축한 점토 때문에 뼛속까지 시리는 한기를 덜기 위해 장갑을 꼈다. 하이메의 주사나 니콜라스의 중국 침술로도 그 한기를 치료하지는 못했다.

알바는 엄마가 수녀들이나 입는 헐렁한 잠옷을 걸치고 묶었던 머리를 풀어헤치고 나서, 깨끗한 옷과 하렘 크림에서 나는 기분 좋은 향기를 풍기며 방 안 여기저기를 돌아다니는 모습을 바라보는 게 좋았다. 엄마는 채소 값이 올라 불안하다는 둥 여기저기 온몸이 쑤시다는 둥 집안 살림을 하느라 녹초가 되었다는 등 횡설수설하며 돌아다녔다. 그리고 트레스 마리아스의 황금빛 밀밭과 해 질 무렵의 구름들 사이로 상상하던 페드로 테르세로 가르시아에 대한 시적인 환상을 알아듣지 못할 말로 중얼거리며 돌아다녔다. 블랑카는 그런 일련의 의식들을 마치고 나서 침대로 올라와 불을 껐다. 블랑카는 그들 침대 사이로 손을 뻗어 알바의 손을 잡고, 전설적인 마르코스 외증조부의 마법의 궤짝 안에 들어 있던 신기한 책에 담긴 이야기들을 들려주었다. 그렇지만 블랑카의 기억력이 좋지 않아 전혀 새롭고 엉뚱한 이야기가 되었다. 알바는 엄마를 통해 백년 동안 잠들어 있던 왕자와 용에게 맞서 혈투를 벌인 처녀들의 이야기와 어린 소녀가 숲에서 길을 잃고 헤매는 늑대의 배를 아무 이유도 없이 가른 이야기를 알게 되었다. 알바가 이런 기묘한 이야기를 다시 들려달라고 조르면 블랑카는 이미 잊어버렸기 때문에 다시 이야기해 줄 수가 없었다. 그래서 어린 알바는 엄마가 들려준 이야기들을 적기 시작했다. 그녀는 또 외할머니가 전에 그랬듯이 자신에게 중요하다고 생각되는 일들은 모두 기록하기 시작했다.

무덤 공사는 클라라가 죽은 직후에 시작되었지만, 내가 중간 중간에 비싸고 새로운 자재들을 계속 추가했기 때문에 완성까지는 거의 이 년이라는 세월이 걸렸다. 황금 고딕 문자로 새긴 묘비에다 햇빛이 들어올 수 있도록 유리로 덮은 돔, 묘지 안의 작은 정원에 영구적으로 물을 공급할 수 있도록 로마식 분수를 모방한 교묘한 장치 등을 설치했다. 그 정원에는 내 마음을 차지한 두 자매가 각기 좋아하는 꽃인 장미와 동백꽃을 심었다. 문제는 조각상이었다. 나는 한 쌍의 멍청한 천사들이 아니라 그들의 얼굴과 손 등 진짜 모습을 지닌 사실 그대로의 로사와 클라라의 상을 원했기 때문에 스케치 몇 개는 그냥 퇴짜를 놓았다. 마침내 우루과이 조각가가 내가 원하던 대로 스케치해서 조각상을 만들어냈다.

무덤이 거의 완성되었을 때 전혀 생각지도 못했던 난관에 새로 부딪히게 되었다. 델 바예 가에서 반대하는 바람에 로사를 새 무덤으로 이장시킬 수 없었던 것이다. 나는 선물 공세를 펼치고 압력을 가하는 등 정치적인 힘을 총동원하는 한편 내가 생각해 낼 수 있는 논리를 모두 끌어내 설득해 보았지만 아무 소용이 없었다. 처남들이 꿈쩍도 하지 않았다. 내 생각에는 처남들이 장모의 머리에 대해 알고서, 내가 지하실에 그렇게 오랫동안 방치해 둔 것에 화가 난 것 같았다. 그들이 워낙 요지부동이라, 결국 나는 하이메를 불러서 나와 함께 로사의 시체를 훔치러 묘지에 갈 준비를 하라고 했다. 하이메는 별로 놀라는 것 같지도 않았다.

"좋게 말해서 듣지 않으면 억지로라도 가지고 와야겠다." 내가 아들에게 설명했다.

이런 일에서 흔히 그렇듯 우리는 밤에 그곳을 찾아가 관리인을 돈으로 매수했다. 옛날에 로사가 그곳에서 첫날밤을 보내던 날 내가 그녀와 함께 있기 위해서 했던 것과 똑같이 했다. 우리는 삼나무들이 늘어선 길 아래로 연장을 메고 가서, 델 바예 가의 무덤이 눈에 띄자 그곳을 파헤치는 섬뜩한 작

업을 시작했다. 우리는 로사의 영원한 안식처를 보호하고 있
던 비석을 조심스럽게 들어올리고, 웅덩이 속에 들어 있던 하
얀 관을 끄집어냈다. 생각했던 것보나 관이 훨씬 무거워서 우
리는 관리인에게 도움을 청해야 했다. 서로 상대방의 연장에
걸리는 데다 카바이드 등불이 제대로 비치지도 않는 비좁은
공간에서 일하는 게 쉽지만은 않았다. 일을 모두 마치고 나서
우리는 무덤 안이 비어 있다는 것을 아무도 눈치 채지 못하도
록 무덤 위에다 원래대로 비석을 올려놓았다. 우리는 땀으로
뒤범벅되어 있었다. 하이메가 알아서 소주가 가득 든 술통을
챙겨가지고 왔다. 덕분에 우리는 술을 들이켜며 흥분을 가라
앉힐 수 있었다. 우리는 미신을 믿지 않았지만 십자가와 봉분
(封墳), 비석이 들어찬 가족 묘지에서는 긴장하지 않을 수 없
었다. 나는 무덤 입구에 앉아 숨을 고르다가, 이장하는 일 따
위로 심장이 요동을 치고 눈앞이 뿌옇게 될 정도라면 나도 이
제 청춘과는 거리가 멀다는 생각을 하게 되었다. 나는 두 눈
을 감고 로사를 그려보았다. 그녀의 완벽한 얼굴, 우윳빛 살
결, 인어 같은 머리카락, 나를 그토록 현기증 나게 했던 달콤
한 눈, 자개 묵주를 두른 손, 신부 화관을 그려보았다. 나는
한숨을 내쉬며 내 손에서 날아가 버린, 그리고 내가 돌아와서
자기가 있어야 할 곳으로 데려가 주기를 오랜 세월 기다렸을
아름다운 처녀인 로사를 회상했다.

  "애야, 관을 열어보자. 로사가 보고 싶구나." 내가 하이메에
게 말했다.

  하이메는 내가 번복할 수 없는 굳은 결심을 내렸을 때 어

떤 목소리를 내는지 알고 있었기 때문에 나를 설득하려 들지 않았다. 나와 관리인이 등불을 알맞게 기울이고, 하이메가 세월이 흘러 검게 변한 청동 나사못을 풀었다. 우리는 납덩이처럼 묵직한 관 뚜껑을 들어올렸다. 나는 카바이드의 희끄무레한 불빛을 통해서, 오렌지 꽃 신부 화관을 쓰고 누워 있는 초록빛 머리카락의 아름다운 로사를 볼 수 있었다. 옛날에 로사가 처갓집 식탁 위의 하얀 관에 누워 있을 때 봤던 모습 그대로, 변치 않는 아름다움을 간직하고 있었다. 나는 황홀한 눈빛으로 그녀를 바라보았다. 세월이 흘렀는데도 로사가 변하지 않고 그대로 있는 것을 보고도 놀라지 않았다. 그녀는 내가 꿈속에서 보았던 모습 그대로였다. 나는 몸을 기울여서 그녀의 얼굴을 덮고 있는 유리를 사이에 두고, 나의 영원한 연인의 입술 위에 키스했다. 그 순간 삼나무 사이에서 산들바람이 불어, 그때까지 밀폐되어 있던 관의 갈라진 틈새로 바람이 들어가 변함 없던 신부의 모습이 마술에라도 걸린 듯 순식간에 고운 회색 가루로 변해 버렸다. 내가 고개를 들어올려 눈을 떴을 때, 아직도 입술에는 차가운 키스의 감촉이 남아 있는데도 아름다운 로사는 사라지고 없었다. 로사가 누워 있던 자리에는 눈자위가 뻥 뚫리고, 광대뼈에 대리석 빛깔의 살점 몇 조각이 붙어 있고, 목덜미에 곰팡이가 핀 것처럼 머리카락 몇 올이 달라붙은 해골만이 있을 뿐이었다.

하이메와 관리인이 서둘러 관 뚜껑을 덮고, 바퀴가 하나 달린 수레에 로사를 실어, 그녀를 위해 준비해 둔 연어 빛 무덤 안의 클라라 옆자리로 가지고 갔다. 나는 삼나무들이 나란히 심어져 있는 길옆의 무덤 위에 앉아 달을 바라보았다.

'페룰라의 말이 맞았어. 나는 혼자 남겨졌고, 몸과 마음이 쪼그라들고 있어. 이젠 개처럼 비참하게 죽는 일민 남았어.'

나는 생각했다.

트루에바 상원의원은 날이 갈수록 세를 더해 가는 정적들과 맞서 싸웠다. 보수당의 다른 지도자들이 늘어가면서 점점 비대해지고 끝도 없는 탁상공론으로 시간을 낭비하는 동안, 에스테반 트루에바는 나이도 많이 들고 뼈마디가 들쑤시는데도 아랑곳하지 않고 열심히 일하고 공부했으며 남북을 가로지르며 개인적인 선거 유세를 계속 펼쳤다. 그는 매번 국회 선거 때마다 상원의원으로 재당선되었다. 그러나 그는 권력이나 부, 명성에는 관심도 없었다. 대중들 사이에서 서서히 기반을 구축해 나가고 있는, 그가 '암적인 마르크스주의'라 부르는 세력을 쳐부수는 데만 집착할 뿐이었다.

"돌멩이를 들추면 그 아래에서 공산주의자가 튀어나올 거야." 에스테반 트루에바가 입버릇처럼 말했다.

아무도 그의 말을 믿지 않았다. 심지어 공산주의자들조차도 그의 말을 믿지 않았다. 사람들은 에스테반의 불끈하는 성미와 장례식장을 떠도는 까마귀 같은 시커먼 복장, 구닥다리 지팡이, 요한 계시록에나 나올 법한 그의 예언을 비웃었다. 에스테반 트루에바가 그들의 코앞에다가 지난번 선거의 실제 결과와 통계를 휘둘러 보여도 보수당의 동료 의원들은 늙은 노인의 헛소리일 뿐이라고 생각했다.

"투표함을 개봉하기 전에 우리가 먼저 투표함에 손댈 수 없게 되는 날, 우리는 완전히 끝장나게 되어 있소!" 에스테반 트루에바가 주장했다.

"세상 어디에서도 마르크스주의자들이 보통 선거에서 이긴 적은 없습니다. 그러려면 적어도 혁명이 일어나야 하는데, 이 나라에서는 그런 일이 일어나지 않아요." 동료들이 대답했다.

"두고 보시오. 언젠가는 그렇게 될 테니!" 에스테반 트루에바가 성을 버럭 내며 대답했다.

"진정하세요, 의원님. 그런 일이 생기도록 우리가 가만히 있지는 않을 겁니다." 동료 의원들이 그를 위로했다.

"라틴 아메리카에서는 마르크스주의가 세력을 얻을 가능성이 아주 희박합니다. 마르크스주의는 사물의 마술적인 측면을 절대 허용하지 않는다는 것을 모르십니까? 마르크스주의는 무신론적이고, 실질적이며, 기능적인 교리입니다. 여기서는 성공할 수가 없어요."

가는 데마다 반역자들만 보고 다니는 우르타도 대령조차도 공산주의자들을 위험하게 보지는 않았다. 대령이 공산당은 모스크바의 지령에 따라 고리타분하게 대의명분이나 따지며, 수적으로도 얼마 되지 않는 별 볼일 없는 몇 놈들로 조직되어 있다고 여러 번에 걸쳐 에스테반 트루에바에게 얘기했다.

"모스크바는 지구 반대편에 있소, 에스테반. 그들은 이 나라에서 무슨 일이 일어나는지 전혀 몰라요." 우르타도 대령이 에스테반에게 말했다.

"그들은 우리 나라의 사정을 전혀 파악하지 못하고 있소.

그들이 '빨간 두건의 소녀'보다 더 헤매 다니고 있다는 게 바로 그 증거요. 얼마 전에 그들이 농민들과 선원들, 인디오들에게 최초의 전국노농평의회에 가담하라는 성명서를 발표했는데, 그건 어느 모로 보나 우스갯소리에 지나지 않아요. 농민들이 평의회가 뭔지 알기나 할 것 같소? 선원들은 거의 바다에서 생활하고 정치보다는 항구의 사창가에 더 관심이 많아요. 그리고 인디오들 말인데, 그들은 다 합해 봐야 이백 명도 되지 않아요. 지난 세기의 대량 학살 때 그 이상은 살아남았다고 보지 않소. 그러니 그들이 인디오 보호 구역 내에서 평의회를 만들려고 한다면 그건 상관이 없소." 대령이 비아냥거렸다.

"그렇지! 그렇지만 공산주의자들 말고도 사회주의자나 급진론자 등 다른 군소 집단이 많이 있잖소! 그것들 모두가 거의 비슷하다니까!" 에스테반 트루에바가 대답했다.

트루에바 상원의원에게는 자기 당을 제외한 다른 정당들은 모두 잠재적인 마르크스주의자였으며, 그는 정당 간 이데올로기의 차이점도 확실히 구분하지 못했다. 그가 기회가 될 때마다 주저 없이 공개적으로 자신의 입장을 표명했기 때문에 보수당과 뜻을 같이하는 동지들 외의 다른 사람들에게는 아주 특이한, 반동적인 독재 정치의 표상이 되었다. 보수당에서도 그가 당의 위신을 실추시킬 수 있는 막말을 하지 못하도록 제동을 걸어야 했다. 그는 공개 토론회나 기자 회견장, 대학 등에서 언제든지 싸울 각오가 되어 있는 맹렬 용사였다. 다른 사람들이 감히 나설 엄두도 내지 못하는 장소에는 늘 그가 변함없이 검정색 양복을 입고 사자 갈기 머리에 은지팡이를 짚고 나타났다. 그는 시사만화의 표적이 되었으며, 그들의 끊임없는 조롱 덕택에 유명 인사가 되어 매 선거마다 압도적인 표차로 보수당에 승리를 안겨주었다. 에스테반 트루에바는 광신적이고, 폭력적이고, 시대에 뒤떨어진 사람이었지만 어느 누구보다도 가족과 전통, 사유 재산, 질서의 가치를 잘 대표하는 사람이었다.

거리에 나가면 모두 그를 알아보았다. 사람들은 그를 빗대서 우스갯소리를 만들거나, 사람들의 입에서 입으로 회자되는 일화들을 만들어냈다. 한번은, 그의 아들이 국회 앞에서 옷을 벗어던진 날 그가 심장마비를 일으켰을 때 대통령이 그를 집무실로 불러 스위스 대사 자리를 주겠다고 제안했다는 얘기도 있었다. 그 자리가 그의 나이에도 맞을뿐더러 건강을 회복하기에도 더할 나위 없이 적합하다는 이유에서였다. 그렇지만 트루에바가 대통령의 책상을 주먹으로 쾅 내리쳐, 국기와 국가 창시자의 흉상을 넘어뜨리는 걸로 대답을 대신했다는 소문이 돌았다.

"저는 죽어도 이곳을 떠나지 않습니다, 대통령 각하." 그가 으르렁거렸다.

"제가 한눈만 팔았다 하면, 공산주의자들이 각하께서 앉아 계신 그 의자를 밖으로 밀어내 버릴 겁니다!"

에스테반 트루에바는 제일 먼저 좌파를 '민주주의의 적'이라고 부를 정도로 통찰력이 날카로웠지만, 그것이 몇 년 후에 독재자의 슬로건이 되리라고는 꿈에도 생각하지 못했다. 그는 정치 싸움에 거의 대부분의 시간과 재산을 투자했다. 그는 자기가 끊임없이 새로운 사업을 구상하는데도, 클라라가 죽은 이후로는 재산이 점점 줄어드는 것을 느꼈다. 그렇지만 클라라는 자신의 인생에 행운을 가져다준 사람이었으니 그런 그녀가 죽은 이후에는 자기를 계속 도와줄 수 없는 것이 사물의 자연스러운 이치라 생각했기 때문에 그리 놀라지는 않았다. 그래도 그의 계산에 따르면, 자신이 살아 있는 동안 부자로 살 수 있을 만큼의 여유는 충분히 있었다.

에스테반은 이제 자신이 많이 늙었다고 생각했다. 그는 자식 셋 중 누구도 재산을 상속받을 자격이 없다고 생각했다. 트레스 마리아스가 옛날처럼 번창하지는 않았지만, 그래도 넉넉하게 살 수 있도록 손녀딸에게 물려줄 생각이었다. 옛날에는 기차를 타고 가려면 사파리 여행을 떠난 것처럼 한참 걸렸지만, 지금은 새로 놓인 고속도로와 자동차 덕분에 수도에서 트레스 마리아스까지 여섯 시간 정도밖에 걸리지 않았다. 그렇지만 이제는 그가 바빠서 그곳에 갈 짬을 내지 못했다. 이따금 감독에게 한 번씩 전화를 걸어 어떻게 돌아가는지만 알아보았지만 감독하고 전화 통화를 하고 나면 며칠씩 기분만 언짢았다. 트레스 마리아스의 감독은 지나치게 비관적인 견해를 가진 사람이었다. 게다가 그가 전하는 소식들은 딸기가 얼어버렸다든지, 닭들이 전염병에 걸렸다든지, 포도가 썩었다든지 하는 내용으로 왜 그런지 대체로 안 좋은 일밖에 없었다. 그렇게 해서 한때는 에스테반의 부의 원천이었던 시골 농장이 이제는 골칫덩어리로 변해 버렸다. 때로 트루에바 상원의원이 다른 사업의 돈을 끌어다가 농장에 밀어냈지만 밑 빠진 독에

물 붓기였다. 마치 복구되기 이전 상태의 몰골인 폐허로 되돌아가려는 것만 같았다.

"내가 가서 직접 돌봐야 하는데. 그곳엔 주인의 감시의 눈길이 필요한 거야." 에스테반이 혼자 중얼거렸다.

"여기 시골도 아주 어수선합니다, 주인 나리." 농장 감독은 에스테반에게 자주 경고했다.

"농민들이 자꾸 들고일어나거든요. 날마다 새로운 요구 하나씩은 하는 것 같아요. 마치 자기네들도 지주처럼 살려고 하는 것 같습니다. 농장을 매각하는 게 최상책입니다."

그렇지만 에스테반 트루에바는 매각하라는 얘기는 들으려고도 하지 않았다.

'다른 것이 모두 사라졌을 때도 땅만은 유일하게 남는 거야.'

그가 스물다섯 살이었을 때 어머니와 누나가 같은 이유로 땅을 팔라고 압력을 가했을 때도 그는 같은 말만 계속 되뇌었다. 그렇지만 나이와 정치의 무게에 짓눌려, 한때는 아주 중요하다고 생각했던 다른 것들과 마찬가지로, 이제는 트레스 마리아스도 더 이상 그의 관심을 끌지 못했다. 이제는 상징적인 가치밖에 없었다.

농장 감독의 말이 옳았다. 그즈음 상황이 별로 좋지 못했다. 페드로 테르세로 가르시아가 달콤한 목소리로 바로 그런 내용을 전했으며, 라디오의 기적 덕택에 두메산골 첩첩산중까지 그의 목소리가 파고 들어갔다. 삼십 대 중반인 페드로 테르세로는 아직도 투박한 시골 농부의 모습이었다. 어느 정도 성공을 거두고, 세상 물정도 알게 되면서 거친 면이 많이 부드러워지고 생각도 세련되어졌지만 자기만의 개성을 위해 계속 그런 외모를 고집했다. 그는 턱수염을 거칠게 길렀고, 기억을 더듬어가며 손수 아버지의 면도칼로 예언자 머리처럼 단발로 잘랐다. 그 스타일은 몇 년 후에 저항 가수들 사이에서 대유행을 일으켰다. 그는 텐트 천으로 바지를 만들어 입고, 수제 샌들을 신었으며, 겨울에는 가공하지 않은 모로 된 판초를 두르고 다녔다. 그에게는 그 옷이 전투복이나 다름없었다. 그는 무대에 오를 때나 레코드 판 표지에 나올 때도 늘 같은 모습이었다.

페드로 테르세로는 정치 조직에 환멸을 느껴, 자기만의 철학이 모두 녹아 있는 기본적인 사상들만 서너 개 간추렸다. 그는 무정부주의자였다. 그는 암탉과 여우 노래에서 인생과 우정, 사랑, 혁명에 대한 노래들로 범위를 확대해서 불렀다. 그의 노래는 크게 인기를 끌었으며, 에스테반 트루에바처럼 완고한 사람들만이 그의 존재를 인정하지 않았다. 에스테반은 집에서 리디오를 트는 것을 용납하지 않았다. 그것은 어머니가 아들을 잃어버렸다가 한참 세월이 흐른 다음에야 다시 찾게 된다는 따위의 유치한 라디오 드라마나 연속극을 듣지 못하게 하기 위해서였으며, 그와 아울러 자신의 적이 부르는 불온 가요를 듣고 소화 불량이 되는 걸 미연에 방지하기 위해서였다. 그렇지만 자신의 침실에는 신식 라디오를 갖다 놓았다. 그러나 그것으로는 단지 뉴스만 들을 뿐이었다.

에스테반은 페드로 테르세로 가르시아가 자신의 아들인 하이메와 절친한 친구 사이이며, 블랑카가 매번 그 촌스러운 가방을 들고 더듬거리면서 변명을 늘어놓으며 외출할 때마다 그와 만난다고는 꿈에도 상상하지 못했다. 또한 에스테반은 햇살이 화창한 일요일이면 가끔 페드로 테르세로가 알바를 데리고 산등성에 올라가, 도시가 한눈에 내려다보이는 산 정상에 앉아 함께 빵과 치즈를 먹은 다음, 좋아 죽고 못 사는 강아지들처럼 깔깔거리며 언덕 아래로 구르고 논다는 사실을 전혀 알지 못했다. 그리고 페드로 테르세로가 가난한 사람들과 억눌린 사람들, 절망에 휩싸인 사람들의 이야기나 에스테반이 자기 손녀딸은 몰랐으면 하고 바랐던 다른 여러 가지 문제들에 대해 알바에게 얘기해 준다는 것도 전혀 몰랐다.

페드로 테르세로는 알바의 성장을 지켜보았다. 그는 알바와 가까워지려고 노력했지만 블랑카가 이미 확실하게 못 박아두었기 때문에 그 아이가 자기 딸이라고는 생각도 하지 못했다. 블랑카는 많은 충격을 견뎌야 했던 알바가 비교적 정상적인 아이로 자란 것도 그나마 기적이라고 생각했다. 알바에게 필요한 것은 자신의 출생에 대해 더 이상 혼란을 겪지 않는 것이었다. 알바가 공식적인 이야기를 믿는 편이 훨씬 나았다. 그 외에도 블랑카는 알바가 외할아버지에게 자신의 출생에 대해 물어볼까 봐 두려웠다. 그랬다가는 엄청난 재난을 몰고 올 게 뻔했다. 어쨌든 페드로 테르세로는 알바의 자유로운 기질과 반항적인 성격이 마음에 들었다.

"저 아이는 내 딸이 아니더라도, 충분히 내 딸이 될 자격이 있어." 페드로 테르세로가 자랑스럽게 말했다.

그 몇 년 동안 페드로 테르세로는 여자들에게, 특히 애절한 그의 기타 가락에 미쳐 날뛰는 젊고 정열적인 여자들에게 인기가 좋았지만, 그래도 독신 생활을 만끽하지는 못했다. 억지로 우기고 그의 삶 속으로 뛰어든 여자들도 몇 있었다. 페드로 테르세로에게도 이렇게 신선한 사랑이 필요했다. 그는 아주 짧은 기간 동안 그 여자들을 행복하게 해주려고 노력했다. 그렇지만 그런 환상을 꿈꾸는 순간부터 마음속으로는 그들과 작별 인사를 나누었으며, 결국에는 조심스럽게 그 여자들을 몰아냈다. 가끔 침대에서 다른 여자와 함께 있을 때, 그 여자가 잠을 자면서 한숨을 내쉬면 그는 두 눈을 감고 블랑카를 떠올렸다. 풍만하게 무르익은 성숙한 여인의 몸매와 따뜻하고 커다란 젖가슴, 입가의 잔주름, 아랍인의 눈매 아래로 검게 드리워진 그늘을 떠올렸다. 그럴 때면 가슴을 짓누르는 듯 서러움이 복받쳐 올라왔다. 페드로 테르세로는 다른 여자들과 지내보려고 노력했다. 그는 블랑카에게서 멀어지기 위해 수없이 방황하며 많은 여자들을 찾았지만 가장 은밀한 순간, 즉 외로움과 죽음이 느껴지는 순간에는 블랑카 이외에 다른 여자를 떠올릴 수가 없었다. 이튿날이면 새로운 사랑에서 벗어나기 위한 조심스러운 과정이 시작되었다. 그는 다시 자유로워지자마자 예전보다 훨씬 더 야윈 모습으로, 죄의식에 사로잡혀 눈 밑에 검은 그늘을 드리운 채 기타로 새로운 노래를 부르며 블랑카에게 돌아와, 결코 끝나지 않을 듯한 정열적인 애무를 퍼부어댔다.

반면에 블랑카는 혼자 사는 것에 익숙해져 있었다. 결국 그녀는 크나큰 집안 살림과 도자기 작업실, 갖가지 동물 모양으로 만든 성탄 인형들에서 평화를 얻었다. 그 인형들 중에서 유일하게 자연의 법칙에 부응하는 것은 많은 괴물들 가운데서 오갈 데 없이 방황하는 성 가족뿐이었다. 블랑카는 단 한 남자만을 사랑하도록 운명 지워졌기 때문에 그녀의 인생에서는 페드로 테르세로가 유일한 남자였다. 변치 않는 그 절대적인 사랑의 힘 덕분에 따분하고 서글픈 운명을 나름대로 잘 버텨 나갈 수 있었다. 그래서 블랑카는 페드로 테르세로가 긴 머리에 하늘하늘한 몸매를 지닌 젊은 여자들에게 빠져 있을 때도 그에게만 충실할 수 있었다. 그렇다고 그를 덜 사랑하지도 않았다. 처음에는 페드로 테르세로가 멀어질 때마다 죽을 것 같았지만 곧 그가 자기에게서 멀어져 봤자 얼마 가지 못하며, 변함없이 더 많은 사랑을 안고 훨씬 더 달콤한 연인이 되어 자기 곁으로 돌아온다는 것을 깨달았다.

블랑카는 함께 살면서 판에 박힌 일상에 젖는 것보다는, 호텔에서 잠깐씩 애인과 몰래 만나는 게 더 좋았다. 결혼 생활에 권태를 느끼고, 월말에 생활비가 모자라 쪼들리며 마음고생하면서 함께 늙는 것보다는 그 생활이 훨씬 나았다. 아침에 일어났을 때 입 냄새가 나는 것도 싫었으며, 일요일 아침에 나른하게 늘어져 있는 것도 싫었고, 나이가 들면서 아파서 골골하는 것도 싫었다. 블랑카는 어쩔 수 없는 낭만주의자였다. 블랑카는 가끔 그 촌스러운 가방과 양말에 남아 있는 보석을 집어 들고 집을 나와서, 딸과 함께 페드로 테르세로와 같이 살고 싶다는 유혹을 느낄 때도 있었지만 늘 용기가 나지 않았다. 어쩌면 그 많은 시련을 이겨낸 위대한 사랑이, 함께 산다는 가장 끔찍하고 무시무시한 시험을 이겨내지 못할지도 모른다는 두려움도 있었다. 알바는 아주 빨리 성장했다. 그래서 이제는 더 이상 딸을 돌봐야 한다는 핑계로 계속 연인의 요구를 미룰 수도 없다는 것을 잘 알았다. 그렇지만 그 결정은 항상 나중으로 미루었다.

사실 블랑카는 판에 박힌 일상만큼이나 페드로 테르세로의 생활 방식과 못사는 동네에 위치한, 아연과 판자를 얽어서 지은 초라하고 작은 그의 집도 소름이 끼치도록 두려웠다. 그 동네에는 수돗물도 나오지 않고 그의 집처럼 흙을 밟아서 바닥을 다지고, 천장에 전구 하나만 달랑 달린 엉성한 집이 수백 채나 있었다. 페드로 테르세로는 블랑카를 위해 못사는 동네를 벗어나 시내에 위치한 아파트로 이사했다. 그러면서 그는 결코 의도하거나 원한 적은 없지만 중산층으로 상승하게 되었다. 그러나 그 아파트조차도 블랑카의 성에는 차지 않았다. 아파트 안은 더럽고 어둠침침하고 비좁았으며 아파트 건물은 우중충했다. 블랑카는 알바가 그곳 거리나 층계에서 다른 아이들과 어울려 놀며, 공립학교에 다니면서 자라게 할 수 없다고 말했다.

그렇게 블랑카는 청춘을 마감하고 중년의 나이로 접어들었다. 그녀는 자신이 유일하게 행복한 순간은 페드로 테르세로를 사로잡기 위해 가장 좋은 옷을 입고, 향수를 뿌리고, 창녀처럼 야한 속옷을 입고 몰래 집을 빠져나갈 때라는 것을 인정하지 않을 수 없었다. 블랑카는 누군가에게 그 속옷을 들켰을 때 뭐라 설명해야 할지 상상하면서 얼굴을 붉히며 옷장 맨 밑

바닥에 숨겨두었다. 살아오면서 다른 면에서는 그렇게 현실적이고 실리적이었던 이 여인은 어린 시절의 사랑을 승화시키며 비극적으로 살아갔다. 블랑카는 그 사랑을 환상으로 가득 채워 이상화했으며, 혼신을 다해 그 사랑을 지켜 나갔다. 블랑카는 그 사랑을 평범하고 진부한 현실에서 정화시켜, 소설에나 나올 법한 사랑으로 만들었다.

한편 알바는 페드로 테르세로 가르시아라는 이름이 가족들에게 어떤 반응을 불러일으키는지 익히 잘 알고 있었기 때문에 가급적 그 이름을 입에 올리지 않는 것부터 배웠다. 알바는 엄마의 입에 키스를 하는 손가락이 없는 남자와 외할아버지 사이에 무슨 엄청난 일이 있었을 거라고 상상했지만 모두, 심지어 페드로 테르세로조차도 그런 알바의 질문에는 애매모호하게 둘러댔다. 때로 침실에서 다정하게 단둘이 있을 때면 블랑카는 알바에게 페드로 테르세로에 대한 일화나 그의 노래를 가르쳐주면서도 절대 집 안에서 그 노래를 흥얼거려서는 안 된다고 주의를 주었다. 그러나 블랑카는 그가 아빠라는 얘기를 알바에게 절대 하지 않았다. 심지어 블랑카 자신조차도 그 사실을 잊어버린 것 같았다.

블랑카는 과거를 잔인한 사건들과 자포자기, 슬픔의 연속으로 회상했으며, 자기가 기억하는 것처럼 정말 그런 일들이 일어났는지 확신하지 못했다. 남편의 집에서 그녀를 도망치게 했던 미라와 사진들, 루이 15세의 뾰족구두를 신은 수염이 나지 않은 인디오에 대한 기억들은 시간이 흐르면서 점점 흐릿해졌다. 블랑카는 백작이 열병으로 죽었다는 이야기를 여러 번 반복하면서 스스로도 그렇게 믿게 되었다. 그녀는 이미 자신이 과부라고 생각하고 있었기 때문에 세월이 흘러 딸이 와서 징 드 사티니의 시신이 시체 공시소의 냉장고에 누워 있다는 얘기를 했을 때도 조금도 좋아하지 않았다. 또 자신의 거짓말을 정당화하려고 노력하지도 않았다. 블랑카는 옷장에서 검은 정장을 꺼내 입고, 핀으로 머리를 올리고서 그 프랑스인을 묻기 위해 알바와 함께 시에서 운영하는 공동묘지로 향했다. 트루에바가 연어 빛 무덤에 그의 자리를 내줄 수 없다고 했기 때문에 백작은 인디오들이나 매장되는 그런 곳에 안치되었다. 하이메의 도움을 받아 간신히 구입한 검은 관 뒤를 엄마와 딸 둘만이 따라갔다. 그들은 숨 막힐 듯한 대낮의 열기를 받으며 약간은 우스꽝스러운 기분이 들었다. 손에는 시든 꽃 한 다발이 들려져 있었으며, 매장될 고독한 시신을 위해서는 눈물 한 방울도 흘리지 않았다.

"아빠는 친구도 없었나 봐요." 알바가 말했다.

그때바서노 블랑카는 딸에게 진실을 털어놓지 않았다.

로사와 클라라를 내 무덤에 안치시킨 이후로 나는 기분이 훨씬 나아졌다. 조만간에 우리 세 사람은 어머니와 유모, 페룰라 누나 등 내가 사랑하는 사람들과 함께 그곳에 있게 될 거라고 생각했다. 페룰라 누나가 나를 용서하기를 바랄 뿐이다. 그때 나는 내가 이렇게 오래 살게 될 거라고는, 그래서 다른 사람들이 그렇게 오랫동안 나를 기다려야 할 거라고는 상상도 하지 못했다.

클라라의 침실은 열쇠로 잠가놓았다. 내가 원할 때마다 클라라의 영혼을 만나고 싶고, 또 모든 것이 원래 그대로 놓여 있기를 바랐기 때문에 나 이외의 다른 사람은 안에 못 들어가게 했다. 그때부터 나는 노인들의 질병인 불면증에 시달리기 시작했다. 밤에는 잠을 이룰 수가 없어서 헐렁해진 슬리퍼를 신고, 감상적인 이유로 그때까지도 계속 입고 있던 성직자들이나 입는 낡은 잠옷을 걸치고서 다 산 노인처럼 운명을 저주하면서 집 안을 돌아다녔다. 그러나 새벽 햇살이 모습을 드러낼 때면 다시 살고 싶다는 욕망을 느꼈다. 나는 아침 식사 시간에 말끔히 면도하고 나서 풀 먹인 와이셔츠와 상복을 입고 아무 말 없이 나타났다. 나는 손녀딸과 함께 신문을 읽고, 사업이 어떻게 돌아가는지 대충 파악하고, 우편물들을 처리한 후 나머지 낮 시간은 밖에 나가서 보냈다. 촉매제 역할을 해주던 클라라도 없는데 자식들과의 말다툼을 참아내야 할 이유가 없었기 때문에 나는 토요일이나 일요일에도 집에서 식사하지 않았다.

단 둘밖에 없는 친구들이 내 영혼의 슬픔을 덜어주려고 애썼다. 그들은 나와 함께 점심 식사도 하고, 골프도 치고, 도미노 게임도 벌였다. 나는 그 친구들과 함께 사업과 정치에 대해 얘기했으며, 때로는 식구들 얘기도 했다. 어느 날 오후, 친구들이 내가 평소보다 기분이 좋은 걸 보고는 기분 좋은 여자랑 같이 있으면 내 기분이 더 나아질까 기대하면서 크리스토발 콜론으로 나를 끌고 갔다. 우리 세 사람 모두 그런 모험을 즐길 나이는 아니었지만 그래도 술 몇 잔을 걸친 다음 그곳으로 향했다.

나는 수 년 전에 크리스토발 콜론에 가본 적이 있었지만 그 뒤로는 까맣게 잊고 살았다. 근래에 들어 그곳은 관광지로서도 명성을 얻고 있었다. 지방 사람들은 단지 그곳을 보고 돌아가서 친구들에게 자랑하기 위해 지방에서 수도까지 오기도 했다. 우리는 오래된 저택에 도착했다. 겉에서 보면 몇 년 전과 다를 바 없었다. 문지기가 우리를 맞아 거실로 안내했다. 프랑스 마담, 더 자세히 말하자면 프랑스 억양을 가진 마담이 있던 시절에 그 거실에 왔던 기억이 났다. 학생처럼 차려입은 젊은 여자가 무료로 포도주 한 잔씩을 대접했다. 내 친구 하나가 그 여자의 허리를 감싸 안으려 하자, 여자가 자기는 집안일을 하는 하녀일 뿐, 진짜 프로가 올 때까지 기다려야 한다고 말했다.

잠시 후에 키튼이 열리면서 우리는 고대 아라비아의 궁정 신하가 튀어나온 듯한 환영을 보았다. 푸른빛을 띨 정도로 검은 피부와 기름을 발라 온몸이 번질거리는 근육질을 가진 엄청난 몸집의 흑인이었다. 그는 당근 색깔의 헐렁한 비단 바지에 소매가 없는 조끼를 걸치고, 자주색 금란 터번을 두르고 터키풍 슬리퍼를 신었으며, 코에는 금고리를 꿰고 있었다. 그가 씩 웃는 순간 납을 덮어씌운 이빨이 그대로 드러났다. 그는 자신을 무스타파라고 소개하고는 앨범 하나를 건네주면서 물건을 고르라고 했다. 창녀들을 카탈로그로 만든 발상이 재미있었기 때문에 나는 아주 간만에 기분 좋게 웃었다. 우리는 사진을 넘기면서 뚱뚱한 여자, 야윈 여자, 머리가 긴 여자, 머리가 짧은 여자, 아마존의 전사처럼 보이는 여자, 수녀 차림의 여자, 궁녀 차림의 여자 등을 보았다. 그렇지만 나는 그 여자들이 모두 연회장의 짓밟힌 꽃처럼 보였기 때문에 아무런 결정도 내리지 못했다.

앨범의 마지막 세 장은 그리스 튜닉에 월계관을 쓰고 가짜 그리스 유적들 사이에서 놀고 있는, 엉덩이가 토실토실하고 속눈썹이 짙은 끔찍한 소년들에게 할애되어 있었다. 나는 트레스 마리아스의 홍등가에서 일본 소녀 차림을 하고 있던 카르멜로를 제외하고는 동성애자를 가까이에서 본 적이 한번도 없었기 때문에, 한 가족의 가장이자 주식 중개인인 내 친구가 사진 속에 있는 엉덩이가 통통한 소년을 선택했을 때는 솔직히 깜짝 놀랐다. 그 소년은 마술처럼 커튼 뒤에서 나타나 살포시 웃으며, 여자처럼 엉덩이를 살랑살랑 흔들면서 내 친구의 손을 잡아끌고 나갔다. 다른 친구는 뚱뚱한 여자 노예를 선택했다. 그 친구의 나이와 빈약한 체력으로 그 여자와 무슨 일을 할 수 있을지 심히 의심스러웠지만, 어쨌든 그들 또한 일어나서 커튼 뒤로 모습을 감추었다.

"손님께서는 결정 내리기가 어려우신 모양이군요." 무스타파가 친절하게 말을 건넸다.

"손님께 저희 집에서 가장 멋진 분을 보여드리겠습니다. 손님을 아프로디테에게 소개해 드리지요."

그러자 아프로디테가 거실에 모습을 드러냈다. 그녀는 머리를 삼층으로 높이 땋아 올리고, 훤히 내비치는 천을 몇 겹으로 휘감았으며, 어깨에서 무릎까지 가짜 포도송이를 주렁주

렁 늘어뜨렸다. 바로 트란시토 소토였다. 트란시토 소토는 멋없는 포도송이와 서커스 단원 같은 싸구려 천을 걸쳤는데도 신화 속의 인물처럼 보였다.

"만나서 반가워요, 주인 나리." 그녀가 인사했다.

트란시토 소토가 커튼을 통해서, 곧 미로 같은 구조물의 심장부인 작은 안뜰로 나를 안내했다. 크리스토발 콜론은 옛날 건물 세 채로 이루어졌는데 뒤뜰과 복도, 특수하게 제작된 다리에 의해 교묘하게 연결되어 있었다. 트란시토 소토는 뭐라고 꼭 집어 말할 수는 없지만 하여간 깨끗한 방으로 나를 데려갔다. 그 방에서 유일하게 눈에 띈 것은 폼페이의 모습을 조잡하게 베낀 프레스코 화로, 어느 평범한 화가가 벽에 그려 넣은 거라고 했다. 그리고 또 하나는 수도가 달린 크고 녹이 슨 고풍스러운 욕조였다. 나는 감탄하여 휘파람을 불었다.

"실내 장식을 몇 군데 바꿨어요." 그녀가 말했다.

트란시토 소토는 포도송이와 얇은 천을 벗는 순간, 옛날 내가 기억하던 여사로 되돌아갔다. 그녀는 전보다 훨씬 더 매혹적이었지만 호락호락해 보이지는 않았다. 맨 처음 그녀를 보았을 때 나를 사로잡았던 그 당당하고 야심에 찬 표정은 그대로였다. 트란시토는 엄청난 성공을 거둔 매춘부와 동성애자의 협동조합에 대해 얘기했다. 그들은 힘을 모아 가짜 프랑스 마담이 폐허 상태로 남겨놓은 크리스토발 콜론을 일으켜 세웠는데, 그 후로 그곳은 먼 바다를 항해하는 선원들 사이에서도 회자될 정도로 명성이 자자해졌으며, 사회적으로나 역사적으로도 기념비적인 장소가 될 만큼 유명해졌다. 무엇보다도 가장 큰 성공을 거둔 것은 의상이었다. 그 의상으로 손님들의 에로틱한 환상을 자극할 수 있기 때문이었다. 그리고 매춘부들의 카탈로그 역시 대성공을 거두었다. 그 카탈로그들이 지방에도 배포되어 고객들의 에로틱한 환상을 자극했으며, 언젠가는 그 유명한 사창가를 가봐야겠다는 욕망을 불러일으켰다.

"이런 넝마와 가짜 포도송이를 걸치고 다니는 것도 지겨워요, 주인 나리. 그렇지만 남자들이 좋아하죠. 남자들은 이곳을 나가 다른 남자들에게 얘기해 주고, 그러면 우리한테는 새로운 고객이 생기는 거죠. 우리는 아주 잘해 나가고 있어요. 좋은 사업이에요. 여기서는 착취당한다고 느끼는 사람이 아무도 없어요. 우리 모두가 동업자니까요. 그리고 진짜 흑인이 있는 사창가는 아마 이 나라에서 이곳 하나뿐일 거예요. 다른 데에 있는 흑인들은 모두 몸에 검은 칠을 한 거예요. 그러나 무스타파는 주인 나리가 사포로 문지르셔도 여전히 까만 피부일 겁니다. 그리고 이곳은 청결해요. 주인 나리께서 상상도 할 수 없는 곳까지 깨끗이 소독하기 때문에 변기의 물을 마셔도 아무 탈이 없을 정도예요. 게다가 우리는 모두 보건 당국의 관리하에 있어요. 이곳에서는 절대 성병에 걸릴 수가 없지요."

트란시토가 마지막으로 걸치고 있던 베일까지 모두 벗었다. 그녀의 멋진 육체가 나를 지나치게 압도하면서 순간 엄청난 피곤이 엄습해 왔다. 내 심장은 서글픔으로 짓눌렸으며, 페니스는 사타구니 사이에서 시든 꽃처럼 아무런 목적도 없이 축 늘어졌다.

"아아, 트란시토! 난 이제 이런 일을 하기에는 너무 늙었나 봐!" 내가 더듬거리며 말했다.

그렇지만 트란시토 소토는 배꼽 주위의 뱀 문신을 꿈틀거리기 시작하면서 완만한 굴곡을 이룬 배로 내게 최면을 걸어왔다. 그러면서 그녀는 새처럼 그렁그렁한 목소리로 협동조합의 장점과 카탈로그의 이점에 대해 얘기하면서 달콤하게 나를 유혹했다. 어찌됐든 나는 웃을 수밖에 없었다. 그리고 웃음이 조금씩 최음제 효과를 냈다. 나는 손가락으로 뱀의 움직임을 따라가 보려고 했지만, 번번이 지그재그로 굴곡을 이루면서 내게서 멀어져 갔다. 나는 트란시토가 한물가기는 했지만, 마치 살아 있는 것처럼 그 뱀을 현란하게 움직이는 탄력 있는 피부와 단단한 허벅지를 가지고 있는 데 놀라지 않을 수 없었다. 나는 그 문신에 키스하려고 몸을 숙였다가 그녀가 향수를 뿌리지 않은 것을 알고는 너무 기분이 좋았다. 그녀의 배에서 풍기는 따뜻하고 아늑한 향기가 내 콧속으로 스며 들어와 나를 천천히 사로잡으면서 내 핏속에서는 이미 오래전에 사라졌다고 생각했던 불씨가 일어났다. 트란시토는 이야기를 멈추지 않으면서 살짝 자세를 바꾸는 듯하더니 부드러운 기둥과도 같은 허벅지를 스르르 열어 살며시 다리를 벌렸다. 나도 혀로 천천히 그녀의 몸을 핥다 보니 숨이 거칠어지고 흥분되었다. 순간 나는 내가 상중이라는 것도, 나이가 많다는 것도 모두 잊어버렸다. 예전처럼 강한 욕구가 생기면서 힘이 솟구쳤다. 나는 애무와 키스를 멈추지 않은 채 거의 필사적으로 허겁지겁 옷을 벗어던졌다. 나의 남성이 딱딱하게 굳어진 것을 확인하며 행복에 잠겨, 따뜻하고 자비로운 그녀의 몸속으로 깊이 들어갔다. 새처럼 그렁그렁한 목소리로 달콤한 유혹을 받으며, 여신의 팔에 감겨 강하게 흔들리는 그녀의 엉덩이에 몸을 맡긴 채 나는 혼이 쏙 빠질 정도로 쾌락의 기쁨에 푹 빠져 폭발하고 말았다.

잠시 후에 우리 둘 다 욕조 안에 들어가 휴식을 취했다. 잠시 미지근한 물속에 잠겨 있다 보니 영혼이 육체로 되돌아온 것 같았고, 몸과 마음도 완전히 치유된 것 같았다. 잠시 동안이나마 나는 트란시토 소토야말로 내가 항상 필요로 하던 여자라는 환상을 그려보았다. 트란시토만 곁에 있으면 억센 농촌 여자들을 번쩍 들어올려 말 엉덩이에 태우고 억지로 덤불 속까지 끌고 들어가던 그 시절로 되돌아갈 수 있을 것만 같았다.

"클라라……." 나는 아무 생각 없이 중얼거렸다. 그 순간 눈물 한 방울이 내 뺨을 타고 주르르 흘러내리더니, 계속해서 하염없이 흘러나왔다. 그러더니 나중에는 비탄에 잠긴 폭우처럼, 거칠게 흐르는 급류처럼 마구 쏟아져 나왔다. 나는 그리움과 슬픔에 목이 메어 엉엉 울었다. 트란시토 소토는 오랜 경험으로 남자들의 마음에 난 상처가 어떤 건지 잘 알고 있었다. 그녀는 내가 최근 몇 년 동안의 고통과 외로움을 모두 눈물로 씻어 내릴 수 있도록 가만히 내버려 두었다. 그러고는 엄마처럼 다정하게 나를 욕조에서 꺼내주었다. 트란시토가 내 몸을 수건으로 닦고, 촉촉한 빵처럼 부드러워질 때까지 마사지도 해주었다. 그런 다음 내가 침대 위에 누워 눈을 감자 이불도 덮어주었다. 그녀는 내 이마에 키스를 한 후, 발끝을 들어 조용히 방을 나갔다.

"클라라가 누굴까?"

나는 트란시토가 방을 나가면서 중얼거리는 소리를 들었다.

11
깨달음

알바는 열여덟 살 무렵 유년 시절에서 완전히 벗어났다. 자신을 여자로 느낀 바로 그 순간 알바는 아주 오래전부터 벽화를 그려 넣기 시작했던 자신의 방에 들어가 문을 걸어 잠갔다. 그러고는 물감 통을 뒤져 아직 쓸 만한 물감과 하얀 물감을 찾아내 조심스럽게 섞은 다음, 벽에 남아 있는 마지막 빈 공간에 커다란 분홍색 하트를 그려 넣었다. 알바는 사랑에 빠져 있었다. 그녀는 물감과 붓을 쓰레기통에 집어던지고 앉아서, 자신의 그림들에 대해 곰곰이 생각했다. 그 그림들은 자신의 기쁨과 슬픔의 역사였다. 알바는 행복한 날들이 더 많았다고 결론 내리고, 옅은 한숨을 내쉬며 자신의 어린 시절과 영원한 작별 인사를 나누었다.

그해 알바는 인생의 많은 변화를 겪었다. 알바는 고등학교를 졸업하고 나서 철학과 음악을 공부하기로 마음먹었다. 철학은 자기가 좋아서 하려는 거였고, 예술이 시간 낭비라며 전문직이나 이과 분야 직업의 이점에 대해 끊임없이 연설하는 외할아버지에게 어깃장을 놓기 위해 음악을 시작했다. 또한 외할아버지는 연애와 결혼에 대해서도 알바에게 이미 귀에 못이 박이도록 주의를 주었다. 그리고 노총각이 된 하이메 외삼촌에게는 어서 괜찮은 여자를 찾아 결혼하라며 지긋지긋하게 몰아댔다. 남자는 아내를 두는 게 좋지만, 반면에 알바와 같은 여자는 결혼해 봤자 좋을 게 하나도 없다며 외할아버지는 입버릇처럼 말했다. 가랑비가 부슬부슬 내리고 쌀쌀했던, 절대 잊을 수 없는 어느 날 오후 대학의 카페테리아에서 알바가 미겔을 처음 본 순간 외할아버지의 잔소리는 창밖으로 날아가 버렸다.

미겔은 창백한 얼굴에 눈빛이 이글거렸으며, 빛바랜 바지에 광부들이나 신는 장화를 신고 있었다. 법학과 졸업반에 재학 중인 학생이었다. 그는 좌파 학생들의 지도자로, 가장 억제하기 힘든 정열인 정의에 불타고 있었다. 그러나 그렇다고 해서 알바가 자기를 주시하고 있다는 사실을 눈치 채지 못한 것은 아니었다. 그가 고개를 든 순간 두 사람의 눈길이 마주쳤다. 그들은 눈이 부신 듯 서로를 응시했고, 그 순간부터 틈만 나면 근처 공원의 숲이 우거진 산책길에서 만났다. 그곳에서 그들은 한 팔 가득 책을 껴안고 걷거나, 케이스에 든 알바의 무거운 첼로를 끌면서 걸었다.

처음 만난 순간부터 알바는 미겔의 소매에 자그마한 배지가 달려 있는 것을 보았다. 불끈 쥔 주먹을 위로 치켜든 모양이었다. 알바는 자신이 에스테반 트루에바의 손녀딸이라는 사실을 미겔에게 말하지 않기로 마음먹었다. 그리고 살면서 처음으로 자신의 주민 등록증에 기재된 '사티니'라는 성을 사용했다. 그리고 과 친구들에게도 자기가 트루에바의 손녀딸이라는 사실을 말하지 않는 게 나을 것 같다는 생각이 들었다. 하지만 학생들 사이에서 아주 인기가 좋은 페드로 테르세로 가르시아와 친하다는 것과 어릴 때 시인의 무릎 위에 앉아서 놀았다는 사실은 마음껏 자랑하고 다녔다. 그 시인의 시는 이제 세계 모든 언어로 번역되어 널리 알려졌으며, 젊은이들의 입에도 자주 오르내리고 벽 낙서에도 단골로 등장했다.

미겔은 혁명에 대해 이야기했다. 그는 폭력적인 체제에는 폭력적인 혁명으로 맞대응해야 한다는 주의였다. 그러나 알바는 정치에 관심이 없었으며, 오직 사랑에 대해서만 얘기하고 싶었다. 알바는 외할아버지의 연설이나 외할아버지와 하이메 외삼촌의 싸움, 끝도 없는 선거 운동에 넌더리가 나 있었다. 알바가 참가했던 유일한 정치 활동은 별다른 명분 없이 다른 학생들에게 휩쓸려 미국 대사관에 돌을 던지러 갔을 때였다. 그 일로 알바는 학교에서 일주일간 정학을 당했으며, 외할아버지는 또다시 심장 마비를 일으킬 뻔했다. 그러나 대학에서는 정치를 비껴갈 수가 없었다. 그해에 대학에 들어간 다른 모든 젊은이들처럼 알바도 밤늦게까지 카페에 모여 이 세상을 변화시켜야 하는 필요성에 대해 토론하고, 서로에게 사상의 열정을 전하는 일에 매료되어 있었다. 알바는 밤늦게서야 집에 돌아왔다. 입에서는 쓴 내가 났으며 옷에서는 퀴퀴한 담배 냄새가 풍겼다. 알바의 가슴은 영웅심으로 불타올라, 때가 오면 고귀한 대의명분을 위해 목숨까지도 바칠 수 있을 것 같았다.

알바는 이념적인 확신이 있어서가 아니라, 오직 미겔에 대한 사랑으로 노동자들의 파업을 지지하기 위해 대학 건물을 점거한 학생들과 함께 농성했다. 며칠 동안 함께 야영하고, 흥분해서 토론하고, 목소리가 쉬어 더 이상 나오지 않을 때까지 창가에서 경찰들을 향해 욕을 퍼부어댔다. 학생들은 모래 자루와 중앙 교정에서 파낸 보도블록으로 바리케이드를 치고, 문과 창문을 모두 막아 건물을 요새처럼 만들었다. 그러나 결과는 경찰들이 그 건물 안으로 진입하는 것보다 학생들이 빠져나가기가 더 어려운 지하 감옥처럼 되어버렸다. 알바가 집 밖에서 잔 것은 그날이 처음이었다. 알바는 신문지와 빈 맥주 깡통 사이에서 미겔의 품에 안겨 잠이 들었다. 주위에는 동료들의 따뜻한 온기가 있었다. 모두 젊고 밤범벅이었으며, 담배와 수면 부족으로 눈이 충혈되고 배도 약간 고팠다. 그렇지만 그들에게는 이 일이 전쟁이라기보다는 놀이 같았기 때문에 두려움이라고는 전혀 없었다. 첫날 그들은 건물에 바리케이드를 쌓고, 방어막을 치고, 플래카드를 만들고, 전화 통화 하느라 눈코 뜰 새 없이 바빠서 경찰들이 물과 전기를 끊었어도 걱정할 여유조차 없었다.

처음부터 미겔이 세바스티안 고메스 교수의 지지를 받아 그 농성의 중심이 되었다. 고메스 교수는 절룩거리는 다리로 학생들과 끝까지 함께했다. 그날 밤 그들은 기운을 돋우기 위해 노래를 불렀다. 열변을 토하며 토론을 하고 노래를 부르는 것에도 지치자 학생들은 작은 무리를 지어 잠자리를 마련했다. 가장 늦게 휴식을 취한 사람은 미겔이었으며, 어떻게 행동해야 할지를 아는 사람은 그뿐인 것 같았다. 미겔은 물을 배급하는 임무를 떠맡게 되자 변기 탱크 안에 들어 있던 물까지 모두 다른 용기에 옮겨 담고, 임시로 부엌을 만들어 어떻게 구했는지는 모르겠지만 하여간 인스턴트커피에 쿠키, 맥주까지 몇 병 만들어냈다. 다음 날 물이 나오지 않아 화장실의 악취가 코를 찌르자 미겔은 화장실을 깨끗하게 청소하게 하고 나서, 화장실을 사용하지 말라는 명령을 내렸다. 그러고는 교정에 세워진 대학 창설자의 동상 옆에 파놓은 구덩이에서 용변을 해결하도록 했다. 미겔은 학생들을 조별로 짜서 하루 종일 바쁘게 움직이게 했다. 그렇지만 권위가 느껴지지 않도록 능수능란하게 명령을 내렸다. 사람들이 자발적으로 결정해서 움직이는 것처럼 보일 뿐이었다.

"자기는 우리가 이곳에서 몇 달 버텨야 할 것처럼 행동해!" 알바가 포위되어 있다는 생각에 들떠서 말했다.

거리에는 경찰의 장갑차들이 낡은 건물을 포위한 채 전략적으로 배치되어 있었다. 며칠은 지속될, 긴장감이 감도는 기나긴 기다림이 시작되었다.

"전국의 대학생들과 노조원, 실업학교 학생들이 우리에게 동참할 거야. 그렇게 되면 정부가 무너질 수도 있지." 세바스티안 고메스 교수가 얘기했다.

"과연 그럴까요?" 미겔이 말했다.

"그러나 지금 중요한 것은 저들이 노동자들의 요구 사항에 서명할 때까지 계속 항거하면서 이 건물을 나가지 않는 겁니다."

이슬비가 촉촉하게 내리기 시작하면서 불 꺼진 건물에는 어둠이 일찌감치 찾아왔다. 학생들은 가솔린과 심지로 속을 채운 양철 깡통으로 임시로 램프를 만들어 불을 밝혔다. 알바는 전화가 이미 끊겼을 거라고 생각했지만, 혹시 몰라 전화기를 들어보았더니 여전히 작동되고 있었다. 미겔은 경찰이 자기네 통화 내용에 관심 있어 한다며, 대화를 어떻게 조심스럽게 해야 하는지 설명해 주었다. 어쨌든 알바는 집에 전화를 걸어 자기는 마지막 승리의 순간이 오거나 죽음이 올 때까지 동료들과 함께 있을 거라고 알렸다. 그러나 그 말은 알바의 입밖으로 나오는 순간 거짓말처럼 들렸다. 에스테반 트루에바가 블랑카의 손에서 수화기를 낚아챈 다음 알바에게 너무나 익숙한 성난 어조로 어젯밤 외박한 것에 대한 합당한 이유를 가시고 한 시간 내에 집으로 들어오라고 명령했다. 알바는 밖으로 나갈 수가 없으며, 설사 나갈 수 있다 하더라도 전혀 그럴 생각이 없다고 대답했다.

"네가 빨갱이들과 그곳에 있을 이유가 없어!" 에스테반 트루에바가 소리 질렀다. 그렇지만 이내 목소리를 부드럽게 가다듬고, 제발 경찰이 안으로 들이닥치기 전에 그곳을 빠져나오라며 알바에게 간청했다. 그는 정부가 그렇게 학생들을 무한정 내버려 두지 않을 거라는 것을 잘 알 만한 위치에 있었다.

"좋은 말 해서 나오지 않으면 기동대를 투입시켜서 몽둥이로 너희들을 몰아낼 거다!"

트루에바 상원의원이 말을 맺었다.

알바는 두툼한 나무판과 모래 자루로 가린 창문 틈새로 밖을 내다보았다. 탱크들이 거리를 따라 즐비하게 늘어서 있었고, 전투복을 입고 헬멧과 가스 마스크에 곤봉으로 무장한 특수 경찰들이 두 줄로 정렬해 있었다. 알바는 외할아버지의 말이 결코 과장이 아니었음을 깨달았다. 다른 학생들도 그 광경을 보았으며, 몇몇은 동요하기 시작했다. 누군가 최루탄보다 더 독한 새로운 종류의 가스가 나왔다는 얘기도 했다. 그 가스는 무시무시한 설사병을 일으키는데, 악취와 후유증이 너무 심해 아무리 용감한 사람이라도 녹다운 시킬 정도라고 했다. 알바는 생각만 해도 끔찍했다. 그녀는 울음을 내비치지 않기 위해 안간힘을 써야 했다. 배가 따끔거렸지만 무서워서 그런 것이라고 생각했다. 미겔이 껴안아주는 것도 큰 위로는 되지 못했다. 둘 다 지쳐 있었고, 제대로 밤잠을 자지 못한 영향이 뼈마디와 영혼 속에서 서서히 드러나기 시작했다.

"저들이 감히 여기까지 들어오지는 않을 거다." 세바스티안 고메스 교수가 말했다.

"정부는 골치 아픈 문제들이 충분히 많이 있어. 괜히 우리한테까지 시비를 걸지는 않을 거야."

"하지만 저들이 학생들을 공격하는 게 이번이 처음은 아닐 거예요." 누군가 말했다.

"여론이 저들을 가만히 두지 않을 거다." 고메스 교수가 대답했다.

깨달음

"우리 나라는 민주주의 나라야. 독재가 아닌 이상 그런 일은 일어나지 않을 거다."

"사람들은 항상 그런 일은 남의 나라 일이라고 생각하지요." 미겔이 말했다. "자기들한테 그런 일이 일어나기 전까지는."

그날 오후는 별다른 사건 없이 지나갔다. 그래서 저녁 무렵에는 계속되는 배고픔과 불안에도 불구하고 어느 정도는 안정을 되찾을 수 있었다. 탱크들은 계속 제자리에 머물러 있었다. 학생들은 복도에서 체커를 두거나 카드를 치기도 하고, 바닥에 드러누워 잠을 청하기도 했으며, 막대기와 돌멩이로 방어용 무기를 만들기도 했다. 모두의 얼굴에서 피곤을 엿볼 수 있었다. 알바는 배가 점점 더 심하게 따끔거리고 아파서, 내일 아침까지도 아무것도 해결되지 않으면 결국 교정에 파놓은 구덩이를 이용할 수밖에 없다고 생각했다.

밖에는 여전히 비가 내리고 있었으며, 도시의 일상은 아무런 방해도 받지 않고 계속되었다. 사람들은 학생들의 데모에 그다지 관심이 없는 것 같았다. 사람들은 대학 정면에 걸린 플래카드를 읽으려고 걸음을 멈추는 대신 그냥 탱크 옆을 스쳐 지나갔다. 이웃 주민들은 곧 무장 특수 경찰들의 존재에 익숙해졌다. 비가 그치자 아이들이 밖으로 뛰어나와 특수 경찰들이 포위한 건물에서 조금 떨어진 텅 빈 주차장에서 공을 차고 놀았다. 순간 알바는 자기가 산들바람도 불지 않는 정지된 바다 위에 떠 있는 돛단배 안에서, 영원히 침묵만 지켜야 하는 기다림 속에서, 몇 시간이고 이렇게 수평선만 바라보고 있다는 느낌이 들었다. 시간이 흘러 불편함만 가중되면서 첫날 하늘을 찌를 듯 충천했던 동료들의 기상도 짜증과 계속되는 말다툼으로 바뀌었다. 미겔이 건물을 뒤져 카페테리아에 있던 식량들을 모두 가져왔다.

"농성이 끝나고 나면 우리는 매점 주인에게 이 값을 지불할 거야. 그 사람도 다른 사람들과 마찬가지로 노동자니까." 미겔이 말했다.

제법 날씨가 쌀쌀했다. 유일하게 아무런 불평도 하지 않고, 심지어 목마르다는 얘기도 하지 않는 사람은 세바스티안 고메스 교수뿐이었다. 고메스 교수는 나이가 미겔보다 두 배나 많고, 결핵 환자 같은 형색이었지만 미겔 못지않게 지칠 줄 몰랐다. 그는 학생들이 건물을 점거했을 때 학생들과 함께한 유일한 교수였다. 사람들은 그가 볼리비아에서 기관총으로 집중사격을 당해서 다리를 전다고 했다. 그는 학생들에게 불꽃을 불러일으키는 이론가였다. 하지만 대부분의 학생들은 졸업하면서 그 불꽃을 그냥 꺼뜨렸으며, 때로는 자기네가 변화시키고자 했던 세계에 동참하기도 했다. 매부리코에 머리숱이 적으며 작고 깡마른 이 남자는 절대 꺼지지 않는 마음의 불꽃으로 훨훨 타오르고 있었다.

알바에게 '백작 부인'이라는 별명을 붙여준 사람도 바로 고메스 교수였다. 수업 첫날 외할아버지가 운전기사에게 알바를 학교까지 차로 바래다주라는 기가 막힌 발상을 떠올린 탓에 고메스 교수의 눈에 띄었던 것이다. 우연히 생기기는 했지만 정곡을 찌른 별명이었다. 고메스 교수는 알바가 밝히지 않는 이상은 장 드 사티니라는 귀족 칭호를 몰랐을 것이다. 사티니가 알바에게 준 그 성은 프랑스 백작이 가지고 있던 몇 가지 되지 않는 진실 중의 하나였다. 알바도 조롱 섞인 그 별명 때문에 고메스 교수에게 악감정을 품지는 않았다. 오히려 그 소신 있는 교수를 유혹하는 상상을 여러 번 해보았다. 그렇지만 세바스티안 고메스 교수는 알바와 같은 여자아이들을 많이 보아왔다. 그래서 흐느적거리는 불쌍한 다리를 지탱하는 목발이 호기심과 동정이 뒤섞인 감정을 불러일으킨다는 것도 잘 알고 있었다.

다음 날도 기동대는 탱크를 이동시키지 않았으며, 정부 역시 노동자들의 요구를 수락하지 않았다. 배 속의 통증이 참을 수 없을 정도로 심해지고, 흐르는 물로 목욕하고 싶다는 욕구가 솟구치면서 알바는 자기가 그곳에서 뭘 하고 있는지 의문이 들기 시작했다. 알바는 거리를 내다보며 특수 경찰들을 볼 때마다 입에 침이 가득 고였다. 그때 알바는 니콜라스 외삼촌의 극기 훈련이 허구로 상상하는 고통에서는 효력을 발휘했지만 실제 상황에서는 거의 아무런 효과도 발휘하지 못한다는 사실을 깨달았다.

두 시간 후 알바는 다리 사이로 끈끈한 액체가 흘러나오는 것 같아서 내려다보니 바지가 시뻘겋게 얼룩져 있었다. 그녀는 공포에 휩싸였다. 지난 며칠 동안 이런 일이 일어날지도 모른다는 두려움이 배고픔만큼이나 강하게 그녀를 괴롭혀왔다. 바지의 얼룩은 깃발과도 같았다. 알바는 그것을 애써 감추려 하지 않았다. 알바는 어찌할 바를 몰라 구석에 가서 몸을 웅크리고 앉았다. 어렸을 때 외할머니는 인간의 신체 기능과 관

런된 것은 모두 극히 자연스러운 것이며, 월경에 대해서도 마치 시를 읊듯 얘기할 수 있다고 알바에게 가르쳐주었다. 그러나 나중에 학교에서는 눈물을 제외한 신체의 분비물은 모두 수치스러운 거라고 가르쳤다. 미겔이 알바의 수치심과 고민을 눈치 챘다. 그가 생리대를 찾아 임시로 만든 양호실에 가보았지만 수건밖에는 구하지 못했다. 그렇지만 그것으로는 충분하지 않았다. 저녁이 되자 알바는 굴욕감과 고통으로 울면서, 배 속이 집게로 집어내듯 콕콕 쑤시며 평소와는 달리 피가 콸콸 흘러나와 두려움으로 벌벌 떨었다. 알바는 자기 배 속에서 뭔가 터진 게 틀림없다는 생각이 들었다. 미겔처럼 불끈 쥔 주먹 모양의 기장을 단 아나 디아스라는 여학생이 부잣집 여자애들이나 그런 고통에 눈물을 흘린다며 비아냥거렸다. 노동자 계급의 여자들은 아이를 낳을 때도 불평 한마디 하지 않는다고 했다. 그러나 아나는 알바의 바지가 피로 빨갛게 물들고 얼굴이 죽은 듯 창백한 것을 보고는, 세바스티안 고메스 교수에게 가서 그 사실을 알렸다. 그는 자기도 그 문제를 어떻게 해결해야 할지 모르겠다고 대답했다.

"이건 남자들의 일에 여자들이 끼어들어서 생긴 일이야." 고메스 교수가 농담을 했다.

"아니에요. 부르주아가 민중의 일에 끼어들어서 생긴 일이에요." 아나가 흥분해서 교수에게 대꾸했다.

세바스티안 고메스 교수가 미겔이 알바를 눕혀놓은 구석으로 갔다. 하지만 목발 때문에 아주 어렵사리 알바의 곁으로 다가설 수 있었다.

"백작 부인, 집에 돌아가야겠어. 자넨 여기서 아무런 도움도 안 돼. 오히려 방해만 될 뿐이야." 고메스 교수가 알바에게 말했다.

알바는 안도감이 밀려오는 게 느껴졌다. 너무 두려웠지만, 이게 자신이 겁쟁이처럼 보이지 않고 집으로 돌아갈 수 있는 가장 명예로운 퇴각 방법이었다. 알바는 체면상 세바스티안 고메스 교수와 약간 실랑이를 벌이기는 했지만 곧 백기를 들고 밖으로 나가 특수 경찰과 협상을 해보겠다는 미겔의 제안을 받아들였다. 미겔이 텅 빈 주차장을 가로지르는 동안 모두 창문 틈새로 그를 지켜보았다. 빽빽이 정렬해 있던 특수 경찰이 확성기를 통해 미겔에게 멈춰서 깃발을 땅바닥에 내려놓고 손을 목 뒤로 올리라고 명했다.

"전쟁이 따로 없군." 고메스 교수가 말했다.

잠시 후 미겔이 돌아와 알바가 일어설 수 있도록 부축해 주었다. 얼마 전까지 알바가 엄살을 부린다고 비난하던 아나도 알바의 팔을 부축해서 이들 세 사람은 함께 건물을 나와, 경찰의 강력한 탐조등 빛을 받으면서 바리케이드와 모래 자루를 지나갔다. 알바는 거의 걸을 수도 없었다. 너무 창피했으며, 머리가 빙빙 돌았다. 경찰차 한 대가 앞으로 나와 그들을 맞이했다. 알바는 초록색 군복을 입은 사람에게서 불과 몇 센티미터도 떨어져 있지 않았다. 알바의 코앞에 바로 권총이 겨누어져 있었다. 알바가 시선을 들어보니, 쥐새끼 같은 눈에 피부가 거무스름한 남자가 서 있었다. 알바는 즉시 그를 알아보았다. 바로 에스테반 가르시아였다.

"트루에바 상원의원의 손녀따님을 이런 곳에서 만나게 되다니!" 에스테반 가르시아가 빈정거리며 내뱉었다.

그렇게 해서 미겔은 알바가 자기한테 모든 진실을 얘기하지 않았다는 것을 알게 되었다. 그는 배신감을 느끼며 다른 사람에게 알바를 건네고 돌아서서 작별 인사도 건네지 않은 채 흰 깃발을 땅바닥에 질질 끌며 그곳을 떠나갔다. 아나 디아스도 미겔 못지않게 놀라고 격분해서 그의 뒤를 따랐다.

"무슨 일이야?" 가르시아가 권총으로 알바의 바지를 가리키며 물었다.

"유산한 것 같은데." 알바가 고개를 치켜들고 가르시아의 눈을 똑바로 쳐다보았다.

"당신하고는 상관없는 일이야. 집에나 데려다 줘."

알바는 외할아버지가 자기 계층의 사람이 아니라고 생각되는 모든 사람들에게 사용하는 권위적인 어조를 본떠 그에게 명했다.

가르시아가 잠시 머뭇거렸다. 민간인의 입에서 명령을 들은 것도 꽤 오랜만의 일이었다. 그는 알바를 끌고 가서 무릎을 꿇리고 자기에게 애걸복걸 매달릴 때까지 감옥에서 피범벅을 만들어 썩어 문드러지도록 내버려 두고 싶은 강한 충동을 느꼈다. 그러나 그곳에 있다 보니 자기보다 훨씬 세력이 강한 사람들이 많고, 아직은 처벌에 대한 두려움 없이 마음대로 행동할 처지가 못 된다는 것을 익히 알고 있었다. 게다가 그가 맨발로 돌아다니며 닭장 주위에서 코를 훌쩍이는 동안 트레스 마리아스의 테라스에서 풀 먹인 깨끗한 옷을 입고 레모네이드

를 마시던 알바에 대한 기억과 트루에바 상원의원에 대한 두
려움이 아직도 알바를 욕 보이고 싶은 욕망보다는 훨씬 강했
다. 가르시아는 알바의 시선을 더 이상 감당할 수가 없어 슬그
머니 고개를 숙였다. 그러고는 그가 뒤로 돌아서 소리를 버럭
지르며 짤막하게 지시를 내리자, 경관 두 명이 알바의 팔을 부
축해서 호송차에 태웠다. 알바는 그렇게 집에 도착하게 되었
다. 블랑카는 알바를 본 순간, 아버지의 얘기대로 경찰이 학
생들에게 몽둥이 찜질을 해서 알바도 두들겨 맞은 줄 알았다.
블랑카가 소리 지르며 울기 시작했다. 하이메가 알바를 진찰
한 후 아무런 상처도 없으며 주사 몇 대를 맞고 한동안 휴식
을 취하면 괜찮아질 거라고 확신할 때까지 블랑카는 계속 울
며불며 안절부절못했다.

알바는 침대에서 이틀을 누워 있었다. 그동안 학생들의 농
성은 평화적으로 해산되었다. 교육부 장관이 직위에서 해임되
어 농산부로 전출되었다.

"그가 학교노 제대로 나오지 않고 교육부 장관이 되었다면,
평생 암소 한 마리 보지 않고서도 농산부 장관이 될 수 있지."

트루에바 상원의원이 한마디 했다.

침대에 있는 동안 알바는 자기가 어떻게 에스테반 가르시
아를 알게 되었는지 기억을 더듬어보았다. 어렸을 때의 아주
옛날 일을 더듬다 보니까 까무잡잡한 청년과 집 서재, 그윽한
향을 내며 커다란 장작들이 타오르던 벽난로, 오후인지 밤인
지 약간 어둠침침할 때 자기가 가르시아의 무릎 위에 앉아 있
던 기억이 떠올랐다. 그렇지만 그 기억은 잠시 그녀의 머릿속

을 스쳐 지나갔을 뿐, 꿈속에서 본 것처럼 희미했다. 가르시아에 대한 최초의 확실한 기억은 그 후의 일이었다. 그날이 열네 번째 생일이었고, 그녀가 태어났을 때 외할머니가 만들었던 까만 앨범에 엄마가 그 사실을 기록해 두었기 때문에 날짜를 확실하게 기억할 수 있었다. 생일이라 알바는 머리를 고데하고 코트를 입고 테라스에 나와서, 하이메 외삼촌이 생일 선물을 사주러 데리고 나가길 기다리고 있었다. 날씨가 아주 추웠지만 알바는 겨울철의 정원이 좋았다. 그녀는 손을 호호 불어가면서 코트 깃을 끌어올려 귀를 덮었다. 알바는 그곳에서부터 서재 창문을 볼 수 있었다. 서재에서는 외할아버지가 한 남자와 얘기를 나누고 있었다. 창유리가 희뿌옇게 보였지만 알바는 그 남자가 특수 경찰 제복을 입고 있다는 것을 알 수 있었다. 그녀는 외할아버지가 서재에서 특수 경찰과 무슨 볼일이 있는 걸까 궁금했다. 그는 창 쪽으로 등을 돌리고, 납 병정 인형처럼 등을 꼿꼿이 세운 애처로운 자세로 의자 한쪽 끝에 뻣뻣이 앉아 있었다. 알바가 잠시 동안 그들을 지켜보다가 삼촌이 도착할 시간이 된 것 같아 정원을 가로질러 반쯤 폐허가 된 정자 쪽으로 걸어갔다. 알바는 손을 비벼 온기를 느끼면서 벤치에 앉아서 기다렸다. 잠시 후에 에스테반 가르시아가 집을 나와서 대문 쪽으로 가기 위해 정원을 가로질러 나가다가 알바와 마주쳤다. 그는 알바를 보자 우뚝 멈춰 섰다. 그러고는 주변을 둘러보며 잠시 머뭇거리더니 알바 옆으로 다가갔다.

"나를 기억하겠니?" 가르시아가 물었다.

"아니요……." 알바가 의심스러운 듯 말했다.

"나는 에스테반 가르시아다. 우린 트레스 마리아스에서 봤는데."

알바는 기계직으로 미소를 띠었다. 별로 좋은 인상은 아니었다. 그의 눈 속에는 왠지 자신을 불편하게 하는 무엇인가가 있었다. 그러나 그게 뭔지는 정확히 알 수 없었다. 가르시아가 손으로 낙엽을 쓸어 밀어내고는 알바 옆에 와서 앉았다. 다리가 닿을 정도로 가까운 거리였다.

"이 정원은 밀림 같구나." 가르시아가 알바 가까이에서 숨을 내뿜으며 말했다.

그는 제복 모자를 벗었다. 머리카락이 짧고 뻣뻣했으며, 기름을 발라 손질한 머리였다. 갑자기 가르시아가 한쪽 손을 알바의 어깨 위에 얹었다. 지나칠 정도로 친근한 동작이라 그녀는 순간 당황했다. 알바는 잠시 얼어붙은 듯 가만히 있었다. 그러나 곧 몸을 뒤로 빼내 벗어나려고 했다. 하지만 경관이 손으로 알바의 어깨를 꽉 잡고, 두꺼운 코트 자락 위를 손가락으로 무겁게 내리눌렀다. 알바는 심장이 기계처럼 쿵쾅거렸으며, 얼굴이 시뻘게졌다.

"아주 많이 컸구나, 알바. 이젠 여자가 다 되었는걸." 남자가 알바의 귀에 대고 속삭였다.

"열네 살이에요. 오늘이 제 생일이고요." 알바가 머뭇거리며 대답했다.

"그렇다면 선물을 줘야겠네." 에스테반 가르시아가 입술을 찡그리며 기분 나쁘게 웃었다.

알바가 얼굴을 돌리려 했지만 가르시아가 두 손으로 알바의 얼굴을 꽉 잡고 억지로 자기를 보도록 했다. 그것이 알바의 첫 키스였다. 알바는 그가 서툴게 면도한 거친 피부로 자기 얼굴을 비빌 때는 온몸이 후끈거리면서 끔찍하다는 생각이 들었다. 그에게서는 쾨쾨한 담배 냄새와 양파 냄새, 그리고 폭력의 냄새가 진동했다. 가르시아는 혀로 알바의 입술을 파고들면서 손으로는 턱이 열릴 때까지 뺨을 꽉 쥐었다. 알바는 그의 혀가 뜨겁고 미끈미끈한 연체동물처럼 상상되면서 메스꺼워 토할 것 같았지만 눈은 계속 똑바로 뜨고 있었다. 알바는 제복의 딱딱한 천을 보며 두 손이 사납게 자신의 목을 휘감는 것이 느껴졌다. 그는 키스를 멈추지 않은 채 계속 손가락으로 그녀의 목을 짓눌렀다. 알바는 질식해서 죽을 것 같아 그를 힘껏 밀어 젖히고는 겨우 그에게서 떨어져 나왔다. 가르시아가 빈정거리는 듯한 미소를 지으며 벤치에서 일어섰다. 뺨이 시뻘겋게 상기된 채 가쁜 숨을 몰아쉬고 있었다.

"내 선물 마음에 들었니?" 그가 씩 웃었다.

알바는 그가 성큼성큼 정원을 가로질러 사라지는 모습을 지켜보다가, 그 자리에 주저앉아 울음을 터뜨렸다. 더러운 치욕을 당한 기분이었다. 잠시 후에 알바는 집 안으로 뛰어 들어가 기억으로부터 더러운 얼룩을 지워버리겠다는 듯 비누로 입 주위를 씻고 열심히 칫솔질을 했다. 하이메 외삼촌이 찾으러 왔을 때 알바는 외삼촌의 목에 매달려 그의 와이셔츠에 얼굴을 파묻고 자기는 수녀가 되기로 결심했기 때문에 선물도 다 필요 없다고 말했다. 하이메 외삼촌이 배 속에서부터 나오는 듯한 크고 걸쭉한 웃음을 터뜨렸다. 외삼촌이 워낙 과묵한 사람이라 알바는 그런 웃음소리를 들은 적이 몇 번 되지 않았다.

"맹세건대 나는 수녀가 될 거야." 알바가 흐느꼈다.

"그러려면 너는 아마 다시 태어나야 할 거다." 하이메 외삼촌이 대답했다.

"게다가 내 눈에 흙이 들어가지 않는 한 그렇게 되도록 내버려 두지도 않을 거다."

알바는 그날 대학 주차장에서 만날 때까지는 에스테반 가르시아를 다시 보지 못했지만 절대 잊을 수는 없었다. 알바는 그 기분 나쁜 키스나 그 후에 꾼 꿈들에 대해서 아무에게도 말하지 않았다. 그 꿈에서는 가르시아가 미끈미끈한 촉수를 입 안에 밀어 넣으려고 안간힘을 쓰며 자기를 목 졸라 죽이려 드는 초록색 야수의 모습으로 나타났다.

알바는 그 모든 기억들을 더듬으면서 그 악몽이 지난 몇 년간 자기 몸 안에 웅크리고 있었으며, 가르시아가 여전히 꿈속에서처럼 사기를 넘지려는 야수의 모습으로, 앞으로 살아가면서 언제 어디서 자기를 덮칠지 모른다는 것을 깨달았다. 그러나 그것이 하나의 전조였다는 것은 알지 못했다.

미겔은 알바가 트루에바 상원의원의 손녀딸이라는 사실에 실망과 분노를 느꼈지만, 그들이 처음 만났던 카페테리아 근처 복도에서 알바가 길 잃은 영혼처럼 헤매 다니는 모습을 두 번째로 보고는 그 실망과 분노가 눈 녹듯이 사라지는 것을 느꼈다. 외할아버지의 사상을 그 손녀딸에게 책임지게 하는 것은 불공평하다는 생각이 들어서였다. 곧 그들은 다시 서로 꼭 껴안고 돌아다니기 시작했다. 얼마 지나지 않아 그들은 열정적인 키스만으로는 충분하지 않다는 것을 깨닫고 미겔의 하숙방에서 만나기 시작했다. 그곳은 가난한 학생들을 위한 초라한 하숙집으로, 남의 생활에 간섭하기 좋아하는 중년 부부가 주인이었다. 그들은 미겔이 알바의 손을 잡고 위층으로 올라갈 때면 노골적으로 싫은 표정을 지었다. 알바로서는 부끄러움을 무릅쓰는 것도 힘든 마당에 미겔과 만나는 기쁨을 깨는 그런 따가운 시선을 견뎌내는 것도 여간 큰 고역이 아니었다. 알바는 따가운 눈총을 피할 수 있는 다른 방안을 강구해 보고 싶었지만, 미겔의 하숙집에 가기 싫은 것과 같은 이유로 호텔에서 만나는 것도 썩 내키지 않았다.

"너는 내가 알고 있는 부르주아 중에서도 가장 문제야."

미겔이 웃었다.

가끔 미겔이 빌린 오토바이에 몸을 바짝 붙이고서 무모할 정도로 스피드를 내 꽁꽁 얼어붙은 귀와 조급한 마음을 안고서 몇 시간씩 교외로 빠져나가기도 했다. 미겔과 알바는 인적이 드문 겨울 해변을 좋아했다. 그곳에서 그들은 젖은 모래 위로 곧 파도에 밀려 씻겨 나갈 발자국을 찍으며 돌아다니고, 갈매기들을 놀래키거나 바닷바람을 한 입 가득히 들이마시며 행복해했다. 여름에는 숲이 무성한 산림으로 갔다. 그곳에서 그들은 일단 도보 여행자들과 보이 스카우트 단원들의 시선을 벗어나면 마음껏 즐길 수 있었다. 알바는 곧 자기 집이 가장 안전한 장소라는 사실을 깨달았다. 미로처럼 얽힌 뒤채 골방들에는 사람들이 드나들지 않았기 때문에 다른 이들의 이목에 신경 쓰지 않고 마음껏 사랑을 즐길 수 있었다.

"하인들이 무슨 소리를 듣는다 해도 혼령들이 돌아다니는 거라고 생각할 거야." 알바는 이렇게 말하면서 영혼들이 찾아오고 테이블이 날아다니던 모퉁이 큰 집의 찬란했던 과거를 미겔에게 들려주었다.

알바가 빽빽한 밀림 사이로 길을 뚫어가면서 이끼와 새똥으로 뒤덮인 조각상을 돌아 뒷문으로 미겔을 데리고 들어갔던 날, 미겔은 그 서글픈 저택을 보며 깜짝 놀랐다.

"전에 여기에 와본 적이 있는 것 같아."

미겔이 중얼거렸다. 그렇지만 끔찍한 악몽 같은 밀림과 우중충한 건물은 그가 어린 시절부터 기억하고 있던 찬란한 이미지를 가진 저택하고는 거리가 멀었기 때문에 정확히 기억해낼 수는 없었다.

연인들은 버려진 골방들을 하나씩 돌아가며 차례로 순례하다가, 마침내는 지하실의 은밀한 곳에 그들의 도둑 사랑을 위한 임시 보금자리를 만들었다. 알바는 정말 오랜만에 그곳에 와보았다. 심지어는 그곳이 있었는지조차 거의 잊고 있었다. 그러나 지하실 문을 여는 순간 결코 잊을 수 없는 냄새가 훅 밀어닥치면서 알바는 옛날의 그 마법에 다시 걸린 것 같았다. 미겔과 알바는 지하실에 있는 고물들과 상자, 니콜라스 외삼촌이 출판했던 책, 가구, 옛날에 쓰던 커튼들을 이용해 그럴싸한 신방을 꾸몄다. 매트리스 몇 개를 지하실 가운데 쌓아올려 침대를 만들었고, 그 위에 좀 먹은 벨벳을 몇 겹 덮었다. 케

짝에서는 수도 없이 많은 보물이 나왔다. 그들은 황옥 빛깔의 다마스크 천으로 된 커튼을 가지고 담요를 만들었다. 그러고는 바라바스가 죽은 날 클라라가 입었던 샹티이 레이스가 달린 화려한 드레스의 솔기를 뜯어서 고풍스러운 모기장을 만들었다. 그것으로 천장에서 거미줄을 치다가 떨어지는 거미들을 막아낼 수 있었다.

연인들은 촛불로 주변을 밝히고 쥐와 추위와 저세상에서 흘러나오는 듯한 음산한 기운은 모른 체했다. 그들은 어둠침침한 지하실 안에서 습기나 외풍도 아랑곳하지 않고 벌거벗은 채 돌아다녔다. 그들은 알바가 식당에서 몰래 훔쳐온 크리스털 술잔으로 백포도주를 마시며 서로의 육체를 마음껏 탐닉하고, 쾌락을 느낄 수 있는 갖가지 방법들을 고안해 냈다. 그들은 어린애들처럼 신나게 뒹굴었다. 알바는 계속되는 바쿠스 신의 축제에서 마음껏 웃고 떠들며 달콤한 사랑에 빠진 이 젊은이에게서 화기 사용법과 혁명 전략에 대해 비밀리에 학습받는, 정의감에 불타는 혁명 전사의 모습을 찾아볼 수가 없었다. 알바는 쉽게 뿌리칠 수 없는 유혹의 덫을 고안해 냈고, 미겔은 새롭고도 믿기 어려운 체위들을 생각해 냈다. 그들은 아무리 마셔도 갈증이 사라지지 않는 마법에 걸린 듯 자기네들의 뜨거운 열정에 스스로 놀랐다. 그들은 마지막 순간까지 서로 완벽하게 소유하고픈 열정만으로 가득 차 심중에 있는 이야기나 옛 추억에 대해 얘기할 시간이 없었고, 그럴 필요도 느끼지 못했다.

알바는 황옥색 침대 위에서 벌거벗은 채 연주할 때를 제외하고는 첼로를 소홀히 했으며, 환각 상태에 빠진 듯 멍한 상태에서 대학 강의를 들었다. 미겔은 온종일 알바와 함께 있고 싶었기 때문에 졸업 논문이나 정치 모임도 모두 뒤로 미뤘다. 연인들은 모퉁이 큰 집 사람들이 조금만 부주의했다 하면 살금살금 지하실로 숨어들었다. 알바는 이제 거짓말도 잘 둘러대고 시치미도 곧잘 뗐다. 밤늦게까지 공부해야 한다는 핑계로 외할머니가 돌아가신 이후로 쭉 엄마와 함께 쓰던 방을 떠나 정원이 내려다보이는 2층 방으로 옮겨 갔다. 그렇게 해서 알바는 미겔을 창문으로 들어오게 한 후, 모든 사람들이 잠든 다음에 살금살금 까치발로 걸어서 자신들만의 보금자리로 데려갈 수 있었다. 그러나 연인들이 밤에만 만나는 것은 아니었다. 사랑할수록 안타깝고 조급한 마음이 들어 미겔이 가끔 참지 못하고 대낮에도 과감하게 찾아오곤 했다. 그는 도둑처럼 살금살금 덤불을 헤치고 들어와 알바가 가슴 조이며 기다리고 있을 지하실 문 앞에 당도했다. 그들은 그동안 떨어져 있었던 애틋한 마음에 절망적으로 포옹을 나눈 후, 숨이 막힐 듯 서도 꼭 껴안은 채 자신들만의 은신처 안으로 미끄러지듯 들어갔다.

알바는 태어나서 처음으로 아름다워지고 싶다는 욕구를 느꼈다. 그녀는 눈부시게 아름다운 자기네 집안 여자들이 자신에게 아무것도 물려주지 않은 것을 매우 유감스럽게 생각했다. 그리고 자신에게 뭔가를 물려준 유일한 사람인 아름다운 로사가 미용사의 실수로밖에는 보이지 않는 해초 빛깔의 머리카락만 물려준 것을 원망했다. 미겔은 알바가 왜 불안해하는지 그 이유를 눈치 채고는 알바의 손을 붙잡고 그들의 비밀스러운 방 한쪽 구석을 장식하고 있는 커다란 베니스 산 거울 앞으로 데리고 가서, 깨진 거울의 먼지를 털어내고 그곳에 있던 촛불을 모두 밝혀서 알바의 주위에 둘러놓았다. 알바는 깨진 거울 조각에 비친 자신의 모습을 바라보았다. 촛불에 비친 알바의 피부는 밀랍으로 만든 조각처럼 비현실적인 색채를 띠었다. 미켈이 알바를 애무하기 시작했고, 알바는 만화경 속에 비친 자신의 얼굴이 조금씩 변해 가는 과정을 지켜보았다. 마침내 알바는 미켈의 눈 속에 비친 자신의 모습을 보고는 자기가 우주 전체에서 가장 아름다운 여인이라 믿게 되었다.

끝도 보이지 않을 것 같던 환락의 나날들이 일 년 이상 지속되었다. 마침내 미켈은 졸업 논문을 마치고 졸업한 후 일자리를 찾기 시작했다. 만족할 줄 모르던 사랑의 욕망이 어느 정도 채워지자 연인들은 평정을 되찾고 일상생활로 돌아갈 수 있었다. 알바는 다시 공부에 열중하려고 노력했고, 상황이 점점 위험하게 전개되면서 나라 전체가 이념적인 논쟁으로 갈가리 찢겨 나가기 일보 직전이 되자 미켈은 또다시 정치 활동에 전념하게 되었다. 미켈이 직장 근처에 작은 아파트를 얻으면서 이제 그곳이 사랑의 보금자리가 되었다. 지하실에서 벌거벗고 뛰놀며 보냈던 일 년 동안 둘 다 만성 기관지염에 걸리는 바람에 그들만의 지하 낙원의 매력이 다소 감소되었던 것이다. 알바는 커튼을 달고 손이 닿는 곳마다 정치 포스터를 붙이며 새 아파트를 단장했다. 심지어 자기도 이 아파트에 들어와 같이 살고 싶다며 얘기를 꺼냈지만 그 점에 있어서는 미켈이 쉽게 허락하지 않았다.

"상황이 점점 나빠지고 있어." 미겔이 설명했다.

"나는 여차하면 게릴라에 가담할 것이기 때문에 자기와 함께 있을 수 없어."

"나는 자기가 가는 데라면 어디든지 따라갈 거야." 알바가 다짐했다.

"그건 사랑만으로 해결되는 일이 아니야. 정치적인 신념이 필요해. 하지만 너에게는 그런 게 없어." 미겔이 대답했다.

"우리는 아마추어를 받아들일 만큼 사치를 부릴 여유가 없어."

당시에는 미겔의 말이 잔인하게 들렸지만, 알바는 몇 년이 지난 후 미겔이 무슨 말을 하려 했는지 완벽하게 이해할 수 있었다.

트루에바 상원의원은 벌써 은퇴하고도 남을 정도로 나이가 많이 들었지만 은퇴할 생각은 단 한 번도 하지 않았다. 그는 그날그날 신문들을 읽으면서 못마땅해서 중얼거렸다. 요 몇 년 사이 사정이 많이 변했으며, 자기가 필요 이상으로 너무 오래 살아서 그런 일들을 겪는다는 생각을 떨쳐버리기가 힘들었다. 그는 도시에 전깃불이 들어오기 전에 태어나서 TV를 통해 인간이 달에 발을 내딛는 것까지 보고 살았으며, 기나긴 인생 여정에서 일어난 모든 격변을 겪고서도 지금 바로 눈앞에서 벌어지고 있는, 나라 안에 곧 불어 닥칠 혁명에 대해서는 어떻게 준비를 해야 할지 갈피를 잡지 못했다. 모든 사람들이 혁명 때문에 마음이 뒤숭숭했다.

당시의 상황에 대해 아무 말도 하지 않는 사람은 하이메뿐이었다. 그는 아버지와 논쟁을 피하기 위해 침묵하는 습관을 들였으며, 곧 침묵을 지키는 게 훨씬 편하다는 것을 알게 되었다. 하이메가 어쩌다 한번씩 트라피스트회 수도사와 같은 침묵을 벗어던질 때는 책이 미로처럼 얽혀 있는 그의 방에 알바가 놀러 올 때뿐이었다. 조카는 샤워로 촉촉하게 젖은 머리를 하고 잠옷 차림으로 와서 침대 발치에 앉아 그에게 행복한 이야기들을 들려주었다. 조카의 표현을 빌리자면, 외삼촌은 다른 사람들의 고민과 재난을 끌어당기는 자석과 같은 사람이어서, 누군가가 그에게 봄과 사랑에 대해 계속 주지시켜 줘야 한다고 했다. 그러나 알바는 처음에는 그런 좋은 의도를 가지고 애기를 시작해도 결국에는 늘 외삼촌에게 자기 문제를 털어놓고 마는 꼴이 되었다. 하지만 외삼촌과 조카는 한번도 의견의 일치를 본 적이 없었다. 그들은 똑같은 책을 읽어도 책을 읽고 나서 분석할 때 보면 항상 생각이 정반대였다. 하이메는 알바의 정치 신념과 수염이 덥수룩한 친구들을 비웃었고, 알바가 어설픈 테러리스트와 사랑에 빠졌다며 야단쳤다. 하이메 외삼촌만이 가족 중에서 유일하게 미겔의 존재에 대해 알고 있었다.

"그 코흘리개 친구한테 가서 하루만 나랑 같이 병원에서 일해 보라고 그래라. 그러고도 그 녀석이 팸플릿이나 정치 연설에 시간을 낭비하고 싶어 하는지 두고 보자꾸나." 하이메가 알바에게 얘기했다.

"그는 변호사예요, 삼촌. 의사가 아니란 말이에요." 알바가 대답했다.

"상관없어. 그곳에는 뭐든지 다 필요하니까. 배관공도 큰 도움이 돼."

하이메는 오랜 투쟁 끝에 결국에는 사회당이 이길 거라는 확신을 갖고 있었다. 그는 민중이 자신들의 욕구와 힘을 의식하게 됨으로써 이길 수 있으리라 자신했다. 그러면 알바는 오직 무장 투쟁을 통해서만 부르주아를 물리칠 수 있다는 미겔의 말을 되풀이했다. 하이메는 어떤 형태의 극단주의도 용납하지 않았으며, 게릴라전은 무력 투쟁을 통해서만 해결될 수 있는 전제 정치하에서나 정당화될 수 있는 것이며, 보통 선거를 통해 변화를 꾀할 수 있는 나라에서는 정도에서 벗어난 행위라고 주장했다.

"그런 일은 한번도 일어나지 않았어요, 외삼촌! 외삼촌이 너무 순진한 거야!" 알바가 대답했다. "그들은 결코 삼촌과 같은 사회주의자들이 이기도록 가만히 있지 않을 거예요."

알바는 미겔의 관점을 설명하려고 노력했다. 미겔의 말에 따르면, 세상은 급속도로 변하기 때문에 그들이 뒤로 처지기 십상이며, 폭력 없이 좋은 말로 해서는 절대 급진적인 변화가 일어날 수 없기 때문에 민중을 교육시키고 조직하는 힘겨운 과정을 통해 역사가 더디게 흘러가는 것을 기다리고 있을 수만은 없다는 것이었다. 그리고 그것은 역사가 증명한다고 했다. 외삼촌과 조카는 그렇게 끝없는 논쟁을 펼치며 현란한 수사학적 공방을 펼치다가 마침내는 서로 노려보며 쇠심줄보다 더 고집불통이라고 상대방을 비난하기 일쑤였다. 그러나 결국 헤어질 때는 잘 자라는 키스를 주고받으며, 두 사람 모두 상대방이 아주 좋은 사람이라 생각했다.

어느 날 저녁 식사 시간에 하이메가 이번에는 사회당이 선거에서 이길 거라는 말을 꺼냈다. 그렇지만 이십 년 동안 계속 그렇게 말해 왔기 때문에 그의 말을 믿는 사람은 아무도 없었다.

"만일 네 엄마가 살아 있었다면 네 엄마는 늘 이기던 사람들이 이길 거라고 얘기했을 거다." 트루에바 상원의원이 무시하는 투로 말했다.

그러나 하이메는 자기가 한 말에 확신을 갖고 있었다. '사회당 대통령 후보'[2]가 그에게 직접 그렇게 얘기했던 것이다. 그들은 오랜 세월 친구처럼 지내왔으며, 하이메는 밤에 종종 그와 체스를 두러 가기도 했다. 그는 십팔 년 동안 대통령이 되고자 하는 야심을 키운 바로 그 사회주의자였다. 하이메는 아버지 몰래 처음 그를 보았다. 젊은 시절 그는 선거 유세 기간 내내 구름 같은 연기 속에 파묻혀 승리의 열차를 타고 돌아다녔다. 당시 그는 사냥개처럼 각진 얼굴에 건장한 젊은이로, 농장주들의 야유와 조롱, 농부들의 울분에 가득 찬 침묵을 앞에 두고 열정적인 연설을 외쳐댔다. 산체스 형제가 사거리에 사회당

---

2) 칠레의 대통령 살바도르 아옌데를 가리킨다. 1952년, 1958년, 1964년 연이어 대통령 후보로 나섰지만 진보 진영의 분열과 보수 정당의 반대 공작으로 번번이 낙선하였다. 그러다 1970년 세계 최초로 선거로 당선된 사회주의 대통령이라는 영예를 얻지만 미국의 지원을 받은 보수 진영의 공작으로 어려움을 겪다가 1973년 피노체트의 쿠데타로 사망하였다.

지도자의 목을 매달고, 에스테반 트루에바가 소작인들에게 호세 둘세 마리아 신부의 이상한 성경 해석을 퍼뜨린다는 이유로 아버지가 보는 앞에서 페드로 테르세로 가르시아에게 채찍을 휘둘러대던 그 시절이었다. 이 대통령 후보와 하이메의 우정은 어느 일요일 날 아주 우연히 싹트게 되었다. 그날 저녁 하이메는 병원에서 긴급 왕진 호출을 받았다. 하이메가 구급차를 타고 바로 그 주소에 도착해 벨을 눌렀고, 후보가 직접 나와서 그를 맞이했다. 그의 사진을 본 적이 여러 번 있었고, 기차에서 처음 본 이후로 그다지 많이 변하지 않았기 때문에 하이메는 그를 어렵지 않게 알아볼 수 있었다.

"들어오십시오, 의사 선생님. 선생님을 기다리고 있었습니다." 대통령 후보가 말했다.

그가 하이메를 행랑채로 안내했다. 그곳에서 후보의 딸들이 호흡 장애를 일으킨 것 같은 한 여자를 간호하고 있었다. 여자는 눈에 초점을 잃고 얼굴이 자줏빛이었으며, 소름이 끼칠 정도로 부어오른 혀가 입 밖으로 늘어져 있었다.

"생선을 먹었어요." 딸 중의 하나가 설명했다.

"얼른 구급차에서 산소통을 가져오세요." 하이메가 주사기를 준비하며 말했다.

하이메는 여자가 정상적으로 호흡하고 혀를 입속으로 집어넣을 때까지 침대 곁에 앉아 대통령 후보와 함께 그 방에 머물렀다. 그들은 함께 사회주의를 얘기하며 체스를 두었다. 그렇게 그들의 굳은 우정이 시작되었다. 하이메는 평소 사용하던 엄마의 성으로 자신을 소개했다. 그러나 다음 날 사회당의 안전부가 자기가 그의 최대 정적인 트루에바 상원의원의 아들이라는 사실을 후보에게 보고했을 거라고는 상상도 하지 못했다. 그러나 대통령 후보는 이 사실을 절대 입 밖에 내지 않았다. 심지어 화염과 총탄이 억수같이 쏟아지는 가운데 서로 마지막으로 악수를 나누던 순간까지도 그 얘기를 꺼내지 않았다. 하이메는 언제 그에게 진실을 얘기할 수 있을지 고민만 했다.

대통령 후보는 오랫동안 패배를 거듭한 경험과 민중에 대한 인식으로, 누구보다 먼저 자신이 이번만큼은 이길 거라는 사실을 직감하고 있었다. 그는 하이메에게 자신의 생각을 얘기하고는, 우파가 당연히 선거에 이기리라는 거만한 자만심으로 분열되어 선거에 임하도록 누구에게도 말하지 말라며 당부했다. 하이메는 사회주의자를 위시한 사람들 모두에게 그런 얘기를 하고 돌아다녀도 아무도 믿지 않을 거라고 대답하고는 시험 삼아 자기 아버지에게 말해 본 것이었다.

하이메는 일요일을 포함해서 계속 하루 열네 시간씩 일하며, 정치 싸움에는 일절 휘말리지 않았다. 하이메는 투쟁이 점차 난폭한 양상을 띠며 사람들이 극단으로 치달아 두 편으로 갈라지는 것을 보고는 주눅이 들었다. 그들 두 집단 사이에는 누가 이길까 지켜보다가 막판에 한쪽에 투표하려고 눈치 보고 있는 무책임하고 우유부단한 무리만이 있었다. 하이메는 아버지가 아무리 자기를 자극하는 말을 해도 웬만해서는 꿈쩍도 하지 않았다. 아버지는 기회만 되면 국제 공산주의의 소행과 좌파의 승리라는, 결코 일어날 리 없는 사건이 만에 하나 일어날 경우, 나라 전체가 휩쓸리게 될 혼란을 경고했다.

하이메가 단 한 번 자제심을 잃었던 때는 어느 날 아침 나가 보니, 만삭이 된 불쌍한 여자가 모스크바로 끌려가는 아들을 공신당 병사의 손에서 빼내려고 몸부림치는 모습을 그린 말도 안 되는 포스터가 도시 전체에 도배되다시피 했을 때였다. 그것은 트루에바 상원의원이 그와 뜻을 같이하는 동지들과 함께 공포를 조장하려는 목적으로 외국에서 특별히 전문가까지 초빙해서 만든 선거 운동의 일환이었다. 그때 하이메는 더 이상 참을 수가 없었다. 그래서 그는 아버지와 더는 한 지붕 아래 살 수 없다는 결론을 내리고는, 자신의 방문을 걸어 잠그고 옷가지를 싸서 병원으로 가서 지냈다.

사태는 선거 막바지 몇 달 동안 더욱 격렬해졌다. 벽마다 후보자들의 사진이 나붙었으며, 공중에서 투하된 팸플릿이 하늘에서 눈처럼 쏟아져 거리를 온통 쓰레기로 뒤덮었다. 라디오에서는 각 당의 정치 슬로건이 쏟아져 나왔으며, 각 당의 당원들은 터무니없는 내기를 걸기도 했다. 밤에는 젊은이들이 무리를 지어 거리로 쏟아져 나와 자기네들의 이념과 일치하지 않는 사람들은 모두 적으로 간주하여 무차별적으로 공격했다. 또 자기 당의 인기도를 가늠하기 위해 엄청난 시위를 조직하기도 했다. 그때마다 도시 전체가 횃불로 환하게 밝혀졌으며, 비슷한 수의 인파가 몰려들었다. 알바는 그 분위기에 완전히 도취되었지만, 미겔은 선거는 장난에 지나지 않으며, 선거는 낡은 주사기에서 바늘만 빼서 교체하는 것과 다를 바 없기 때문에 누가 이기든 다를 게 없고, 혁명은 투표 상자로 이루어지는 것이 아니라 민중의 피로써만 이룰 수 있다고 설명했다. 그리고 민주적으로 완전한 자유를 얻어 평화적인 혁명을 이룬다는 생각은 그 자체가 모순이라고 했다.

"그 불쌍한 녀석이 완전히 정신이 나갔군!" 알바가 그 얘기를 하자 하이메가 소리 질렀다.

"우리가 이길 거고, 결국 그놈은 자기가 한 말을 혼자 안으로 집어삼켜야 할 거다."

그때까지 하이메는 미겔을 계속 피해 왔다. 그는 미겔을 만나고 싶지 않았다. 하이메는 아무에게도 털어놓을 수 없는 비밀스러운 질투심으로 혼자 괴로워하고 있었다. 그는 알바가 세상에 태어나는 것을 지켜보았으며, 수천 번 알바를 자기 무릎 위에 앉히기도 하고, 글도 가르쳐주고, 학비도 대주고, 생일 때마다 축하해 주었다. 그러나 하이메는 아버지와 같은 마음으로 알바가 여자가 되어가는 과정을 지켜보면서 불안감을 떨쳐버릴 수가 없었다. 하이메는 최근 몇 년간 알바의 변화를 감지하면서 거짓된 논리로 스스로를 속여왔다. 그러나 다른 사람들을 돌봐왔던 오랜 경험으로 오직 사랑에 눈떴을 때만이 여자들이 그렇게 눈부시게 아름다워진다는 것을 잘 알고 있었다. 알바는 하룻밤 사이에 몰라볼 만큼 성숙해져서 앳된 사춘기 소녀의 모습을 벗어던지고 완벽하고도 감미로운 여인의 몸으로 변신했다. 하이메는 지금 조카의 사랑이 지나가는 바람에 불과하기를 터무니없이 바랐다. 마음속 깊은 곳에서는 알바가 자기 이외의 다른 남자를 필요로 한다는 사실을 인정하고 싶지가 않았다. 그러나 그즈음, 알바가 미겔의 누나가 아프다고 얘기했기 때문에 더는 미겔의 존재를 무시할 수도 없었다.

"외삼촌이 미겔하고 말해 봤으면 좋겠어요. 미겔이 외삼촌한테 자기 누나 얘기를 할 거예요. 저를 위해서 그렇게 해주실 수 있지요?" 알바가 간청했다.

하이메가 근처 카페에서 미겔을 처음 만났을 때 그동안 그에게 갖고 있었던 불신이나 나쁜 감정은 말끔히 사라졌다. 앞에서 벌벌 떨며 커피를 젓고 있는 남자는 그가 생각하던 성질 고약한 극단주의자와는 거리가 멀었다. 누나의 병세를 설명하면서 나오려는 눈물을 억지로 참고 있는 그는 겁 많고 섬세한 젊은이에 불과했다.

"자네 누나한테 데려다 주게나." 하이메가 말했다.

미겔과 알바가 보헤미안 구역으로 하이메를 데리고 갔다. 시내 한복판에, 강철과 유리로 지어진 현대식 건물에서 불과 몇 미터 떨어지지 않은 가파른 언덕 경사면에 화가와 도예가, 건축가의 거리가 형성되어 있었다. 예술가들은 옛날 집을 자그마한 작업실로 개조해 그곳에 은신처를 마련했다. 장인들의 직입장은 하늘 전체가 보이도록 지붕이 유리로 되어 있는 반면에 예술가들은 어두컴컴한 골방에서 살았다. 그곳은 비참함과 위대함이 뒤섞인 천국과도 같았다. 겁 없는 아이들이 비좁은 골목에서 뛰어놀고 있었으며, 기다란 튜닉을 입은 미모의 여자들이 아이들을 등에 업거나 엉덩이에 걸치고 있었다. 수염을 덥수룩하게 기른 무기력해 보이는 남자들이 골목 구석이나 문지방 앞에 앉아 졸린 듯한 표정으로 멍하니 한세월만 보내고 있었다.

그들은 띠 모양의 장식을 따라 천사가 조각된, 크림 케이크

160

처럼 보이는 프랑스풍의 집 앞에 와서 멈춰 섰다. 그들은 좁다
란 계단을 따라 올라갔다. 그 계단은 화재에 대비해 비상구로
만든 것이었지만 건물 안에 셀 수 없이 많은 방이 들어서면서
결국에는 유일한 출입구로 변해 버렸다. 위로 올라갈수록 층
계가 점점 더 좁아졌으며, 마늘과 마리화나와 테레빈유의 코
를 찌를 듯한 냄새가 진동했다. 미겔은 맨 꼭대기 층에 있는
오렌지 색깔로 칠한 좁은 문 앞에 멈춰 섰다. 그가 열쇠를 꺼
내 문을 열고 안으로 들어갔다. 하이메와 알바는 마치 새장
속에 들어온 기분이었다. 방은 타원형으로 우스꽝스러운 비잔
틴풍의 둥근 지붕이 씌워져 있었으며, 유리창이 주위를 빙 두
르고 있었다. 그 유리창을 통해 도시 전체가 내려다보였고, 구
름과 가까이 있다는 느낌이 들었다. 비둘기들이 창밖에 둥지
를 트는 바람에 가뜩이나 얼룩진 창유리가 그 배설물과 깃털
로 더욱 지저분해졌다. 그 방의 하나뿐인 탁자 앞에 놓인 의
자에 여자가 앉아 있었다. 가슴 부위에 용이 수놓인, 누더기
가 다 된 옷을 걸치고 있었다. 하이메는 몇 초가 흐르고 나서
야 그 여자를 알아보았다.

"아만다…… 아만다……." 하이메가 나지막하게 중얼거렸다.

그가 아만다를 마지막으로 본 것이 이십 년 전의 일이었다.
그때는 니콜라스에 대한 사랑이 그들 둘 사이의 사랑보다 더
강하게 작용했었다. 그 세월 동안 큰 소리로 의학 서적을 읽으
며 걸어 다니고, 머리카락은 기름을 발라 늘 젖어 있는 듯한
까무잡잡하고 운동선수 같던 젊은이는 환자들의 침대를 굽어
내려다보는 습관 때문에 약간 구부정한 중년이 되었다. 은발

머리에 두툼한 쇠테 안경을 쓴 진지한 모습이었지만 근본적으로 달라진 것은 거의 없었다. 그렇지만 아만다는 진심으로 그녀를 사랑한 사람이 아니고서는 쉽게 알아보기가 어려울 정도였다. 아만다는 자기 나이보다 훨씬 늙어 보였으며, 거의 뼈만 남은 앙상한 모습이었다. 여윈 얼굴은 누렇게 떴으며 손가락은 니코틴에 절어 꺼칠했다. 눈은 충혈되어 부어 있었고, 광채라고는 전혀 찾아볼 수도 없었다. 동공이 확장되어 겁에 질리고 무기력한 표정이었다. 아만다는 하이메도 알바도 보지 않고, 오로지 미겔만 바라보았다. 그녀는 일어서려다가 곧 넘어질 듯 비틀거렸다. 미겔이 얼른 달려가 아만다를 부축하며 자신의 가슴에 꼭 끌어안았다.

"저희 누나를 아세요?" 미겔이 의아해하며 물었다.

"그래, 아주 오래전에 그랬지." 하이메가 대답했다.

하이메는 과거에 대해 말해 봤자 아무 소용 없는 일이라고 생각했다. 그리고 알바와 미겔은 그 순간 자기가 느꼈던, 어디서도 보상받을 길 없는 깊은 상실감을 이해하기에는 너무 어리다고 생각했다. 오랜 세월 그의 가슴속 깊이 간직해 왔던 집시 여인의 이미지가 한순간에 무너져 버렸다. 그의 고독한 운명 속에 자리 잡고 있던 단 하나의 사랑이 사라져버린 것이다.

하이메는 미겔을 도와 침대로 사용하는 긴 소파에 아만다를 눕히고 베개를 받쳐주었다. 아만다는 양손으로 자기 가운을 꼭 움켜쥐고, 알아듣지도 못할 말을 중얼거리며 허망하게 자신을 보호하려 했다. 아만다는 계속되는 경련으로 부들부들 떨며, 지친 개처럼 헐떡거렸다. 알바가 겁에 질려 아만다를 바라보았다. 아만다가 눈을 감고 조용히 누워 있을 때에야 비로소 미겔이 항상 지갑 속에 넣어가지고 다니던 작은 사진 속에서 웃고 있던 여자임을 알아볼 수 있었다. 알바에게는 아주 낯선 목소리로 하이메가 아만다에게 뭐라고 얘기를 하며 점차 그녀를 진정시켰다. 하이메가 가끔 동물들에게 사용하는 다정다감한 부정이 느껴지는 손길로 아만다를 쓰다듬어 주었다. 마침내 아만다가 긴장을 풀고 하이메가 중국풍의 낡은 옷소매를 걷어 올리도록 허락했다. 그러자 뼈만 앙상한 팔이 드러났다. 아만다의 팔은 수천 개의 조그만 상처 자국과 타박상, 바늘구멍 자국으로 뒤덮여 있었다. 몇 군데는 감염되어 고름이 질질 흘렀다. 다음에 하이메는 다리를 걷어 올렸다. 허벅지 역시 고통에 절어 있었다. 아만다를 애처롭게 바라보던 하이메는 그 여자가 지금 처한 절망적인 상황에 이를 때까지 얼마나 끔찍한 길을 걸어왔을지 그제야 이해할 것 같았다. 자포자기한 마음으로 가난에 찌든 생활 속에서 거듭되는 실연을 겪으며 살았을 것이다. 하이메는 젊은 시절의 아만다를 떠올렸다. 그때의 아만다는 나부끼는 머리카락에 짤랑거리는 장신구들을 치렁치렁 매달고, 은방울이 구르는 듯 기분 좋게 웃었다. 터무니없는 사상도 받아들일 줄 알고, 자신의 꿈을 추구하기 위한 열정으로 눈이 부시던 여자였다. 하이메는 아만다를 그냥 떠나보내 두 사람 모두 시간을 허비하도록 만든 자신을 저주했다.

"입원시켜야겠어. 해독시켜야만 살 수 있어." 하이메가 말했다.

"끔찍하게 고통스러울 거야." 하이메는 이렇게 덧붙였다.

12
음모

　대통령 후보가 예견했던 대로 여타 좌파 당들과 동맹을 결성한 사회주의자들이 대통령 선거에서 승리를 거두었다. 투표는 햇볕이 내리쬐던 9월의 아침에 별다른 사고 없이 순조롭게 진행되있다. 고릿적부터 권력 행사에 익숙해 지금까지 늘 승승장구해 오던 사람들은 최근 몇 년 사이에 급작스럽게 세력이 약화되었는데도 불구하고, 선거를 앞두고 몇 주 동안은 승리를 자축할 준비만 했다. 가게에는 술이 떨어졌고, 시장에는 싱싱한 해물이 동이 났으며, 제과점에서는 케이크와 파스텔의 수요를 충족시키기 위해 이교대로 일해야 했다.

　잘사는 동네에서는 좌파의 세력이 압도적인 지방에서 발표된 부분 개표 결과를 보고도 아무런 불안을 느끼지 않았다. 누구나 수도의 투표 결과가 가장 결정적이라는 것을 알고 있었다. 트루에바 상원의원은 당사에서 느긋하고도 유쾌한 기분으로 개표 결과를 지켜보았다. 그는 몇몇 당원들이 상대 후보가 믿을 수 없을 정도로 앞서 가는 것을 보며 초조해하는 걸보고는 경멸이 담긴 웃음을 지었다. 트루에바 상원의원은 승리를 미리 축하하며 양복의 단춧구멍에 빨간 장미 한 송이를꽂아 평소의 엄격한 상복 이미지를 누그러뜨렸다. 텔레비전으로 온 국민이 그의 인터뷰 내용을 들었다.

"우리는 언제나 승리했고, 이번에도 승리할 겁니다." 트루에바 상원의원이 자신감 있게 말했다. 그러고는 '민주주의의 수호자들을 위해' 자신과 함께 건배를 들자며 제안하기도 했다.

모퉁이 큰 집에서는 블랑카와 알바와 하인들이 텔레비전앞에 모여 차를 마시며 토스트를 먹고 있었다. 그들은 선거결과를 열심히 주시하면서 발표된 결과들을 받아 적었다. 텔레비전 화면에 나온 트루에바의 모습은 여느 때보다 훨씬 나이 들고 고집스러워 보였다.

"외할아버지는 그냥 졸도하실 거야." 알바가 말했다.

"이번에는 다른 쪽이 이길 테니까."

시간이 점점 흐를수록 기적만이 선거 결과를 바꿔놓을 수있으리라는 것을 누가 봐도 알 수 있을 정도로 분명하게 판세가 드러났다. 잘사는 동네의 하얗고 파랗고 노란 집들은 블라인드를 내리고 문에는 빗장을 걸었으며, 미리 발코니에 내걸었던 자신들의 후보 사진과 깃발을 황급히 집 안으로 치워버렸다. 반면에 빈민촌과 못사는 동네에서는 남녀노소 할 것 없이 가족 모두가 가장 좋은 옷을 차려입고 거리로 쏟아져 나와 시내 중심부를 향해 행진했다. 그들은 마지막 개표 결과를 놓치지 않기 위해 휴대용 라디오를 들고 나왔다. 잘사는 동네에서는 이상주의에 불타는 몇몇 학생들이 초상집에 온 얼굴을 하고 텔레비전 앞에 모여 있는 식구들에게 인상을 찡그려 보인 뒤 밖으로 나와 행진에 동참했다. 노동자들은 질서 있게 행렬을 이루며 주먹을 불끈 쥐어 높이 쳐들고 선거 구호를 외치며 도시 외곽의 공장 지대에서 몰려나오기 시작했다.

시내 중심에 집결한 노동자들은 한 목소리로 민중이 뭉치면 결코 패배하지 않는다고 외쳐댔다. 그들은 하얀 손수건을 꺼내들고 기다렸다. 자정에 좌파가 승리했다는 결과가 발표되었다. 흩어져 있던 군중이 삽시간에 모여들어 점점 불어나면서 대열이 길게 늘어졌다. 마침내 거리는 좋아서 펄쩍펄쩍 뛰면서 소리 지르고 서로 끌어안는 등 행복에 도취된 사람들로 가득 찼다. 그들은 횃불을 밝히고 소리 지르고 춤을 추며 질서 있게 환희에 찬 행렬을 이루며 잘 가꾸어진 부르주아 동네의 거리를 향해 행진했다. 무거운 작업화를 신은 공장 노동자들과 팔에 아이를 안은 여자들, 셔츠 차림의 대학생들로 이루어진 평범한 시민들은 일찍이 보지 못했던 장관을 연출하며, 전에는 감히 들어갈 생각조차 하지 못했던 상류층만의 은밀한 호화 주택 지역을 향해 행진했다. 그곳에서 그들은 완전한 이방인이었다.

노동자들의 시끄러운 노랫소리와 발소리, 붉게 타오르는 횃불의 광채가 문을 꼭꼭 걸어 잠근 조용한 집 안을 뚫고 들어왔다. 테러가 있을 거라며 흑색 선거 운동을 펼치던 사람들은 이제 그 내용을 그대로 믿고 자기네가 군중에게 칼부림을 당하거나, 그나마 운이 좋으면 재산을 다 빼앗기고 시베리아로 추방당할 게 분명하다고 상상하면서 공포에 떨었다. 그러나 거리에서 포효하는 군중 가운데 집 안으로 밀고 들어오거나, 화단을 짓밟은 사람은 단 한 명도 없었다. 사람들은 길가에 세워져 있는 고급 승용차에도 손도 대지 않았다. 그들은 한번도 들어가 보지 못했던 광장과 공원을 지나, 크리스마스 때처럼 번쩍거리는 상점 앞에 멈춰 서서 진열대 안에 전시되어 있는, 그들로서는 어디에 쓰는 것인지조차 모르는 물건들을 보고 감탄을 토해 내면서 계속 전진했다. 그 대열이 모퉁이 큰 집을 지나갈 때 알바도 달려 나가 그들 속에 끼어 함께 목청껏 노래를 불렀다. 군중은 기쁨으로 어쩔 줄 모르며 밤새 행진을 계속했다. 부자들의 저택 안에서는 샴페인 병이 열리지 않은 채 그대로 있었고, 바닷가재는 은쟁반 위에서 말라비틀어졌으며, 케이크에는 파리가 들끓었다.

알바는 새벽녘에 뿔뿔이 흩어지기 시작하는 군중 속에서 손에 깃발을 들고 소리 지르고 있는 미겔을 보았다. 알바는 사람들을 뚫고 미겔이 있는 곳까지 갔다. 그런 혼란 속에서는 아무 소리도 들리지 않기 때문에 이름을 불러도 소용이 없었다. 바로 코앞에 가서야 미겔도 알바를 알아보았다. 미겔이 옆 사람에게 깃발을 건네주고는 두 팔로 알바를 꼭 끌어안고 땅에서 번쩍 들어올렸다. 둘 다 기진맥진한 채 키스를 나누며 기쁨의 눈물을 흘렸다.

"우리가 정정당당하게 이길 거라고 했지, 미겔!" 알바가 웃음을 터뜨렸다.

"우리가 이겼지. 하지만 이제는 이 승리를 지켜내야 해." 미 겔이 대답했나.

다음 날, 집 안에서 두려움에 떨며 밤을 지새운 사람들은 눈사태라도 일어난 것처럼 미친 듯이 은행으로 몰려와 자기 네 돈을 내놓으라며 아우성을 쳤다. 값나가는 물건이 있는 사 람들은 그것을 매트리스 밑에 숨기거나 해외로 빼돌릴 생각이 었다. 채 이십사 시간도 지나지 않아 재산 가치가 절반 이하로 떨어졌고, 소련 사람들이 몰려와 국경선에 가시철조망을 두르 기 전에 이 나라를 빠져나가야 한다며 발작을 일으키다시피 하는 사람들로 항공 좌석은 모두 매진되었다. 승리의 행진을 했던 시민들은 부르주아들이 긴 행렬을 이루며 은행 문 앞에 서 서로 먼저 들어가려고 밀치고 싸우는 모습을 구경하러 몰 려들어 큰 소리로 껄껄 웃었다. 몇 시간 안에 나라 전체가 화 해할 길 없는 두 집단으로 분열되었으며, 그 분열은 가족들 간 에노 섬자 퍼져 나갔다.

트루에바 상원의원은 중앙 당사에서 그날 밤을 보냈다. 그 의 추종자들은 트루에바가 밖에 나가면 어렵지 않게 그를 알 아본 군중이 그 즉시 가로등에 매달 거라 확신했기 때문에 그 날 밤 밖으로 나가지 못하게 뜯어말렸다. 트루에바는 화가 나 기보다는 놀라웠다. 다름 아닌 자신이 이 나라 안에 마르크스 주의자들이 득실거린다는 얘기를 수 년 동안 하고 다녔음에 도 불구하고 그 역시 지금 일어나고 있는 사태를 도무지 믿을 수가 없었다. 그렇지만 주눅은 들지 않았다. 늙은 투사의 가슴

속에서는 오랫동안 느껴보지 못했던 묘한 흥분이 퍼덕거리고 있었다.

"선거에서 이기는 것과 대통령이 되는 것은 완전히 다른 일이지." 그가 비탄에 젖은 동지들에게 의미심장한 말을 내뱉었다.

그렇지만 새 대통령을 제거해 버리겠다는 생각은 아직 아무도 하지 못할 때였다. 새 대통령의 적들은 그를 승리로 이끌었던 것과 같은 합법적인 방법으로 그를 파멸시킬 수 있을 거라고 확신하고 있었다. 그것이 바로 에스테반 트루에바가 생각한 방법이었다. 다음 날, 축제 분위기로 들뜬 군중을 두려워할 염려가 없다는 게 확실해지자 그는 은신처를 떠나 도시 외곽에 있는 별장으로 향했다. 그곳에서는 비밀 점심 회합이 진행되고 있었다. 그 별장에서 트루에바 상원의원은 다른 정치가들과 군인들, 그리고 새 정부를 전복시키기 위한 전략을 짜기 위해 미국 정보부에서 파견한 미국인들과 함께 자리했다. 그들은 자신들의 사보타주를 '경제적 불안정화'라고 명명했다.

그곳은 포석이 깔린 안뜰로 둘러싸인 웅장한 식민지 시대 풍의 저택이었다. 트루에바 상원의원이 도착했을 때는 이미 차 몇 대가 집 앞에 주차되어 있었다. 그는 확실한 우파의 지도자였고, 만약 일어날지도 모르는 사태에 대비하느라 몇 달 전부터 충분한 접선을 해오고 있었기 때문에 열렬한 환영을 받았다. 그들은 아보카도 소스를 곁들인 차가운 대구 요리와 브랜디에 적신 구운 새끼 돼지, 초콜릿 무스로 식사를 한 후에 하인들을 모두 내보내고 식당 문에 빗장을 질렀다. 그곳에서 그들 전략의 윤곽이 대강 잡혔다. 그러고 나서 그들은 조국을 위해 건배했다. 외국인을 제외한 모두가 이 위험천만한 계획에 재산의 절반을 내놓을 각오가 되어 있었지만, 목숨까지 바칠 각오가 되어 있는 사람은 늙은 에스테반 트루에바 한 명뿐이었다.

"그놈이 잠시의 평화도 누릴 수 없도록 해야 하오. 단 일 분도 안 되지. 결국 그놈은 사퇴하고 말 거요." 에스테반 트루에바가 단호하게 말했다.

"그리고 만일 그 방법이 효과가 없다면 우리에겐 이것이 있소, 상원의원." 우르타도 장군이 이렇게 말하면서 테이블 위에 자신의 군용 권총을 내려놓았다.

"우리는 군사 쿠데타에는 흥미가 없소, 우르타도 장군." 미 대사관의 정보부 요원이 정확한 스페인어로 대답했다.

"우리는 마르크스주의가 확실하게 실패하기를 바랍니다. 마르크스주의가 스스로 무너지도록 말이지요. 그래야 우리가 대륙 전역에 걸쳐 사람들의 마음속에 자리 잡고 있는 마르크스주의를 지워버릴 수 있는 겁니다. 아시겠습니까? 우린 이 문제를 돈으로 해결할 생각입니다. 그를 대통령으로 비준하지 못하도록 국회의원 몇 명을 매수할 생각입니다. 이러한 내용은 당신네 헌법에 분명히 명시되어 있습니다. 대통령이 과반수의 찬성을 얻어내지 못하면 국회가 결정해야 한다고요."

"그런 생각은 꿈도 꾸지 않는 게 좋을 거요, 미스터." 트루에바가 큰 소리로 대꾸했다.

"당신은 이 나라에서 아무것도 매수할 수 없을 거요. 의회와 군대는 청렴하오. 돈을 사용할 생각이라면 대중 매체를 사들이는 편이 나을 거요. 그럼 우리가 여론을 조작할 수 있을 테니까. 그게 가장 중요한 일이오."

"그건 미친 짓입니다! 마르크스주의자들은 제일 먼저 언론의 자유부터 파괴할 겁니다!" 몇 사람들이 한 목소리로 말했다.

"내 말을 믿으시오, 여러분." 트루에바 상원의원이 대답했다.

"난 이 나라를 잘 알고 있소. 그놈들은 결코 언론의 자유를 해치지 않을 거요. 게다가 그게 그놈들 정부의 정책이오. 그들은 민주주의의 권리를 존중하겠다고 맹세했소. 우린 그들이 놓은 덫으로 놈들을 잡을 거요."

트루에바 상원의원의 말이 옳았다. 그들은 국회의원들을 매수할 수 없었고, 법으로 비준된 그날 좌파가 조용히 권력을 잡게 되었다. 그리고 그날부터 우파는 조용히 칼을 갈기 시작했다.

선거가 끝난 후 모든 사람들의 생활이 바뀌었다. 전과 다름없이 계속 살아갈 수 있을 거라고 생각했던 사람들은 그게 큰 착각이었다는 것을 곧 깨닫게 되었다. 페드로 테르세로 가르시아가 특히 급작스러운 변화를 겪게 되었다. 그는 단조로운 일상의 올가미를 피해 방랑하는 음유 시인처럼 가난하지만 자유롭게 살면서 가죽 구두나 넥타이, 손목시계 같은 것은 착용하지 않았다. 누구도 책임질 필요가 없었기 때문에 솔직하게 있는 그대로 애정 표현을 하며 자기 마음대로 낮잠도 실컷

자면서 살았다. 페드로 테르세로는 나이가 들면서 마음의 평화를 얻었기 때문에 새로운 노래를 만드는 데 필요한 불안과 슬픔을 찾기가 점점 어려워졌다. 젊은 시절 그를 열광시켰던 반항적인 기질도 한풀 꺾여 이제는 스스로에게 만족하는 순한 남자가 되었다. 그는 프란체스코회 수도사처럼 검소하게 생활했다. 그는 돈이나 권력에 대해 아무런 야망도 없었다. 유일하게 그의 마음을 어지럽히는 것이 블랑카였다. 그는 젊은 여자들과 별다른 미래도 없이 하는 연애에는 흥미를 잃었다. 이제 자신에게는 블랑카가 유일한 여자라는 확신이 생겼다. 그는 남몰래 블랑카를 사랑했던 그 모든 세월을 되짚어 보고는, 블랑카가 존재하지 않는 삶은 한순간도 없었다는 것을 깨달았다. 대통령 선거가 끝난 후 그의 평온은 정부에 협력해야 한다는 급박한 요구에 의해 깨지고 말았다. 그에게 설명했듯 좌파 정당에는 행정 공백을 메우기 위한 전문가가 부족해도 한참 부족했기 때문에 거절할 수가 없었다.

"하지만 난 농부에 시나지 않습니다. 아무런 준비도 되어 있지 않아요." 페드로 테르세로 가르시아는 될 수 있는 한 거절하려고 했다.

"그건 중요하지 않습니다, 동무. 적어도 동무는 대중에게 인기가 좋습니다. 설사 실수를 하더라도 사람들이 동무한테는 너그러울 겁니다." 그들이 대답했다.

그렇게 해서 페드로 테르세로 가르시아는 난생처음으로 개인 비서까지 거느리고 책상 앞에 앉게 되었다. 영광스러운 전투를 벌인 애국 투사들의 위풍당당한 초상화가 등 뒤에 걸려 있었다. 페드로 테르세로 가르시아는 자신의 호화로운 사무실에 앉아 창살 달린 창문을 통해 조그맣고 네모난 회색 하늘만 바라볼 수밖에 없었다. 그의 일은 한직이 아니었다. 그는 아침 7시부터 밤늦게까지 일했으며, 퇴근할 무렵이면 피곤에 절어 기타 한 줄 튕길 수가 없었다. 그러니 평소의 뜨거운 열정으로 블랑카와 사랑을 나누는 것은 더더욱 불가능해졌다. 많은 난관을 헤치고 블랑카와 만나도 그들은 이불 속에 누워 욕망보다는 고민에 더 많이 휩싸여 있었다. 블랑카도 많은 어려움을 무릅쓰고 나와야 했지만, 페드로 테르세로에게 일이 쏟아지면서 새로운 장애물이 점점 늘어났다. 그들은 전화벨이 울려 수시로 중단되기도 하고 시간에 쫓겨 서둘러 끝내야 하는 피곤한 정사나 나눠야 했다. 블랑카는 괜히 자기 꼴만 우스워지는 것 같아 더는 창녀처럼 야한 속옷을 입지 않았다.

마침내 그들은 노년 부부처럼 서로의 팔에 안겨 편안히 쉬거나, 일상적인 문제나 나라 전체를 송두리째 뒤흔들고 있는 심각한 문제들에 대해 사이좋게 얘기만 나누게 되었다. 어느 날 페드로 테르세로 가르시아는 한 달 내내 한번도 사랑을 나누지 않았다는 사실을 깨달았다. 그리고 더 기가 막힌 것은 둘 다 그럴 필요성을 느끼지 못했다는 것이었다. 그에게는 엄청난 충격이었다. 그는 자기 나이에 발기 불능이 될 리는 없다고 생각했다. 결국 그가 영위하고 있는 생활과 이제껏 계속해 온 독신 생활에서 그 이유를 찾을 수밖에 없었다. 페드로 테르세로는 만약 자기가 블랑카와 정상적인 생활을 할 수 있다면, 그래서 블랑카가 매일 저녁 평화로운 집에서 자기를 기다리는 그런 생활을 할 수 있다면 사정이 달라질 거라고 생각했다. 그는 남의 눈을 피해 만나는 사랑에 지쳤으며, 이런 생활을 계속하기에는 이제 나이도 너무 많이 들었다고 생각했다. 그래서 이번만큼은 무슨 일이 있어도 블랑카와 결혼하겠다고 작정했다. 그러나 블랑카는 이번에도 전과 다름없이 똑같이 대답했다.

"좀 더 생각해 볼게."

블랑카는 페드로 테르세로의 비좁은 침대 위에 벌거벗은 채 앉아 있었다. 그는 블랑카를 냉정하게 바라보았다. 세월이 흘러 그녀의 아름다움도 한풀 꺾였다. 블랑카는 살이 많이 찌고, 표정도 어두워졌다. 류머티즘 때문에 손도 볼품없어지고, 옛날에는 밤잠을 설치게 했던 그 풍만한 젖가슴도 푹 퍼진 아줌마처럼 축 늘어졌다. 그러나 그에게는 트레스 마리아스의 강가 갈대밭에서 함께 사랑을 나누던 젊은 시절처럼 블랑카가 여전히 아름다워 보였다. 그래서 과도한 피로 때문에 자신의 열성을 마음껏 표현할 수 없는 현실이 더더욱 안타까웠다.

"자기는 거의 오십 년 동안 생각만 해왔어. 이젠 그만 생각해. 지금 당장 나랑 결혼하든가 아니면 영원히 헤어지자." 페드로 테르세로가 단언했다.

그가 블랑카에게 결단을 종용하기 위해 극단적인 말을 한 것이 이번이 처음은 아니었기 때문에 블랑카는 꿈쩍도 하지 않았다. 그는 젊은 애인들과 헤어져 블랑카 곁으로 돌아올 때마다 필사적으로 그녀의 사랑에 매달려 용서를 구하며 결혼하자고 졸랐다. 페드로 테르세로가 몇 년 동안 행복하게 지냈던 가난한 동네를 떠나 중산층의 아파트에 정착하기로 마음을 정했을 때도 똑같은 말을 했다.

"지금 당장 나랑 결혼하든가 아니면 영원히 헤어지자."

그렇지만 블랑카는 이번에야말로 페드로 테르세로가 마음을 확실하게 정했다는 것을 깨닫지 못했다.

그들은 화가 난 채로 헤어졌다. 블랑카는 바닥 여기저기에 떨어져 있던 옷가지를 서둘러 주워서 챙겨 입고, 어지럽게 널려진 침대에서 찾아낸 핀들로 머리를 위로 올려 말았다. 페드로 테르세로는 담배에 불을 붙이고 블랑카가 옷을 입는 동안 그녀에게서 눈을 떼지 않았다. 블랑카는 마지막으로 구두를 신고, 백을 들고서 문간에 서서 작별의 손을 흔들었다. 블랑카는 그가 다음 날 당장 요란한 화해를 하기 위해 전화할 거라고 믿어 의심치 않았다. 페드로 테르세로는 벽 쪽으로 돌아누웠다. 그는 쓴웃음을 지으며 입을 일자로 꾹 다물고 있었다. 그 뒤로 그들은 이 년 동안 만나지 않았다.

그 후 며칠 동안 블랑카는 평소대로 페드로 테르세로가 먼저 연락해 오기만을 기다렸다. 그는 한번도 블랑카를 실망시킨 적이 없었다. 심지어 블랑카가 결혼해서 일 년 동안 떨어져 지냈을 때에도 마찬가지였다. 그때도 그녀를 찾은 사람은 페드로였다. 그러나 사흘이 지나도록 그에게서 아무런 연락이 없자 블랑카도 초조해지기 시작했다. 그녀는 지독한 불면증에 시달리며 침대에서 몸을 뒤척거리기만 할 뿐 잠을 이루지 못했다. 안정제를 전보다 두 배나 많이 복용하는 바람에 다시 편두통과 신경통에 시달려야 했다. 몸을 바쁘게 놀리며 아예 생각을 하지 않으려고 가마에서 성탄 인형 수백 개를 빚는 데 온 정신을 쏟기도 했다. 그래도 블랑카는 초조하고 불안해서 견딜 수가 없었다.

마침내 그녀는 장관실로 전화를 걸었다. 한 여자의 목소리가 흘러나와 가르시아 동무는 회의에 참석 중이라 전화를 바꿀 수 없다고만 대답했다. 다음 날 블랑카가 다시 전화를 걸었다. 그녀는 그 주 내내 계속 전화를 했지만 결국 그런 방법으로는 그를 만날 수 없음을 깨달았을 뿐이었다. 블랑카는 아버지에게서 물려받은 엄청난 자존심을 꾹 누르고 가장 좋은 옷에 야한 속옷을 입고서, 그의 아파트로 그를 만나러 갔다. 그녀가 가지고 있던 열쇠가 맞지 않아 벨을 눌러야 했다. 어린애처럼 순진한 눈에 콧수염을 기른 덩치 큰 남자가 나와서 문을 열었다.

"가르시아 동무는 안 계시는데요."

그는 블랑카에게 들어오라는 말조차 하지 않았다.

그제야 블랑카는 페드로 테르세로를 영원히 잃었다는 사실을 깨달았다. 그 순간 그녀의 미래가 눈앞에 펼쳐졌다. 드넓은 사막 한가운데서 아무런 의미도 없는 일이나 하며 시간을 허비하면서 혼자 늙어가고 있는 자신의 모습이 보였다. 평생 사랑하던 남자도 없이, 아주 먼 옛날 어린 시절부터 팔베개를 해주던 그 남자의 품에서 멀리 떨어져 혼자 쓸쓸히 늙어갈 모습이 보였다. 블랑카는 계단에 앉아 흐느껴 울었다. 콧수염을 기른 남자가 조용히 문을 닫았다.

블랑카는 아무에게도 자신에게 일어난 일을 얘기하지 않았다. 알바가 페드로 테르세로에 대해 물으면, 정부에서 맡은 새로운 일로 몹시 바쁘다며 애매모호하게 둘러댔다. 블랑카는 한가한 젊은 여자들과 다운 증후군에 걸린 아이들을 위한 수업을 계속했고, 빈민촌에 가서 도자기 굽는 법을 가르치기 시작했다. 그곳에서는 여자들도 새로운 일을 배우고 직업을 가질 수 있도록 조직을 구성했다. 그렇게 해서 난생처음으로 블랑카는 이 나라의 정치·사회 활동에 참여하게 되었다. '사회주의로 가는 길'이 곧 전쟁터가 되어버렸기 때문에 조직은 필수적이었다. 민중들은 승리를 자축하며 머리와 수염을 기르고, 서로 동지라고 부르면서 잊혀졌던 민속과 전통 공예를 되살렸다. 모든 사람들이 동시에 의견을 말하는 바람에 어떤 합일점에도 이르지 못하는 장시간의 노동자 모임에서 노동자들이 새로운 힘을 과시하는 동안, 우파는 경제를 난도질하고 정부에 대한 불신을 조장하기 위한 일련의 작전을 수행하고 있었다. 그들은 거의 무제한적인 재정 자원을 바탕으로 가장 영향력 있는 언론들을 뒤에서 조종하였으며, 양키들은 이들에게 사보타주 계획을 위해 비밀 자금까지 대주었다. 그리고 몇 달 후에 그에 따른 결과들이 나타나기 시작했다.

서민들은 난생처음으로 기본적인 생필품을 구입하고, 항상 원하던 물건 몇 가지를 살 수 있을 만큼의 충분한 돈을 손에 쥐게 되었다. 그렇지만 이제는 가게가 거의 텅텅 비었기 때문에 물건을 살 수가 없었다. 머지않아 집단적인 악몽으로 닥쳐올 물자 부족이 시작된 것이다. 여자들은 말라비틀어진 닭고기와 기저귀 반 다스, 화장지 한 두루마리를 구하기 위해 꼭

두새벽부터 일어나 끝도 없는 줄을 서서 기다려야 했다. 구두약이나 바늘, 커피는 멋지게 포장되어 생일날 선물하는 사치품이 되어버렸다. 물자 부족에 대한 불안이 덮쳐왔다. 물자가 곧 부족해질 거라는 유언비어가 나돌면서 나라 전체가 술렁거리자 사람들은 혹시나 하는 마음에 덮어놓고 무조건 사재기를 했다. 사람들은 뭘 파는지도 모르면서 길게 줄을 섰다. 자신에게 필요가 없더라도 무엇인가 살 수 있는 기회를 그냥 놓칠 수가 없어 무작정 줄을 서고 물건을 사들였다. 적당한 액수를 받고 전문적으로 줄을 대신 서주는 사람이나, 줄 선 사람들에게 주전부리를 파는 과자 행상인, 밤새 줄 서는 사람들에게 담요를 빌려주는 신종 사업도 생겨났다.

암시장이 횡행하게 되었다. 경찰은 암시장을 단속하려고 애썼지만 마치 전염병처럼 곳곳으로 확산되었다. 아무리 트럭들을 조사하고, 수상쩍은 짐을 가지고 가는 사람들을 세워 조사해 보아도 막을 도리가 없었다. 아이들은 학교 교실에서도 물선들을 거래했다. 불건을 사야 한다는 강박 관념으로 나라 안은 온통 난리판이었다. 담배를 전혀 피우지 않는 사람들이 엄청난 값을 지불하고 담배 한 갑을 사는가 하면, 아이도 없는 사람들이 분유 깡통을 놓고 대판 싸움을 벌이기도 했다. 식품과 공장의 기계 부품, 차 부품들이 상점에서 동이 났다. 가솔린이 배급제로 공급되자 자동차들이 이틀 낮과 하룻밤 동안 계속될 정도로 긴 행렬을 이룬 채 햇볕을 받으며 움직이지 않는 거대한 왕뱀처럼 꿈쩍도 하지 않아 도시 전체를 마비시켰다. 사람들은 그렇게 긴 줄을 서 있을 시간이 없었고, 사무직 노동자들은 걷거나 자전거를 타고 다녀야 했다. 거리는 숨이 차서 헐떡거리며 자전거를 타고 다니는 사람들로 가득 차 마치 네덜란드에 와 있는 것 같은 착각을 불러일으켰다.

바로 이런 시국에 트럭 운전사들이 파업을 선포했다. 하지만 이 파업은 노동 조건이 아니라 정치적인 배경에서 비롯된 것이며 운전사들이 다시 작업을 개시할 마음이 없다는 사실이 이 주 만에 명백하게 드러났다. 들판에서는 농작물이 썩어 갔고, 주부들은 시장에서 무엇 하나 살 수가 없었다. 군대가 개입하려 했지만 운전사들이 엔진을 분해해 버리는 바람에 마치 화석이 돼버린 유물처럼 고가 도로를 따라 길게 늘어서 있는 수천 대의 트럭을 옮기는 것은 불가능했다. 대통령이 텔레비전에 나와 국민들에게 인내심을 가질 것을 호소했다. 대통령은 트럭 운전사들이 제국주의자들에게 매수되었으며, 의심의 여지 없이 그들의 파업이 무한정 계속될 거라고 경고하며 국민들에게 최소한 다른 해결 방안이 마련될 때까지라도 앞마당이나 테라스에 직접 채소를 길러 먹는 편이 나을 거라고 당부했다. 이런 와중에도 가난에 익숙하고, 크리스마스와 국경일을 제외하고는 닭고기도 구경하기 힘들었던 대부분의 국민들은 승리를 얻어냈던 첫날의 감격을 잊지 않았다. 오히려 국민들은 전쟁터에 나가 싸우려는 것처럼 스스로 조직을 구성했고, 경제 사보타주로 그들의 승리가 무산되지 않도록 결의를 다졌다. 그들은 축제 기분으로 계속 승리를 자축하고, 단결한 민중은 결코 패배하지 않는다는 노래를 불러댔다. 그렇지만 그들도 어쩔 수 없이 점차 분열되고 증오를 느끼기 시작했기 때문에 노래를 부를 때마다 점점 가락이 맞지 않게 되었다.

다른 사람들과 마찬가지로 트루에바 상원의원 역시 생활 패턴이 바뀌었다. 그는 자신이 떠맡은 투쟁에 대한 열정으로 이전의 활기를 되찾아 쿡쿡 쑤셔대던 뼈마디의 고통이 훨씬 누그러들었다. 그는 전성기 때처럼 일했다. 음모를 성공시키기 위해 수없이 해외 나들이를 했으며, 지칠 줄 모르고 전국 방방곡곡을 누비며 돌아다녔다. 북쪽에서 남쪽으로 비행기를 타고, 자동차를 타고, 이제 일등칸이 없어진 기차를 타고 돌아다녔다. 그는 방문하는 각 도시와 마을과 부락에서 당원들이 대접하는 엄청난 양의 저녁 식사를 죄수와 같은 식욕을 가진 척하며 모조리 먹어치웠다. 사실 늙고 지친 소화 기관으로는 그런 과식을 감당하기 힘들었지만 전혀 개의치 않았다.

그의 삶은 비밀 회합의 연속이었다. 처음에는 오랜 민주주의 경험 탓에 비겁하게 새 정부에게 덫을 놓으려 하지 않았다. 그러나 얼마 지나지 않아 합법적인 방법으로 새 정부를 방해한다는 생각을 집어치우고, 적들을 쫓아내는 유일한 방법은 불법적인 수단을 사용하는 것뿐이라는 사실을 받아들였다. 그는 반세기 동안 권력을 움켜쥐기 위해 애타게 기다려왔던 민중이 닭고기가 모자란다고 해서 권력을 쉽게 단념하지 않을 테니, 군사 쿠데타가 마르크스주의의 진전을 가로막을 수 있는 유일한 방법이라고 공식석상에서 최초로 발언한 사람이었다.

"허튼 짓 집어치우고 무기를 잡아야 해!" 트루에바 상원의원이 사보타주에 대한 얘기를 듣고 한 말이었다.

에스테반 트루에바는 자신의 생각을 감추지 않았다. 그는 사방에 이러한 이야기를 떠들고 다녔다. 그리고 그것도 부족해서 때로 사관학교까지 찾아가 사관생도들에게 옥수수 자루를 집어던지면서 비겁한 놈들이라고 소리 질렀다. 그는 자신이 어떤 돌출 행동을 할지 모르기 때문에 자신을 보호할 수 있도록 경호원도 두어 명 고용했다. 그러나 종종 자신이 그들을 채용했다는 사실을 망각하고, 누군가의 감시를 받고 있다고 느끼면 괜히 분통을 터뜨리며 그들에게 욕설을 퍼붓고, 숨이 차서 심장이 심하게 뛸 때까지 지팡이를 휘두르며 그들을 위협했다. 에스테반은 누군가 자신을 암살하려 든다면 이 멍청한 어깨들이 그걸 막을 수 있으리라고는 꿈에도 기대하지 않았다. 그렇지만 그들이 있음으로 해서 그나마 멋모르고 덤벼드는 놈들에게 겁은 줄 수 있을 거라고 생각했다. 그는 또한 손녀딸에게도 경호원을 붙이려 했다. 그녀가 공산주의자들의 활동 영역 안에 있으니 자기와의 친척 관계를 빌미로 언제든지 손녀딸이 해코지당할 수 있다고 생각했기 때문이다. 그렇지만 알바는 그런 얘기를 들으려고도 하지 않았다.

"돈 주고 킬러를 고용하는 건 자기한테 죄가 있다고 고백하는 거예요. 전 두려울 게 아무것도 없어요." 알바가 고집을 피웠다.

에스테반은 이제 식구들 전체와 싸우는 데도 이골이 난 데다 손녀딸이야말로 자기가 이 세상에서 유일하게 애정을 쏟을 수 있고, 자기를 웃게 할 수 있는 단 한 사람이었기 때문에 더는 강요하지 않았다.

그런 와중에도 블랑카는 도자기 굽는 법을 가르치러 갔던 곳에서 알게 된 노동자 계급의 커넥션과 암시장을 통해 식량을 확보할 수 있는 조직망을 구축해 놓았다. 블랑카는 설탕 한 봉지, 비누 한 상자를 빼내기 위해 엄청 마음을 졸이며 고생해야 했다. 하지만 결국에는 블랑카도 자신에게 그런 면이 있으리라 예측하지 못했던 간계를 발휘해 자기 집의 골방 중 한곳에 온갖 종류의 물건을 사재기해서 쌓아놓았다. 그중에는 중국인에게서 산 간장 두 통과 같은 전혀 쓸모 없는 물건도 있었다. 블랑카는 창문을 봉하고 문에 자물쇠까지 채운 다음 그 열쇠를 늘 허리에 차고 다니면서 목욕할 때조차도 몸에서 떼어놓지 않았다. 블랑카는 하이메와 자기 딸까지 포함해 집안 식구들을 아무도 믿지 않았으며, 거기에는 그럴 만한 이유가 있었다.

"엄마는 감옥 간수 같아."

알바는 현재를 희생해서 미래를 확실히 해두려는, 거의 광적인 엄마의 집착에 깜짝 놀랐다. 알바는 고기가 없으면 감자를 먹고, 구두가 없으면 샌들을 신을 수도 있다고 생각했지만 블랑카는 딸의 그런 단순한 면에 기겁을 하면서 무슨 일이 있더라도 자신의 생활 수준을 낮추어서는 안 된다는 이론을 폈다. 그리고 블랑카는 그 이론을 밀수업자와 흥정하며 보내는 시간을 정당화하는 데 사용했다. 처음으로 누군가가 집안일을 알아서 챙기고, 냄비 안에 어떤 음식이 들어가는지 살피기 시작했기 때문에 사실 그들은 클라라가 죽은 이후로 그때 가장 풍족하게 살았다. 블랑카는 트레스 마리아스에서 정기적으로 식품 상자들이 배달될 때마다 얼른 감춰버렸다. 처음에는 이런 식량들이 거의 썩어, 잠가놓은 골방에서 풍겨나는 악취가 온 집 안으로 퍼지다가 이웃까지 번지기도 했다. 하이메는 누나에게 썩기 쉬운 물건은 자선 단체에 기부하거나 아니면 다른 물건과 교환하든가 팔라고 충고했지만 블랑카는 자신의 보물을 남과 공유하려 하지 않았다. 알바는 그제야 자기 집안에서 유일하게 정상적인 사람이라고 믿었던 엄마마저 광적인 기질을 지녔다는 사실을 깨달았다.

알바는 벽에 구멍을 뚫어 엄마가 식량을 저장하는 대로 조금씩 빼돌리기 시작했다. 알바는 설탕이나 쌀, 밀가루를 한 컵씩 훔쳐내고, 치즈는 조각으로 뜯어내고, 말린 과일들은 흩뜨려 놓아 쥐가 다니는 것처럼 보이게 만들면서 표 나지 않도록 조심스럽게 꺼내는 법을 터득했다. 블랑카는 넉 달이 지난 뒤에야 물건이 없어지고 있는 것을 눈치 챘다. 그때부터 블랑카는 창고에 있는 물건의 목록표를 만들어서 자기가 사용한 물건은 이름 옆에 X 표를 해두었다. 블랑카는 이 방법으로 도둑을 찾아낼 수 있을 거라고 믿었다. 그러나 알바는 엄마 쪽에서 주의를 소홀히 하는 틈을 타서 목록표에 X 표를 더해 두었다. 마침내 블랑카는 자기가 계산을 잘못한 건지, 자기가 생각한 것보다 식구들이 세 배나 더 많이 먹는 건지, 아니면 이 빌어먹을 저택에 아직도 혼령들이 떠돌아다니는 건지 분간할 수 없을 정도로 혼란스러워했다.

알바가 빼돌린 물건은 전부 미겔의 손으로 들어갔다. 미겔은 빈민가와 공장 지역에서 소수 독재 정치를 무너뜨리기 위해 무장 투쟁에 동참할 것을 호소하는 혁명 팸플릿을 배포하면서 그 식량을 서민들에게 나눠주었다. 그러나 아무도 그의 말에 주의를 기울이지 않았다. 그들은 자기네가 민주적이고 합법적인 방법으로 정권을 얻었으므로, 적어도 다음 대통령 선거 때까지는 누구도 자기들에게서 정권을 빼앗아갈 수 없을 거라고 확신하고 있었다.

"전부 바보 멍청이야! 우파가 무장하고 있다는 걸 눈치도 채지 못하고 있어!" 미겔이 알바에게 말했다.

알바는 미겔의 말을 믿었다. 그녀는 한밤중에 자기 집 안뜰에 엄청나게 큰 나무 상자들이 내려지더니 외할아버지의 명령에 따라 사용되지 않는 다른 골방에 조용히 옮겨지는 것을 목격했다. 엄마처럼 외할아버지도 문에 자물쇠를 달고, 외할머니의 의치를 넣어가지고 다니는 스웨이드 주머니에 그 열쇠를 넣고 늘 목에 걸고 다녔다. 알바는 이 사실을 하이메 외삼촌에게 얘기했다. 그때 그는 아버지와 화해하고 집에 다시 들어와 있었다.

"무기가 거의 확실해요." 알바가 자기의 의견을 얘기했다. 그 당시 이상주의에 빠져 있었고, 죽을 때까지 이상주의를 고수했던 하이메는 그 말을 믿을 수가 없었다. 그렇지만 조카가 하도 우기자 점심 식사 때 아버지에게 물어보기로 했다. 그리고 노인의 대답으로 모든 의구심이 깨끗이 사라졌다.

"내 집에서는 내가 하고 싶은 대로 다 할 수 있어! 무슨 상자라도 다 가지고 올 수 있다고! 괜히 내 일에 쓸데없이 상관하지 마!"

트루에바 상원의원이 유리컵이 흔들릴 정도로 세차게 탁자를 내리치자 거기서 대화는 중단되었다.

그날 밤 알바는 책의 미로 속으로 외삼촌을 만나러 가서, 자기가 엄마의 저장품에 손을 대는 것과 같은 방법으로 외할아버지의 무기를 빼돌리자고 제안했다. 그리고 그들은 행동으로 옮겼다. 하이메와 알바는 그날 밤 내내 무기가 보관되어 있는 방의 옆방 벽에 구멍을 뚫었다. 그러고는 한쪽은 커다란 옷장으로 가리고, 반대쪽은 그 금지된 상자들로 덮어놓았다. 그들은 망치와 펜치를 들고 그곳을 통해 트루에바가 잠가놓은 방에 들어갈 수 있었다. 이미 그런 식으로 일해 본 경험이 있는 알바가 맨 밑에 있는 상자부터 꺼내야 한다고 말했다. 그들은 그렇게 완벽한 죽음의 도구를 본 적이 없었기 때문에 그 안에 보관되어 있는 무기를 보고는 벌어진 입을 다물 수가 없었다. 그날 이후 며칠 동안, 하이메와 알바는 무기를 훔쳐낼 수 있는 데까지 모두 훔쳐냈다. 그러고는 상자들을 들어낼 때 아무도 눈치 채지 못하도록 빈 상자 안에는 돌을 가득 채운 후 다른 상자 밑에 넣어두었다.

이렇게 훔친 권총, 기관 단총, 라이플총, 수류탄 등은 일단 하이메의 방에 숨겨두었다가 알바가 첼로 가방에 넣어 더 안전한 곳으로 옮겼다. 트루에바 상원의원은 손녀딸이 무거운 첼로 가방을 끙끙거리며 끌고 다니는 것을 보았지만, 자기가 천신만고 끝에 국경을 넘어 가져온 총탄이 벨벳 안감 속에서 굴러다니리라고는 꿈에도 생각하지 못했다. 알바는 훔쳐낸 무기를 미겔에게 주고 싶었지만, 하이메는 미겔도 외할아버지 못지않은 테러리스트이기 때문에 아무도 다치지 않는 방법을 찾아내 무기를 없애버리는 편이 낫다며 알바를 설득했다. 하이메와 알바는 무기를 강물에 던져버리는 것부터 쌓아놓고 모조리 불태우는 것까지 갖가지 방법을 궁리해 보았지만, 결국 가장 실질적인 해결책은 보다 고귀한 목적에 무기가 필요할 경우를 대비해 비닐 봉지 안에 넣어 안전한 비밀 장소에 숨겨두는 것이라고 결정 내렸다.

트루에바 상원의원은 아들과 손녀딸이 등산 계획 짜는 것을 알고는 깜짝 놀랐다. 하이메나 알바 모두 영국인 학교를 졸업한 이후로 운동이라고는 일절 하지 않았을뿐더러, 힘들게 등산하는 것에 대해 조금도 관심을 보이지 않았던 것이다. 어느 토요일 아침 그들은 빌린 지프차에 텐트와 먹을 것 한 바구니를 싣고서 출발했다. 물론 송장만큼이나 무거운 이상한 가방도 둘이서 낑낑대며 실었다. 그 가방 안에는 그들이 노인에게서 훔쳐낸 무기가 들어 있었다. 그들은 열띤 기분으로 산을 향해, 차로 갈 수 있는 데까지 차를 몰았다. 그러고는 벌판을 걸어서 드디어 바람과 추위에 휩싸인 초목 지대 한복판에 적당한 장소를 찾아냈다. 그곳에서 그들은 도구를 꺼내 서둘러 작은 텐트를 치고, 웅덩이를 파서 비닐 봉지들을 묻고 그 위에 작은 돌멩이를 쌓아 묻어둔 각 지점을 표시해 두었다. 그러고 나서는 근처 강가에서 송어 낚시를 하고, 가시덤불에 불을 피워 잡은 송어를 구워 먹고, 소풍 나온 아이들처럼 언덕을 뛰어다니며 옛날 얘기를 나누면서 남은 주말을 보냈다. 밤에 그들은 계피와 설탕을 넣어 따뜻하게 데운 적포도주를 마셨다. 그들은 숄로 몸을 감싼 채 외할아버지가 무기를 도둑맞았다는 사실을 알고 어떤 표정을 지을까 상상하면서 건배를 들며 눈물이 나올 정도로 정신없이 웃어 젖혔다.

"외삼촌만 아니면 내가 외삼촌이랑 결혼할 텐데." 알바가 농담을 했다.

"그럼 미겔은?" "연애만 하지 뭐."

하이메는 그 얘기가 별로 재미있게 들리지 않아 여행이 끝날 때까지 내내 울적해했다. 그날 밤 그들은 각자 침낭 속에 들어가 파라핀 등을 끄고 말없이 누웠다. 알바는 곧 잠이 들었지만, 하이메는 어둠 속에서 밤새 뜬눈으로 새우면서 태양이 떠오르는 것을 보았다. 하이메는 곧잘 알바가 자기 딸 같다고 얘기했다. 그렇지만 그날 밤 자신이 알바의 아빠나 외삼촌이 아닌 미겔이었으면 하고 바라는 걸 깨닫고 깜짝 놀랐다.

하이메는 아만다를 떠올리자 이제는 더 이상 그녀에게 매력을 느끼지 못하는 게 안타까웠다. 그는 먼 기억 속에서 그녀에게 느꼈던 그 어마어마한 열정의 마지막 불씨라도 찾아보려고 안간힘을 써보았지만 다 부질없는 짓이었다. 그는 이미 고독한 남자가 되어 있었다. 처음에는 그가 아만다의 치료를 맡았기 때문에 거의 매일 보다시피 하면서 아만다와 제법 가까워졌다. 아만다는 몇 주 동안 죽음과 고통 속에서 헤매었지만 마침내 마약 없이도 살아갈 수 있게 되었다. 아만다는 또한 술과 담배도 끊고 건강하고 규칙적인 생활을 하기 시작했다. 몸무게도 늘고 머리도 다듬었으며, 눈이 커 보이는 짙은 눈 화장도 다시 시작했다. 그리고 자신의 한물간 모습을 감추기 위한 애처로운 노력의 일환으로 짤랑거리는 목걸이와 팔찌도 다시 찼다. 아만다는 사랑에 빠졌다. 그녀는 우울증의 상태에서 벗어나 영원한 도취 상태로 빠져들었다. 하이메가 바로 그녀를 사로잡은 대상이었다. 아만다는 여러 중독 상태에서 벗어나기 위해 들였던 그 어마어마한 노력을 이제 하이메에 대한 사랑의 증표로 쏟아 부었다. 하이메는 아만다를 부추기지 않았지만 그렇다고 그녀의 사랑을 거절할 만한 용기도 없었다. 그는 사랑의 환상이 아만다의 회복에 도움이 되기 때문에 그대로 내버려 두었지만 자기들 두 사람이 사랑을 하기에는 이미 너무 늦었다고 생각했다. 하이메는 그 문제와 부딪칠 때마다 자신은 가망 없는 독신자라는 핑계로 일정한 거리를 둘 뿐이었다.

하이메는 병원에서 가끔 그와 관계 맺기를 원하는 간호사와 은밀히 만나거나 서글픈 사창가를 찾아가는 것으로 만족했으며, 그 성노면 아주 가끔 근무가 없는 자유 시간에 느끼는 절박한 욕구를 채우기에는 충분했다. 그럼에도 불구하고 하이메는 젊은 시절 아만다와 그토록 간절히 원했던 관계에 휘말리게 되었다. 그렇지만 이제는 마음에 아무런 동요도 일지 않았고 그 관계를 유지할 자신도 없었다. 단지 동정심만 들뿐이었다. 그렇지만 그 동정심이야말로 그가 느낄 수 있는 가장 강렬한 감정 중의 하나였다. 평생을 고통에 절어 비참하게 살아오면서도 그의 영혼은 독해지기는커녕 갈수록 동정심에 더 쉽게 무너져 내렸다. 아만다가 그의 목에 양팔을 두르고 사랑한다고 말했던 날, 그는 자신이 그녀를 원치 않는다는 것을 눈치 채지 못하도록 기계적으로 그녀를 껴안고 사랑하는 척 열렬히 키스했다. 그는 열정적인 사랑을 할 수 없다고 생각하는 나이에 그런 끈끈한 관계에 옴짝달싹 못하고 말려든 자신을 보았다. 그는 아만다가 자기를 매혹시키기 위해 둘 다 지쳐 나가떨어질 정도로 격렬한 애정 표현을 하는 만남을 가질 때마다 '나는 이런 데에는 영 재주가 없어.'라고 생각했다.

하이메는 아만다와의 관계와 알바의 강요로 이따금씩 미겔을 만나게 되었다. 별로 만나고 싶지 않았지만 어쩔 수 없었다. 하이메는 가능한 한 미겔에게 관심을 갖지 않으려고 했지만 결국에는 그에게 사로잡히고 말았다. 많이 성숙해진 미겔은 더 이상 쉽게 흥분하는 청년이 아니었지만 정치 노선만큼은 조금도 변하지 않았다. 그는 여전히 폭력 혁명 없이 우파를 이기는 건 불가능하다고 믿고 있었다. 하이메는 그 생각에 동의할 수 없었지만 미겔을 좋아했고 그의 용기를 높이 샀다. 그럼에도 불구하고 미겔은 위험한 이상주의에 빠져서 결코 타협할 줄 모르는 순수함으로 손대는 것마다 모조리, 특히 불행히도 그런 남자를 사랑할 수밖에 없는 여자를 재앙으로 몰아넣는 불운한 운명을 타고 태어난 남자들 중의 하나로 보였다. 하이메는 대통령에게는 미겔과 같은 좌파 극단주의자가 우파보다 더 치명적이라고 생각했기 때문에 그의 사상이 마음에 들지 않았다. 하지만 그렇다고 해서 미겔에 대한 좋은 감정이 사라지지는 않았고, 그의 강한 신념과 타고난 쾌활한 성격, 다정다감하고 너그러운 면까지 무시할 수는 없었다. 미겔은 그도 공감하고 있기는 하지만 최후의 결말까지 밀고 나갈 용기가 없어 그냥 바라만 보고 있는 이념을 위해 자신의 목숨까지 기꺼이 내놓을 사람이었다.

그날 밤 하이메는 바로 옆에서 쌕쌕거리고 자고 있는 조카의 숨소리를 들으며 침낭이 불편하기도 하고 마음도 뒤숭숭하니 불안해서 제대로 잠을 잘 수가 없었다. 뒤늦게 잠든 그가 깨어났을 때 알바는 벌써 일어나 아침 식사 준비를 하며 커피를 끓이고 있었다. 서늘한 산들바람이 불었으며, 태양이 황금빛 광선으로 산 정상을 내리비치고 있었다. 알바가 삼촌의 목에 매달려 뽀뽀했지만, 하이메는 양손을 호주머니에 집어넣은 채 아무런 반응도 보이지 않았다. 그는 마음의 갈피를 잡지 못했다.

트레스 마리아스는 농지 개혁에 따라 남부에서 가장 마지막으로 넘어간 농장 중의 하나였다. 그곳에서 태어나 대대로 그 땅을 경작하던 농민들이 협동조합을 결성하여 농장을 장악하게 되었다. 그들은 삼 년 오 개월 동안 주인 나리의 얼굴을 보지 못한 탓에 폭풍우 같던 그의 고약한 성질을 잊은 지 오래였다. 사정이 험악하게 돌아가는 데다 소작인들이 학교 건물에 모여 격렬하게 토의하는 것을 보고 겁에 질린 농장 감독은 자신의 물건을 챙겨서 아무에게도 알리지 않고, 심지어 트루에바 상원의원에게도 알리지 않고 자취를 감추어버렸다. 트루에바의 노여움을 사고 싶지 않았던 그는 과거에 몇 차례 경고한 것으로 자신의 의무를 다했다고 생각했다. 감독이 줄

행랑을 친 이후로 트레스 마리아스는 한동안 허공에 붕 뜬 상태로 남아 있었다. 명령을 내리는 사람도 없고, 복종할 사람도 없었다. 농민들은 생전 처음으로 자유의 맛을 음미하여, 자신들이 주인이 되는 경험을 만끽했다.

농민들은 정부에서 농학자가 나올 때까지 자기들끼리 공평하게 목초지를 분할해서 무엇이든지 원하는 작물을 심었다. 정부에서 나온 농학자는 농민들에게 씨앗을 외상으로 나눠주고, 시장의 요구가 어떤지, 농산물 수송에 어떤 어려움이 있는지, 비료와 살충제는 어떤 이점이 있는지 자세히 설명해 주었다. 그러나 농민들은 농학자의 말에 거의 귀를 기울이지 않았다. 도시물을 먹은 멋쟁이처럼 생긴 이 농학자라는 사람이 한번도 손에 쟁기를 쥐어본 적이 없다는 것은 한눈에 알 수 있었다. 그렇지만 농민들은 옛 주인 나리의 신성한 포도주 창고를 열어, 오래 묵은 포도주를 자루에 담아내고 황소를 죽인 뒤 그 불알을 가지고 양파와 향신료를 잔뜩 넣어 만든 요리로 전문가의 방문을 축하했다. 농학자가 떠난 후 농민들은 수입한 암소와 암탉도 모조리 먹어치웠다.

에스테반 트루에바는 옛날에 자신이 세금 명세서에 올린 금액과 똑같은 가격에 농민들이 30년 상환 정부 채권으로 농장의 값을 지불하겠다는 통고를 받고 나서야 자기가 그 땅을 잃었다는 사실을 알게 되었다. 그는 이성을 잃었다. 그는 무기고로 달려가서 어떻게 사용하는지도 모르는 기관총을 집어들고 아무에게도 말하지 않고, 심지어 자기 경호원들에게도 알리지 않고서 기사에게 곧바로 트레스 마리아스로 차를 몰라고 명령했다. 그는 분노로 눈이 멀어 아무런 계획도 없이 무작정 몇 시간을 달려갔다.

농장 입구를 커다란 나무 기둥으로 막아놓았기 때문에 그들은 트레스 마리아스에 도착하면서 급브레이크를 밟아 차를 세워야 했다. 소작인 한 명이 짧은 창과 장전되지 않은 엽총으로 무장한 채 보초를 서고 있었다. 트루에바가 차에서 내렸다. 주인 나리를 본 보초가 깜짝 놀라서 비상시에 대비해 가까이 달아놓은 학교 종을 미친 듯이 울려댔다. 그러고는 얼른 땅바닥으로 몸을 던져 엎드렸다. 우박과도 같은 총탄이 그의 머리를 스쳐 지나가 근처 나무에 박혀버렸다. 트루에바는 멈춰서 자기가 사람을 죽였는지 확인도 하지 않았다. 그 나이의 남자에게서는 볼 수 없는 민첩함으로 그는 옆도 돌아보지 않은 채 농장 길을 따라 무작정 앞으로 걸어갔다. 그때 누군가 기습적으로 그의 뒤통수를 내리쳐 그는 무슨 일이 일어났는지도 알지 못한 채 먼지 속으로 얼굴을 파묻으며 땅바닥에 쓰러졌다. 그러고 나서 깨어난 것이 자기 집 식당에서였다. 그는 두 손이 묶인 채 머리 밑에 베개를 베고 식탁 위에 드러누워 있었다. 한 여자가 이마에 물수건을 얹어주고 있었고, 거의 모든 소작인들이 그의 주변에 모여 엄청나게 호기심 어린 표정으로 그를 내려다보고 있었다.

"기분이 어떻습니까, 동무?" 농민들이 물었다.

"개자식들! 나는 누구의 동무도 아니야!" 노인이 소리를 지르며 몸을 일으켜 세우려고 했다.

에스테반 트루에바가 워낙 몸부림을 치면서 소리를 질렀기

때문에 농민들은 묶었던 끈을 풀어주고 그가 일어서도록 도
와주었다. 그러나 그는 밖으로 나가려 했을 때 창문이 모두
밖에서 가려져 있고, 문은 열쇠로 잠겨 있다는 것을 알았다.
농민들이 에스테반에게 이제 사정이 달라졌으며, 그가 더 이
상 주인 나리가 아니라는 것을 납득시키려 했지만 그는 들은
척도 하지 않았다. 그는 입에 거품을 물었고, 심장은 터지기
일보 직전이었다. 그는 미친 사람처럼 욕설을 퍼부으며 자기가
그들 모두에게 벌을 내리고 복수하겠다고 위협해, 결국 농민
들은 어이없이 웃을 수밖에 없었다. 마침내 그들도 지쳐서 에
스테반을 홀로 식당에 남겨두었다. 에스테반 트루에바는 혼자
펄펄 뛰다가 완전히 탈진해서 의자에 주저앉았다. 몇 시간 후
그는 자기가 인질이 되었으며, 텔레비전에 나오리라는 것을 알
게 되었다. 기사의 연락을 받은 그의 경호원 두 명과 다혈질의
보수당 젊은이 몇 명이 손가락에 쇳조각을 끼고 몽둥이와 쇠
사슬로 무장한 채 트루에바 상원의원을 구하러 트레스 마리
아스로 몰려왔다. 하지만 그곳에 도착하자 보초들이 두 겹으
로 둘러싸고 트루에바 상원의원의 기관총으로 무장한 채 문
앞을 지키고 있었다.

"우리의 인질 동무는 아무도 데려갈 수 없소." 농민들은 이
렇게 선언한 뒤 자신들의 말에 힘을 싣기 위해 그들을 향해
허공에 발포했다.

이 사건을 찍기 위해 방송국 차 한 대가 도착했다. 태어나
서 그런 차는 한번도 본 적이 없는 소작인들이 농장 문을 열
어 트럭을 통과시켰다. 그들은 자신들의 인질을 에워싸고서

만면에 미소를 띤 채 카메라 앞에서 포즈를 취했다. 그날 밤 전 국민은 텔레비전 화면으로 포승된 채 분노로 입에 거품을 물며 검열에 걸릴 정도로 지독한 욕설을 퍼부어 대는 야당 지도자의 모습을 보게 되었다. 대통령 또한 그 장면을 보았지만, 그 일이 정부가 위태롭게 걸터앉아 있는 화약통을 터뜨릴 수 있는 기폭제가 될 수도 있었기 때문에 기분이 별로 유쾌하지는 못했다. 대통령은 특수 경찰에게 상원의원을 구출하도록 지시했다. 그들이 농장에 도착했을 때 언론의 전폭적인 지지에 대담해진 농민들은 그들을 저지하고는 법원의 영장을 가져오도록 했다. 지방 판사는 좌익 언론의 비판에 휩싸여 텔레비전에 나가게 되는 곤란한 처지에 놓일 수도 있다고 생각하고는 서둘러 낚시 여행을 떠나버렸다. 그래서 특수 경찰들은 수도에서 영장이 발부되어 도착할 때까지 트레스 마리아스의 문 밖에서 기다릴 수밖에 없었다.

블랑카와 알바도 다른 사람들과 마찬가지로 뉴스를 통해 그 사실을 알게 되었다. 블랑카는 아무 말 하지 않고 다음 날까지 기다렸지만 특수 경찰이 아버지를 구출하는 데 실패했다는 소식을 듣고는 지금이야말로 자기가 페드로 테르세로를 다시 만나야 할 때라고 마음의 결정을 내렸다.

"지저분한 바지 벗고 점잖은 옷으로 갈아입어라." 블랑카가 알바에게 명령했다.

블랑카와 알바는 사전 약속도 없이 장관실로 들이닥쳤다. 남자 비서가 대기실에서 기다리라고 했지만 블랑카는 그를 밀어제치고 알바의 팔을 끌고서 당당하게 들어갔다. 블랑카는 노크도 없이 문을 열고는, 이 년 동안 보지 못했던 페드로 테르세로의 집무실 안으로 들어갔다. 블랑카는 자기가 잘못 들어온 줄 알고 하마터면 다시 나갈 뻔했다. 그 짧은 기간 동안 그녀의 운명의 남자는 너무나도 야위고 늙어버렸다. 그는 매우 지치고 슬퍼 보였으며, 머리카락은 여전히 검고 윤기가 흘렀지만 숱도 많이 줄고 길이가 짧아져 있었다. 페드로 테르세로는 아름다운 수염을 깎고, 공직자들이나 입는 회색 양복을 입고, 같은 색깔의 빛바랜 넥타이를 매고 있었다. 블랑카는 단지 예전과 다름없는 검은색 눈동자에 담긴 표정을 보고서야 그를 알아볼 수 있었다.

"오, 맙소사! 당신이 이렇게 변하다니!" 블랑카가 더듬거렸다.

반면에 페드로 테르세로는 자기가 기억하고 있는 모습보다 블랑카가 훨씬 더 아름다워 보였다. 그동안 자기를 만나지 않아 다시 회춘한 것 같았다. 이 년 동안 페드로 테르세로는 자신의 결정을 후회하며 보냈다. 블랑카와 헤어지고 나자 예전에는 꽤 매력적으로 보이던 젊은 여자들에 대한 관심도 사라졌다. 그리고 기타와 민중의 열광에서 멀어져 책상 앞에 앉아 열두 시간씩 일하면서 그는 거의 행복을 느끼지 못했다. 시간이 흐를수록, 그는 잔잔하면서도 평온한 블랑카의 사랑이 점점 더 그리워졌다. 그렇지만 그는 블랑카가 단호한 표정으로 알바를 데리고서 자신의 집무실 문턱을 넘은 것을 보고는 그녀가 감상적인 이유로 자기를 만나러 온 게 아니라는 것을 깨달았다. 페드로 테르세로는 블랑카의 방문이 트루에바 상원의원 때문임을 짐작할 수 있었다.

"제발 우리와 함께 가줘요." 블랑카가 서론도 없이 곧바로 얘기를 꺼냈다.

"당신 딸과 나는 트레스 마리아스로 아버지를 구하러 갈 거예요."

그렇게 해서 알바는 자신의 아버지가 페드로 테르세로라는 사실을 알게 되었다.

"좋아. 집에 들러서 기타를 가지고 가도록 하지." 페드로 테르세로가 일어서면서 대답했다.

그들은 영구차처럼 보이는, 공식 번호판이 달린 검정 세단을 타고서 노동성 건물을 빠져나갔다. 블랑카와 알바는 페드로 테르세로가 아파트에 들렀다 나올 동안 길에서 기다렸다. 페드로 테르세로는 예전의 매력을 얼마간 회복하고 돌아왔다. 그는 회색 양복을 벗고 평소 입고 다니던 헐렁한 옷에 판초를 걸쳤다. 거기에 샌들을 신고, 기타를 어깨에 둘러멨다. 블랑카가 처음으로 그를 보고 미소를 짓자, 그가 얼른 몸을 숙여 블랑카의 입술에 키스했다. 그들은 처음 100킬로미터 동안은 아무 말도 하지 않았다. 마침내 알바가 간신히 충격에서 벗어나, 실낱같이 떨리는 가느다란 목소리로 왜 진작에 페드로 테르세로가 자기 아빠라는 사실을 말해 주지 않았느냐고 물었다. 그랬으면 사막에서 열병으로 죽은 하얀 옷을 입은 백작에 대한 악몽에 시달리지 않았을 거라고 말했다.

"죽은 아버지가 없는 것보다는 낫잖니." 블랑카는 수수께끼 같은 대답을 하고는 다시는 그 이야기를 입 밖에 내지 않았다.

196

그들은 황혼녘에 트레스 마리아스에 도착했다. 농장 입구에는 사람들이 모닥불 주변에 둘러앉아 통돼지를 구우며 다정하게 대화를 나누고 있었다. 특수 경찰과 신문 기자, 농민들은 함께 둘러앉아 마지막으로 남은 상원의원의 술을 바닥내고 있었다. 개 몇 마리와 아이들 몇 명이 발그스름하게 윤기가 흐르는 돼지고기가 잘 익기를 기다리면서 그 옆에서 불빛을 받으며 놀고 있었다. 신문 기자들은 페드로 테르세로를 여러 번 인터뷰했기 때문에 그를 얼른 알아보았고, 특수 경찰들 역시 인기 가수의 얼굴을 못 알아볼 리 없었다. 농민들 또한 그가 이 농장에서 태어나 자라는 것을 보아왔기 때문에 쉽게 그를 알아보았다. 그들이 반갑게 페드로 테르세로를 맞아주었다.

"여기는 웬일이오, 동무?" 농민들이 물어보았다.

"노친네를 보러 왔습니다." 페드로 테르세로가 미소를 띠며 말했다.

"당신은 들어갈 수 있소, 동무. 하지만 혼자서 들어가시오. 블랑카 부인과 알바 아가씨는 여기서 우리랑 포도주나 드십시다." 농민들이 말했다.

블랑카와 알바는 다른 사람들과 함께 불 옆에 앉았다. 숯불에 구워진 맛있는 고기 냄새가 풍기자 그들은 아침부터 아무것도 먹지 않은 게 생각났다. 블랑카는 소작인들을 모두 알고 있었고, 그중 많은 이들에게 트레스 마리아스의 작은 학교에서 글을 가르쳐주기도 했었다. 그래서 그들은 함께 옛날 이야기를 나누었다. 산체스 형제가 그 지역에서 자기네들 마음대로 권력을 휘두르고, 페드로 가르시아 노인이 개미 떼의 습격을 막아내고, 지금의 대통령이 영원한 후보에 머무른 채 패배만 몰고 다니는 기차에서 기차역에 모인 농민들을 향해 연설하던 옛날을 떠올렸다.

"그 사람이 대통령이 될 줄 누가 상상이나 했겠어!" 한 농민이 말했다.

"그리고 트레스 마리아스에서 주인 나리가 우리보다 말발이 먹히지 않을 거라고 누가 상상이나 했겠어!"

나머지 사람들이 모두 웃었다.

농민들은 페드로 테르세로를 집으로 안내하더니 곧장 부엌으로 데리고 갔다. 그곳에는 나이가 많은 소작인들이 주인 나리를 인질로 데리고 있는 식당 문을 지키고 있었다. 그들은 페드로 테르세로를 오랫동안 보지 못했지만 모두 그를 기억하고 있었다. 그들은 탁자에 둘러앉아 포도주를 마시며 옛날 일을 회상했다. 그때 농민들의 기억에는 페드로 테르세로 가르시아가 전설적인 인물이 아니라, 주인 나리의 딸과 사랑에 빠진 반항적인 소년이었다. 잠시 후 페드로 테르세로가 기타를 집어 들어 무릎에 올려놓고는, 눈을 지그시 감고서 벨벳 같은 부드러운 목소리로 여우와 암탉 노래를 불렀다. 노인들 모두가 그를 따라서 합창했다.

"동무들, 내가 주인 나리를 데리고 가겠습니다." 페드로 테르세로가 잠깐 노래를 멈추고 부드럽게 말했다.

"그건 꿈도 꾸지 말게나." 노인들이 대답했다.

"내일이면 특수 경찰들이 영장을 가지고 와서 그를 영웅처럼 데리고 나갈 겁니다. 차라리 지금 꼬리를 축 늘어뜨리고 있을 때 내가 데리고 나가는 게 훨씬 낫습니다."

페드로 테르세로가 말했다.

농민들은 한참 의논을 한 다음, 결국에는 페드로 테르세로를 식당으로 데리고 가서 그와 인질, 단둘만 남겨놓았다. 딸의 몸을 더럽힌 대가로 트루에바가 도끼를 휘둘렀던 그 운명적인 날 이후로, 두 사람이 서로 얼굴을 마주 대한 것은 그때가 처음이었다. 페드로 테르세로는 주인 나리의 발소리만 들어도 소작인들이 벌벌 떨고, 천둥 같은 목소리와 봉건 시대 영주 같은 오만함으로 자연까지 오싹하게 만들며, 뱀가죽 채찍과 은지팡이를 휘두르던 화가 잔뜩 난 거인으로 트루에바를 기억하고 있었다. 그는 지난 세월 차곡차곡 쌓였던 원한이 잔뜩 겁에 질려 자기를 바라보고 있는 구부정하고 쪼그라든 노인 앞에서 눈 녹듯이 사라지는 것을 깨닫고는 스스로 놀랐다.

트루에바 상원의원은 지칠 대로 지쳐서 더는 화를 낼 기력도 없었고 밤새 의자에 묶여 있었기 때문에 뼈마디가 쑤시고 아픈 데다가 등이 천근만근 무겁게 느껴질 정도로 피곤에 절어 있었다. 에스테반은 거의 사반세기가량 그를 보지 못했기 때문에 처음에는 페드로 테르세로를 쉽게 알아보지 못했다. 그러나 오른손에 손가락 세 개가 잘려 나간 것을 보고는 자기가 꾸고 있는 악몽이 절정에 이르렀다고 생각했다. 그들은 각자 상대방이 이 세상에서 가장 혐오스러운 인간이라고 생각하면서 잠시 동안 아무 말 없이 서로를 응시하기만 했다. 그러나 그들의 마음속에는 이미 해묵은 증오의 불길을 찾아볼 수가 없었다.

"어르신을 여기서 데리고 나가기 위해 왔습니다." 페드로 테르세로가 말했다.

"왜지?" 늙은 에스테반이 물었다.

"알바가 부탁했기 때문입니다." 페드로 테르세로가 대답했다.

"지옥에나 꺼져버려." 트루에바가 힘없이 더듬거리며 말했다.

"자, 이제 그곳으로 가겠습니다. 어르신은 저와 함께 가시는 겁니다."

페드로 테르세로는 에스테반이 문을 두드리지 못하도록 농민들이 그의 손목을 묶은 끈을 풀어주었다. 에스테반은 손가락이 잘려 나간 페드로 테르세로의 손을 보지 않으려고 시선을 돌렸다.

"아무도 모르게 나를 여기서 데리고 나가주게. 기자들이 몰랐으면 하네." 트루에바 상원의원이 말했다.

"어르신이 들어오셨던 곳으로, 정문으로 나갈 겁니다." 페드로 테르세로가 그렇게 말하고는 걷기 시작했다.

트루에바 상원의원은 고개를 푹 숙인 채 그의 뒤를 따라갔다. 눈은 시뻘겋게 충혈되어 있었고, 난생처음으로 자신이 패배했다는 느낌이 들었다. 그들은 부엌을 지나갔다. 하지만 트루에바 상원의원은 여전히 고개를 들지 않았다. 그들은 집 안 전체를 지나, 본채에서 농장 입구까지 이어지는 길을 걸어갔다. 개구쟁이 아이들이 그들 옆에서 깡충거리며 따라왔고, 그 뒤를 농민들이 아무 말 없이 따라왔다.

블랑카와 알바는 기자들과 특수 경찰들과 함께 앉아서 손으로 돼지고기를 뜯어먹으며, 손에서 손으로 건네지는 포도주를 병째 입에 대고 마시고 있었다. 알바는 클라라 외할머니가 죽은 이후, 외할아버지가 그렇게 기가 죽어 있는 모습을 본 적이 없었기 때문에 그를 본 순간 너무 가슴 아팠다. 알바는 입에 들어 있던 음식을 얼른 삼키고는 외할아버지를 맞으러 달려갔다. 알바는 외할아버지를 꼭 껴안고는 그의 귀에 대고 무슨 말인가를 속삭였다. 그 순간 트루에바 상원의원은 평소의 위엄을 되찾아 고개를 똑바로 치켜들고 당당하게 카메라의 플래시를 받으며 예전처럼 거만한 미소를 지었다. 기자들은 관공서 번호판이 달린 검은 세단에 오르는 그의 모습을 찍어댔다. 사람들은 훨씬 더 심각한 다른 사건들이 일어나 이 사건을 모두 잊어버리기 전까지의 몇 주 동안, 그 어처구니없었던 일이 무슨 의미였을까 의아해했다.

그날 밤, 하이메와 체스를 두면서 불면증을 이겨내는 습관을 들인 대통령이 게임을 두 판 정도 두면서 그 일에 대해 얘기를 꺼냈다. 대통령은 검정 테를 두른 두꺼운 렌즈 뒤에 숨겨진 예리한 시선으로 친구의 얼굴에 조금이라도 불편한 기색이 없는지 꼼꼼히 살펴보았지만 하이메는 아무 말 없이 계속 체스 판 위의 말만 열심히 움직였다.

"트루에바 영감은 정말 용감무쌍한 노인이야." 대통령이 말했다. "그런 사람이 우리 편에 있어야 하는데."

"각하 차례입니다." 하이메가 체스 판을 가리키며 말했다.

그 후 몇 달 동안 상황이 크게 악화되면서 나라 전체가 전쟁에 휘말린 것 같았다. 모두들 뒤숭숭해했고 특히 야당 쪽 여자들은 물품 부족에 항의하며 기세등등하게 빈 냄비를 두드리며 거리를 행진했다. 국민의 절반은 정부가 전복되기를 바랐고, 나머지 절반은 그런 정부를 지키려고 안간힘을 썼다. 아무도 자기 일을 걱정할 시간이 없었다.

어느 날 밤 알바는 시내의 거리가 어둡고 사막처럼 황폐한 것을 보고는 깜짝 놀랐다. 그 주 내내 쓰레기가 수거되지 않아 떠돌이 개들이 산더미처럼 쌓인 쓰레기를 헤집고 다녔다. 겨울비로 색깔이 바랜 포스터들이 전신주를 빼곡히 뒤덮고 있었으며, 조금이라도 비어 있는 자리는 양당의 슬로건들이 빽빽이 메우고 있었다. 가로등은 절반이 부서져 있었고, 어느 건물에서고 불빛을 찾아볼 수 없었다. 불빛이라고는 신문지와 판자를 모아 태우는 서글픈 모닥불 몇 군데서 나오는 게 전부였다. 모닥불 주위에는 공관이나 은행, 사무실 앞에서 보초를 서는 소규모 집단들이 몸을 데우고 있었다. 그들은 밤마다 거리를 배회하는 극우파 무리가 급습하지 못하도록 교대로 지키고 있었다.

알바는 어느 공공건물 앞에 트럭 한 대가 멈춰 서는 것을 보았다. 페인트가 담긴 깡통과 붓을 들고 하얀 헬멧을 쓴 젊은이들 한 무리가 쏟아져 나와, 하얀색 페인트로 벽을 뒤덮기 시작했다. 그러고 나서 그들은 여러 가지 색깔로 거대한 비둘기와 나비, 피에 물든 꽃을 그리고, '시인'의 시를 쓴 다음 민중의 단합을 호소하는 문구를 썼다. 그들은 애국적인 벽화와 혁명적인 비둘기로 혁명을 꾀할 수 있다고 믿는 청년단이었다. 알바는 그들에게 다가가 거리 반대편 쪽에 그려진 벽화를 가리켰다. 그곳은 붉은 페인트로 뒤덮여 있었고, '자카르타'라는 단어 하나가 굉장히 크게 쓰여 있었다.

"저게 무슨 뜻이지요, 동무?" 알바가 물었다.

"우리도 모릅니다." 그들이 대답했다.

반대파가 왜 벽에다가 아시아 말을 써놓았는지 아는 사람은 아무도 없었다. 그들은 그 먼 도시의 거리에 시체가 쌓였다는 소식을 접한 적이 없었던 것이다. 알바는 자전거를 타고 집으로 돌아왔다. 가솔린이 배급되고 대중교통의 파업이 선포된 후에 알바는 지하실에서 어린 시절에 타고 놀았던 장난감을 꺼내 타고 다녔다. 알바는 미겔을 떠올리며, 불길한 예감에 사로잡혔다.

알바는 수업에 안 간 지도 꽤 오래되어 이제는 시간이 남아돌았다. 교수들이 무기한 파업을 선언했고, 학생들은 학교 건물을 점령했다. 집에서 첼로를 켜는 것에 싫증을 느낀 알바는 미겔과 함께 어울리거나 산책하거나 얘기하지 않는 시간에는 극빈자 구역에 있는 병원에서 일했다. 그곳에서 알바는 정부에 사보타주하기 위해 일을 중단하라는 의과 대학의 명령에도 불구하고 진료를 계속하는 하이메 외삼촌과 다른 의사 몇 명을 도왔다. 그것은 엄청난 노동이었다. 복도에는 진찰받기 위해 며칠씩 기다려야 하는 환자들이 신음하는 가축 떼처럼 득실거렸다. 간호사들은 더 이상 업무를 보조하지 않았다.

하이메는 손에 외과용 메스를 든 채 잠이 들기도 했으며, 너무 바빠서 종종 식사하는 것마저 잊곤 했다. 그는 체중이 줄어 많이 수척해졌다. 열여덟 시간 교대로 일했으며 간신히

간이침대에 등을 붙이고 누울 수 있게 되어도 이 생각 저 생각 하느라 잠을 이룰 수 없었다. 자기를 기다리고 있을 환자들이며 마취제와 주사기와 솜이 부족한 상황을 생각했다. 그리고 그 일은 달리는 기차를 맨손으로 정지시키는 것과 같기 때문에 자기 몸이 수천 개라도 모자랄 거라는 생각으로 머릿속이 뒤숭숭했다.

아만다도 하이메와 가까이 있기 위해, 그리고 자신의 몸을 바쁘게 움직이기 위해 병원에서 자원 봉사자로 일했다. 낯선 환자들을 돌보면서 보내는 기진맥진한 나날 속에서 아만다는 젊은 시절 내면에서부터 눈부시게 빛나던 환한 빛을 되찾았다. 한동안 그녀는 자신이 행복하다는 환상에 빠지기도 했다. 그녀는 푸른색 앞치마에 고무 슬리퍼를 신고 있었지만, 하이메는 아만다가 옆을 지나가면 예전처럼 장신구가 짤랑거리는 소리가 들리는 것 같았다. 하이메는 아만다가 그곳에 있어 든든했고, 자기도 그녀를 사랑하게 되기를 바랐다.

내동렁은 서의 매일 저녁 텔레비전에 나와, 야당의 주도하에 전개되는 눈에 보이지 않는 전쟁을 비난했다. 대통령은 몹시 지쳐 보였고, 때로는 목소리가 갈라지기도 했다. 반대파들은 대통령이 술에 절어 살며, 밤마다 몸을 따뜻하게 달구기 위해 열대 지방에서 데려온 혼혈 흑인 여자들과 섹스 파티를 벌인다고 떠들었다. 대통령은 파업에 들어간 트럭 운전사들이 나라를 혼란 상태에 빠뜨리기 위해 외국으로부터 하루에 오십 달러씩 받고 있다고 알렸다. 반대파들은 대통령이 외교 경로를 통해 코코넛 아이스크림과 소련제 무기를 받고 있다고 응수했다. 대통령은 정적들이 자기가 나라를 통치하느니 차라리 민주주의가 죽는 것을 더 바라기 때문에 군인들과 쿠데타를 음모하고 있다고 말했다. 반대파들은 대통령이 정신병자처럼 거짓말을 늘어놓고 있으며 국립 박물관에서 그림을 훔쳐내 자기 정부(情婦)의 침실에 걸어놓았다고 그를 비난했다. 대통령은 우파가 무장하고 있으며, 나라를 제국주의자들에게 팔아넘기려 한다고 경고했다. 그러면 그들은 대통령의 부엌에는 닭 가슴살이 쌓여 있는데 서민들은 닭의 모가지나 날개 부위를 사기 위해 줄을 서야 한다며 반박했다.

루이사 모라가 모퉁이 큰 집의 벨을 누른 날, 트루에바 상원의원은 서재에서 회계 장부를 정리하고 있었다. 그녀는 모라 세 자매 중 유일하게 생존해 있는 사람이었다. 몸은 쪼그라들었지만 방랑하는 천사처럼 환하게 빛났으며, 영적인 힘은 여전히 확고부동했다. 에스테반은 클라라가 죽은 이후로 그녀를 보지 못했지만, 플루트 같은 매혹적인 목소리와 세월이 흐르면서 다소 약해지기는 했지만 여전히 멀리서부터 느낄 수 있는 야생 오랑캐꽃 향기로 단번에 그녀를 알아보았다. 그녀가 방으로 들어올 때 날개 달린 클라라도 함께 들어왔으며, 클라라는 며칠간 자신을 보지 못했던 남편의 사랑스러운 눈길을 받으며 방 안을 떠돌아 다녔다.

"에스테반, 좀 안 좋은 소식을 전해 드리러 왔는데."

루이사 모라가 팔걸이의자에 앉은 후 말했다.

"아, 루이사! 안 좋은 소식은 지금 듣고 있는 것만으로도 충분한데……" 에스테반이 한숨을 내쉬었다.

루이사는 자신이 별자리를 보고 알아낸 것을 에스테반에게 얘기해 주었다. 그녀는 상원의원의 실용주의가 반발을 일으킬 경우를 대비해 자신이 사용하는 과학적인 방법을 동원해 설명했다. 그녀는 자신이 지난 열 달 동안 트루에바를 포함해서 정부와 야당의 주요 인사들의 점성도를 연구하며 지냈다고 말했다. 점성도들을 대조해 본 결과, 지금 이 역사적인 순간에 피와 고통과 죽음을 불러일으킬 무시무시한 사태가 벌어질 거라는 예언이 나왔다고 했다.

　"의심의 여지가 없어요, 에스테반." 루이사 모라가 결론지었다.

　"곧 끔찍한 시간이 닥칠 거예요. 셀 수 없을 정도로 많은 사람이 죽을 거예요. 당신은 승자의 편에 서겠지만, 승리는 당신에게 더 큰 고통과 외로움만 안겨줄 뿐이에요."

　에스테반 트루에바는 서재의 평화를 깨뜨리고 괜히 이상한 예언으로 자신의 심기를 불편하게 하는 건방진 예언가 때문에 기분이 상당히 언짢았다. 그렇지만 한쪽 구석에서 흘깃흘깃 자기를 훔쳐보고 있는 클라라 때문에 대놓고 그녀에게 나가라고 할 용기도 나지 않았다.

　"하지만 나는 당신도 어쩔 수 없는 문제를 가지고 당신을 귀찮게 하러 이곳에 온 게 아니에요, 에스테반. 나는 알바 때문에 온 거예요. 알바의 외할머니가 알바에게 전하라는 메시지가 있어서 왔어요."

　상원의원이 알바를 불렀다. 알바는 일곱 살 이후로 루이사 모라를 본 적이 없지만, 그녀를 또렷이 기억하고 있었다. 알바는 눈처럼 하얗고 연약한 뼈들이 부서질까 봐 살포시 그녀를 포옹하며, 그녀의 잊을 수 없는 향기를 한입 가득 들이마셨다.

"너에게 조심하라는 말을 전하러 왔단다, 애야." 루이사 모라가 알바를 보고 반가워서 흘린 눈물을 훔쳐내며 말했다.

"죽음이 네 주변에 도사리고 있단다. 클라라 외할머니가 저 세상에서부터 너를 보호하고 있다. 하지만 큰 재난이 있을 때에는 영적인 보호자들도 힘을 쓰지 못한다는 것을 말해 달라고 네 외할머니가 나를 보냈단다. 너는 여행을 떠나는 게 현명할 것 같다. 바다를 건너가거라. 거기라면 안전할 거다."

대화가 여기까지 이르자 트루에바 상원의원이 인내심을 잃었다. 자신이 미친 늙은이를 상대하고 있다는 확신이 들었던 것이다. 그러나 열 달하고도 열하루 뒤에, 통행금지 시간인 한밤중에 알바가 잡혀가던 날, 에스테반은 루이사 모라의 예언을 떠올리게 되었다.

13
공포의 시대

쿠데타가 일어난 날은 날씨가 화창했다. 이제 막 기지개를 펴려는 초봄치고는 보기 드물게 좋은 날씨였다. 하이메는 그 전날 꼬박 밤을 새다시피 일하고, 아침 7시경에 겨우 두 시간 자고서 일어났다. 그는 전화벨 소리에 잠을 깼다. 대통령 여비서의 전화였는데, 약간 흥분해서 떨리는 여비서의 목소리를 듣자 졸음이 확 깨었다. 여비서는 그에게 되도록 빨리 대통령궁으로 나오라는 말을 전하기 위해 전화를 한 것이었다. 대통령이 아픈 것은 아니라고 했다. 자기는 무슨 일 때문인지 확실히 모르며, 단지 대통령의 주치의들을 전부 호출하라는 지시만 받았을 뿐이라고 했다. 하이메는 몽유병 환자처럼 너저분한 옷차림 그대로 차에 올라탔다. 그는 그나마 자기 직업 덕택에 일주일에 한 번씩은 가솔린을 배급받을 수 있어 다행이라고 생각했다. 그렇지 않으면 자전거를 타고 가야 할 판이었다. 그는 8시경에 대통령 궁에 도착했다. 그리고 그 커다란 광장이 완전히 텅 비어 있고, 파견군 부대가 정부 청사로 들어가는 문마다 지키고 있는 것을 보고는 깜짝 놀랐다. 그들은 완전 전투복 차림에 전투모와 총까지 들고 서 있었다. 하이메는 자신에게 차를 세우지 말라고 신호를 보내는 군인들을 알아보지 못하고 광장에 차를 주차시켰다. 그가 차에서 내리자 곧 군인들이 무기를 겨누며 그를 에워쌌다.

"무슨 일이오, 동무들? 중국하고 전쟁이라도 났소?" 하이메가 미소를 머금은 채 물었다.

"계속 가시오. 여기 정차하면 안 돼요. 통행이 금지되어 있소." 한 장교가 명령했다.

"미안하오. 그렇지만 대통령 궁의 명을 받고 오는 길이오." 하이메가 자신의 신분증을 보여주었다. "나는 의사입니다."

군인들이 하이메를 호위해 대통령 궁의 육중한 목조 문까지 데려다 주었다. 그곳에는 특수 경찰 한 무리가 보초를 서고 있다가 그를 통과시켜 주었다. 건물 안에 들어서자 흡사 난파선에라도 오른 것처럼 정신이 없었다. 직원들은 바닷물에 질겁한 쥐들처럼 계단을 오르락내리락 뛰어다녔으며, 대통령의 개인 경호대는 가구들을 창문 앞으로 밀어놓고 가까이 있는 사람들에게 권총을 나눠주고 있었다. 대통령이 하이메를 맞으러 나왔다. 그 역시 전투 헬멧을 쓰고 있었다. 그러나 그의 말쑥한 운동복 차림은 이탈리아 제 구두와 어울리지 않았다. 그제야 하이메는 뭔가 엄청난 일이 벌어지고 있다는 걸 깨달았다.

"해군이 반란을 일으켰소, 의사 선생." 대통령이 간결하게 설명했다.

"드디어 싸워야 할 시간이 왔소."

하이메는 수화기를 들고 알바에게 전화를 걸어서 절대 집 밖으로 나가지 말고, 아만다에게도 주의를 주라고 당부했다. 그 이후 상황이 걷잡을 수 없이 전개되었기 때문에 하이메는 두 번 다시 알바와 얘기하지 못했다. 한 시간 후 장관 몇 명과 정치 지도자들이 도착해서 반란의 규모를 측정하고 평화적 해결 방법을 모색하기 위해 반란자들과 전화 협상을 시작했다. 그러나 오전 9시 반에는 군부대 전체가 쿠데타에 동조하는 장교들의 손에 들어가 있었다. 군 진영 내에서는 헌법에 충성을 맹세한 장교들에 대한 숙청이 시작되었다. 특수 경찰 사령관이 경찰도 막 반군에 가담했다며 궁 안에 있던 부하들에게 해산을 명령했다.

"가도 좋소, 동무들. 그러나 무기는 놔두고 떠나시오." 대통령이 말했다.

특수 경찰들은 당혹스럽기도 하고 부끄럽기도 했지만 사령관의 명령에는 절대 복종해야 했다. 그들 중 어느 누구도 감히 국가 최고 원수의 시선을 바로 바라볼 수가 없었다. 그들은 무기를 앞마당에 내려놓고 고개를 떨군 채 줄지어 나가기 시작했다. 그들 중 한 명이 문 앞에서 되돌아왔다.

"저는 각하와 남겠습니다, 대통령 동지." 그가 말했다.

오전이 절반쯤 지나간 즈음 대화로는 사태를 해결할 수 없다는 게 확실해지면서 사람들도 하나 둘 떠나기 시작했다. 가장 가까운 친구들과 대통령 경호원들만 끝까지 남았다. 대통령이 딸들에게 떠날 것을 명해서 사람들이 강제로 딸들을 데리고 나갔다. 아버지의 이름을 외치는 딸들의 절규 소리가 길가에서부터 들려왔다. 건물 안에는 대략 서른 명의 사람들이 남아 2층 거실에 진을 치고 있었다. 하이메도 그들 중에 끼어 있었다. 그는 악몽을 꾸고 있는 것만 같았다. 그는 한 손에 총을 든 채 빨간 벨벳 의자에 앉아 멍하니 총만 바라보았다. 그는 총을 어떻게 사용하는지도 몰랐다. 시간이 아주 더디게 흘러가는 것 같았다. 시계를 들여다보니 그 끔찍한 악몽 속에서 겨우 세 시간밖에 지나지 않았다. 그는 라디오 방송을 통해 흘러나오는 대통령의 목소리를 들었다. 대통령의 마지막 작별 인사였다.

"앞으로 박해받을 사람들을 위해 이야기하는 것입니다. 그들에게 나 역시 절대 포기하지 않을 것임을 말하기 위해서입니다. 나는 민중의 충심에 내 목숨 다 바쳐 보답할 것입니다. 나는 언제나 여러분과 함께 있을 것입니다. 나는 우리 조국과 조국의 운명을 믿습니다. 이 순간을 잘 극복하십시오. 그러면 조만간 보다 더 나은 사회를 건설하기 위해 자유인이 지나갈 수 있는 드넓은 가로수 길이 열릴 것입니다. 민중 만세! 노동자 만세! 이것이 내가 여러분에게 전하는 마지막 말입니다. 나는 내 희생이 헛되지만은 않을 것이라고 확신합니다."

하늘이 흐려지기 시작했다. 산발적인 총소리가 드문드문 멀리서 들려왔다. 바로 그 순간 대통령은 반란군 지도자와 전화

공포의 시대

통화를 하고 있었다. 그가 대통령에게 가족과 함께 국외로 떠날 수 있도록 군 비행기를 제공하겠다고 제의했다. 하지만 대통령은 먼 나라로 망명을 떠나, 야밤 도주하듯 쫓겨난 다른 나라 지도자들과 노닥거리며 여생을 마치고 싶지 않았다.

"사람 잘못 봤소, 배신자들. 민중이 나를 이 자리에 앉힌 이상 나는 죽어서나 이곳을 나갈 것이오."

그러자 비행기의 굉음 소리와 함께 폭격이 시작되었다. 하이메는 다른 사람들과 함께 바닥으로 몸을 던졌다. 그는 자기 눈앞에 펼쳐지고 있는 상황을 도무지 믿을 수가 없었다. 그 전날까지만 해도 그는 자기네 나라에서는 이런 일이 절대 일어날 리 없으며, 군인들도 법을 존중하고 있다고 확신하고 있었다. 대통령 혼자만이 그대로 서 있었다. 대통령은 바주카포를 들고 창문까지 걸어가 밖의 탱크들을 향해 쏘았다. 하이메가 조금씩 기어가 대통령의 종아리를 잡고 아래로 끌어내렸다. 그러나 대통령은 그에게 욕설 한마디를 내뱉고는 그대로 서 있었다. 십오 분 후 대통령 궁 전체가 화염에 휩싸였으며, 폭탄과 연기 때문에 숨쉬기도 어려워졌다. 하이메는 부서진 가구와 죽음의 비처럼 주위에 쏟아지는 벽돌 조각 사이로 기어 다니며 부상자들을 도와주려고 애썼지만, 그가 할 수 있는 일이라고는 위로의 말을 건네고 고인들의 눈을 감겨주는 게 고작이었다.

사격이 갑자기 중단되자 대통령이 생존자들을 모아놓고, 자기는 어떠한 순교자나 불필요한 희생도 원치 않으니 모두 떠나라고 말했다. 모두 가족이 있고, 각자 앞으로 해야 할 중요한 임무가 있다고 말했다.

"당신들이 떠날 수 있도록 내가 휴전을 요청하겠소." 대통령이 덧붙여 말했다.

그러나 아무도 꼼짝하지 않았다. 비록 그들 중 몇 명은 떨고 있었지만 모두 꿋꿋하게 자신의 명예를 지키고 있었다. 포격은 짧았지만 궁은 완전히 폐허가 되어버렸다. 오후 2시경에는 식민지 시대부터 사용되어 왔던 옛 접견실들이 화염에 휩싸였고, 몇몇 사람들만이 대통령 주변에 남아 있을 뿐이었다. 군인들이 건물 안으로 진입해 1층을 모두 점령했다. 그 소란 속에서, 항복하고 머리에 손을 얹고 한 줄로 내려오라고 명령하는 한 장교의 신경질적인 목소리가 들려왔다. 대통령이 그들에게 일일이 악수를 청했다.

"나는 맨 마지막에 가겠소." 대통령이 말했다.

그렇지만 다시는 그의 살아 있는 모습을 볼 수 없었다.

하이메는 다른 사람들과 함께 층계를 내려왔다. 군인들이 넓은 석조 계단마다 지키고 서 있었다. 그들은 모두 이성을 잃은 듯이 보였다. 그들은 계단을 내려오는 사람들마다 발로 걷어차고 개머리판으로 두들겨 팼다. 채 몇 시간도 지나지 않아 새로이 피어오른 증오감에 휩싸인 듯했다. 투항한 사람들의 머리 위로 총을 쏘아대는 군인도 몇 있었다. 하이메는 배를 거세게 한 방 얻어맞고는 앞으로 고꾸라졌다. 그가 간신히 몸을 일으켰을 때에는 두 눈에 눈물이 가득 고였고, 바지가 변으로 더럽혀져 있었다. 군인들은 그들을 거리로 끌고 가는 내내 계속 두들겨 패더니 다 도착해서는 땅바닥에 얼굴을 박고 엎드리라고 명했다. 그러고는 스페인어로 된 욕이 더는 나올 수 없을 때까지 계속 욕설을 퍼부어 대며 마구 짓밟았다. 누군가 신호를 보내자 탱크가 마치 무적의 후피 동물처럼 쿵쿵거리며 포로들 가까이 다가왔다.

"비켜, 우리가 저 새끼들을 탱크로 깔아뭉갤 테니까."

대령 하나가 소리 질렀다.

하이메는 땅바닥에 엎드린 채 위를 힐끔 훔쳐보고는 그 대령이 누구인지 알아차렸다. 어렸을 때 트레스 마리아스에서 같이 놀던 사내아이였다. 탱크가 요란한 소리를 내며 포로들의 머리에서 10센티미터 떨어진 곳을 훑고 지나가자, 군인들이 좋아서 낄낄 웃으며 신나게 소방차 사이렌을 울려댔다. 멀리서는 전투기 소리도 들려왔다. 한참 지난 후에 군인들이 포로를 각자의 죄명에 따라 여러 무리로 나누었다. 하이메는 이미 군 병영이 되어버린 국방부로 끌려갔다. 군인들은 마치 참호 속에서처럼 포로들을 쪼그리게 하고 엄청나게 큰 홀을 지나가게 했다. 그 홀에는 벌거벗은 채 열 명씩 줄지어 묶여 있는 남자들로 가득했다. 손이 등 뒤로 묶여 있었고, 심하게 두들겨 맞아 몇 명은 서 있을 수조차 없을 정도였다. 피가 고랑을 이루며 대리석 바닥 위로 흘러내리고 있었다. 하이메는 보일러실로 끌려갔다. 그곳에는 계속 기관총을 겨누고 있는 창백한 병사의 감시를 받으며 몇몇 사람들이 벽을 맞대고 서 있었다. 하이메는 움직이지도 못하고 한참 동안 가만히 서 있었다. 마치 몽유병에 걸린 것처럼 간신히 서 있기만 할 뿐, 여전히 무슨 일이 벌어진 것인지 이해하지도 못했다. 다만 벽을 통해 간간이 들려오는 비명 소리에 마음이 찢어지는 것 같았다. 자기를 쳐다보는 병사의 눈길이 느껴졌다. 그러더니 병사가 갑자기 무기를 내려놓고는 그에게 다가왔다.

"앉아서 쉬십시오, 의사 선생님. 하지만 제가 일어서라고 하면 즉시 일어나십시오."

병사가 불붙인 담배를 하이메에게 건네주면서 나지막하게 말했다.

"선생님께서 저희 어머니를 수술해서 살려주셨습니다."

하이메는 평소 담배를 피우지 않았다. 그러나 그때는 될 수 있는 한 천천히 담배 연기를 들이마시며 그 맛을 음미했다. 시계는 망가졌지만 배도 고프고 목도 마른 것으로 미루어 밤이 되었을 거라는 생각이 들었다. 너무 지친 데다가 더럽고 축축한 바지 때문에 영 심기가 불편해서 앞으로 무슨 일이 닥칠지 궁금하지도 않았다. 하이메가 꾸벅꾸벅 졸려고 할 때 병사가 다시 다가왔다.

"일어나십시오, 선생님." 병사가 속삭였다. "선생님을 모시러 왔습니다. 행운을 빌겠습니다."

잠시 후에 두 사람이 들어와 그의 손목에 수갑을 채우고는 포로들의 심문을 맡은 한 장교 앞으로 끌고 갔다. 하이메는 대통령과 함께 있는 자리에서 가끔 그를 본 적이 있었다.

"우리는 당신이 이 일과 무관하다는 걸 잘 알고 있소, 의사 선생." 그가 말했다.

"우리는 단지 선생이 텔레비전에 나가 대통령이 술에 취해서 자살했다는 얘기만 해주면 좋겠소. 그러면 집에 보내드리 겠소."

"당신이 식섭 그렇게 말씀하시지. 나한테는 바라지도 말라고, 이 미친놈들." 하이메가 대답했다.

그들이 하이메의 양팔을 붙잡았다. 첫 번째 일격이 배에 가해졌다. 그러고는 하이메를 일으켜 세워 테이블 위로 집어 내던졌다. 하이메는 그들이 자기 옷을 벗기는 것을 느꼈다. 한참 후, 그들은 의식을 잃은 하이메를 국방부에서 끌어냈다. 비가 내리기 시작했고, 차가운 물과 공기가 느껴지면서 다시 제정신으로 돌아왔다. 하이메는 군인들이 자신을 군용 버스에 태우고 맨 마지막 줄 의자에 앉혔을 때 깨어났다. 유리창을 통해 밤이 되었음을 알 수 있었다. 차가 움직이기 시작했을 때 거리가 텅 비고 건물들이 깃발로 뒤덮인 것을 볼 수 있었다. 그는 반란군이 이겼다는 것을 깨달았다. 그러고는 미겔을 떠올렸다. 버스가 한 군부대의 앞마당에서 멈춰 섰다. 그들은 하이메를 버스에서 끌어내렸다. 그곳에는 하이메처럼 심하게 두들겨 맞은 포로들이 있었다. 그들은 포로들의 손과 발을 철사로 묶어 헛간 안으로 밀어 처넣었다. 하이메와 다른 포로들은 음식도 물도 없이, 자신들의 배설물과 피와 공포 속에서 썩으며 이틀을 보냈다. 그러고는 모두 트럭에 실려 공항 근처 공터로 옮겨졌다. 군인들은 더 이상 서 있을 기력도 없어 땅바닥에 쓰러진 포로들을 그 공터에서 총살시키고는, 다이너마이트로 시신을 폭파시켰다. 폭발로 인한 진동과 잔해의 악취가 오랫동안 허공을 맴돌았다.

모퉁이 큰 집에서 트루에바 상원의원은 프랑스 산 샴페인을 따 자신이 그토록 맹렬하게 싸워왔던 체제의 전복을 축하했다. 그러나 바로 그 순간 큰아들인 하이메의 고환이 수입 담뱃불에 지져지고 있으리라고는 꿈에도 상상하지 못했다. 노인네는 현관 위에 깃발을 내다 걸었다. 다리도 절름발이고 야간 통행 금지령이 내렸기 때문에 밖으로 춤추러 나가지는 못했지만, 딸과 손녀딸에게 말한 대로 그러고 싶은 마음도 없지 않았다. 한편 알바는 전화통 옆에 붙어 앉아, 미겔과 페드로 테르세로, 하이메 외삼촌, 아만다, 세바스티안 고메스와 그 밖의 다른 사람들이 걱정되어 사방으로 수소문하고 있었다.

"이제 그들은 톡톡히 대가를 치러야 할 거다!"

트루에바 상원의원이 잔을 높이 들어 올리며 소리 질렀다.

알바가 외할아버지의 손에서 단숨에 잔을 빼앗아 벽을 향해 힘껏 집어던져 산산조각을 냈다. 한번도 아버지에게 맞설 용기를 내지 못했던 블랑카 역시 애써 미소를 감추려 하지 않았다.

"우리는 대통령이나 그 누구의 죽음도 축하하지 않을 거예요, 외할아버지!" 알바가 말했다.

부촌의 호화로운 저택들에서는 지난 삼 년간 기다려왔던 샴페인 병을 터뜨려 새 질서를 위해 건배를 들었다. 한편 가난한 동네 위로는 헬리콥터들이 마치 다른 세상에서 날아온 파리 떼처럼 밤새 윙윙거리며 날아다녔다.

아주 늦게, 거의 새벽이 다 되어 전화벨이 울렸다. 알바가 그때까지 잠들지 않고 있었기 때문에 얼른 전화를 받으러 달려갔다. 그녀는 미겔의 목소리를 듣고는 한결 안심이 되었다.

"내 사랑, 드디어 시간이 됐어. 이제는 날 찾지도 말고 기다리지도 말아. 너를 사랑해." 미겔이 말했다.

"미겔! 나도 너랑 같이 가고 싶어!" 알바가 흐느껴 울었다.

"어느 누구에게도 내 얘기는 꺼내지 마. 내 친구들도 만나지 말고. 수첩이나 메모 등, 나와 관련된 건 모두 없애버려. 널 영원히 사랑할 거야. 잊지 마, 내 사랑." 미겔은 이렇게 말하고 전화를 끊었다.

통행 금지령은 이틀이나 계속되었다. 알바는 그 기간이 마치 영원처럼 길게 느껴졌다. 라디오에서는 군가가 끊임없이 흘러나왔고, 텔레비전에서는 오직 국내 풍경과 만화만 계속 이어졌다. 하루에도 몇 번씩 군사 정부의 네 장군들이 텔레비전에 나와서는 국가 문장과 국기를 배경으로 앉아 여러 가지 포고문을 발표했다. 이제 그들이 국가의 새 영웅이 되었다. 거리를 배회하는 자는 누구든 막론하고 사살한다는 명령에도 불구하고, 트루에바 상원의원은 거리를 가로질러 이웃집의 축하 파티에 참석했다. 그 구역은 소요가 예상되는 지역이 아니었기 때문에 거리를 순찰하는 정찰차들은 소란한 파티에도 전혀 개의치 않았다. 블랑카는 자기 평생 가장 지독한 두통을 앓고 있다고 선언하고는 자기 방에 들어가 꼼짝도 하지 않았다. 밤중에 엄마가 부엌을 뒤지는 소리를 들은 알바는 엄마의 배고픔이 두통을 이겨냈다고 생각했다.

알바는 절망 상태에 빠져 집 안을 배회하면서 하이메 외삼촌의 책의 미로와 자신의 책장에 있는 책들을 뒤져 조금이라도 화근이 될 만한 것들은 모두 없애며 이틀을 지냈다. 그건 마치 성물(聖物) 절도와도 같았다. 알바는 나중에 외삼촌이 돌아오면 불같이 화를 낼 테고, 자신에 대한 믿음을 모두 잃어버릴 거라고 확신했다. 알바는 또한 친구들의 전화번호가 적힌 수첩도 모두 없애버렸다. 보물처럼 소중히 간직해 왔던 연애편지와 미겔의 사진마저 모두 없애버렸다. 무심한 하인들은 따분해하면서 통행금지 기간 내내 고기만두인 엠파나디야를 만들어 먹으면서 시간을 보냈다. 단지 요리사만이 끊임없이 울면서 소식이 끊긴 남편과 연락되기를 애타게 기다렸다.

사람들이 밖에 나가 식료품을 구할 수 있도록 통행금지가 몇 시간 해제되었다. 그때 블랑카는 지난 삼 년 동안 구경도 못했던 물건들로 가게마다 가득 차고, 더군다나 무슨 마술처럼 유리 진열장에 진열되어 있는 모습을 보고는 깜짝 놀랐다. 손질된 닭고기가 무더기로 쌓여 있었다. 비록 자유 가격이 선포되어 가격이 이전의 세 배로 뛰어올랐지만 사고 싶은 것은 마음껏 살 수 있었다. 사람들은 그 닭고기 더미를 마치 처음 보는 것처럼 신기한 눈초리로 빤히 바라보았다. 그러나 다들 여유가 없었기 때문에 사는 사람은 별로 없었다. 사흘 뒤에는 고기 썩는 냄새가 시내에 있는 가게마다 진동했다.

군인들은 오랫동안 정부의 전복을 갈망해 왔던 사람들의 환호를 받으며 잔뜩 흥분해서 거리를 순찰했다. 그들 중 몇몇은 지난 며칠 동안의 폭력으로 대담해져, 분명한 반항의 상징인 긴 머리나 턱수염을 기른 남자들을 구속하고, 긴 바지를 입은 여자들을 세워놓고 가위로 옷을 갈기갈기 찢어버렸다. 그들은 질서와 도덕과 품위를 바로 세워야 할 책임감을 느끼고 있었다. 새 정부는 자신들은 그런 과격한 행동과는 전혀 무관하며, 턱수염이나 바지를 자르라고 명령 내린 적이 없다며 오리발을 내밀었다. 그건 아마도 군인으로 변장한 공산주의자들이 군대를 중상모략하고 시민들이 군대를 증오하도록 저지른 소행일 거라고 발표했다. 그들은 턱수염이나 바지는 금지된 것이 아니지만, 그래도 역시 남자는 면도를 하고 머리를 짧게 하는 편이, 여자는 치마를 입고 다니는 편이 더 좋다고 말했다.

대통령이 죽었다는 소문이 퍼졌지만 그가 자살했다는 공식 발표를 믿는 사람은 아무도 없었다.

나는 사태가 좀 진정될 때까지 기다렸다. 군사 쿠데타 사흘 뒤, 나는 국회 차를 타고서 국방부로 향했다. 아무도 나에게 새 정부에 참여해 달라고 초대하지 않은 게 내심 놀라웠다. 내가 마르크스주의자들의 최대의 적이며, 공산 독재에 최초로 반대한 사람이고, 또 오직 군대만이 나라가 좌익의 손아귀로 떨어지는 것을 막을 수 있다고 공공연하게 외치고 다녔다는 것은 누구나 다 아는 사실이었다. 또한 군 최고 사령부와 거의 모든 접촉을 담당했고, 양키들과 다리를 놓아 내 이름과 재산을 이용해 무기를 구입하기도 했다. 다시 말하면 나는 다른 누구보다 더 큰 위험을 떠안은 사람이었다.

내 나이가 되면 정치권력에는 아무런 관심도 없어진다. 그러나 지난 세월 내가 많은 요직을 두루 거쳤고, 누구보다도 이 나라가 무엇을 필요로 하는지 잘 알고 있었기 때문에 나는 그들에게 조언을 해줄 수 있는 몇 안 되는 사람들 중의 하나였다. 대령 몇 명이 즉흥적으로 모여서, 충성스럽고 정직하고 노련한 고문들도 없이 뭘 해낼 수 있단 말인가! 괜히 일만 더 복잡하게 꼬일 것이다. 아니면 실제 일어나고 있듯이, 자기네 배 속을 채우는 데 급급한 약삭빠른 놈들한테 이러한 상황을 이용당하고 말 것이다. 그 당시에는 사태가 그렇게 돌아가리라고 짐작한 사람은 아무도 없었다. 우리는 군사 개입이 건전한 민주주의로 돌아가기 위해 필요한 조치라고 생각했을 뿐이다. 바로 그 때문에 나는 당국자들과 협력하는 게 아주 중요한 일이라고 생각했던 것이다.

나는 국방부에 도착해서는 건물이 아예 쓰레기장이 된 것을 보고 깜짝 놀랐다. 청소 당번병들이 바닥에 물을 끼얹어 수세미로 닦고 있었고, 벽은 총구멍으로 벌집이 되어 있었다. 진짜 전쟁터 한가운데에 있거나, 지붕에서 적이 뚝 떨어지기라도 할까 봐 걱정이 되는지 병사들이 몸을 잔뜩 웅크린 채 사방을 뛰어다녔다. 나는 거의 세 시간을 기다린 끝에 겨우 장교라도 만나볼 수 있었다. 처음에는 상황이 혼란스러워서 그들이 나를 알아보지 못하고 불손하게 구는 거라고 생각했지만 나도 곧 사태를 파악하게 되었다. 지저분하게 면도를 한 장교가 군복 위 단추를 풀어헤치고 장화 신은 발을 책상 위에 올려놓고는, 기름기 낀 샌드위치를 한 입 깨물어 씹으며 나를 맞았다. 그는 내 아들 하이메에 대해 물을 겨를도, 나라를 구한 군인들의 영웅적인 행위에 찬사를 보낼 겨를도 주지 않았다. 대신 국회가 해산되면서 의원들에게 주어지던 부가 혜택도 모두 중지되었다며 느닷없이 내 차의 열쇠를 내놓으라고 윽박시를 뿐이었다. 나는 깜짝 놀랐다. 그제야 그들이 우리가 바라는 것처럼 국회 문을 다시 열 생각이 없다는 것이 확실해 졌다. 그는 다음 날 오전 11시에 공산주의에 승리한 것을 신께 감사하기 위해 국가가 주관하는 구국 감사 미사에 참석하러 대성당에 나오라고 내게 말했다. 아니, 내게 명령했다.

"대통령이 자살했다는 게 정말이오?" 내가 물었다.

"가버렸소." 그가 나에게 대답했다.

"가다니? 어디로?"

"지옥밖에 갈 데가 더 있겠소!"

그가 한바탕 웃어 젖혔다.

나는 운전기사의 부축을 받아 당혹스러운 마음을 가라앉히며 거리로 나왔다. 우리는 집에 갈 방법이 없었다. 택시도 버스도 없는 데다가, 나 또한 너무 늙어서 걸어갈 수도 없었다. 다행히 지프차를 타고 지나가던 특수 경찰들이 나를 알아보고 차를 세웠다. 손녀딸이 말한 대로 나는 성깔 고약한 늙은 까마귀처럼 늘 시커먼 상복에 은지팡이를 짚고 다녀서 절대 혼동할 수 없기 때문에 언제나 사람들이 금세 알아보았다.

"타십시오, 의원님." 한 중위가 말했다.

그들은 우리가 지프차에 올라타도록 도와주었다. 특수 경찰들은 피곤해 보였다. 언뜻 봐도 한숨도 자지 못한 것 같았다. 그들은 지난 사흘 동안 블랙커피와 알약으로 버티면서 눈한번 붙이지 못하고 도시를 순찰하며 다니는 중이라고 했다.

"서민 지역이나 도시 근교 공장 지역에서 어떤 저항이라도 있었나?" 내가 물었다.

"거의 없었습니다. 사람들은 조용합니다." 중위가 말했다. "한시라도 빨리 사태가 정상으로 돌아갔으면 좋겠습니다, 의원님. 우리는 이 일이 내키지 않습니다. 아주 더러운 일입니다."

"그런 말 하지 말게나. 자네들이 먼저 선수 치지 않았으면 공산주의자들이 쿠데타를 일으켰을 걸세. 그랬다면 여기에 있는 나나 자네들, 그리고 오만 명이나 되는 사람들은 벌써 죽었을 거야. 내가 알기로는 그놈들이 독재를 펼칠 음모를 꾸미고 있었다던데, 안 그런가?"

"저희가 듣기로는 그랬습니다. 그렇지만 제가 사는 동네에서도 많은 사람들이 체포되었습니다. 이웃 사람들이 저를 곱게 보지 않아요. 제 부하들도 똑같은 경우를 겪었습니다. 그러나 명령은 따라야지요. 조국이 우선이니까요, 안 그렇습니까?"

"그럼, 그렇지. 나도 현재 상황이 유감스럽다네, 중위. 그러나 다른 방법이 없어. 체제가 완전히 썩어 문드러졌어. 만일 자네들이 무기를 들지 않았더라면 이 나라는 대체 어떻게 되었을까?"

하지만 사실 나는 그런 확신이 서지 않았다. 사태가 원래 우리가 계획했던 대로 돌아가지 않고, 점점 우리의 능력 밖으로 벗어나고 있다는 불길한 예감이 들었다. 하지만 그때는 사흘 가지고는 나라가 정상으로 돌아갈 수 없으며, 국방부에서 나를 맞았던 그 무례한 장교는 군대 내부에서도 몇 안 되는 극소수일 거라고 생각하면서 불안한 마음을 나 혼자 속으로 삭였다. 나를 집까지 데려다 준 신중한 중위 같은 사람들이 대부분이리라 생각했다. 나는 곧 질서가 회복될 거라고 믿었다. 처음 며칠간의 긴박한 상황이 일단 진정되고 나면 군대 고위 장교가 곧 나에게 연락을 취할 거라고 믿었다. 나는 우르타도 장군을 찾아갔어야 했는데 하고 후회했다. 그를 생각해서 찾아가지 않은 것이었지만, 사실 자존심 때문에 그랬던 점도 있음을 인정하지 않을 수 없다. 제대로 된 경우라면 내가 그를 찾아갈 게 아니라, 그가 나를 찾아왔어야 했다.

나는 이 주가 지나서야 내 아들 하이메의 죽음에 대해 알게 되었다. 그 무렵은 사람들이 사망자들과 행방불명된 자들을 찾아 헤매고 다니는 모습을 보면서 승리에 도취된 기분도 다 사라져버린 후였다. 어느 일요일 한 병사가 조용히 우리 집에 나타나, 부엌에서 블랑카에게 자기가 국방부에서 목격한 것과 다이너마이트로 폭파시킨 시체에 대해 아는 대로 모두 털어놓았다.

"델 바예 의사 선생님께서 저희 어머니의 목숨을 구해 주셨습니다." 병사가 손에 전투 헬멧을 들고 바닥을 내려다보면서 말했다.

"그래서 제가 여기에 와서 선생님이 어떻게 돌아가셨는지 전해 드리는 겁니다."

블랑카가 병사가 하는 말을 와서 들으라며 나를 불렀다. 하지만 나는 그의 말을 믿을 수가 없었다. 군사 쿠데타가 일어나던 날 하이메가 대통령 궁에 있을 이유가 없었기 때문에 나는 그가 사람을 착각한 것이며, 보일러실에서 본 사람은 하이메가 아닌 다른 사람일 거라고 말했다. 만에 하나 아들이 쫓기는 신세가 되었다 해도 국경을 넘어 외국으로 용케 빠져나갔거나, 아니면 어느 대사관에 안전하게 피신해 있을 거라고 확신했다. 하지만 하이메의 이름은 당국이 찾는 사람들의 리스트에도 올라가 있지 않았기 때문에 하이메를 걱정할 필요가 없다고 단정 지었다.

사실 많은 시간이, 그러니까 몇 달이 지나고 나서야 나는 그 병사의 말이 사실이었다는 것을 깨달았다. 나는 삭막한 고독 속에서 서재의 팔걸이의자에 앉아 아들을 기다렸다. 클라라를 애타게 불렀을 때처럼 시선을 문턱에 고정한 채 혼신을 다해 아들을 불렀다. 내가 수도 없이 애타게 이름을 부르자 마침내 하이메가 모습을 드러냈다. 그러나 아들은 피가 말라붙은 넝마 조각을 걸치고, 왁스 칠을 한 바닥 위로 치렁치렁 매단 쇠사슬을 질질 끌며 나타났다. 그래서 나는 병사가 전해준 그대로 아들이 죽었다는 것을 알 수 있었다. 그러고 난 후에야 비로소 나도 독재 운운하기 시작했다.

하지만 손녀딸 알바는 나보다 훨씬 전에 독재자의 진면모를 알아차렸다. 알바는 여러 장군과 군인들 중에서 그를 알아보았다. 클라라의 직관을 물려받은 덕에 한눈에 그를 알아보았던 것이다. 그는 농부처럼 투박하고 평범한 외모에 말도 별로 없고 겸손해 보이는 사람이었다. 그래서 나중에 그가 황제처럼 으리으리한 망토를 걸치고 나타나 사검(四劍) 기념물의 낙성식을 거행할 때는 그를 알아보는 사람이 얼마 되지 않았다. 환호성을 지르게 하기 위해 트럭으로 동원되어 나온 군중에게 그가 팔을 올려 조용히 하라는 포즈를 취하며, 황제와 같은 콧수염을 거만하게 휘날릴 때는 완전히 다른 사람이었다. 그 사검 기념물의 꼭대기에서는 횃불이 영원히 타올라 조국의 운명을 밝혀줘야 했다. 그렇지만 외국인 기술자들의 실수로 불꽃 한번 일지 않고, 천둥 칠 때 하늘에 찌뿌듯한 구름층이 형성되듯 짙은 연기만 났다.

내 방식이 잘못되었다는 생각이 들기 시작했다. 어쩌면 그 방법이 마르크스주의를 무너뜨리기 위한 최선책이 아니었을지도 모른다는 생각이 들기 시작했다. 더 이상 나를 필요로 하는 사람들이 없었기 때문에 나는 점점 더 외로워졌다. 이젠 자식들도 내 곁에 없고, 침묵만 지킨 채 무관심한 태도로 일관하는 클라라는 허깨비 같았다. 이제는 알바도 하루하루 멀어져갔다. 나는 알바를 집에서 거의 볼 수가 없었다. 알바는 다 구겨진, 끔찍한 긴 면 스커트를 입고 로사와 같은 아름다운 초록색 머리카락을 휘날리며 내 곁을 섬광처럼 휙 스쳐 지나갔다. 손녀딸은 제 외할머니와 꿍꿍이속을 꾸미며 뭔가 이상한 일을 저지르고 다니느라 분주했다. 분명히 둘이서 나 모르게 무슨 일을 벌이고 있는 게 확실했다. 손녀딸은 티푸스 전염병이 돌았을 때 다른 사람들의 고통까지 죄다 떠맡으려 했던 클라라를 떠올리게 했다.

알바는 하이메 외삼촌의 죽음을 오랫동안 슬퍼할 겨를이 없었다. 다른 사람들이 알바를 너무나도 절실히 필요로 했기 때문에 그 일에 온 힘을 쏟느라 자신의 슬픔은 뒤로 미뤄 둘 수밖에 없었다. 알바는 쿠데타 이후 두 달이 지나도록 미 겔을 보지 못했기 때문에 그 역시 죽었을지도 모른다는 생각 이 들었다. 그렇지만 미겔을 찾지는 않았다. 그 점에 대해서는 미겔이 당부해 둔 말도 있었고, 당국자들이 찾는 리스트에 그 의 이름이 올랐다는 얘기를 들었기 때문이었다. 그래서 알바 는 희망을 걸었다. '그들이 미겔을 찾는 한 미겔은 살아 있어.' 라고 생각했던 것이다. 알바는 미겔이 생포당할지도 모른다는 생각에 가슴 졸였다. 그래서 외할머니의 영혼을 부르며 그런 일이 일어나지 않게 해달라고 애타게 기원했다.

"차라리 미겔이 죽은 걸 보는 게 천 배는 낫겠어요, 외할머 니." 알바가 간청했다.

알바는 나라 안에서 무슨 일이 벌어지고 있는지 알고 있었 다. 때문에 그녀는 밤낮으로 마음을 졸이며 다녔고, 손을 벌 벌 떨었다. 누군가 붙잡혔다는 얘기를 들으면 머리부터 발끝 까지 마치 페스트에 걸린 사람처럼 붉은 반점이 돋아났다. 하 지만 사람들이 그 얘기에 대해서는 알고 싶어 하지도 않았기 때문에 같이 얘기를 나눌 사람도 없었다. 더더군다나 외할아 버지와는 얘기할 수가 없었다.

그 끔찍했던 화요일 이후 알바에게는 세상이 갑자기 변해 버렸다. 계속 살기 위해서는 감정을 추슬러야 했다. 알바는 자 기가 가장 사랑했던 사람들, 즉 하이메 외삼촌과 미겔 외에도 다른 많은 사람들을 다시 보지 못하게 되리라는 생각을 받아 들여야 했다. 알바는 그 일에 대해 외할아버지를 비난했지만,

그래도 팔걸이의자에 구부정하게 앉아 끊임없이 웅얼거리며 클라라와 아들을 찾는 모습을 본 이후로는 그 불쌍한 노인에 대한 애징이 돌아왔다. 결국 알바는 외할아버지에게 달려가 그를 꼭 껴안고 백발을 쓰다듬으며 위로해 주었다.

알바는 모든 것이 유리로 만들어진 듯하고 한숨처럼 허망하다는 느낌이 들었다. 그 잊을 수 없는 화요일의 기관총 난사와 폭격으로 자신에게 친숙했던 것 대부분이 파괴되었으며, 모두 산산조각이 나 피투성이가 되었다고 생각했다. 하루가 지나고, 일주일이 지나고, 한 달이 지나면서 처음에는 무사히 살아남았다고 생각되었던 것들도 점차 파괴의 조짐이 보이기 시작했다. 알바는 친구들이나 친척들이 자기를 슬슬 피하는 것 같았다. 그녀와 마주치지 않으려고 일부러 길을 건너는 사람도 있었고, 가까이 다가가면 아예 고개를 돌리는 사람도 있었다. 알바는 자신이 도망 다니는 사람들을 도와준다는 소문이 퍼졌을 거라고 짐작했다.

사실이 그러했다. 쿠데타 첫날부터 생사의 고비에 처한 사람들을 위해 피난처를 확보하는 일이 가장 시급했다. 알바는 처음에는 그 일을 하다 보면 다른 생각을 할 여유가 없어 미겔을 잊을 수 있었기 때문에 기꺼운 마음으로 시작했지만 곧 장난이 아니라는 것을 깨달았다. 쿠데타 패거리는 마르크스주의자를 신고하고 도망자를 인도하지 않으면 조국에 대한 배신자로 간주하여 그에 응하는 법의 처분을 내리겠다고 시민들에게 경고했다. 알바는 하이메 외삼촌의 자동차를 기적적으로 되찾았다. 차는 하이메 외삼촌이 주차해 두었던 광장에서 일주일 동안 그대로 방치되어 있었는데도 폭격을 기적적으로 비껴갔다. 나중에 알바가 그 사실을 알고는 차를 찾아왔다. 알바는 자신의 일에 도움이 되게 하기 위해 그 차를 다른 차들과 잘 구별되게 하려고 차의 양쪽 문짝에다가 눈에 띄는 노란색으로 큼지막하게 해바라기를 그려 넣었다. 알바는 모든 대사관의 위치와 그 앞에서 보초를 서는 특수 경찰들의 교대 시간, 대사관 담의 높이, 대사관 문의 폭 등을 모두 머릿속에 암기해 두었다.

접선은 보통 길거리에서 낯선 사람이 알바에게 다가와 누군가 피난처를 구하고 있다고 말하면서 불시에 이루어졌다. 알바는 미겔이 보낸 사람일 거라고 추측했다. 그러면 알바가 환한 대낮에 약속 장소로 차를 몰고 가서, 누군가 그녀 차에 그려진 노란 꽃을 알아보고 신호를 보내면 그가 얼른 올라탈 수 있도록 잠시 차를 멈추었다. 그 사람의 이름을 모르는 게 차라리 나았기 때문에 차 안에서는 절대 대화를 나누지 않았다. 적당한 기회를 봐서 그나마 접근하기 쉬운 대사관 앞으로 가 경비병의 눈을 피해 담을 넘을 때까지, 가끔 그 사람과 하루 종일 같이 있어야 할 때도 있었고, 심지어는 하룻밤이나 이틀 밤을 숨겨줘야 할 때도 있었다. 그 방법이 외국의 민주주의 국가들의 소심한 대사관과 복잡한 협상을 벌이는 것보다 훨씬 더 신뢰가 가는 방법이었다.

알바는 자기가 도와주었던 사람들에 대해 아무 소식도 듣지 못했지만, 그들이 떨면서 전했던 고마운 마음은 영원히 간직했다. 그리고 일단 그 일을 마무리 짓고 나면 이번에도 누군가 구제되었다는 생각에 안도의 한숨을 내쉬었다. 알바는 때로 자식들을 떼어놓지 않으려고 하는 여자들을 위해 일한 적도 있었다. 그런 경우에는 알바가 아이들은 나중에 정문으로 데려다 주겠다고 아무리 다짐해도 어머니들은 자식들을 뒤에 남겨두려 하지 않았다. 아무리 소심한 대사라도 그런 요청은 거부할 수 없을 거라고 설득해도 소용이 없었다. 그래서 결국에는 아이들도 대사관 담 너머로 던지거나 창살 사이로 밀어 넣어야 했다. 얼마 지나지 않아 대사관마다 가시 철망과 기관총으로 무장했기 때문에 그 일을 계속할 수는 없었지만, 그래도 알바는 다른 일들로 여전히 바빴다.

알바를 신부들과 접촉시켜 준 사람은 아만다였다. 두 여자는 가끔 만나, 쿠데타 이후 한번도 보지 못했던 미겔에 대해 속삭이고, 울음을 삼키며 하이메를 그리워했다. 하이메가 죽었다는 공식적인 증거가 없었기 때문에 하이메를 다시 볼 수도 있다는 바람이 병사의 이야기보다 더 강하게 작용했던 것이다. 아만다는 다시 골초가 되어 손을 부들부들 떨었으며 시선 또한 불안정했다. 때로 동공이 팽창되고 몸을 굼뜨게 움직였지만 병원 일은 계속했다. 아만다는 배고파서 쓰러져 실려온 환자를 돌보는 일이 자주 있다고 알바에게 말했다.

"죄수나 행방불명된 사람들, 사망자들의 가족은 먹을 게 없어. 실업자들도 마찬가지고. 하루 걸러 겨우 옥수수 한 접시나 먹을까 말까야. 아이들은 너무 배가 고파서 수업 시간에 잠들기 일쑤야."

그리고 아만다는 학교에서 매일 아이들에게 나누어주던 우유와 크래커 배급이 중단되는 바람에 어머니들이 맹물을 끓여 배고픈 아이들을 달래주고 있다고 덧붙였다.

"그나마 그들을 도와주려고 애쓰는 사람은 신부들뿐이야." 아만다가 설명했다. "사람들은 진실을 알고 싶어 하지 않아. 성당에서는 일곱 살 미만의 아이들에게 한 끼의 식사를 주기 위해 일주일에 여섯 번 자선 식당을 열고 있어. 물론 많이 부족하지. 한 아이가 렌즈콩이나 감자를 넣은 음식을 하루에 한 끼 얻어먹을 수 있다면, 다섯 아이는 밖에서 구경만 하고 있어야 하니. 아이들을 두루 다 먹일 수가 없어."

알바는 클라라 외할머니가 빈민가에 가서 정의 대신 자비를 베풀고자 했던 그 옛날로 되돌아갔다고 생각했다. 다만 지금은 자선을 베푸는 일이 다른 사람들의 눈에 좋지 않게 비쳤다. 알바는 쌀 한 봉지나 분유 한 통을 얻기 위해 친구들을 찾아갔을 때 처음에는 대놓고 싫다고 하는 사람이 없었지만, 시간이 흐르면서 그들이 점점 자기를 피한다는 것을 느낄 수 있었다. 처음에는 블랑카가 알바를 도와주었다. 알바가 엄마의 식품 창고 열쇠를 얻어내는 데에는 별 문제가 없었다. 발트해의 게와 스위스 초콜릿을 살 수 있는 상황에서 보통 밀가루나 가난한 사람들이나 먹는 강낭콩을 쌓아두는 것은 아무 쓸데 없는 짓이라며 엄마를 설득했다. 그 물건으로 알바는 잠시나마 사제관의 부엌에 물건을 댈 수 있었다. 그렇지만 알바에게는 그 기간이 너무 짧게만 느껴졌다.

하루는 알바가 자선 식당들 중 한 곳으로 엄마를 데리고 갔다. 애처로운 눈빛으로 자기 차례만을 기다리며 꺼칠꺼칠하고 기다란 나무 탁자에 두 줄로 늘어선 아이들을 본 순간 블 랑카는 울음을 터뜨렸으며, 큰 충격을 받아 이틀 동안 머리가 쪼개지는 듯한 두통에 시달렸다. 블랑카는 딸이 억지로 옷을 입히고 이제 그만 자신을 잊고 외할아버지의 돈을 빼돌려서라 도 도움을 주라고 재촉하지 않았더라면 계속 한탄만 하고 있 었을 것이다. 트루에바 상원의원은 다른 상류층 사람들과 마 찬가지로 그 얘기는 들으려고도 하지 않았다. 그는 감옥에 갇 혀서 고문받는 사람들이 있다는 말을 믿을 수 없었으며, 굶주 리는 사람들이 있다는 얘기도 마찬가지로 믿으려 하지 않았 다. 그래서 알바는 외할아버지에게 의존할 수가 없었다. 그리 고 나중에는 엄마한테도 더는 기댈 수가 없어 좀 더 단호한 조치를 취해야 했다. 외할아버지는 외출해서 멀리 가봤자 클 럽까지가 고작이었다. 그는 좀처럼 시내에 나가지 않았으며, 도시 외곽이나 빈민촌은 더더욱 근처에도 가지 않았다. 그래 서 그는 손녀딸이 전하는 비참한 참상을 공산주의자들이 날 조한 것이라고 쉽게 매도했다.

"빨갱이 신부들 같으니라고!" 트루에바 상원의원이 소리 질 렀다. "결국에는 별의별 말까지 다 듣게 되는군!"

그렇지만 트루에바 상원의원은 밤낮으로 아이들과 여자들 이 집집마다 돌아다니며 문전걸식하는 것을 보고는, 다른 사 람들처럼 아예 그들을 보지 않으려고 문을 닫거나 블라인드 를 내리라는 말은 하지 않았다. 대신, 블랑카에게 매달 주는 생활비를 올려주면서 그들에게 줄 따뜻한 음식을 항상 준비 해 두라고 시켰다.

"이런 상황은 일시적인 것일 뿐이야." 에스테반이 확신했다. "군대가 공산주의자들이 야기한 혼란만 평정하면 이 문제도 다 해결될 거야."

신문들은 오랫동안 눈에 띄지 않던 거지들이 길거리에 나타난 것은 국제 공산주의가 군사 정부의 신뢰를 무너뜨리고 질서와 진보를 사보타주하기 위해 보냈기 때문이라고 보도했다. 보기 흉한 판자촌은 관광객이나 별로 보고 싶어 하지 않는 사람들의 눈에 띄지 않도록 눈 가리고 아웅 하는 식으로 대충 가려졌다. 아름답게 단장된 정원들과 가로수 화단들이 하룻밤 새에 마술처럼 나타났다. 평화로운 봄이라는 환상을 심어주기 위해 실업자들을 동원해서 만든 것이었다. 정치성이 짙은 비둘기를 그려놓은 담벼락에는 흰 페인트칠을 했으며, 정치 포스터들은 완전히 떼어버렸다. 누구라도 공공장소에 정치적 메시지가 담긴 글을 썼다가는 그 자리에서 기관총으로 사살당했다.

거리는 깨끗하고 질서 정연하고 조용해졌으며, 상가들도 다시 영업을 시작했다. 거지 아이들도 곧 자취를 감추었다. 알바는 떠돌이 개나 쓰레기 더미 역시 사라졌다는 것을 알 수 있었다. 투기꾼들은 군법에 의해 제지당했으며 이를 어길 시에는 총살까지 당했기 때문에 대통령 궁이 폭격받던 바로 그 순간 암시장도 막을 내렸다. 상점에는 이름도 들어보지 못한 물건이나, 전에는 부자들만이 밀수로 구할 수 있었던 물건이 팔리기 시작했다. 도시가 그토록 아름다웠던 적은 일찍이 한번도 없었다. 중상류층이 그렇게 행복했던 적도 없었다. 그들은 위스키를 원하는 대로 마음껏 살 수 있었으며, 자동차도 신용으로 구입할 수 있었다.

처음 며칠간은 애국심에 부푼 여자들이 국가 재건에 보태라며 패물을 들고 군부대를 찾아왔다. 심지어는 결혼반지까지 들고 온 여자들도 있었는데, 그에 대한 보상으로 국가 문장이 새겨진 구리 반지를 받았다. 블랑카는 엄마가 남겨준 보석들을 넣어둔 울 양말을 아버지가 당국자들에게 넘기지 못하도록 눈에 띄지 않는 곳에 깊숙이 숨겨두어야 했다. 거만한 사회계층이 새로이 태어났다. 한밤중의 반딧불처럼 반짝이는 화려하고 이국적인 외제 드레스를 입은 세련된 여자들은 자부심 넘치는 새로운 경제 주역들의 팔짱을 끼고 연회장을 활보하고 다녔다. 군인 계층이 급부상하면서 순식간에 요직이란 요직은 모두 차지했다. 전에는 식구들 중에 군인이 있으면 수치로 여기던 사람들도 이제는 자기 자식을 사관학교에 밀어 넣기 위해 연줄을 찾느라 혈안이 되었으며, 군인이라면 더 물어보지도 않고 딸을 내주었다. 나라 전체는 제복을 입은 사람들과 전쟁 무기, 깃발, 찬양가와 군대 행렬로 가득 찼다. 군인들은 민중이 자신들만의 상징물과 의식을 필요로 한다는 것을 잘 알고 있었다. 원칙적으로 그런 것들을 경멸하던 트루에바 상원의원은 클럽에 모였던 친구들이 공산주의에는 마술적인 면이 없기 때문에 라틴 아메리카에서 절대 승산이 없다고 했던 말을 그제야 이해했다.

"사람들은 고작해야 빵과 서커스, 그리고 뭔가 숭배할 게 있으면 그만이야."

트루에바 상원의원은 빵이 부족한 걸 마음속으로 안타까워하며 이렇게 결론지었다.

민중이 전 대통령의 죽음을 더는 애도하지 못하도록 전 대통령의 좋은 이미지를 송두리째 없애기 위한 공작이 시작되었다. 전 대통령의 집을 '독재자의 궁전'이라 칭하고는 그 집을 시민들이 구경할 수 있도록 개방했다. 사람들은 옷장 안까지 구경하며 대통령에게 고급 스웨이드 재킷이 엄청나게 많았던 것을 보고 놀랐으며, 서랍 안까지 뒤지기도 하고, 쿠바 산 럼주와 설탕이 자루째 보관된 창고까지 샅샅이 구경할 수 있었다. 그리고 전 대통령이 바코스 신처럼 옷을 입고 머리에는 포도 줄기로 된 화관을 쓰고 풍만한 여자들과 건장한 남자들과 어울려 난잡한 섹스 파티를 벌이며 흥청대는 모습을 담은, 조잡하게 조작된 사진들이 돌아다녔다. 심지어 트루에바조차도 그 사진이 진짜라고는 생각하지 않았다.

"이건 해도 너무하는군. 도가 지나쳤어." 트루에바 상원의원이 그 사진을 보며 중얼거렸다.

군부가 펜을 휘둘러 세계 역사도 바꿔놓았다. 그 체제가 인정하지 않는 사건이나 사상, 역사적 인물은 모두 지워버렸다. 그들은 북아메리카가 자기네들의 위대한 조국 위에 존재해야 할 이유가 없다며 지도까지 바꿔놓기도 했다. 아래쪽으로 뒤집어 놓는 편이 더 근사해 보였던 것이다. 그리고 한술 더 떠서 아시아와 아프리카까지 뻗은 영해 지역을 온통 감청색으로 칠했으며, 자기네들 마음대로 국경을 조작해서 먼 나라의 땅까지 지도상으로는 자기네 나라의 영토로 만들었다. 그러다가 결국에는 이웃 나라들이 참다못해 유엔에 항의하고, 탱크와 전투기를 몰고 쳐들어가겠다며 위협하기에 이르렀다.

검열은 처음에는 대중 매체에만 국한되었지만 곧 교과서와 노래 가사, 영화 내용, 심지어 개인적인 대화까지 확대되었다. '동무'와 같은 말은 군부에 의해 일체 사용이 금지되었으며, '자유'나 '정의', '노조'와 같은 단어는 사전에서 삭제되지는 않았지만 혹시나 하는 우려 때문에 사람들의 입에 오르내리지 않았다. 알바는 어디서 그렇게 많은 파시스트들이 하룻밤 사이에 쏟아져 나왔는지 궁금했다. 그 나라의 오랜 민주주의의 역사에서 파시스트들이 특별히 눈에 띈 적은 별로 없었다. 2차 세계대전 중에 검은 셔츠 차림으로 거수경례하듯 팔을 들고 행진하던 과열분자 몇 명을 제외하고는 거의 존재하지 않았다. 그들은 사람들에게서 온갖 야유와 비웃음을 받으며 거리를 행진했으며, 국내에서는 별다른 영향력을 행사하지 못했다.

알바는 군인들의 행동 역시 이해할 수가 없었다. 그들 대부분이 중간 계급이나 노동자 계급 출신이기 때문에 역사적으로는 극우 쪽보다는 좌파에 더 가까웠다. 알바는 나라가 왜 내전 상태에 있는지 이해하지 못했다. 그리고 전쟁은 군인들의 작품으로, 그들이 받은 훈련의 결정체이자 그들 직업의 빛나는 훈장이라는 것도 깨닫지 못했다. 군인들은 평화 시에는 빛을 발할 수가 없었다. 쿠데타는 군인들이 병영에서 받았던 훈련과 맹목적인 복종, 무기 사용법, 그리고 일단 양심의 가책을 외면하고 나면 습득이 가능한 다른 기술들을 실제로 실험해 볼 수 있는 기회를 마련해 주었다.

　사고의 문을 열어주는 다른 학부들과 마찬가지로 철학부도 폐쇄되었기 때문에 알바는 학업을 그만두어야 했다. 그리고 그와 같은 상황에서는 첼로도 분에 넘치는 것 같아 음악도 그만두었다. 많은 교수들은 비밀 경찰의 수중에 있는 블랙리스트에 따라 해고되거나 체포되거나 행방불명이 되었다. 세바스티안 고메스 교수는 자기 제자들에게 밀고되어 첫 번째 수색 작업에서 살해당했다. 대학에는 첩자들이 우글거렸다.

　중상류층과 경제적 실권을 거머쥔 자들, 곧 쿠데타의 편에 섰던 이들은 신나서 어쩔 줄을 몰라 했다. 처음에는 독재를 받아본 적도 없고, 독재가 어떤 것인지도 몰랐기 때문에 상황의 추이를 지켜보며 약간 겁을 먹기도 했다. 민주적 자유의 상실이 일시적 현상이며, 정부가 기업의 자유를 존중하는 한은 개인이나 단체의 권리가 무시되어도 얼마 동안은 지닐 수 있을 거라고 믿었다. 그들은 또한 자기네들을 라틴 아메리카의 다른 독재자들과 같은 부류로 몰아넣는 국제적인 비난에도 별로 개의치 않았다. 마르크스주의를 몰아내기 위해 약간의 대가를 치렀다고 생각할 뿐이었다. 외국의 투자 자본이 국내 금융계로 밀려 들어오자 그들은 당연히 새 체제가 안정되어서 그런 거라고 생각했다. 그러나 국내로 유입되는 돈에는 이자가 두 배로 매겨진다는 사실은 묵과했다. 대부분의 국내 산업이 하나 둘씩 문을 닫고, 상인들이 파산하고, 소비 제품이 막대한 수입 물량으로 경쟁력을 잃어갈 때 그들은 브라질 산

오븐과 대만 산 직물, 일본 산 오토바이가 이제껏 국내에서 생산된 그 어느 제품보다 우수하다며 좋아했다.

그들은 국영화 삼 년 만에 광산 개발권을 미국 회사에게 넘겨주었을 때만 나라를 셀로판지에 곱게 포장해서 통째로 넘겨주는 것과 다를 바 없다며 이의를 제기했을 뿐이었다. 그렇지만 토지 개혁으로 분할되었던 땅이 다시 원래 소유자에게 반환되면서 그 불만은 잠잠해졌다. 다시 옛날로 돌아가는 것 같아 안심이 되었던 것이다. 그들은 오직 독재 체제만이 구차한 설명 없이 강제적인 물리력을 행사하여 자기네들의 특권을 보장해 줄 수 있다는 것을 깨달았다. 그래서 더는 정치에 대해 왈가왈부하지 않았다. 자기네들은 경제적 실권을 쥐고, 통치는 군인들이 하면 된다는 생각을 받아들였다. 우파의 유일한 임무는 군대가 새로운 법령과 법률을 제정할 때 조언해 주는 것뿐이었다.

며칠 지나지 않아 노동조합은 완전히 해산되었다. 노조 지노사들은 감옥에 갇히거나 살해되었으며, 다른 정당들은 아무런 목소리도 내지 못했고, 대학생이나 노동자 조직, 심지어 직업학교까지도 해산되었다. 집회는 일체 금지되었다. 유일하게 사람들이 모일 수 있도록 허용된 곳은 성당뿐이었다. 그래서 종교가 급속도로 번지게 되었다. 신부와 수녀들은 길 잃은 양들의 세속적인 욕구를 만족시켜 주기 위해 자신들의 영적인 의무를 미뤄야만 했다. 정부와 기업가들은 신부들을 강력한 적으로 간주하게 되었으며, 그래서 몇몇 사람들은 로마 교황이 추기경을 해임시켜 미친 신부들을 위한 수용소에 보내려 하지 않자 그 추기경을 죽여서 문제를 해결하는 꿈을 꾸기도 했다.

중산층 대부분은 군사 쿠데타에 동조했다. 그들에게는 그것이 법과 질서, 여자는 치마를 입고 남자는 짧은 머리를 하고 다니는 미풍양속으로의 복귀를 의미했다. 그러나 곧 그들은 높은 인플레와 일자리의 부족으로 끔찍한 고통을 겪기 시작했다. 월급으로는 먹을 것을 사기에도 턱없이 부족했다. 어느 집이든 슬픔으로 고통받는 사람이 한 명씩은 꼭 있었다. 그리고 이제는 누군가 감옥에 잡혀 들어갔거나 죽었거나 망명을 갔어도 예전처럼 그럴 만한 이유가 있어서 그랬겠지라고 말하지 못했다. 고문이 자행되고 있다는 소문도 더는 부인하지 못했다.

사치품을 파는 상점과 거대한 금융 회사, 이국적인 레스토랑과 수입상은 번창한 반면, 실업자들은 최저 임금을 받고서라도 일할 수 있는 기회를 얻기 위해 공장 문밖에서 긴 행렬을 이루었다. 노동자들은 노예 신세로 전락했고, 농장 주인들은 수십 년 만에 처음으로 해직 수당을 한 푼도 지불하지 않고 마음대로 노동자들을 해고하거나, 조금만 반항해도 감옥에 보낼 수 있게 되었다.

처음 몇 달 동안은 트루에바 상원의원도 자기 계층 사람들과 마찬가지로 기회주의에 편승했다. 그는 절대 벗어나서는 안 되었던 원래의 궤도로 나라를 되돌려 놓기 위해서는 독재 기간이 어느 정도는 필요하다고 확신했다. 그는 처음으로 토지를 되돌려 받은 소유주들 중의 하나였다. 트레스 마리아스가 황폐해져서 돌아오기는 했지만, 단 한 평도 줄어들지 않고 예전 그대로였다. 그는 이 년 넘게 분을 삭이며 이 순간만을 기다려왔있다. 그는 두 번 생각할 것도 없이 깡패들을 여섯 명이나 고용해 시골로 가서, 감히 자신에게 대들어 땅을 빼앗았던 농민들에게 직성이 풀릴 때까지 복수했다.

그들은 크리스마스가 되기 전 어느 화창한 일요일 날 아침에 그곳에 도착했다. 그들은 해적 떼처럼 요란하게 농장에 들어섰다. 깡패들은 사방으로 쫙 흩어지더니 소리를 지르며 사람들에게 달려들어 때리고, 발로 걷어찼다. 그러고는 사람이나 동물이나 할 것 없이 모두 뜰에 모아놓고, 한때는 트루에바의 자랑거리였던 작은 벽돌집들에 기름을 붓고 집 안에 있는 것들을 모두 불에 태웠다. 가축은 모두 총으로 쏴서 죽였다. 경작지와 닭장, 자전거, 심지어 갓난아이 요람까지 모두 불에 태웠다. 대낮에 벌어진 악마의 축제를 보고 늙은 트루에바는 너무 좋아서 숨이 넘어갈 것만 같았다.

그는 소작인들을 모두 해고시키고는, 만에 하나 자기 토지 근처를 배회하다가 눈에 띄는 날에는 그들도 가축들과 같은 운명에 처하게 될 거라고 경고했다. 트루에바는 소작인들이 길고 슬픈 행렬을 이루며 몇 세대를 살아온 땅을 뒤로하고 발을 질질 끌면서 먼지투성이 길을 떠나는 모습을 지켜보았다. 그들은 자식들과 늙은 부모들을 데리고, 총격에서 살아남은 개 몇 마리와 지옥에서 간신히 구출한 암탉 몇 마리를 데리고 이전보다 더 가난해져서 떠났다. 트레스 마리아스의 농장 입구에는 간절한 눈빛을 가진 비참한 사람들이 한 무리 모여 있었다. 그들 또한 농장에서 쫓겨난 농민들로 다가오는 추수 때 일자리를 얻기 위해 토지 소유주에게 사정하려고 옛날 자신들의 조상이 그랬던 것처럼 비굴하게 찾아온 것이었다.

그날 밤 에스테반 트루에바는 근래 몇 년 동안 자본 적이 없던 낡은 저택에서 부모님의 소유였던 연철 침대에 누웠다. 몸은 몹시 피곤했으며, 썩는 악취가 진동하지 않도록 가축들을 태운 노린내와 불에 그슬린 탄 냄새가 아직도 계속 코를 찔렀다. 벽돌집들 중 일부는 아직도 불길에 휩싸여 있었다. 그의 주변에는 곳곳에 죽음과 파괴만이 있었다. 그렇지만 목초지도 그대로 있고 자신의 기력도 마찬가지였기 때문에 에스테반은 예전에 그랬던 것처럼 다시 농장을 일으킬 수 있을 거라고 자신했다. 마침내 복수를 했다는 쾌감에도 불구하고 그는 잠을 이룰 수가 없었다. 마치 아이들을 너무 심하게 벌준 아버지 같은 심정이었다. 그날 밤 내내 에스테반은 자기 땅에서 태어난 농민들이 고속도로를 따라 멀어져가는 모습이 눈앞에 아른거렸다. 그는 고약한 자기 성질을 원망했다. 그는 그 주 내내 잠을 이룰 수가 없었다. 그리고 간신히 잠들었을 때에는 로사 꿈을 꾸었다.

에스테반 트루에바는 자기가 한 일을 아무에게도 말하지 않겠다고 작정하고, 옛날처럼 트레스 마리아스를 모범 농장으로 만들어놓겠다고 스스로 다짐했다. 그는 소작인들이 되돌아오면 확실한 조건하에 받아들이겠다는 입 소문을 퍼뜨렸지만 아무도 돌아오지 않았다. 소작인들은 시골로, 산 너머로, 해안선을 따라 뿔뿔이 흩어졌다. 광산을 찾아 걸어서 떠난 사람들도 있었고, 남쪽 섬으로 향한 사람들도 있었다. 식구들을 먹여 살릴 수 있는 일이라면 무엇이든 닥치는 대로 하기 위해 일자리를 찾아 떠났다. 에스테반 트루에바는 자신을 혐오스러워하며 전보다 훨씬 더 늙은 모습으로 수도로 돌아왔다. 마음이 심히 무거웠다.

'시인'은 바닷가에 있는 그의 집에서 죽어가고 있었다. 원래 지병을 앓고 있었는데 근래의 사건들로 살아갈 의욕마저 상실한 것이다. 군인들이 시인의 집을 급습해 달팽이나 조개껍데기, 나비, 병 등을 수집해 놓은 것을 다 헤집어놓았고, 여러 군데 바다에서 건져온 선박 장식품과 책, 그림, 미완성 시를 모조리 뒤졌다. 반란용 무기와 도망친 공산주의자들을 찾겠다며 벌인 수색이었지만 결국은 시인의 늙은 심장에 타격만 주었다. 시인은 수도로 옮겨진 뒤 나흘 후에 세상을 하직했다. 삶을 노래했던 시인이 마지막으로 남긴 말은 "그들을 쏴 죽일 거야! 그들을 쏴 죽일 거야!"였다.

시인의 친구들 중 어느 누구도 그의 임종을 지켜주지 못했다. 그들 대부분은 법망을 피해 도망다니거나 망명을 떠나 있었고, 그도 아니면 이 세상 사람이 아니었다. 구릉 지대에 있는 그의 푸른색 집 절반이 폐허가 되었고, 마루가 불탔으며, 창문은 모두 깨졌다. 이웃 사람들의 말대로 군인들의 소행인지, 군인들의 말대로 이웃 사람들의 소행인지는 확인할 길이 없었다. 시인의 장례식에는 극소수의 용감한 사람들과 세계 각지에서 시인의 장례를 취재하기 위해 몰려든 외신 기자들이 참석했다.

트루에바 상원의원은 사상적으로는 적이었지만, 시인을 자기 집에서 자주 봤기 때문에 그의 시를 많이 외우고 있었다. 그는 손녀딸 알바와 함께 평소의 검정색 상복을 입고 장례식에 참석했다. 두 사람은 수수한 나무관 옆에서 밤을 새우고는 쓸쓸한 아침에 장지까지 따라갔다. 알바는 그 계절에 처음으로 나온, 피처럼 붉은 카네이션을 한 다발 들고 있었다. 두 줄로 늘어서 거리를 에워싸고 있는 군인들 사이를 작은 행렬이 천천히 걸어서 장지로 향했다.

사람들은 침묵을 지키며 행렬했다. 그러다가 누군가 갑자기 시인의 이름을 거칠게 부르자 모두 한 목소리가 되어 외쳤다.

"지금, 여기에, 영원히!"

마치 밸브가 열려 당시의 모든 고통과 두려움, 분노가 가슴속에서 한꺼번에 쏟아져 나와 거리를 뒤덮고 다니다가, 끔찍한 함성 소리가 되어 하늘에 떠 있는 먹구름이 있는 곳까지 솟구쳐 올라간 것 같았다. 그때 누군가 "대통령 동무!" 하고 외치자 모든 사람들이 한 목소리로 사내답게 울부짖으며 "지금, 여기에, 영원히!"를 외쳤다. 시인의 장례식은 조금씩 자유를 매장하는 상징적인 의식으로 변해 갔다.

알바와 에스테반 트루에바의 곁에서, 스웨덴의 텔레비전 카메라맨들이 노벨상을 수여하는 추운 나라로 화면을 보내기 위해 취재하고 있었다. 거리 양쪽에 살벌하게 늘어서 있는 기관총들, 사람들의 얼굴, 꽃으로 뒤덮인 시인의 관, 공동묘지에서 두 블록 떨어져 있는 시체 공시소 문 앞에 몰려들어 사망자 명단을 말없이 읽어 내려가는 여인들을 담은 무시무시한 장면을 촬영했다. 그곳에 있던 사람들 모두 한 목소리로 노래를 불렀으며, 대기는 금지된 슬로건들로 가득 차 후끈했다. 사람들은 총검을 들고 있는 군인들 앞에서 단합된 민중은 결코 패배하지 않는다고 외쳐댔다. 행렬이 어느 건설 현장 앞을 지나가게 되었을 때, 노동자들이 연장을 내려놓고 헬멧을 벗어 예를 표하며 일렬로 늘어섰다. 재킷도 없이 소매 끝이 해어진 낡은 셔츠를 입고, 너덜너덜한 신발을 신은 한 남자가 눈물로 뒤범벅이 된 채 시인의 가장 혁명적인 시를 암송했다. 그 남자 옆에서 가고 있던 트루에바 상원의원은 놀라서 멍하니 그를 바라보았다.

"그가 공산주의자인 게 안타까울 뿐이다!" 상원의원이 손녀딸에게 말했다. "그렇게 훌륭한 시인이 그런 불온한 생각을 품고 있었다니! 쿠데타가 일어나기 전에 죽었다면 국가적으로 성대하게 추모식이 치러졌을 텐데!"

"시인은 어떻게 살아야 하는지 알았던 것처럼 어떻게 죽어야 하는지도 알았던 거예요, 외할아버지." 알바가 대답했다.

알바는 시인이 적당한 때에 세상을 하직했다고 생각했다. 자유와 정의를 말하는 시인의 시를 마지막으로 외치면서, 빌린 묘지에 관을 묻기 위해 사람들이 모여서 이룬 이 작은 행렬이야말로 그 어느 추도식보다 더 위대하고 장렬했다. 이틀 뒤 군사 혁명 정부는 신문에 위대한 시인을 기리는 국상을 선포하고, 원하는 사람은 집 앞에 조기를 내걸어도 좋다는 통고문을 실었다. 하지만 그것은 시인이 죽은 그날부터 통고가 발표된 날까지만 유효한 것이었다.

알바는 하이메 외삼촌의 죽음을 앉아서 슬퍼하고만 있을 수 없었던 것처럼 미겔 생각을 하거나, 시인의 죽음을 슬퍼하느라 넋을 놓고 있을 수는 없었다. 알바는 행방불명된 자들을 수소문하고, 등가죽이 벗겨지고 눈의 초점을 잃은 채 돌아온 고문당한 사람들을 위로하고, 신부들이 운영하는 자선 식당에 댈 음식을 구하느라 정신이 없었다. 낮에는 도시 전체가 연극 무대에 오른 것처럼 모든 게 평범하고 평화로워 보였지만 밤에는 그런 가장된 모습을 모두 잃었다. 그렇게 조용한 밤이 되면 알바는 낮 동안 꾹꾹 눌러두었던 괴로운 생각들에 사로잡혔다. 그 시각에는 시신과 구속자들을 한 가득 실은 트럭과 거리를 순찰하고 다니는 경찰차만이 길 잃은 늑대처럼 통행금지의 어둠 속을 헤매고 돌아다녔다.

알바는 침대 속에서 벌벌 떨었다. 그녀는 알지도 못하는 죽은 이들의 너덜너덜 찢겨진 혼령을 보았고, 큰 집이 늙은 여자가 헐떡거리는 것처럼 헉헉 숨을 내쉬는 소리를 들었다. 그러면 청각이 있는 대로 날카로워져서 멀리서 브레이크가 끽하는 소리, 문이 쾅 닫히는 소리, 총소리, 군화들이 짓밟고 지나가는 소리, 묵직한 비명 소리와 같은 무시무시한 소음을 뼛속까지 느낄 수 있었다. 그러고 나면 도시가 깨어나 햇살이 지난밤의 공포를 지워주는 새벽녘이 될 때까지 긴 침묵이 계속되었다. 그 집에서 밤에 잠을 이루지 못하는 사람은 알바만이 아니었다. 알바는 낮보다 더 늙고 서글퍼 보이는 모습으로 잠옷 바람에 슬리퍼를 신고 돌아다니는 외할아버지와 자주 마주쳤다. 외할아버지는 뼈마디가 쑤시고 마음이 아파 견딜 수 없었기 때문에 상스러운 욕을 웅얼거리며 수프 한 접시를 데웠다. 엄마 역시 부엌을 뒤지거나, 한밤중에 나타나는 혼령처럼 골방들을 헤매 다녔다.

그렇게 몇 달이 흐르면서, 군부가 쿠데타를 가능하게 해주었던 우익의 정치가들에게 권력을 이양하는 대신 자신들이 직접 권력을 장악하려 한다는 것이 모든 이들에게, 그리고 트루에바 상원의원에게도 명확하게 드러났다. 그들은 별종이었다. 한 형제이기는 하지만, 시민들과는 별개의 언어를 사용하는 인종이었다. 조금만 의견이 달라도 그들의 경직된 명예 관념으로 보면 모두 반역이었기 때문에 그들과 대화하는 것은 귀머거리와 말하는 것과 다를 바 없었다.

에스테반 트루에바는 그들이 정치가를 배제한 어마어마한 계획을 꾸미고 있다는 것을 깨달았다. 하루는 에스테반이 블랑카와 알바와 함께 그 상황에 대해 얘기를 나눈 적이 있었다. 그는 마르크스주의자들의 독재의 위협을 제거하고자 했던 군인들이 나라를 더욱더 혹독한 독재로 몰고 갔으며, 돌아가는 상황으로 볼 때 그 독재가 한 세기 동안 이어질지도 모른다며 한탄했다. 트루에바 상원의원은 난생처음으로 자신이 과오를 저질렀음을 시인했다. 그는 인생의 황혼에 접어든 노인처럼 팔걸이의자에 몸을 맡기고 소리 없이 눈물을 흘렸다. 권력을 잃어서 흘리는 눈물이 아니라, 조국을 위해 흘리는 눈물이었다.

그러자 블랑카가 아버지의 곁에 무릎을 꿇고 앉아 그의 손을 잡았다. 그러고는 영혼의 시대 때 클라라가 만든 골방들 가운데 한 곳에서 페드로 테르세로가 밀항자처럼 숨어 지내고 있다고 털어놓았다. 쿠데타 다음 날, 당국에 출두해야 할 인사들의 명단이 발표되었고, 페드로 테르세로 가르시아도 그 리스트에 올라 있었다. 자기 나라에서는 아무 일도 일어나지 않을 거라고 확신하던 사람들 몇몇은 국방부에 자진 출두했다가 목숨을 잃고 말았다. 하지만 페드로 테르세로는 새 정권이 얼마나 포악할지에 대해 누구보다도 먼저 꿰뚫어 보고 있었다. 아마도 그는 지난 삼 년 동안 군대가 어떤 조직인지 알게 되었고, 그들의 군대만큼은 세상에 있는 다른 군대들과 전혀 다르다는 허망한 이야기를 믿지 않았던 것이다. 그날 밤, 통행금지 동안 그는 모퉁이 큰 집으로 숨어 들어와 블랑카 방의 창문을 두드렸다. 블랑카가 창가로 모습을 드러냈을 때는 심한 편두통을 앓아 시야가 흐린 데다가 페드로 테르세로가 면도를 하고 안경을 꼈기 때문에 금방 알아보지 못했다.

"그들이 대통령을 죽였어!" 페드로 테르세로가 말했다.

블랑카가 그를 빈 골방에 숨겨주었다. 그러고는 비상 피난처를 서둘러 마련했다. 그 당시 블랑카는 자기가 페드로 테르세로를 몇 달씩이나 숨겨줘야 하고, 그 기간 동안 군인들이 그를 찾느라 전국을 이 잡듯이 뒤지고 다닐 거라고는 생각도 하지 못했다.

블랑카는 트루에바 상원의원이 구국 미사에 경건하게 참석하고 있는 바로 그 순간에 페드로 테르세로 가르시아가 그 상원의원의 집에 숨어 있으리라고는 누구도 생각하지 못할 거라고 생각했다. 블랑카에게는 그때가 가장 행복한 시간이었다.

그렇지만 페드로 테르세로에게는 감옥에 갇혀 있는 것 못지않게 시간이 더디게 흘러갔다. 그는 하루 종일 방 안에 갇혀 있었다. 혹시 누가 들어와 청소라도 할까 봐 블랑카가 열쇠로 방문까지 꼭꼭 잠가놓았다. 창문에는 블라인드를 내렸으며, 커튼도 늘 쳐두었다. 낮에는 빛이 들어오지 않았지만 블라인드의 틈새로 보이는 미세한 변화로 낮이라는 건 느낄 수 있었다. 밤에는 방 안을 환기시키고—방에서 볼일을 볼 수 있게 뚜껑이 달린 깡통을 가져다 놓았다—자유로운 공기를 마음껏 들이마실 수 있도록 창문을 활짝 열어놓았다.

페드로 테르세로는 블랑카가 몰래 가져다준 하이메의 책을 읽으며 시간을 보냈다. 아니면 거리의 소음에 귀를 기울이거나, 최대한 볼륨을 낮게 틀어놓고 라디오 소리에 귀를 기울였다. 블랑카는 그가 미망인들과 고아들, 잡혀간 사람들, 사라진 사람들에 대한 소리 없는 노래를 작곡하는 것을 아무도 모르게 하기 위해서, 기타줄 아래에다 털실 뭉치를 집어넣은 기타를 가져다주었다. 페드로 테르세로는 하루 종일 바쁘게 움직이기 위해 체계적인 시간표에 따라 생활하려고 노력했다. 그는 운동도 하고, 독서도 하고, 영어도 공부하고, 낮잠도 자고, 작곡도 하고, 또다시 운동도 했다. 그렇지만 아무리 그래도 시간은 한없이 남아돌았다. 그러다 보면 마침내 열쇠 돌아가는 소리가 들리면서 블랑카가 나타나 신문과 식사, 그리고 씻을 수 있도록 깨끗한 물을 가져다주었다.

블랑카와 페드로 테르세로는 새롭고도 희한한 체위를 개발

해, 공포와 열정 때문에 별나라에 간 것 같은 착각을 일으킬
정도로 격렬하게 사랑을 나누었다. 블랑카는 모든 것을 포기
한 채 섹스 없는 삶에 익숙해진 뒤였고, 이제 나이가 들어 지
병도 생겼지만, 갑자기 사랑을 듬뿍 받게 되면서 다시 젊어졌
다. 피부에 탄력이 생겼으며, 발걸음도 경쾌해지고, 목소리도
낭랑해졌다. 블랑카는 언제나 미소를 지었고, 늘 졸린 듯 비
몽사몽이었다. 그때처럼 그녀가 아름다웠던 적이 없었다. 심지
어 그녀의 아버지까지도 딸이 아름다워진 것을 느끼고는 그
게 다 살림이 넉넉해 편하게 살게 돼서 그렇다고 생각했다.

"블랑카는 줄 서지 않게 되면서부터 다른 사람이 되었군."

트루에바 상원의원이 말했다.

알바도 엄마의 변화를 눈치 챘다. 그래서 엄마를 유심히 살
펴보았다. 엄마가 늘 비몽사몽인 것도 이상했고, 방에서만 식
사하려는 버릇이 생긴 것도 의심스러웠다. 알바는 이따금 한
밤중에 엄마를 감시해 보려고 했지만 마음을 다잡기 위해 여
러 가지 일을 하다 보니 피곤해서 그냥 곯아떨어지기 일쑤였
다. 그리고 불면증이 있을 때는 영혼들이 소곤거리는 빈 골방
에 감히 들어갈 엄두가 나지 않았다.

페드로 테르세로는 여위어갔으며, 그때까지 그만이 갖고 있
던 특유의 유머 감각과 다정다감함도 사라졌다. 그는 지겨워
서 주리를 틀었고, 자기 스스로 감옥 생활을 하고 있는 것을
원망했으며, 친구들의 소식을 몰라 초조한 마음에 안절부절
못했다. 그나마 블랑카가 있어 마음을 다잡을 수 있었다. 블
랑카가 방 안으로 들어서면 페드로 테르세로는 낮 동안의 공

포를 잠재우고 긴긴 시간의 무료함을 달래기 위해 걸신들린 사람처럼 바로 그녀를 덮쳤다. 그러더니 이제는 자신이 겁쟁이이며, 다른 농료들과 운명을 함께하지 않은 반역자라는 생각에 사로잡히게 되었다. 차라리 항복해서 자신의 운명과 맞서는 편이 더 명예로울 거라고 생각하게 되었다. 블랑카가 여러 가지 좋은 말로 그를 설득하려 했지만 쉽게 들을 것 같지가 않았다.

블랑카는 새로이 되찾은 사랑의 힘으로 그를 만류하려고 했다. 블랑카는 갓난아이를 다루듯이 직접 자기 손으로 먹을 것을 떠먹여 주고, 물수건으로 문질러 목욕시켜 주고, 파우더를 뿌려주고, 머리와 손톱도 깎아주고, 심지어 면도도 해주었다. 그러다가 결국에는 음식 안에 진정제를 타고, 물 안에 수면제까지 타야 했다. 그러면 페드로 테르세로는 깊고 고통스러운 잠에 빠져들었다가 입이 바짝 마른 채 더 우울한 심정으로 깨어났다. 몇 달 후 블랑카는 무한정 그를 포로처럼 붙잡아 둘 수 없다는 것을 깨닫고는, 페드로 테르세로를 자신의 영원한 애인으로 만들기 위해 그의 기(氣)를 빼려던 계획을 포기했다. 그에게는 사랑보다 자유가 더 중요하기 때문에 그가 점점 산송장이 되어가고 있다는 것을 깨달은 것이다. 그 어떤 신비의 알약도 그의 마음을 바꾸지는 못하리라는 것을 알게 되었다.

"아버지, 도와주세요!" 블랑카가 트루에바 상원의원에게 간청했다.

"그를 국외로 빼내야 해요."

노인은 당혹스러워 꼼짝도 할 수가 없었다. 그러고는 자기가 이제는 화를 낼 힘도, 증오를 느낄 기력도 없을 정도로 다 되었다는 걸 깨달았다. 이제는 아무런 증오도, 분노도 느껴지지 않았다. 그는 반세기 동안 자기 딸 하나만을 사랑해 온 그 농부에 대해 생각해 보고는, 그를 증오할 아무런 이유도 발견할 수가 없었다. 그의 판초와 사회주의자 특유의 덥수룩한 수염, 그 고집스러움, 여우를 쫓는다는 그 빌어먹을 암탉도 미워할 수가 없었다.

"세상에! 그가 우리 집에 있다가 발각되는 날에는 우리 모두 무사하지 못할 테니 어서 그를 망명시켜야 해!" 에스테반 트루에바는 고작 그 말밖에는 할 수가 없었다.

블랑카가 어린아이처럼 엉엉 울며 그의 목에 양팔을 두르고는 키스를 퍼부었다. 아주 옛날 어렸을 때 이후로 마음에서 우러나와 딸이 아버지를 포옹한 것은 그때가 처음이었다.

"아빠를 대사관에 보내면 돼요." 알바가 말했다.

"하지만 때를 기다려야 해요. 벽도 뛰어넘어야 하고……."

"그럴 필요 없단다, 애야." 트루에바 상원의원이 말했다.

"나한테도 아직 이 나라에 영향력이 있는 친구들이 몇 남아 있다."

사십팔 시간 후에 페드로 테르세로 가르시아의 방문이 활짝 열렸다. 하지만 블랑카가 아니라 에스테반 트루에바가 문 입구에 서 있었다. 페드로 테르세로는 이제 모든 것이 끝났다는 생각이 들었지만 이상하게도 평온했다.

"자네를 여기서 내보내려고 왔네." 트루에바 상원의원이 말했다.

"왜요?" 페드로 테르세로가 물었다.

"블랑카가 부탁해서지." 트루에바가 대답했다.

"지옥에나 가십시오." 페드로 테르세로가 더듬거렸다.

"좋아, 바로 거기에 가려던 참이었네. 나랑 같이 가지."

둘은 동시에 미소를 지었다. 한 북유럽 대사의 은색 리무진이 뜰에서 기다리고 있었다. 옷 보따리처럼 온몸을 웅크리게 해서 페드로 테르세로를 차 뒤 트렁크 안에 타게 하고는 그 위를 야채가 가득 들어 있는 시장바구니로 덮었다. 블랑카와 알바, 트루에바 상원의원, 그리고 상원의원의 친구인 대사가 차에 올라탔다. 기사가 특수 경찰들이 바리케이드를 친 앞을 통과해, 교황청 대사관으로 차를 몰았지만 아무도 그들을 제지하지 않았다. 교황청 대사관에는 보초가 두 배나 더 많았지만, 그들이 트루에바 상원의원을 알아본 데다 차에 외교관 번호판이 붙어 있는 것을 보고 경례를 붙이며 그냥 통과시켰다. 그들은 정문을 통과해서 교황청 대사관 한가운데에 무사히 페드로 테르세로를 내려놓았다. 그는 상추잎과 터진 토마토 밑에서 무사히 빠져나왔다. 페드로 테르세로는 곧바로 교황청 대사 집무실로 안내되었는데, 그곳에는 교황청 대사가 주교복을 입고서 블랑카와 함께 외국으로 무사히 빠져나갈 수 있는 안전 통행 여권을 가지고 그를 기다리고 있었다. 블랑카는 어린 시절부터 미뤄왔던 사랑을 망명지에서 새로이 펼치리라 결심했다. 교황청 대사가 그들을 반갑게 맞아주었다. 그는 페드로 테르세로 가르시아의 열렬한 팬으로 그의 앨범을 모두 소장하고 있었다.

교황청 대사와 북유럽 대사가 국제 정세에 대해 얘기를 나누는 동안 가족들은 작별 인사를 나누었다. 블랑카와 알바는 하염없이 흐느꼈다. 이들 모녀는 이전에는 한번도 헤어져 있어본 적이 없었다. 에스테반 트루에바는 딸과 오랜 포옹을 나누었다. 그는 소리 내서 울지는 않았지만, 울음을 참으려고 안간힘을 쓰다 보니 굳게 다문 입술이 가볍게 경련을 일으켰다.

"네게 좋은 아버지 노릇을 한 적이 없구나, 애야." 에스테반 트루에바가 말했다.

"나를 용서하고 과거를 잊을 수 있겠니?"

"아버지를 너무 사랑해요!"

블랑카가 아버지의 목을 양팔로 감싸 꼭 껴안고는, 키스를 퍼부으며 울었다.

그러고 나서 노인은 페드로 테르세로 쪽으로 몸을 돌려 그의 눈을 바라보았다. 손을 내밀기는 했지만 손가락이 몇 개 모자라는 페드로와 어떻게 악수를 나눠야 할지 몰라 잠시 망설였다. 대신 두 남자는 양팔을 활짝 벌려 깊은 포옹을 하며 작별 인사를 나누었다. 마침내 그들은 오랫동안 쌓여왔던 원한과 증오에서 자유롭게 해방되었다.

"따님을 정성껏 보살피겠습니다. 그리고 행복하게 해주겠습니다, 의원님." 페드로 테르세로 가르시아가 목이 메어 말했다.

"그럴 거라 믿네. 잘 가거라! 내 자식들아." 노인이 나지막하게 중얼거렸다.

그는 다시는 그들을 보지 못하리라는 것을 알고 있었다.

트루에바 상원의원은 손녀딸과 몇 명 남은 하인들과 함께 큰 저택에 쓸쓸하게 남겨졌다. 최소한 그의 생각은 그랬다. 하지만 알바는 엄마의 방법을 본받아, 저택의 골방들을 이용해 사람들이 더 안전한 도피처를 구하거나, 국외로 빠져나갈 수 있게 될 때까지 하루나 이틀 정도 사람들을 숨겨주었다. 낮에는 도시의 소음 속에 파묻혀 피해 다닐 수 있지만 밤이 되면 매번 장소를 바꿔가며 피신해야 하는 도망자들을 도와주었다. 가장 위험한 시간이 통행금지 때였는데, 그때는 도망자들이 거리를 돌아다닐 수도 없었고, 경찰들이 마구잡이로 그들을 잡아넣으려고 나섰다. 알바는 자기 외할아버지 집은 경찰들도 수색할 엄두를 내지 못할 거라고 생각했다. 그녀는 미로처럼 얽힌 골방들에다 도망자들을 하나 둘 숨겨주었다. 때로는 일가족 전체를 숨겨주기도 했다.

　트루에바 상원의원은 서재와 욕실, 침실만 사용했다. 그는 그곳에서 마호가니 가구와 빅토리아 시대의 유리 선반, 페르시아 양탄자에 둘러싸여 살았다. 트루에바 상원의원처럼 성격이 마음을 졸이는 것과는 거리가 먼 사람에게도 그 음침한 저택이 으스스하게 느껴졌다. 그 저택에는 괴물이 숨어 있는 것 같았다. 에스테반은 하인들이 들린다고 하는 이상한 소리는 다른 친구 영혼들과 함께 집 안을 떠돌아다니는 클라라가 내는 소리라는 것을 알고 있는데도 왜 가슴이 떨리고 불안한지 이해할 수가 없었다.

　에스테반은 소녀 같은 미소를 띠고 하얀색 튜닉을 입은 채 거실을 돌아다니는 아내와 마주친 적이 몇 번 있었다. 하지만 그냥 못 본 척했다. 아내를 놀래키지 않으려고 움직이지 않고 가만히 있었으며, 심지어는 숨도 쉬지 않았다. 잠자는 척하면서 두 눈을 감고 있으면 자신의 이마를 쓰다듬어 내려가는 아내의 손길이 느껴지기도 했다. 아내의 신선한 입김이 산들바람처럼 그를 어루만졌으며, 아내의 머리카락이 손끝에 닿아 스쳐 지나갔다. 이상할 건 아무것도 없었다. 하지만 에스테반은 가급적 아내의 영역인 신비에 싸인 곳에는 들어가지 않으려 했다. 그래서 그는 멀리 가봤자 기껏해야 중립 지역인 부엌이 고작이었다.

옛날 요리사는 떠나고 없었다. 요리사의 남편은 총성이 빗발치는 가운데 실수로 총에 맞아 죽었으며, 남쪽 어느 마을에서 군복무 중이던 외아들은 그 마을 주민들이 상관의 명령을 이행한 데에 대한 복수로 그의 배를 갈라 창자를 꺼내 목에다가 치렁치렁 감은 채 기둥에 매달아 죽였다. 가련한 여인은 끝내 마음을 잡지 못했다. 요리사는 머리카락을 쥐어뜯으며 대성통곡했으며, 트루에바 상원의원은 음식에서 자꾸 머리카락이 나오는 데 질려 결국에는 인내심을 잃고 말았다. 한동안 알바가 요리책을 들고서 냄비 사이에서 뭔가 해보겠다고 애는 썼지만, 손녀딸이 애쓴 보람도 없이 끝내 트루에바는 매일 밤마다 클럽에서 저녁 식사를 하게 되었다. 그나마 그렇게 해서 하루에 한 번은 식사다운 식사를 할 수 있었다. 그래서 알바는 더 자유롭게 도망자들과 접촉할 수 있었다. 외할아버지의 의심을 사지 않고서도 통행금지 시간 전에 좀 더 안전하게 사람들을 자기 집에 데려오고, 데려 나갈 수 있게 되었다.

어느 날 미겔이 찾아왔다. 낮잠 자는 시간인 훤한 대낮에 알바가 집 안으로 들어가려는데 미겔이 그녀를 향해서 걸어왔다. 정원의 잡초 사이에 숨어서 알바를 기다리고 있던 것이다. 그는 엷은 금발로 머리를 염색했으며, 파란색 체크무늬 정장을 입고 있었다. 평범한 은행 직원 같아 보였지만, 알바는 한눈에 그를 알아보았다. 가슴속에서부터 솟구치는 기쁨의 함성을 억누를 수가 없었다. 그들은 행인이나 보려고 하는 사람은 누구나 볼 수 있는 정원 한가운데서 진하게 포옹했다. 그러다가 그들은 곧 냉정을 되찾고 그게 얼마나 위험천만한 일인지 깨달았다.

알바는 미겔을 집 안으로 데리고 가서 자기 침실로 곧장 향했다. 그들은 팔과 다리가 뒤엉킨 채 침대 위로 몸을 날렸다. 지하실을 애용하던 때 부르던 애칭으로 서로 속삭이며 목숨이 끊어지고 혼이 빠져나갈 것 같을 때까지 애절하게 사랑을 나누었다. 그러고 나서 그들은 서로의 심장 박동 소리를 들으며 가만히 누워서 마음을 진정시켰다. 그제야 알바는 미겔을 처음으로 눈여겨보고는, 자기가 완전히 낯선 사람하고 사랑을 나누었다는 것을 깨달았다. 그는 바이킹 같은 머리 모양을 하고 있을 뿐만 아니라, 그 특유의 턱수염도 없고, 설교자들이 끼는 것 같은 자그맣고 둥그런 안경도 끼지 않은 얼굴은 훨씬 수척해져 있었다.

"끔찍하게 변했어!" 알바가 미겔의 귀에 대고 속삭였다.

미겔은 게릴라의 우두머리가 되어 있었다. 그는 사춘기 때부터 꾸준히 추구해 왔던 자신의 운명을 마침내 이루었다. 그가 있는 곳을 알아내기 위해 수많은 남자들과 여자들이 고문받았으며, 알바는 그 일로 늘 마음 한 구석이 무거웠다. 그렇지만 미겔에게는 그것도 끔찍한 전쟁의 한 참상일 뿐, 그 역시 다른 사람들을 숨기고 비호해야 할 순간이 오면 똑같은 운명을 맞을 각오가 되어 있었다. 그사이 그는 부유층의 폭력에는 민중의 폭력으로 맞서야 한다는 자신의 소신을 충실히 따라 비밀리에 투쟁해 왔다.

미겔이 붙잡히거나, 가장 처참한 방법으로 죽음을 당했으리라는 상상을 수천 번도 더 했던 알바는 그의 체취와 살결, 목소리, 따뜻한 체온을 음미하면서 기쁨에 겨워 흐느꼈다. 그의 손에는 무기를 다루고 기어 다니느라 딱딱하게 못이 박여 있었다. 알바는 자기를 그토록 애타게 하고 마음 졸이게 한 미겔이 미워서 욕설을 퍼붓기도 하고, 키스를 퍼붓기도 하고, 간절히 기도하기도 했다. 또한 다시는 그가 없어서 고통받고 싶지 않았기 때문에 그 자리에서 죽고도 싶었다.

"미겔, 자기 말이 옳았어. 자기가 말한 대로 다 일어났어."
알바가 그의 어깨에 기대어 흐느껴 울면서 말했다.

그러고 나서 알바는 하이메 외삼촌과 함께 외할아버지에게서 훔쳐 숨겨둔 무기에 대해 미겔에게 말해 주고는 함께 그것을 찾으러 가자고 제안했다. 알바는 훔쳐내지 못해서 창고에 그대로 쌓아두었던 무기들도 미겔에게 다 주고 싶었지만, 쿠데타가 일어난 지 며칠 후 민간인은 보이 스카우트 칼에서부터 어린아이들의 주머니칼까지 무기가 될 만한 것은 모두 내놓으라는 지시가 내려졌다. 사람들은 신문지에 싼 작은 꾸러미도 군부대에 갖다주기가 무서워 성당 문 앞에 갖다 놓았지만, 전쟁 살상용 무기들을 소유하고 있던 트루에바 상원의원은 조금도 걱정하지 않았다. 모든 사람들이 다 알다시피 그의 무기는 공산주의자들을 죽이기 위한 것이었다.

트루에바 상원의원은 친구인 우르타도 장군에게 전화를 걸었다. 그러자 우르타도 장군이 무기를 거두어 가기 위해 군용 트럭 한 대를 보냈다. 트루에바 상원의원은 군인들을 무기 창고까지 데리고 갔다가 무기 상자들의 절반이 돌과 지푸라기로 채워져 있는 것을 보고는 놀라서 말문이 막혔다. 그러나 무기가 없어졌다는 것을 인정하게 되면 식구들 중 누군가가 의심을 받거나 자신이 궁지에 몰릴 수도 있다는 것을 잘 알고 있었다. 그래서 그는 아무도 물어보지 않은 변명을 늘어놓았다. 사실 군인들은 그가 얼마만큼의 무기를 사들였는지 알 수도 없었다. 그는 블랑카와 페드로 테르세로 가르시아를 의심했다. 그렇지만 손녀딸이 뺨을 불그스름하게 붉히는 모습을 보자 그 아이에게 의심이 가기도 했다. 군인들이 사인한 영수증을 건네주며 무기 상자들을 모두 수거해 가고 나서, 그는 알바의 팔을 붙잡고 앞뒤로 마구 흔들며, 사라진 기관총과 권총과 관계가 있는지 고백하라며 윽박질렀다. 손녀딸을 이렇게 험하게 대한 적은 지금까지 한번도 없었다.

"외할아버지께서 듣고 싶지 않은 대답에 대해서는 질문하지 마세요." 알바가 외할아버지의 눈을 똑바로 쳐다보며 말했다.

그들은 이후 그 문제에 대해서는 다시 언급하지 않았다.

"자기 외할아버지는 정말 구제 불능이야, 알바. 언젠가 암살당할 거야. 그래도 싸지." 미겔이 말했다.

"외할아버지는 침대 위에서 돌아가실 거야. 많이 연로하셨어."

"칼로 흥한 사람은 칼로 망하게 되어 있어. 어쩌면 언젠가 내가 네 외할아버지를 직접 죽일지도 몰라."

"그렇게 되면 나도 너한테 똑같이 할 거니까 그건 절대 안 돼." 알바가 격하게 대답했다.

미겔은 오랫동안, 어쩌면 영원히 다시 만날 수 없을지도 모른다고 알바에게 설명했다. 비록 외할아버지의 이름 덕택에 보호를 받더라도 게릴라의 여자로 살아간다는 것이 얼마나 위험한 일인지 알바에게 납득시키려고 했다. 그렇지만 알바가 울며불며 매달리면서 그를 꼭 껴안고 놔주지 않자 미겔은 죽음을 무릅쓰고서라도 가끔 만나러 올 방법을 찾아보겠다고 약속해야만 했다. 미겔은 또한 산속에 묻힌 총과 탄약을 꺼내기 위해 그녀와 함께 가기로 했다. 그것이야말로 그의 처절한 싸움에서 가장 절실하게 필요한 것이었다.

"땅속에서 고물이나 되지 않았으면 좋겠는데." 알바가 중얼거렸다. "묻은 지 일 년도 더 돼서 정확한 위치를 기억할 수 있을지 모르겠어."

이 주 후에 알바는 교구의 신부들이 빌려준 트럭에 무료 급식소의 아이들을 태워 소풍을 떠났다. 그녀는 간식 바구니들과 오렌지 한 봉지, 공 몇 개와 기타 하나도 차에 실었다. 가다가 금발 머리의 남자를 트럭에 태웠지만 아이들은 별로 눈여

겨보지 않았다. 알바는 예전에 하이메 외삼촌과 함께 갔던 길로 아이들을 잔뜩 실은 무거운 트럭을 운전해서 갔다. 순찰차 두 대가 차를 정지시키는 바람에 간식 바구니들을 열어서 보여줘야 했지만, 아이들이 시끄럽게 떠들며 노는 모습과 비닐 봉지 안에 별다른 것이 들어 있지 않은 것을 확인하고는 군인들도 의심하지 않았다.

그들은 무기가 숨겨져 있는 장소까지 별 탈 없이 올 수 있었다. 아이들은 보물찾기와 숨바꼭질을 하며 놀았다. 미겔은 아이들과 축구 시합도 벌였다. 그러고 나서 아이들과 원을 만들어 둥그렇게 둘러앉아서 이 얘기 저 얘기를 들려주며, 함께 목청이 터져라 노래도 불렀다. 그러고는 나중에 동료들과 함께 어둠을 틈타 찾아올 수 있도록 위치를 표시해 두었다. 들판에서 보낸 행복한 하루였다. 몇 시간 동안이나마 전시의 긴장을 잊을 수 있었으며, 몇 달 만에 처음으로 배불리 먹고서 바위 사이를 뛰어다니며 노는 아이들의 함성 소리를 들으며 산속의 따스한 햇살을 만끽할 수 있었다.

"미겔, 무서워." 알바가 말했다. "우리는 이제 절대로 평범하게 살 수 없는 걸까? 우리 외국으로 가자. 아직은 가능하니까 우리 지금 도망치자!"

미겔이 아이들을 가리키자 알바는 그가 무슨 말을 하려는지 알아차렸다.

"그럼, 나도 데려가 줘!" 이전에도 여러 번 그랬듯이 알바가 애원하며 매달렸다.

"지금은 제대로 훈련받지도 않은 사람을 받아들일 수 없어. 더군다나 사랑에 빠진 여자는 더 안 되고." 미겔이 미소 지었다.

"자기는 지금 자기 일이나 열심히 하는 게 좋아. 좋은 시절이 올 때까지 이 불쌍한 아이들을 도와줘야 해!"

"그러면 적어도 자기를 어떻게 만날 수 있을지나 가르쳐줘."

"나중에 혹시라도 경찰에 체포된다면 차라리 아무것도 모르는 편이 더 나을 거야." 미겔이 대답했다.

알바는 온몸에 소름이 돋았다.

이후 몇 달간 알바는 집 안에 있던 가구들을 하나씩 처분하기 시작했다. 처음에는 골방들과 지하실에 있는 물건들만 가지고 나갔지만, 거기에 있던 가구를 모두 팔아치운 후에는 응접실에 있는 낡은 의자들도 하나씩 손대기 시작했다. 바로크풍의 칸막이에다 식민지 시대 때의 궤짝들, 조각된 병풍들, 심지어 식당의 식탁보까지 모두 빼돌렸다. 에스테반도 눈치를 채기는 했지만 아무 말 하지 않았다. 그는 손녀딸이 자기한테 훔친 무기들로 능히 그랬을 거라고 미뤄 짐작한 것처럼, 이번에도 금지된 일에 돈을 쓰고 있다고 짐작했다. 그렇지만 이미 산산조각이 난 세상에서 그나마 불안정하게라도 버티며 안정을 유지하기 위해서는 차라리 아무것도 모르는 편이 나았다. 이제는 상황이 점점 자기가 생각했던 것과 다르게 돌아가고 있음을 느꼈다. 그는 자신에게 정말 중요한 것은 손녀딸을 잃지 않는 것임을 깨달았다. 그에게는 손녀딸이 마지막 생명줄과도 같았다. 그래서 알바가 신흥 부자들에게 팔기 위해 벽에 걸린 그림들과 오래된 태피스트리들을 하나씩 떼어내도 아무 말 하지 않았다.

 에스테반은 이제 너무 늙고 지쳐서 싸울 기력도 없었다. 이제는 사리 판단도 확실하지 않았으며 좋고 나쁜 것의 경계도 흐려졌다. 밤에 잠이 들면 화염에 휩싸인 조그마한 벽돌집들이 나오는 악몽을 꾸었다. 그는 유일한 상속녀가 재산을 모두 탕진하겠다고 나서면 자기 힘으로도 어쩔 수 없다고 생각했다. 이제 무덤에 갈 날도 얼마 남지 않았으니 수의를 빼면 아무것도 가지고 갈 필요가 없었다. 알바는 자기가 하는 일에 대해 외할아버지에게 설명하려고 했지만 늙은 외할아버지는 아무 얘기도 들으려 하지 않았다. 오뷔송 산 태피스트리를 팔아서 굶주린 아이들에게 한 끼씩 더 먹일 수 있다는 이야기나, 비취로 만든 중국 용을 팔아서 실업자들이 일주일 더 버틸 수 있다는 이야기 같은 것은 들으려고도 하지 않았다. 외할아버지는 그 모든 얘기가 국제 공산당이 지어낸 흉악무도한 거짓말이라고 계속 우겼다. 그리고 만에 하나 그 얘기가 사실이라 하더라도, 그것은 알바 혼자 짊어질 일이 아니라 정부가 책임지거나, 정 어쩔 수 없는 경우에는 교회가 책임을 져야 할 일이라고 얘기했다. 그렇지만 어느 날 그가 집에 돌아왔을 때 입구에 걸어둔 클라라의 초상화가 보이지 않는 걸 보고는 해도 너무한다는 생각이 들어 참지 못하고 손녀딸을 나무랐다.

 "도대체 네 외할머니의 초상화는 어디에 있는 거냐?" 외할아버지가 윽박지르며 물었다.

 "영국 영사한테 팔았어요, 외할아버지. 그가 런던에 있는 박물관에 걸어두겠다고 했어요."

"내 분명히 일러두겠는데, 이제 더는 이 집에서 아무것도 가져가지 못한다! 내일 당장 네가 용돈을 빼서 쓸 은행 계좌를 열어주겠다!" 외할아버지가 대답했다.

에스테반 트루에바는 자신의 인생에서 알바가 가장 돈이 많이 드는 여자라는 것을 곧 알게 되었다. 하렘에 있는 여자들을 모두 합친다 하더라도 초록색 머리카락의 손녀딸보다는 돈이 덜 들었을 것이다. 그래도 다시 운이 트였는지 쓰면 쓸수록 돈이 더 많이 벌렸기 때문에 그 일로 손녀딸을 야단치지는 않았다. 정치 활동이 금지된 이후로 그는 사업에 더 많은 시간을 투자할 수 있었으며, 예전에 생각했던 것과는 달리 아주 부자로 죽을 수 있으리라는 생각이 들었다. 투자자들에게 하룻밤 새에 엄청나게 돈을 불려줄 수 있다고 장담하는 새로운 투자 증권 거래소에 돈을 맡겼다. 그는 돈 버는 것은 쉬웠지만 쓸 데를 찾는 일이 어려웠기 때문에 돈이 많은 것도 꽤나 짜증 나는 일임을 깨달았다. 손녀딸이 아무리 펑펑 써대도 돈은 마를 줄을 몰랐다.

에스테반 트루에바는 트레스 마리아스를 재건하기 위해 열정적으로 달려들었다. 그렇지만 곧 모든 사업에 흥미를 잃고 말았다. 신 경제 체제 덕분에 돈이 돈을 벌어들이고, 아무런 힘을 들이지 않더라도 은행 계좌의 액수가 하루가 다르게 불어났기 때문에 열심히 일하고 생산할 필요가 없다는 것을 깨달은 것이다. 그래서 그는 회계를 정리하다가 평생 생각하지도 못했던 엄청난 일을 하게 되었다. 바로 캐나다에서 블랑카와 함께 망명 생활을 하고 있는 페드로 테르세로 가르시아 앞으로 매달 한 번씩 수표를 보내기로 한 것이다.

그곳에서 그들은 만족스러운 사랑 속에서 평화를 느끼며 완벽한 성취감을 만끽했다. 페드로 테르세로는 노동자와 학생, 특히 중상류층을 위해 혁명가를 작곡했다. 중상류층에게도 그 노래가 유행이었다. 암탉이나 여우는 추운 북쪽 나라의 독수리나 늑대에 비하면 학문적으로 가치가 떨어지는 하찮은 동물이지만, 그의 노래가 영어와 프랑스어로 번역되면서 대성공을 거두었다. 한편 평온하고 행복한 나날을 보내게 된 블랑카는 난생처음으로 강철과 같은 건강을 유지했다. 그녀는 자기 집에 큰 가마를 만들어놓고 괴물 성탄 인형을 구워냈다. 그 인형들은 이십오 년 전에 장 드 사티니가 수출하자고 하면서 예언했던 대로 토속 민속 예술로 날개 돋친 듯이 팔려 나갔다. 그 사업에서 벌어들인 돈과 아버지가 보내주는 수표, 그리고 캐나다 정부 보조금으로 그들은 풍족하게 살 수 있었나. 또한 블랑카는 혹시 몰라 클라라의 보석을 담은 울 양말을 집 안 구석의 아무도 모르는 곳에 잘 숨겨두었다. 블랑카는 나중에 알바가 그 보석들로 화사하게 치장하는 모습을 꿈꾸며 그 보석에는 절대 손대는 일이 없기를 바랐다.

에스테반 트루에바는 그들이 알바를 찾으러 오던 날 밤까지 비밀 경찰이 자기 집을 감시하고 있다는 사실을 알지 못했다. 둘 다 잠들어 있었는데, 다행히 미로처럼 얽혀 있는 골방에는 아무도 숨어 있지 않았다. 개머리판이 문에 부딪히는 소리에 노인은 불길한 예감을 느끼며 잠에서 깨어났다. 하지만 알바는 이미 브레이크 소리와 시끄러운 발소리, 조용조용히 명령을 내리는 소리를 듣고는 잠에서 깨어나 옷을 갈아입었다. 이제 자기 차례가 되었음을 깨달은 것이다.

요 몇 달 동안 트루에바 상원의원은 쿠데타를 지원한 자신의 깨끗한 경력도 공포 정치 앞에서는 속수무책이라는 것을 알게 되었다. 그렇지만 제복은 입지 않았어도 완전 중무장을 한 사복 경찰 대여섯 명이 통행 금지를 틈타 자기 집을 기습해서, 슬리퍼도 신지 못하게 하고 숄 하나 어깨에 두르지 못하게 하고서 자기 팔을 붙잡고 가차 없이 침대에서 끌어내 거실까지 끌고 가리라고는 전혀 상상도 하지 못했다. 다른 몇 명은 알바의 침실 문을 발길질로 세차게 열어 젖히고는 손에 기관총을 들고 안으로 들어갔다. 손녀딸의 얼굴은 창백했지만 침착해 보였으며, 옷을 모두 입은 채 서서 기다리고 있었다. 그들은 알바를 밖으로 끌어내 총부리를 들이밀고는 거실까지 끌고 왔다. 그들은 알바에게 늙은이 옆에서 꼼짝 말고 가만히 있으라고 명령했다.

알바는 외할아버지의 분노나 집 안을 뒤지는 남자들의 난폭함에 전혀 개의치 않고 아무 말 없이 순응했다. 그들은 숨어 있는 게릴라나 은닉해 둔 무기를 비롯한 증거물을 확보하기 위해 문짝을 부수고, 개머리판으로 옷장 안의 내용물을 다 끄집어내고, 가구들을 넘어뜨리고, 매트리스를 찢고, 옷장 안의 내용물을 어질러놓고, 벽을 걷어차고, 소리를 지르며 명령을 내리고 돌아다녔다. 그들은 자고 있던 하인들도 침대에서 끌어내 한 방에 가둬놓고는 무장한 남자 한 명에게 지키도록 했다. 그들이 서재의 책장까지 뒤지면서, 상원의원의 장식품과 예술품이 요란한 소리를 내며 바닥에 떨어져 나뒹굴었다. 그들은 하이메의 미로에 있던 책들을 모두 앞뜰로 던져 쌓아놓은 다음 가솔린을 뿌리고 불을 붙였다. 마르코스 외증조할아버지의 마법 궤짝에 들어 있던 신비한 책들과 니콜라스의 신비 서적들, 가죽 장정이 된 마르크스의 저서들, 심지어 트루에바의 오페라 악보들마저 그 지역 전체가 연기로 자욱할 정도로 엄청난 불길에 휩싸였다. 다른 때 같으면 소방차가 몰려들 정도였다.

"수첩이나 주소록, 수표책, 개인 문서들은 전부 내놔!" 대장처럼 보이는 남자가 명령을 내렸다.

"나는 트루에바 상원의원일세. 세상에, 나를 몰라보겠나?" 외할아버지가 절망적으로 소리 질렀다.

"자네들이 나한테 이럴 수는 없네! 이건 반역이야! 나는 우르타도 장군의 친구란 말일세!"

"입 닥쳐, 이 빌어먹을 늙은이야! 내가 명령 내릴 때까지는 입도 뻥긋하지 마!" 그가 거칠게 소리쳤다.

그들은 외할아버지에게 책상의 내용물을 전부 넘기라고 강요했으며, 눈길을 끄는 것은 모조리 가방에 쓸어 넣었다. 한 그룹이 가택 수색을 하는 동안, 다른 그룹은 창밖으로 책을 집어던졌다. 거실에는 낄낄대고 히히덕거리거나 윽박지르는 사람 넷이 남아 있었다. 그들은 가구 위에 발을 올려놓고는 스코틀랜드 위스키를 병째 들고 마시며, 트루에바 상원의원의

클래식 컬렉션 음반을 하나씩 박살냈다. 알바 생각으로는 적어도 두 시간은 그러고 있은 것 같았다. 그녀는 떨고 있었다. 그렇지만 추워서가 아니라 두려워서였다. 언젠가 이런 순간이 오리라고는 생각했지만, 어리석게도 외할아버지가 자기를 지켜주리라 믿었었다. 그렇지만 소파에 주저앉아, 병든 노인처럼 비참하게 왜소해진 외할아버지를 본 순간 어떤 도움도 기대할 수 없음을 알았다.

"여기에 사인하시오!" 대장이 트루에바 상원의원의 코앞에 종이 조각을 들이밀며 명령했다.

"우리는 영장을 발부받아 들어왔고, 우리 신분을 밝혔으며, 모든 행동은 법의 테두리 안에서 이루어졌고, 우리가 예의 바르고 정중하게 행동했다는 것을 인정하며 이번 조치에 아무런 불만도 없다는 각서야. 여기에 사인해!"

"절대 사인할 수 없다!" 노인이 격분해서 외쳤다.

그 남자가 휙 몸을 돌리더니 알바의 뺨을 세차게 후려갈겼다. 그러자 알바가 바닥에 나가떨어졌다. 트루에바 상원의원은 공포와 두려움에 질려 온몸이 얼어붙는 것 같았다. 그는 거의 구십 년 동안 자기 울타리 안에서 왕처럼 군림하고 살다가 비로소 진실의 시간이 도래했음을 깨달았다.

"당신 손녀딸이 게릴라의 갈보라는 거 알아?" 대장이 말했다.

트루에바 상원의원은 맥이 빠져 힘없이 종이에 사인했다. 그러고 나서는 힘겹게 손녀딸에게 다가가 그녀를 꼭 껴안았다. 이전에는 볼 수 없었던 부드러운 손길로 손녀딸의 머리카락을 쓰다듬었다.

"걱정 마라, 애야. 모두 잘될 거야. 너한테는 해코지할 수가 없다. 이건 뭔가 잘못된 거야. 침착하게 있어라." 외할아버지가 나지막하게 얘기했다.

그렇지만 대장이 거칠게 그들을 떼어놓더니 부하들에게 떠날 시간이라고 외쳤다. 부하 둘이 알바의 양팔을 붙잡고는 거의 개 끌듯이 끌고 나갔다. 알바는 밀랍처럼 창백해진 얼굴로 애처롭게 떨고 있는 외할아버지의 모습을 마지막으로 보았다. 외할아버지는 잠옷 차림에 맨발로 문간에 서서, 자기가 다음 날 그녀를 찾으러 갈 것이고, 우르타도 장군에게 직접 얘기하겠으며, 그들이 알바를 어디로 끌고 가든 변호사들을 고용해 반드시 찾아내 집으로 데려오겠다고 약속했다.

그들은 알바를 트럭에 태워 그녀의 뺨을 후려갈긴 남자와 휘파람을 불며 운전하는 사람 사이에 앉혔다. 알바는 그들이 자신의 눈에 접착테이프를 붙이기 전에 마지막으로 텅 빈 조용한 거리를 놀아보았다. 그렇게 시끄러웠고 책들이 불타는 소란이 있었는데도 무슨 일이 벌어졌는지 알아보려고 내다보는 사람 하나 없다는 게 의아했다. 이전에 자신도 여러 번 그랬듯이 그들도 블라인드 틈새나 커튼 사이로 밖을 엿보거나, 아무것도 알고 싶지 않아 베개를 뒤집어썼을 거라고 생각했다.

트럭에 시동이 걸린 후 알바는 난생처음으로 장님이 되어 시간과 공간의 감각을 모두 잃어버렸다. 큼지막하고 축축한 손 하나가 다리 위로 올라오는 게 느껴졌다. 다리를 주무르고,

꼬집고, 더듬어 올라가더니 거친 숨결을 얼굴 위로 내뿜으며, "네년을 뜨겁게 달궈주지. 두고 봐라, 이 갈보 년아."라고 속삭였다. 그러고는 여기저기서 킥킥대는 웃음소리와 목소리가 터져 나왔으며, 차는 정처 없이 빙글빙글 돌았다. 끝도 없이 계속 갈 것만 같았다. 알바는 물소리가 들리고, 차바퀴가 나무 판자 위를 지나가는 소리가 들릴 때까지만 해도 그들이 자기를 어디로 끌고 가는지 전혀 알지 못했다. 알바는 그제서야 자신이 어떤 운명에 처하게 될지 알 수 있었다. 알바는 삼각 테이블과 외할머니가 끊임없이 설탕 그릇을 옮겨놓던 시절의 영혼들을 간곡히 불렀다. 그리고 사태의 진행을 막을 수 있는 혼령 모두를 간절히 불렀다. 그렇지만 차가 계속 목적지를 향해 갔기 때문에 알바는 그들이 자기를 저버렸다고 생각했다.

차에 제동이 걸리는 듯하더니, 육중한 대문이 삑 소리를 내며 열렸다가 그들이 지나가자 다시 닫히는 소리가 들렸다. 바로 그 순간 알바는 그녀가 태어났을 때 외할머니가 점성도에서 보았으며, 루이사 모라가 예언했던 그 악몽 속으로 걸어 들어갔다. 알바가 트럭에서 내릴 수 있게 남자들이 부축해 주었다. 두 걸음도 채 내딛지 않았는데, 누군가 갈비뼈를 강타해 알바는 숨도 제대로 쉬지 못하면서 무릎을 꿇고 그 자리에서 쓰러졌다. 두 남자가 알바의 양 겨드랑이를 잡아 일으키더니 한참을 질질 끌고 갔다. 발 아래로 땅바닥이 느껴졌지만 곧 거친 시멘트 바닥으로 바뀌었다. 그들이 멈춰 섰다.

"대령님, 트루에바 상원의원의 손녀딸입니다." 누군가 이렇게 말하는 소리가 들려왔다.

"그래." 다른 목소리가 대답했다.

알바는 즉시 에스테반 가르시아의 목소리를 알아들었다. 그 순간 알바는 자기가 아직 어린아이였을 때 그가 자신을 무릎 위에 앉혔던 그 먼 옛날 이후로, 그가 줄곧 자신을 기다려 왔음을 알 수 있었다.

14
진실의 시간

알바는 어둠 속에서 웅크리고 있었다. 그들은 알바의 눈에서 접착테이프를 떼어내고, 대신 꽉 조이는 안대로 가려놓았다. 알바는 무서웠다. 그녀는 공포에 지레 질려 더 두려워질까봐 니콜라스 외삼촌에게서 배운 극기 훈련을 떠올리며 마구 떨리는 몸을 진정시키고, 밖에서 들려오는 끔찍한 소리를 듣지 않으려고 정신을 집중했다. 알바는 시간을 속이기 위해, 그리고 앞으로 일어날 일에 대비해 힘을 얻기 위해 미겔과 행복했던 순간을 떠올렸다. 알바는 외할아버지가 여기에서 자기를 빼내기 위해 그의 힘과 막강한 영향력이 있는 조직을 움직일 때까지는 마음을 진정시키고 몇 시간이라도 견뎌내야 한다고 스스로를 타일렀다.

알바는 세상이 폭풍우에 휩쓸려 완전히 뒤집어지기 훨씬

전, 가을에 미겔과 함께 해안가로 여행을 떠났던 일을 떠올렸다. 그때는 사물이 여전히 친숙한 이름으로 불리었고, 단어는 하나의 의미만을 지니고 있었다. 그때는 민중과 자유, 동지가 민중과 자유, 동지란 뜻으로 사용될 뿐, 암호처럼 쓰이지 않던 시절이었다. 알바는 그 순간을 되살려 보려고 노력했다. 축축하고 불그스름한 흙, 소나무와 유칼리나무 숲 속에서 나는 강한 향기를 되살려 보고 싶었다. 그곳에는 덥고 긴 여름 뒤에 떨어진 낙엽들이 융단처럼 푹신하게 쌓여 있었으며, 구릿빛 햇살이 나무 꼭대기 사이로 스며 들어왔다. 알바는 싸늘했던 감촉과 그때의 그 침묵을 떠올렸다. 그때 그녀는 스무 살의 나이로 앞날이 창창했으며, 세상이 온통 자기 것과 같은 아름다운 느낌을 만끽했다. 그들은 숲의 향기와 사랑에 취해 조용히 사랑을 나누었다. 과거도 없이, 미래에 대한 불안도 없이, 오직 현재 그 순간만의 믿을 수 없는 풍요로움 속에서 서로 바라보고, 서로 체취를 맡고, 서로 키스하며, 서로 몸을 더듬었다. 나무들 사이로 불어오는 바람의 속삭임과 절벽 아래 바위에 부딪혀 산산조각이 나는 파도 소리와 어우러져 물거품이 풍기는 향긋한 냄새를 맡으며, 그들은 몸이 붙은 샴쌍둥이처럼 판초 아래에서 서로 꼭 껴안고 웃으며, 전 우주를 통틀어 자신들만이 유일하게 사랑을 발견한 사람들이라는 확신 아래, 자신들의 사랑이 영원할 것을 맹세했다.

알바는 비명 소리와 길게 흐느끼는 신음 소리, 있는 대로 크게 틀어놓은 라디오 소리를 들었다. 그 순간 숲과 미겔, 사랑은 공포라는 깊은 우물 속으로 자취를 감추었으며, 알바는 있는 그대로 자신의 운명을 받아들이기로 했다.

밤이 지나고, 그 이튿날도 거의 저물 즈음이라 생각될 무렵, 마침내 처음으로 문이 열리면서 남자 두 명이 나타나 알바를 감방에서 끌고 나갔다. 그들은 알바에게 욕설을 퍼붓고 윽박지르면서 가르시아 대령 앞으로 알바를 끌고 갔다. 알바는 가르시아가 입을 열기도 전에, 눈이 가려진 상태에서도 평소 그에게서 느껴지던 잔인한 기운으로 그를 알아볼 수 있었다. 알바는 그가 양손으로 자기 얼굴을 감싸며, 두툼한 손가락으로 자신의 귀와 목을 더듬는 게 느껴졌다.

"자, 이제 네 애인이 어디에 있는지 말해 볼까?" 대령이 알바에게 물었다. "그럼 우리 둘 다 불쾌한 일은 하지 않아도 될 텐데."

알바는 안도의 한숨을 내쉬었다. 그렇다면 미겔은 아직 잡히지 않은 것이다!

"화장실에 가고 싶어요." 알바가 온 힘을 모아 단호하게 말했다.

"보아하니 별로 협조할 마음이 없는 것 같군, 알바 양. 안타까운데." 가르시아가 한숨을 내쉬었다.

"저 젊은이들은 자기 임무를 수행해야 하는데. 나도 어떻게 막을 방법이 없는걸."

알바의 주변으로 짧은 침묵이 감돌았다. 그녀는 소나무 숲과 미겔의 사랑을 떠올리기 위해 초인적인 노력을 기울였지만, 생각이 마구 뒤엉켜서 자신이 꿈을 꾸고 있는 건지, 땀 냄새와 똥 냄새, 피 냄새, 지린내가 뒤섞인 끔찍한 악취가 어디서 흘러나오는 건지, 가까이에서 또렷하게 들리는 라디오 축구 아나운서 목소리가 자기와는 아무 상관도 없는 핀란드 선수들이 공을 몰고 가는 상황을 중계하고 있는 것인지 아닌지 조차 감을 잡을 수가 없었다. 누군가 갑자기 세게 뺨을 후려 갈기는 바람에 알바가 바닥으로 그냥 쓰러졌다. 하지만 난폭한 손길이 다가오더니 다시 그녀를 일으켜 세웠다. 거친 손가락들이 그녀의 가슴을 헤집고 들어와 젖꼭지를 짓이겼다. 알바는 완전히 공포에 사로잡혔다. 낯선 목소리들이 그녀를 윽박질렀다. 미겔의 이름은 알아들을 수 있었지만, 그들이 자기한테 뭘 물어보는지 알 수가 없었다. 그들이 그녀를 후려갈기고, 거칠게 다루고, 더듬으며 블라우스를 벗기는 동안에도 알바는 지칠 줄 모르고 계속 "안 돼!"라는 소리만 되풀이했다. 그녀는 더는 아무것도 기억나지 않았다. 오직 안 돼, 안 돼, 안 돼라는 말만 계속 소리쳤다. 알바는 그게 겨우 시작일 뿐이라는 사실을 깨닫지 못한 채, 기력이 모두 쇠진하기 전에 자기가 얼마나 버틸 수 있을지 계산해 보았다. 마침내 정신을 잃은 것 같았다. 남자들은 그녀를 바닥에 내동댕이친 채 내버려 두었다. 하지만 알바에게는 그 순간이 너무 짧게만 느껴졌다.

얼마 지나지 않아 다시 가르시아의 목소리가 들려왔다. 그가 손을 내밀어 알바를 일으켜 의자로 데려가 옷도 바로 해주고, 블라우스 단추도 채워주었다. 알바는 그 손길이 가르시아의 것이라고 생각했다.

"맙소사!" 가르시아가 말했다. "세상에, 꼴이 이게 뭐야! 그러기에 내가 주의를 줬잖니, 알바. 자, 이제 진정해라. 내가 커피 한 잔 줄 테니까."

알바가 울음을 터뜨렸다. 따뜻한 액체를 마시니 기분은 좀 나아졌다. 그렇지만 커피를 마실 때 피도 함께 들이마셨기 때문에 커피 맛은 제대로 느낄 수 없었다. 가르시아가 커피 잔을 들어 간호사처럼 조심스럽게 알바에게 먹여주었다.

"담배 피우고 싶니?"

"화장실에 가고 싶어요." 알바가 부어터진 입술로 음절 한마디 한마디를 어렵사리 발음했다.

"물론이지, 알바. 저 사람들이 너를 화장실에 데려다 줄 거다. 그리고 나서 푹 쉬도록 해라. 난 너의 친구야. 네 처지도 완벽하게 이해할 수 있어. 너는 사랑에 빠져 있고, 그래서 네 애인을 보호하려고 하지. 나도 네가 게릴라들하고는 아무 상관이 없다는 거 잘 알아. 하지만 저들은 내가 그렇게 설명해도 믿으려 들지를 않아. 네가 직접 네 애인이 어디에 있는지 말하지 않으면 절대 물러서지 않을 거야. 사실 저들은 이미 네 애인을 포위하고 있다. 네 애인이 어디에 있는지 정확히 알고 있지. 그는 곧 붙잡힐 거야. 그렇지만 네가 게릴라들과 아무 상관이 없다는 걸 확인하고 싶은 거야. 내 말 알아듣겠니? 네가 계속 네 애인을 보호하고, 그가 어디에 있는지 말하지 않으면 저들은 계속 너를 의심할 거다. 저들이 원하는 걸 말해 줘. 그러면 내가 직접 너를 집까지 바래다줄게. 얘기할 거지? 그렇지?"

"화장실에 가고 싶어요." 알바는 같은 말만 반복했다.

"보아하니 너도 네 외할아버지처럼 여간 고집불통이 아니구

나. 좋아. 화장실에 보내주지. 좀 더 생각해 볼 수 있는 기회를 주겠다." 가르시아가 말했다.

그들이 알바를 화장실에 데리고 갔다. 알바는 바로 옆에서 자기 팔을 붙잡고 있는 남자를 무시한 채 볼일을 봐야 했다. 그러고 나서 그들은 알바를 감방에 데려다 주었다. 알바는 작은 웅덩이 같은 독방 안에서 생각을 정리해 보려고 노력했다. 그렇지만 구타로 인한 통증과 갈증, 관자놀이를 짓이기는 꽉 조이는 안대, 윙윙거리는 라디오 소리, 발소리가 다가올 때의 공포와 다시 멀어져갈 때의 안도감, 귀를 멍멍하게 하는 고함 소리와 명령 소리로 미칠 듯이 괴로웠다. 알바는 태아처럼 몸을 웅크린 채 바닥에 앉아, 끔찍한 고통 속으로 휘말려 들어갔다. 몇 시간, 어쩌면 며칠을 그렇게 가만히 있었다.

남자가 두 번 와서 알바를 화장실에 데리고 갔다. 악취가 진동하는 화장실에 갔지만 물이 나오지 않아 씻을 수는 없었다. 남자는 알바처럼 말도 없고 행동이 굼뜬 어떤 사람 옆의 변기에 그녀를 앉히고는 일 분을 주었다. 알바는 자기 옆에 있던 사람이 남자인지 여자인지도 알 수가 없었다. 처음에는 니콜라스 외삼촌이 자신에게 수치심을 극복할 수 있는 특별 훈련을 시켜주지 않은 것을 안타까워하며 마구 울었다. 알바에게는 수치심이 고통보다 더 끔찍스러웠다. 그렇지만 결국에는 모든 것을 체념하고 더러운 것도 그대로 받아들였다. 견딜 수 없을 정도로 씻고 싶은 욕구에 대해서도 더는 생각하지 않았다.

식사로는 삶은 옥수수와 작은 닭고기 조각과 약간의 아이스크림이 나왔다. 알바는 맛과 냄새와 온도로 그 음식이 무엇인지 알아맞혔다. 그러면서 이런 장소에서는 기대할 수도 없는 사치스러운 음식이 나오는 데 의아해하며 걸신들린 듯 손으로 허겁지겁 집어먹었다. 나중에야 알바는 그곳에서 고문받던 죄수들에게 나오는 음식이 새 정부 청사에서 나온 것임을 알게 되었다. 예전의 대통령 궁이 돌 무더기로 변해 버렸기 때문에 임시로 다른 건물을 새 정부 청사로 사용하고 있었다.

알바는 붙잡혀 온 이후로 며칠이나 지났는지 세어보려고 했지만 외로움과 어두움, 두려움이 밀려 들어오면서 시간과 공간 감각이 완전히 사라졌다. 괴물이 우글거리는 동굴이 눈앞에 아른거렸다. 알바는 그들이 자기에게 마약을 먹이는 것 같았다. 그래서 뼈마디마다 힘이 없고, 터무니없는 생각들로 온통 뒤죽박죽인 것 같았다. 알바는 먹지도 마시지도 않을 작정이었지만 배고픔과 갈증이 결심보다 훨씬 더 강했다. 알바는 외할아버지가 왜 아직까지 자기를 구하러 오지 않는지 이상하기만 했다. 드물게 정신이 들 때면 알바는 그것이 악몽이 아니며, 자기가 실수로 그곳에 붙잡혀 있는 게 아니라는 것을 깨달았다. 알바는 미겔의 이름까지도 모두 잊기로 작정했다.

그들이 알바를 에스테반 가르시아 앞으로 세 번째 끌고 갔을 때 알바는 좀 더 마음의 준비가 되어 있었다. 알바는 감방의 벽을 통해서 다른 죄수들을 심문하는 옆방에서 무슨 일이 일어나는지 들을 수 있었다. 그녀는 아무런 환상도 갖지 않았다. 이제는 사랑의 기쁨을 만끽했던 숲도 떠올리지 않았다.

"자, 알바. 충분히 생각할 시간이 있었다. 지금부터 우리 둘이 조용히 얘기를 할 거다. 네가 미겔이 어디에 있는지 얘기하면 빨리 끝낼 수 있어." 가르시아가 말했다.

"화장실에 가고 싶어요." 알바가 대답했다.

"보아하니 나를 놀리고 있군, 알바." 가르시아가 말했다. "아주 미안하게 됐다. 하지만 여기서는 낭비할 시간이 없다."

알바는 아무 대답도 하지 않았다.

"옷 벗어!" 가르시아가 확 바뀐 목소리로 말했다.

알바는 복종하지 않았다. 그들은 알바가 발버둥치며 저항해도 바지를 끌어내리며 거칠게 옷을 벗겼다. 어린 시절, 정원에서 가르시아가 키스했을 때의 기억이 또렷하게 되살아나면서 알바를 증오심으로 들끓게 했다. 알바는 그에게 거세게 저항했다. 소리소리 지르며 울부짖었고, 오줌도 싸고, 먹은 것을 다 토해 내기도 했다. 마침내 그들도 알바를 때리다가 지쳐서 잠시 휴식을 취했다. 그 시간에 알바는 외할머니의 이해심 많은 친구인 혼령들에게 죽게 도와달라고 간곡히 빌었다. 그러나 도움을 청하는 알바의 부름에 아무도 응하지 않았다. 손 두 개가 다가와 그녀를 일으켜 세웠고, 손 네 개가 등에 따가운 감촉이 느껴지는 스프링이 잔뜩 달린, 차갑고 딱딱한 금속 침대 위에 그녀를 눕히고 가죽 끈으로 손목과 발목을 묶었다.

"자, 이제 마지막으로 묻겠다, 알바. 미겔이 어디에 있지?" 가르시아가 물었다.

알바는 침묵으로 일관한 채 대답하기를 거부했다. 그들이 다른 끈으로 알바의 머리를 묶어 고정시켰다.

"말할 준비가 되면 손가락을 들어." 가르시아가 말했다.

다른 목소리가 들려왔다.

"제가 기계를 작동시키겠습니다."

그 순간 알바는 온몸을 관통하고 지나가는, 완전히 얼까지 빼놓을 정도로 끔찍한 고통을 느꼈다. 살아 있는 한 절대 잊지 못할 만큼 지독한 고통이었다. 그녀는 어둠 속으로 파묻혔다.

"새끼들아! 내가 조심해서 다루라고 했잖아!" 알바는 에스테반 가르시아의 목소리가 까마득하게 들렸다. 알바는 그들이 자신의 눈꺼풀을 뒤집는 것이 느껴졌지만 흐릿한 불빛 이외에는 아무것도 보이지 않았다. 잠시 후에 팔에 주사를 놓는 것이 느껴졌고, 그녀는 다시 무의식 속으로 빨려 들어갔다.

백 년쯤 되는 듯한 시간이 흐른 후, 알바는 벌거벗은 몸이 축축하게 젖은 채로 깨어났다. 알바는 자신의 몸을 뒤덮고 있는 것이 땀인지 물인지 오줌인지 분간을 할 수가 없었다. 꼼짝도 할 수 없었으며, 아무것도 기억이 나지 않았다. 자기가 어디에 있는지, 육신이 너덜너덜한 고깃덩어리가 되어버린 듯한 이 엄청난 고통이 어디서 비롯된 것인지 알 수가 없었다. 알바는 사하라 사막에서나 느낄 법한 심한 갈증을 느끼며 물을 찾았다.

"좀 참아, 동무." 누군가 옆에서 말하는 소리가 들렸다. "아침까지 기다려. 지금 물을 마시면 경련을 일으키며 죽을 수도 있어."

알바는 눈을 떴다. 눈은 더 이상 안대로 가려져 있지 않았다. 알 듯 모를 듯한 얼굴 하나가 자기 쪽으로 몸을 굽히며 두 손으로 담요를 덮어주었다.

"날 알아볼 수 있겠니? 나 아나 디아스야. 우리 대학 동창이잖아. 나 못 알아보겠어?"

알바는 고개를 가로젓고는, 눈을 감고 죽음의 달콤한 환상 속으로 빨려 들어갔다. 그러나 몇 시간 후 깨어나 몸을 움직였을 때는 온몸에 아프지 않은 곳이 없을 정도로 너무나도 고통스러웠다.

"곧 괜찮아질 거야." 한 여자가 그녀의 얼굴을 어루만지다가, 눈을 덮고 있는 축축한 머리카락을 뒤로 넘겨주면서 말했다.

"움직이지 마. 그리고 마음을 편하게 먹어. 나는 여기 네 옆에 있을 테니까. 푹 쉬어."

"무슨 일이 일어난 거예요?" 알바가 더듬거리며 말했다.

"동무를 정말 심하게 다뤘어." 여자가 서글프게 말했다.

"누구세요?" 알바가 물었다.

"아나 디아스. 나는 이곳에 일주일째 갇혀 있어. 다른 동지도 함께 잡혀왔지. 하지만 아직은 살아 있어. 그들이 그 동지를 화장실에 데려갈 때마다 하루에 한 번씩은 보지."

"아나 디아스?" 알바가 중얼거렸다.

"그래. 사실 우리는 대학교 때는 별로 친하지 않았지. 하지만 지금부터라도 늦지 않아. 사실 나는 너를 이런 데서 만나게 되리라고는 생각도 하지 못했어, 백작 부인." 여자가 다정하게 말했다.

"지금은 아무 얘기 하지 말고, 잠을 자도록 해봐. 그러면 시

간이 금방 흘러갈 거야. 기억은 차츰 돌아올 테니 걱정하지
마. 전기 고문 때문에 그런 거니까."

그러나 감방 문이 열리면서 한 남자가 들어왔기 때문에 알
바는 잠을 잘 수가 없었다.

"저년한테 다시 안대를 씌워." 아나 디아스에게 명령했다.

"제발……! 지금 얼마나 쇠약해 있는지 보이지 않아요? 좀
쉬게 내버려 두세요……!"

"시키는 대로 해!"

아나가 침대 위로 몸을 굽혀 알바의 눈에 안대를 씌웠다.
그러고 나서 담요를 치우고 알바에게 옷을 입혀주려고 했다.
그러나 간수가 아나를 거칠게 밀쳐내고 알바의 양팔을 끌어
올려 앉혔다. 알바는 걸을 수 없었기 때문에 다른 남자가 한
명 더 들어와 양쪽에서 그녀를 질질 끌고 나갔다. 알바는 자
기가 이미 죽은 게 아니라면, 죽어가고 있다고 확신했다. 발소
리가 메아리쳐 울리는 복도를 따라갔다. 알바는 손 하나가 자
기 얼굴로 다가와 고개를 들어올리는 것이 느껴졌다.

"물은 줘도 될 것 같군. 씻기고 나서 주사를 한 번 더 놔. 그
리고 커피를 삼킬 수 있는지 보고 나한테 다시 데리고 와." 가
르시아가 말했다.

"옷을 입힐까요, 대령님?"

"아니."

알바가 가르시아에게 잡혀온 지도 꽤 오래되었다. 며칠이
지나 가르시아는 알바가 자기를 알아본 것을 눈치 챘지만, 단

둘이 있을 때조차도 주의를 게을리 하지 않았고 안대도 풀어 주지 않았다. 매일 새로운 죄수들이 끌려 들어오고 끌려 나갔다. 알바는 차 소리와 비명 소리, 문 닫히는 소리를 들으며 죄수들의 숫자를 헤아려보려고 했지만 그건 불가능한 일이었다. 아나 디아스는 이백 명 가까운 사람들이 있을 거라고 추측했다.

가르시아는 정신없이 바빴지만 하루라도 알바를 보지 않고 지나치는 날이 없었다. 그는 말할 수 없을 정도로 잔인하게 굴다가도, 자기가 알바의 좋은 친구라도 되는 것처럼 연극하기도 했다. 때로는 진심에서 우러난 것처럼 자신이 직접 알바에게 수프를 떠먹여 줄 때도 있었다. 그렇지만 알바가 구역질을 하며 기절할 때까지 오물로 가득 찬 양동이에 그녀의 머리를 처박던 날, 알바는 가르시아가 미겔의 행방에 대해 알려고 하는 게 아니라, 태어날 때부터 자신이 당해 온 상처를 복수하려는 것임을 알았다. 그리고 알바가 무엇을 고백하건 간에, 가르시아 대령의 개인 죄수로 잡혀 있는 자신의 운명에는 변함이 없을 거라는 것을 깨달았다.

그 생각이 들자 알바는 혼자서 끙끙대며 앓았던 그 끔찍한 공포에서 조금씩 벗어나 자신의 두려움을 감출 수 있게 되었다. 이제는 다른 사람을 돌아볼 여유도 생겼다. 팔이 묶여서 매달린 사람들, 막 도착한 죄수들, 쇠고랑을 찬 발 위로 트럭이 지나가 짓밟힌 남자에게 동정을 느낄 수 있게 되었다. 그들은 새벽녘에 죄수들을 모두 앞마당에 끌어내 놓고 억지로 그 광경을 보도록 강요했다. 이것 역시 대령과 죄수들 간의 개인

적인 문제였다. 알바가 어두운 자신의 감방 밖에서 눈을 떠본
것은 그때가 처음이었다. 새벽녘의 은은한 햇살과 돌 위에서
반짝이는 서리, 밤새 내린 비로 돌 위에 고인 물웅덩이가 알바
에게는 견딜 수 없을 만큼 찬란하게 보였다. 그들이 아무 저항
도 하지 않는 그 남자를 끌어냈다. 제대로 서 있을 수도 없었
기 때문에 그는 앞마당 한가운데에 그냥 내버려졌다. 간수들
은 손수건으로 얼굴을 가려, 상황이 바뀌어도 자신들의 신분
이 노출되는 불상사가 일어나지 않도록 했다. 알바는 트럭의
엔진 소리가 들렸을 때 눈을 감았지만 그 남자의 처절한 신음
소리까지 듣지 않을 수는 없었다. 그 소리는 알바의 기억 속
에 영원히 각인되었다.

아나 디아스는 함께 있는 동안 알바가 버틸 수 있도록 도
와주었다. 아나는 불굴의 여인이었다. 그녀는 갖가지 잔혹한
고문을 모두 견뎌냈다. 자기 연인이 보는 앞에서 강간을 당하
기도 했으며, 그 연인과 함께 고문도 당했다. 그렇지만 아나는
웃음을 잃지 않았고, 희망을 버리지 않았다. 심지어 구타로
배 안에 있던 아이가 유산돼 하혈이 시작되어 비밀 경찰의 비
밀 진료소로 끌려갈 때도 끄떡하지 않았다.

"괜찮아. 아이는 다시 생길 거야." 아나가 감방으로 돌아와
알바에게 말했다.

그날 밤 알바는 처음으로 아나가 우는 소리를 들었다. 아나
는 슬픔을 감추려고 담요에 얼굴을 파묻은 채 흐느껴 울었다.
알바는 아나에게 다가가 꼭 끌어안고는, 그녀를 달래며 눈물
을 닦아주었다. 알바는 자기가 아는 다정다감한 말을 모두 동

원해서 위로하려 애썼지만, 그날 밤 아나 디아스를 위로해 줄 수 있는 것은 아무것도 없었다. 그래서 알바는 아나의 처절한 고통을 자기도 나눠 가질 수 있으면 하는 바람으로, 가만히 아나를 끌어안고는 아기를 재울 때처럼 앞뒤로 조용히 흔들며 자장가를 불러주었다. 새벽녘에 그들은 두 마리의 작은 짐승처럼 웅크린 채 잠들었다.

낮 시간에 아나와 알바는 화장실에 가기 위해 남자들이 긴 줄로 늘어서서 자신들의 감방 앞을 지나갈 때를 초조하게 기다렸다. 그들은 모두 안대를 쓰고 있었으며, 헤매지 않기 위해 앞사람의 어깨에 손을 올려놓은 채 무장 경비의 감시를 받으며 갔다. 그 죄수들 중에 안드레스가 있었다. 감옥의 창살 달린 작은 창문을 통해, 아나와 알바는 손만 뻗으면 닿을 수 있을 정도로 가까운 거리에서 그들을 보았다. 그들이 지나갈 때마다 아나와 알바는 절망 가득한 노래를 불렀고, 그러면 다른 감방들에서도 여자들의 목소리가 울려 퍼졌다. 그럴 때면 죄수들이 똑바로 서서 양어깨를 펴고 여자들의 감방 쪽으로 고개를 돌렸으며, 안드레스는 미소를 머금었다. 그의 셔츠는 말라붙은 피가 엉겨 붙은 채 갈가리 찢겨 있었다.

한 간수가 여자들의 노래에 감동을 받았다. 하루는 그가 깡통 속에 물을 담아 카네이션 세 송이를 꽂아 창가에 놓으라며 여자들에게 가져다주었다. 또 한번은 죄수의 옷가지를 빨고, 감방을 청소해 줄 자원자가 필요하다며 아나 디아스에게 와서 말했다. 그는 아나를 안드레스가 있는 곳으로 데려가서, 몇 분 동안 단둘이 있을 수 있도록 해주었다. 아나 디아스가 돌아왔을 때 그녀는 달라져 있었다. 알바는 그녀의 행복한 순간을 깨뜨릴까 봐 감히 말도 붙이지 못했다.

어느 날 가르시아 대령은 알바를 연인처럼 어루만지며, 시골에서의 어린 시절을 얘기하고 있는 자신을 발견하고는 깜짝 놀랐다. 그때 그는 초록색 댕기 머리에 풀 먹인 나시 옷을 입고, 외할아버지와 손을 잡고 걸어가고 있는 알바를 멀리서 바라보았다. 그때 그는 맨발로 진흙탕 속에 서서, 언젠가는 그녀의 거만함과 사생아로 태어난 자신의 고약한 운명에 복수하리라 맹세했다. 알바는 온몸이 딱딱하게 굳어 정신도 멍한 데다가 발가벗겨진 채 추위와 혐오감에 벌벌 떨고 있었기 때문에 그가 무슨 말을 하는지 들리지도 않았고, 그가 자기 몸을 더듬는 것도 느낄 수 없었다. 그러나 가르시아 대령은 알바에게 온갖 고통을 주고 싶다는 열망에 균열이 생기자 화들짝 놀라며 자신의 마음에 경종을 울렸다. 그는 알바를 개집에 처넣으라고 명령하고는, 괜히 혼자 화를 내며 그녀를 잊기로 굳게 마음먹었다.

개집은 어둡고 얼음장같이 차가운, 무덤처럼 작고 밀폐된 감방이었다. 개집은 모두 여섯 개가 있었는데, 벌을 주기 위해 빈 물탱크에다가 만들어놓은 독방이었다. 개집은 비교적 짧은 기간만 사용했다. 개집에서는 어느 누구도 오랫동안 견딜 수 없었다. 개집에 갇힌 사람들은 채 며칠도 지나지 않아 사물의 감각이나 단어의 의미, 시간이 흐르면서 느껴지는 불안감을 서서히 잊어가며 헛소리를 하기 시작했다. 간단히 말해서 서서히 죽어가기 시작하는 것이다.

알바는 작은 체구에도 불구하고 앉지도 서지도 못하는 그 무덤 속에서 엉거주춤 몸을 웅크린 채 처음에는 미치지 않으려고 안간힘을 썼다. 혼자만의 고독 속에서 알바는 자신이 아나 디아스에게 얼마나 많이 의지했는지 깨달았다. 다른 감방에서 암호로 된 메시지를 보내는 듯 멀리서 희미하게 똑똑거리는 소리가 들리는 것 같기도 했다. 그러나 그녀는 곧 소리에 주의를 기울이지 않았다. 그곳에서는 어떤 의사소통도 무의미했다.

알바는 자포자기했다. 알바는 그 끔찍한 고통을 한번에 영원히 끝낼 작정으로 식사도 하지 않았다. 다만 너무 지쳐서 힘이 들 때만 물을 한 모금씩 마셨다. 알바는 숨도 쉬지 않고, 움직이지도 않은 채 초조하게 죽음만 기다렸다. 그렇게 한참을 있었다. 알바가 거의 목적을 이루었을 때 그렇게도 여러 번 죽게 도와달라며 불렀던 클라라 외할머니가 마침내 모습을 드러냈다. 클라라 외할머니는 언젠가는 죽게 되어 있지만 그곳에서 살아남는 것이야말로 기적과도 같은 일이니 지금은 죽을 때가 아니라고 얘기했다. 하얀 리넨 가운에 겨울용 장갑을 끼고, 이빨이 빠진 다정한 웃음과 갈색 눈에 장난기가 가득 어린 클라라 외할머니의 모습은 알바가 어렸을 때 보았던 모습 그대로였다.

클라라 외할머니는 정신을 집중시켜 개집에서 살아 나갈 수 있도록, 종이나 연필 없이도 생각만으로 글을 써보라며 알바에게 권했다. 그러고는 한술 더 떠서 알바가 지금 아무도 모르게 겪고 있는 그 끔찍한 고통을 언젠가 세상에 알릴 수 있도록, 확실한 증거가 될 수 있는 글을 써보라며 권했다. 아무것도 알고 싶어 하지 않는 사람들의 평온하고 정돈된 삶 한편으로 얼마나 끔찍한 일이 벌어지고 있는지 만방에 알려야 한다고 했다. 정상적인 삶을 꾸려 나가고 있다는 환상에 빠진 사람들과 자신들이 뗏목에 몸을 싣고 슬픔의 바다 위를 정처 없이 표류하고 있다는 것을 부인하는 사람들에게 그 참상을 알려야 한다고 했다. 행복에 겨운 그들의 세상에서 얼마 떨어지지 않은 어두운 곳에는 방황하며 근근이 살아가고 있는 사람들이나 죽어가고 있는 사람들이 있다는 것을, 명백한 증거가 있는데도 알지 못하는 사람들에게 알려야 한다고 했다.

"얘야, 너는 할 일이 아주 많단다. 그러니 네 자신을 그만 동정하거라. 자, 이제 물을 마시고 글을 써보도록 해라." 클라라 외할머니가 나타났을 때처럼 스르르 사라지기 전에 손녀딸에게 말했다.

알바는 외할머니의 말을 따르기로 했다. 그러나 그녀가 마음속에 기록을 시작하자마자 개집은 그녀의 이야기 속에 나오는 인물들로 가득 찼다. 그들이 정신없이 몰려와 서로 밀치며 자기네들의 얘기와 미덕, 악덕을 늘어놓으며 알바를 에워쌌다. 그들은 다큐멘터리식으로 기록을 작성하려는 알바의 의도를 깡그리 무시한 채 증언 근처에도 가지 못하게 했다. 그들은 알바를 끈덕지게 재촉하고, 서두르라며 조르고, 성화를 부렸다. 알바는 그들이 하는 말을 무서운 속도로 받아 적었다. 그렇지만 새로 한 페이지를 쓰면 전 페이지가 지워져버렸기 때문에 마음이 조급하고 불안했다. 그러면서 알바는 그 일에 완전히 사로잡혔다. 처음에는 새로운 얘깃거리가 떠오르면 금세 다른 얘깃거리를 잊어버리는 바람에 계속 이야기의 흐름이 끊겼다. 조금만 방심하거나 약간이라도 두렵다거나 아프다고 느끼면 그녀의 이야기는 털실 뭉치처럼 그냥 엉켜버렸다. 그렇지만 곧 사건들을 순서대로 불러내는 방법을 고안해 자기 이야기 속에 완전히 푹 빠진 알바는 먹는 것도, 몸을 긁는 것도, 악취를 맡으며 쿵쿵거리는 것도, 불평하는 것도 그만두었다. 결국 알바는 수도 없이 많은 고통들을 하나하나 이겨낼 수 있게 되었다.

알바가 죽어가고 있다는 얘기가 전해졌다. 간수들은 개집의 뚜껑을 열어, 알바가 깃털처럼 가벼웠기 때문에 힘 하나 들이지 않고 알바를 들어올렸다. 그들이 그동안 증오심을 되찾은 가르시아 대령에게 알바를 데려갔지만, 알바는 그를 알아보지 못했다. 알바는 그의 힘이 미치지 못하는 먼 곳에 가 있었다.

겉에서 보면 크리스토발 콜론 호텔은 내가 기억하는 그대로 초등학교처럼 평범한 모습이었다. 내가 그곳에 마지막으로 갔던 이후로 얼마나 많은 세월이 흘렀는지는 계산할 수도 없을 정도였다. 옛날의 그 무스타파가 나와서 맞이하면 어떨까 하는 생각도 해보았다. 납 이빨이 두 줄로 박힌 데다가 동양의 색채가 물씬 풍기는 옷을 입고 터키 대신처럼 정중하던, 푸른 빛이 감도는 피부를 지닌 그 흑인이 생각났다. 트란시토는 다른 흑인들은 모두 페인트칠을 한 가짜이고 무스타파만이 진짜라고 보증했었다. 그렇지만 그런 일은 일어나지 않았다. 수위가 작은 방으로 나를 안내하더니 의자를 가리키며 앉아서 기다리라고 했다. 잠시 후에 볼 만한 구경거리인 무스타파 대신에 서글픈 표정을 지닌 말쑥한 차림의 시골 아주머니풍의 여자가 풀 먹인 하얀 칼라를 단 파란색 유니폼을 입고 나타났다. 그녀는 너무 늙고 힘없어 보이는 나를 보고는 가벼운 한숨을 내쉬었다. 그녀는 빨간 장미 한 송이를 들고 있었다.

"신사 분 혼자십니까?" 여자가 물었다.

"물론 혼자 왔소." 내가 소리 질렀다.

여자는 나에게 장미를 건네주고는 어느 방을 원하느냐고 물었다.

"그런 건 아무래도 상관없소." 내가 놀라서 대답했다.

"마구간, 사원, 아라비안나이트 방이 비어 있습니다. 어느 방을 원하십니까?"

"아라비안나이트." 나는 별다른 이유 없이 대답했다.

여자가 초록 불빛과 붉은 화살이 켜져 있는 긴 복도를 따라 나를 안내했다. 나는 지팡이에 의지한 채 발을 질질 끌면서 아주 어렵사리 그 여자의 뒤를 따라갔다. 우리는 색유리로 이루어진, 우스꽝스러워 보이는 아치 창문들이 달린 작은 회교 사원이 세워져 있는 조그만 뜰에 도착했다.

"여기입니다. 마실 것을 원하시면 전화로 주문하세요." 여자가 전화기를 가리켰다.

"트란시토 소토와 얘기를 하고 싶소. 그것 때문에 이곳에 온 거요." 내가 말했다.

"죄송합니다만 사장님께서는 손님을 상대하지 않으십니다. 물품 공급 업자들만 만나십니다."

"꼭 만나야 해! 가서 트루에바 상원의원이 왔다고 전하시오. 내가 누군지 잘 아니까."

"이미 말씀드렸듯이 사장님께서는 아무도 만나지 않습니다." 여자가 팔짱을 낀 채 대답했다.

나는 지팡이를 집어 들고는 만약 트란시토 소토가 십 분 내에 직접 나타나지 않으면 창문이든 그 판도라 상자 안에 들어 있는 것이든 죄다 때려 부수겠다며 윽박질렀다. 유니폼을 입은 여자가 깜짝 놀라서 뒤로 물러섰다. 회교 사원의 문을 열고 안으로 들어가 보니, 조악한 알람브라 궁전의 모습이 드러났다. 타일을 붙인 짧은 계단 위로 가짜 페르시아 양탄자가 깔려 있었으며, 그 계단은 천장이 둥그런 육각형의 방으로 이어졌다. 그 방에는 아랍의 하렘에 한번도 가보지 않은 사람들이 그곳에 있으리라 상상하는 건 모두 있었다. 다마스크 천으로 된 쿠션, 유리 향로, 종, 중동 시장에서 구할 수 있는 갖가지 장신구들로 장식되어 있었다. 교묘하게 배열된 거울 덕에 무한대로 늘어나 보이는 기둥들 사이로 침실보다 더 크고, 푸른색 모자이크로 장식한 욕실이 보였다. 그 안에는 암소 한 마리도 목욕시킬 수 있는, 좀 더 설득력 있게 말하자면 두 연인이 같이 들어가서 장난쳐도 좋을 만큼 커다란 욕조가 놓여 있었다.

그곳은 내가 기억하고 있는 크리스토발 콜론과는 닮은 구석이 하나도 없었다. 나는 갑자기 피곤이 몰려와 둥근 침대 위에 어렵사리 주저앉았다. 뼈마디마다 다 쑤셨다. 나는 고개를 들어 천장의 거울에 비친 내 모습을 바라보았다. 늙어 쭈그러진 육신과 성경에 나오는 로마 시대의 원로처럼 깊은 주름살이 파인 슬픈 얼굴과 몇 가닥 남지 않은 흰 단발머리가 거울에 비쳤다.

"세월이 유수와 같군!" 나는 한숨을 내쉬었다.

트란시토 소토가 노크도 없이 들어왔다.

"다시 뵙게 되어 반가워요, 주인 나리." 트란시토가 예전과 다름없이 인사말을 건넸다.

트란시토 소토는 가냘픈 초로의 여인으로 변해 있었다. 단정하게 쪽 진 머리에 검은색 울 정장을 입고, 진주 목걸이를 단순하게 두 번 감은 모습은 위엄이 있으면서도 차분한 인상을 주었다. 사창가의 주인이라기보다는 연주회에 나온 피아니스트 같았다. 내가 알고 있던, 배꼽 주위에 뱀 문신을 새긴 여자와는 연결시키기 힘들었다. 나는 일어나서 그녀에게 인사를 건넸다. 예전처럼 허물없이 대할 수가 없었다.

"좋아 보이는군, 트란시토." 나는 그녀가 예순여섯 살은 넘었을 거라고 추측했다.

"모두 잘되었어요, 주인 나리. 제가 언젠가 부자가 될 거라고 얘기했던 거 기억하세요?" 트란시토가 웃었다.

"원하던 대로 되어서 반갑네."

우리는 둥근 침대 위에 나란히 걸터앉았다. 트란시토가 잔 두 개에 코냑을 따르면서 매춘부와 호모의 협동조합은 십 년이란 긴 세월 동안 순조롭게 잘 돌아갔지만, 그 후에는 세상이 바뀌어 다른 변화를 줘야만 했다고 설명했다. 관습들이 많이 해이해지고, 자유연애가 유행하면서 피임약 사용도 늘어나는 등의 새로운 추세로 선원들이나 노인들을 빼면 아무도 창녀를 필요로 하지 않게 되었다고 설명했다.

"얌전한 양가집 규수들이 공짜로 자주는데 경쟁이나 되겠어요?" 트란시토가 말했다.

그녀는 협동조합이 사양길로 들어서면서 동업하던 여자들은 더 많은 돈을 벌 수 있는 다른 직업을 찾아 나섰고, 무스타파마저도 자기네 나라로 돌아갔다고 설명했다. 그러던 차에 이제 필요한 것은 밀회를 즐길 수 있는 호텔, 즉 연인들이 몰래 만나 즐길 수 있고, 남자가 처음으로 여자를 데리고 와도 쑥스럽지 않을 쾌적한 장소가 필요하다는 생각이 들었던 것이다. 손님들이 직접 데리고 올 테니, 여자는 데리고 있을 필요가 없었다. 트란시토는 자신의 기발한 상상력과 손님들의 취향을 고려해서 손수 인테리어를 꾸몄다. 그렇게 해서 밤마다 다른 분위기를 연출하는 탁월한 사업적인 안목 덕택에 크리스토발 콜론 호텔은 방황하는 영혼과 밀애를 즐기려는 연인들을 위한 천국이 되었다. 트란시토 소토는 퀼트풍의 가구들이 진열된 프랑스풍의 거실과 신선한 건초가 놓인 말구유, 색유리 눈으로 변함없이 연인들을 지켜보는 딱딱한 마분지로 만든 말, 종유석이 달린 선사 시대의 동굴, 퓨마 가죽을 씌운 전화기 등을 만들어 분위기를 한껏 연출했다.

"주인 나리께서는 사랑을 하러 이곳에 오지는 않으셨을 테니 제 사무실로 가시지요. 이 방은 다른 손님들이 이용할 수 있도록 말이지요." 트란시토 소토가 말했다.

그녀는 사무실로 가는 길에, 쿠데타 이후 비밀 경찰이 몇 번 호텔을 수색했지만 그들이 연인들을 침대에서 끌어내 총부리를 들이밀고 거실에 정렬시킬 때마다 손님 중에 장군이 한두 명씩은 꼭 끼어 있었기 때문에 더는 자기를 괴롭히지 않았다고 말했다. 그녀는 이전 정부와 그랬던 것처럼 현 정부와도 좋은 관계를 유지하고 있었다. 그녀는 크리스토발 콜론 호텔은 번창일로에 있는 사업으로 해마다 내부 인테리어를 새롭게 바꾼다고 했다. 그녀는 폴리네시아의 섬에 좌초한 난파선을 엄숙한 수도원으로 바꾸기도 하고, 바로크풍의 정원 그네를 고문대로 바꾸는 등 최신 유행에 따라 인테리어를 바꾼다고 했다. 또한 거울과 불빛을 이용해 눈속임을 하면 공간이 무한히 확대되는 동시에 시간이 정지한 듯한 새로운 분위기도 연출하면서, 비교적 보통 크기인 그 집에 수없이 많은 것들을 표현할 수 있다고 했다.

우리는 그녀의 사무실에 도착했다. 사무실은 비행기 조종실처럼 장식되어 있었다. 그곳에서 트란시토는 금융가 못지않은 유능함으로 그 큰 조직을 이끌어 나갔다. 그녀는 얼마나 많은 시트를 빨아야 하는지, 화장지는 얼마나 구입해야 하는지, 술은 얼마나 소비되는지, 최음제 효과가 있는 메추리알은 하루에 어느 정도 준비해야 하는지 모두 들려주었다. 그러고는 금지된 사랑을 나누며 늘 항해 중인 그 거대한 항공모함을 유지하기 위해 얼마나 많은 수도세와 전기세, 전화세를 지불해야 하는지 얘기했다.

"자, 주인 나리, 제가 어르신을 위해 뭘 할 수 있을지 말씀해 보세요." 마침내 트란시토 소토가 비행기 조종사의 의자에 기대고 앉아 진주 목걸이를 만지작거리며 물었다.

"주인 나리가 여기에 오신 이유는 제가 오십 년 전에 진 빚을 되돌려 받기 위해서라고 생각되는데, 맞습니까?"

트란시토가 물어보기만을 기다리고 있던 나는 그제야 내 근심거리를 모두 털어놓았다. 나는 아무것도 숨기는 것 없이, 처음부터 끝까지 잠시도 쉬지 않고 모두 얘기했다.

"알바는 하나밖에 없는 내 손녀딸일세. 나는 사실상 이 세상에서 외돌토리나 다름없고, 페룰라 누님이 저주하며 예언한 대로 내 몸과 영혼은 모두 쪼그라들고 있지. 이제는 개죽음 당하는 일만 남았네. 초록색 머리카락을 가진 손녀딸이 내게 남은 전부이고, 내가 진정으로 걱정하는 유일한 사람일세. 그러나 불행히도 그 손녀딸은 집안 식구들의 안 좋은 내력을 이어받아 골치 아픈 일에 끼어들기를 좋아하고, 가까운 사람들에게 고통만 안겨주는 이상주의자라네. 그래서 손녀딸은 도망자들을 대사관에 피신시켜 주고 다녔네.

확언컨대 그 아이는 아무 생각 없이 그러고 다녔을 거야. 손녀딸은 나라가 전쟁 중이라는 것도 몰랐어. 국제 공산당에 맞서 싸워야 하는 건지, 민중들에게 맞서 싸워야 하는 건지 분명하지는 않지만 하여간 전쟁은 전쟁이고, 그런 행동이 법에 저촉된다는 사실을 몰랐을 걸세. 알바의 머리는 늘 허황한 생각으로 가득 차서 자기가 위험에 처해 있다는 걸 몰랐지. 그 아이는 나쁜 마음으로 그런 짓을 하고 다닌 게 아니었어. 오히려 제 외할머니처럼 동정심이 흘러 넘쳐서 그랬던 거지. 영험한 능력을 지닌 나의 클라라는 아직도 나 모르게 우리 집 골방에서 불쌍한 사람들을 돌보며 돌아다니지. 그래서 누가 됐든지 쫓기고 있다며 알바에게 도와달라고 하면 알바는 완전히 생면부지인 사람일지라도 그를 도와주려고 위험을 무릅쓰지.

내가 몇 번이나 알바에게 주의를 주었네. 함정일 수도 있고, 손녀딸이 공산주의자라고 생각하는 사람이 비밀 경찰 끄나풀일 수도 있다고 누차 주의를 주었지만 손녀딸은 내 말은 귓등으로도 듣지 않았네. 평생 내 말은 죽어라 듣지 않았지. 그 녀석은 나보다 더 고집불통이거든. 하지만 아무리 그래도, 어쩌다 불쌍한 사람 한번 도와준 것이 나쁜 일은 아닐세. 그 아이가 내 손녀딸, 우리 나라 상원의원이자 보수당 최고 위원의 손녀딸이라는 것도 고려하지 않고 그렇게 끌고 갈 정도로 죽을 죄를 지은 건 아니란 말일세. 우리 같은 사람들이 체포된다면 아무도 무사하지 못할 거야. 우리 식구들한테까지 그런 짓을 할 수는 없지.

국회에서 이십 년 넘게 일한 세월도, 내 인맥도 아무 소용이 없네. 나는 이 나라의 모든 사람들을, 나와 개인적으로 친한 우르타도 장군을 포함해서 적어도 중요한 인물들은 모두 알고 있지. 하지만 이번 경우에는 아무 소용이 없네. 추기경까지도 내 손녀딸을 찾는 데 도움을 주지 못했어. 손녀딸이 마치 마술처럼 사라져버릴 수 있다는 게 믿어지지 않네. 한밤중에 느닷없이 사람들이 들이닥쳐서 손녀딸을 끌고 갔는데 그 후에는 감감 무소식이네. 지금 한달 넘게 손녀딸을 찾고 있지만 상황이 점점 어렵게 돌아가 미치겠네.

이런 일이 군사 혁명 정부가 외국에 나쁜 인상을 주고, 유엔이 인권 문제를 들어 간섭할 수 있는 빌미를 제공하는 거지. 나는 처음에는 사망자나 고문당한 사람들, 행방불명이 된 사람들에 대한 얘기는 아예 들으려고도 하지 않았네. 하지만 지금은 그 얘기들이 공산주의자들이 꾸며낸 거짓말이라고 계속 생각할 수가 없어. 처음부터 군부를 지원하고, 대통령 궁을 폭파하도록 조종사들까지 보내준 양키들도 지금은 그런 대학살에 분개하고 있네.

내가 억압에 반대하는 건 아닐세. 처음에 질서를 바로 세우기 위해서는 어느 정도 억압 정책을 펴야 한다는 건 나도 이해하네. 하지만 이건 해도 너무해. 나라를 안정시키고 이념적인 적을 제거해야 한다는 구실로 너무 상황을 악화시켰어. 이러다가는 살아남은 사람이 얼마 없을 걸세. 아무도 그들에게 농조하지 않을 거야. 심지어 나까지도 동조할 수가 없어. 나야말로 사관생도들에게 비겁하다고 소리 지르며 다른 놈들이 권력을 차지하기 전에 먼저 쿠데타를 일으키라며 부추긴 사람일세. 처음으로 쿠데타에 박수갈채를 보내며 대성당에서 열린 구국 감사 미사에 참석한 사람일세. 그래서 더더욱 이런 일이 우리 나라에서 벌어지고 있다는 사실을 받아들일 수가 없네. 사람들이 사라지고, 내 손녀딸을 강제로 우리 집에서 끌어내고, 나는 아무런 힘도 쓰질 못하고. 우리 나라에서는 이런 일이 한번도 일어난 적이 없었네.

그래서 내가 트란시토 자네를 만나러 온 걸세. 자네가 홍등가에서 연약한 몸으로 일했던 오십 년 전에는 내 손녀딸을 찾아달라고 자네에게 이렇게 무릎 꿇고 애원하게 될 줄은 꿈에도 상상하지 못했네. 자네가 정부 사람들과 좋은 관계를 유지하고 있다는 얘기를 들었기 때문에 내 감히 자네에게 이런 부탁을 하는 거네. 내가 보기에는 자네만큼 군대의 최고위층하고 친하게 지내는 사람도 드문 것 같아. 자네가 그들을 위해 파티도 준비해 주고, 나도 출입하지 못하는 곳에 드나들고 있다는 것도 알고 있네. 그렇기 때문에 너무 늦기 전에 내 손녀딸을 위해 손 좀 써달라고 이렇게 부탁하는 걸세.

나는 지난 몇 주 동안 잠도 자지 못하고 돌아다니며 모든 관공서와 관계 부처들을 찾아다니고, 오랜 친구들을 모두 만나보았지만 그들은 아무런 힘도 되어줄 수가 없었네. 이젠 나를 만나려 하지도 않고, 바깥에 세워놓은 채 몇 시간이고 기다리게만 하지. 저희들한테 엄청난 혜택을 베풀어주었던 나한테 말일세. 트란시토, 제발 나 좀 도와주게. 원하는 건 뭐든지 말하게. 공산주의자들의 치하에서 사정이 좀 나빠지고 땅도 빼앗기기는 했지만 그래도 나는 여전히 부자일세. 아마 자네도 잘 알 걸세. 엄청난 스캔들이었으니 자네도 텔레비전이나 신문을 통해서 그 장면을 봤겠지.

그 무식한 농민들이 내 종자 소를 잡아먹고, 경주용 암말로 땅을 갈았네. 그러니 일 년도 못 돼서 트레스 마리아스는 폐허가 되었지. 그러나 나는 지금 농장에 트랙터를 잔뜩 갖다 놓고 옛날에 내가 한참 젊었을 때 그랬듯이 다시 일으켜 세우려 하고 있네. 지금 늙어서도 똑같이 그런 일을 하고 있지. 그러나 나는 아직 끝나지 않았어. 내 재산을 차지하려 했던 그 불쌍한 놈들은 지금 비참한 몰골로 굶어 죽어가고 있네. 목구멍에 풀칠하며 살기 위해 닥치는 대로 아무 일이나 하고 있겠지. 불쌍한 사람들 같으니. 사실 그 사람들의 잘못은 아니지. 그들은 그 빌어먹을 농지 개혁에 속아 넘어간 것뿐이야. 사실, 마음속으로는 그들을 모두 용서했네. 나는 그들이 트레스 마리아스로 돌아오길 바라고 있어. 그래서 그들을 불러 모으려고 신문에 광고까지 냈지. 언젠가는 돌아올 거야. 내가 그 사람들을 거두어줘야지 누가 거두어주겠나? 그들은 어린아이와 같아. 아이고, 내가 지금 이런 얘기를 하러 자네한테 온 건 아닌데.

트란시토, 자네 시간을 뺏고 싶지 않네. 중요한 건 내가 단단한 기반을 갖고 있으며, 사업이 평탄하게 잘 돌아가고 있고, 자네가 요구하는 건 뭐든지 들어줄 수 있다는 거야. 어떤 미친 놈이 잘린 손가락을 더 보내오거나, 베어낸 귀를 보내기 시작해 내가 완전히 돌아버리거나 심장마비를 일으키기 전에 자네가 내 손녀딸 알바를 찾아주게. 이렇게 흥분해서 미안하이. 손이 마구 떨리고, 신경도 날카로워져서 그러네. 대체 무슨 일인지 영문도 모르겠어. 소포 하나가 배달되었는데, 그 안에 사람 손가락 세 개가 들어 있었네. 깨끗하게 절단된 손가락들이지. 옛 기억을 떠올리게 하는 아주 기분 나쁜 장난이야. 그러나 그 얘기는 알바와는 아무 상관도 없는 거네. 그때는 내 손녀딸이 아직 태어나기도 전이니까.

틀림없이 나에겐 적이 많이 있을 걸세. 우리 정치가들한테는 모두 적이 있지. 손녀딸이 체포되어 제정신이 아닌 이때에 손가락을 소포로 보내 내가 끔찍한 상상을 하며 고통받기를 원하는 미친 사람이 있다고 해도 그리 놀라운 일은 아닐세. 내가 이렇게 절박한 상황이 아니라면, 그리고 일말의 다른 가능성이라도 있다면 이런 일로 자네를 번거롭게 하지는 않았을 걸세. 트란시토, 제발 부탁일세. 우리의 옛 우정을 봐서라도 나를 불쌍히 여기게. 나는 다 죽어가는 불쌍한 노인일세. 제발 나를 봐서라도 그놈들이 내 손녀딸 알바를 토막내 소포로 부치기 전에 좀 찾아주게." 나는 흐느껴 울었다.

트란시토 소토는 무엇보다도 빚을 지고는 못 사는 성격이었기 때문에 자신의 영향력을 발휘해 주었다. 그녀는 옛날에 나한테 빌린 50페소를 갚기 위해 권력을 움켜쥐고 있는 사람들의 비밀스러운 약점을 움켜쥐었을 것이다. 이틀 뒤에 트란시토 소토가 내게 전화를 걸어왔다.

"트란시토 소토예요, 주인 나리. 부탁하신 일을 끝냈습니다." 그녀가 말했다.

15
에필로그

　외할아버지가 어젯밤 돌아가셨다. 외할아버지가 늘 걱정하
셨던 것처럼 개죽음을 당하지는 않았다. 외할아버지는 나를
클라라 외할머니와 혼동하다가, 또 가끔은 로사 이모할머니와
혼동하다가 내 품 안에서 평안하게 돌아가셨다. 전에 없이 의
식도 맑았으며, 행복하고 평온하게 고통 없이 세상을 뜨셨다.
외할아버지는 지금 미소를 띤 차분한 모습으로 잔잔한 바다
의 범선 위에 누워 있다. 그리고 나는 외할머니의 소유였던 갈
색 나무 탁자 위에서 글을 쓰고 있다.

　나는 아침 햇살이 들어와 방 안에 활기가 돌도록 푸른색
실크 커튼을 열어놓았다. 새로 사온 카나리아가 창가에 걸린
낡은 새장에서 노래를 부르고 있다. 그리고 바라바스의 유리
눈이 방 한가운데서 나를 올려다보고 있다. 외할아버지가 클

라라 외할머니를 즐겁게 해주려는 마음으로 바라바스 가죽을 양탄자로 깔아놓았다가 그날 클라라 외할머니가 기절했던 얘기를 들려주었다. 외할아버지와 나는 눈물이 나올 때까지 실컷 웃고는, 오랜 세월 방치해 두었지만 그래도 늦게나마 바라바스의 유해를 찾으러 지하실로 내려갔다. 바라바스는 정말이지 생물학적으로 정의를 내릴 수 없을 정도로 체격이 거대했다. 우리는 오십 년 전 외할아버지가 자신의 인생에서 가장 사랑한 여인을 기리기 위해 깔았던 그곳에 다시 바라바스를 깔기로 했다.

"여기에 놓아두자. 여기가 제 장소야." 외할아버지가 말했다.

나는 화창한 어느 겨울날 아침, 여윈 말 한 필이 끄는 짐마차를 타고 집에 도착했다. 두 줄로 늘어선 백 년도 더 된 밤나무들과 으리으리한 저택들이 들어서 있는 그 거리에는 초라한 짐마차가 전혀 어울리지 않았지만, 그 짐마차가 외할아버지 집 앞에 와서 멈춰 섰을 때는 그럴듯하게 어울려 보였다. 모퉁이 큰 집은 내가 기억했던 것보다 훨씬 더 낡고 서글퍼 보였다. 프랑스풍으로 멋을 냈지만 건축 형태가 어딘지 어색하고 어울리지 않는 과장된 스타일이었으며, 건물 정면은 시들어 악취가 풍기는 담쟁이로 뒤덮여 있었다. 정원에는 잡초들이 뒤엉켜 있었고, 문은 대부분 떨어져 나가 경첩에 대롱대롱 매달려 있었다. 대문은 평소와 다름없이 열려 있었다.

초인종을 누르자 잠시 후 신발 끄는 소리가 들리더니 처음 보는 하녀가 문을 열어주었다. 그녀는 내가 누군지 몰라 멍하니 바라만 보았다. 내가 태어난 집의 나무 향과 닫힌 공간의 후끈한 냄새가 코끝을 찔렀다. 그 순간 두 눈에 눈물이 핑 돌았다. 나는 외할아버지가 늘 앉아 계시던 곳에서 나를 기다리고 있을 것 같은 예감이 들어 서재로 곧장 달려갔다. 외할아버지는 팔걸이의자에 구부정하게 앉아 있었다. 나는 외할아버지가 너무 왜소하고 늙은 모습으로 몸을 떨고 있는 것을 보고는 깜짝 놀랐다. 예전의 모습에서 사자 갈기 같은 흰 머리카락과 묵직한 은지팡이만 남아 있었다. 우리는 서로 한참을 부둥켜안고서, "외할아버지.", "알바, 알바.", "외할아버지." 하고 나지막하게 속삭이며 서로 뺨을 부볐다. 외할아버지는 내 손을 보자 울며불며 욕설을 퍼붓고, 옛날처럼 지팡이로 가구를 내려치기 시작했다. 처음에 생각했던 것처럼 외할아버지가 그렇게 늙고 한물간 것 같지 않아 나는 씩 웃었다.

그날 외할아버지는 함께 이 나라를 떠나자고 했다. 외할아버지는 나 때문에 걱정이 많았다. 그렇지만 나는 외할아버지에게 떠날 수 없다고 설명했다. 이 나라를 떠나면 크리스마스 때 베어낸 소나무처럼 잠깐 버티다가 곧 죽어버리고 마는, 뿌리 없는 가엾은 신세나 다를 바 없게 된다고 설명했다.

"나는 바보가 아니다, 알바." 외할아버지가 나를 똑바로 응시하면서 말했다. "네가 이곳을 떠나지 않으려는 진짜 이유는 미겔이지? 그렇지 않니?"

나는 흠칫 놀랐다. 나는 한번도 미겔에 대해 외할아버지에게 얘기한 적이 없었다.

"미겔을 보니까 너도 여기를 절대 떠나지 않을 거라는 생각이 들었다." 외할아버지가 서글프게 말했다.

"외할아버지가 미겔을 보셨어요? 미겔이 살아 있어요, 외할 아버지?" 나는 외할아버지의 옷을 움켜쥐고 마구 뒤흔들었다.

"지난주에 미겔이 여기 왔었다. 그때 마지막으로 봤다." 외 할아버지가 말했다.

외할아버지는 내가 연행된 후 미겔이 한밤중에 몰래 모퉁 이 큰 집에 찾아왔다고 말했다. 외할아버지는 그를 보고 놀라 고 괘씸해서 뇌졸중을 일으키며 쓰러질 뻔했지만, 잠시 후에 는 두 사람 다 나를 구해 내야 한다는 공동 목표가 있다는 것 을 깨달았다. 그 후 미겔이 외할아버지를 뵈러 자주 왔고, 외 할아버지의 벗도 되어주었다. 두 사람은 나를 찾기 위해 함께 노력했다. 트란시토 소토를 만나러 가보라고 얘기한 사람도 바 로 미겔이었다. 외할아버지 같으면 그런 생각은 절대 하지 못 했을 것이다.

"제발 제 말을 들어보세요. 저는 이 나라에서 누가 세력을 움켜쥐고 있는지 잘 알고 있습니다. 제 사람들이 도처에 깔려 있으니까요. 지금 이 순간 알바를 도울 수 있는 사람이 있다 면 그건 바로 트란시토 소토뿐입니다." 미겔이 외할아버지에게 호언장담했다.

"만약 우리가 비밀 경찰의 손아귀에서 알바를 빼낼 수 있 다면, 알바는 이 나라를 떠나야 할 걸세. 자네도 알바와 함께 떠나게. 내가 안전 통행증을 구해 주겠네. 돈 걱정 하지 않고 살 수 있도록 해주지." 외할아버지가 제안했다.

그러나 미겔은 외할아버지를 실성한 노인처럼 바라보았다. 그러고는 자기는 해야 할 임무가 있기 때문에 도망치듯 떠날 수 없다고 설명했다.

"그래서 나도 체념하고 받아들일 수밖에 없었다. 상황이 이
런데도 네가 여기를 절대 떠나지 않으리라는 걸 말이다." 외할
아버지가 나를 꼭 끌어안으며 말했다.

"자, 이제 무슨 일이 있었는지 다 말해 봐라. 아주 세세한
것까지도 다 알고 싶다."

그래서 나는 외할아버지에게 이야기해 주었다. 내 손이 감
염된 이후, 그들이 비밀 진료소로 나를 데려갔다고 말했다. 그
들은 죽지 않기를 바라는 포로를 비밀 진료소에 보냈다. 그곳
에서 나는 키 크고 잘생긴 의사에게서 치료받았다. 그 의사는
가르시아 대령만큼이나 나를 증오했으며, 진통제는 일체 놔주
려 하지 않았다. 그는 치료할 때마다 이 나라에서, 그리고 가
능하다면 이 세상에서 공산주의자들을 모조리 몰아낼 수 있
는 방법에 대해 자신의 이론을 장황하게 늘어놓았다. 그렇지
만 그 외에는 나를 가만히 놔두는 편이었다.

나는 몇 주 만에 처음으로 깨끗한 시트와 충분한 식사, 자
연 그대로의 빛을 누릴 수 있었다. 로하스라는 늘 꾀죄죄한 하
늘색 가운을 입은 남자 간호사가 나를 돌봐주었다. 그는 둥
그스름한 얼굴에 육중한 체격을 지닌, 천성적으로 인정이 많
은 사람이었다. 그가 나에게 손수 음식을 먹여주었으며, 들어
본 적도 없는 축구팀들의 경기에 대해 끊임없이 이야기해 주
었다. 그리고 나에게 몰래 진통제를 주사해, 헛소리까지 하게
만드는 신열을 가라앉혀 주기도 했다. 로하스는 진료소에서
수없이 많은 불쌍한 사람들을 돌보면서 그들 대부분이 살

인자나 반역자가 아니라는 것을 알게 되었다. 그래서 죄수들에게 아주 잘해 주었다. 하지만 그가 죄수들의 건강을 돌보아 회복시켜 놓으면 곧바로 다시 끌려가 고문당하는 일이 종종 있었다.

"그건 삽으로 모래를 퍼서 바다를 메우는 일과 다를 바 없어요." 로하스가 슬픔에 잠겨 말했다.

죄수들 중에는 그에게 죽게 도와달라고 사정하는 사람도 있었다. 내가 알기로 적어도 한 번은 그가 그 애원을 들어주었을 거라고 생각한다. 로하스는 그곳에 들어왔다가 나간 사람들에 대해 정확하게 기억하고 있었고, 그들의 이름과 들어오고 나간 날짜, 그들의 사정에 대해서 더듬거리지 않고 줄줄 외울 수 있었다. 그는 내게 미겔에 대해 들어본 적이 없다고 맹세했다. 그리고 그 말은 내가 끝도 모를 깊은 우울증의 시커먼 나락에 빠져 헤맬 때나, 죽고 싶다는 말을 입버릇처럼 되뇔 때도 계속 살아야 한다는 용기를 주었다.

그가 나에게 아만다에 대해 말해 주었다. 아만다도 나와 비슷한 시기에 연행되었다. 그들이 아만다를 로하스에게 데려왔을 때는 이미 그가 할 수 있는 일이 아무것도 없었다. 아만다는 동생을 배반하지 않았다. 옛날 그녀가 동생을 처음으로 학교에 데려갔던 날 했던 그 약속을 죽음으로써 지켰다. 아만다는 마약으로 몸이 너무 쇠약해진 데다 하이메의 죽음으로 깊은 절망에 빠져 있었던 탓에 그들이 생각했던 것보다 훨씬 빨리 죽어 그나마 다행이었다.

로하스는 열이 내릴 때까지 나를 돌봐주었다. 상처도 많이 회복되고 손의 감각도 되살아났다. 이제 나는 그곳에 더 있을 이유가 없었다. 그러나 걱정했던 것처럼 나를 에스테반 가르시아에게 보내지는 않았다. 목숨을 구해 줘서 고맙다고 외할아버지와 함께 인사를 하러 갔을 때 봤던, 진주 목걸이를 한 여자의 은혜로운 영향력이 미친 것이 바로 그 시점이었던 것 같다. 한밤중에 남자 네 명이 나를 데리러 왔다. 로하스가 나를 깨워 옷 입는 것을 도와주었다. 그리고 행운을 빌어주었다. 나는 그에게 감사의 키스를 했다.

"잘 가요! 붕대를 자주 갈아주고, 물이 묻지 않도록 주의해요. 열이 또 오르면 그건 다시 감염된 거예요." 로하스가 문간에서부터 나에게 말했다.

그들은 좁은 감방으로 나를 데리고 갔다. 그곳에서 나는 의자에 앉은 채 남은 밤을 지새웠다. 다음 날 나는 여자 수용소로 보내졌다. 나는 햇빛 찬란한 네모난 뜰 한가운데에서 눈을 가리고 있던 안대를 풀던 그 순간을 영원히 잊지 못할 것이다. 그때 나는 나를 위해 기쁨의 송가를 부르는 여자들에게 둘러싸여 있었다. 내 친구인 아나 디아스도 그들 중에 있다가 달려와 나를 꼭 껴안았다. 여자들이 얼른 나를 야전 침대에 눕히고는, 그곳의 생활 규칙과 내가 해야 할 일을 설명해 주었다.

"다 나을 때까지는 빨래나 바느질은 하지 않아도 되지만 아이들은 네가 돌봐야 해." 여자들은 이렇게 결정했다.

나는 생지옥 같은 상황은 꿋꿋하게 잘 견뎌냈지만 그런 인간적인 배려를 받게 되자 바로 무너져버렸다. 무심하게 던지는 다정한 말 한마디에도 나는 그냥 울음을 터뜨렸다. 나는 많은

여자들에게 둘러싸여 어둠 속에서 뜬눈으로 밤을 새웠다. 여
자들은 번갈아 나를 돌보며, 절대 나를 혼자 두지 않았다. 내
가 나쁜 기억들로 고통받을 때나 가르시아 대령에 대한 기억
때문에 공포에 질릴 때, 미겔 생각을 하며 흐느껴 울 때, 그들
이 나를 도와주었다.

"미겔 생각 하지 마." 그들이 말했다.

"사랑하는 사람이나 감옥 바깥 세상에 있는 사람은 절대
생각하지 마라. 그래야만 네가 살아남을 수 있어."

아나 디아스가 공책 한 권을 구해서 내게 선물했다.

"여기에다가 글을 써봐. 네 안에서 썩어 문드러지고 있는 것
들을 밖으로 꺼내봐. 네가 건강을 되찾아 우리와 함께 노래
부르고, 우리가 바느질하는 것도 도와줄 수 있도록 말이야."
아나 디아스가 말했다.

나는 아나에게 내 손을 보여주며 고개를 가로저었다. 그렇
지만 아나가 다른 손에 연필을 쥐어주며 왼손으로 써보라고
했다. 나는 천천히 글을 쓰기 시작했다. 개집에서의 이야기부
터 정리해 보려고 했다. 내 의지력이 약해지고, 내 손에 쥐어
진 연필이 떨릴 때마다 동료들이 도와주었다. 전부 집어던진
적도 몇 번 있었다. 그렇지만 언제 다른 공책을 구할 수 있을
지 알 수 없었기 때문에 곧 후회가 되어 공책을 다시 집어 들
고는, 애정 어린 손길로 쓰다듬었다. 생각이 너무 많아 우울하
게 아침을 맞은 적도 많았다. 그러면 나는 얼굴을 벽 쪽으로
돌리고 아무와도 얘기하지 않으려 했지만 여자들이 가만히
내버려 두지 않았다. 그들은 나를 흔들어 깨워 억지로라도 일

을 시켰으며, 아이들에게 옛날이야기를 들려주라고 강요했다. 그들은 정성스럽게 붕대를 갈아주고는 내 앞에 종이를 가져다주었다.

"원한다면 내 이야기라도 들려줄게. 네가 글을 쓸 수 있도록 말이야." 여자들이 말했다. 그러고는 한결같이 사정이 비슷하니 차라리 모든 사람들이 다 좋아하는 사랑 얘기나 쓰는 게 낫겠다며 농담하며 웃었다.

그들은 또한 식사도 억지로 하게 했다. 그들은 먹을 것을 아주 엄격하고 공정하게 배분했다. 각자 필요한 정도에 따라 배분했으며 내가 너무 뼈만 앙상해서 아무리 궁한 남자라도 쳐다보지 않을 거라며 나에게는 조금 더 많이 나눠주었다. 나는 몸서리쳤지만 아나 디아스가 강간을 당한 여자는 나 혼자만이 아니며, 그것도 다른 많은 기억들과 함께 잊어야 할 부분이라고 일깨워 주었다. 여자들은 온종일 목청껏 노래 부르며 시간을 보냈고, 그럴 때면 특수 경찰들이 벽을 두드렸다.

"닥쳐, 이 갈보 년들아!"

"한번 닥치게 해보시지, 이놈들아! 어디 한번 해봐!"

그러고 나서 여자들은 더 큰 소리로 노래를 불렀지만 특수 경찰들은 안으로 들어오지 않았다. 그들도 어쩔 수 없는 일이 있다는 것을 알고 있었다.

나는 여자 감방에서 일어난 사소한 일들을 기록해 보려고 노력했다. 대통령의 누이가 체포된 일이나 담배를 빼앗긴 일, 새로운 죄수들이 들어온 일, 아드리아나가 새로 발작을 일으켜 죽여버리겠다며 자기 자식들을 덮쳤던 일을 기록하려고 했다. 그때 우리는 아드리아나와 아이들을 떼어놓아야 했다. 나는 한 팔에 한 명씩 아이를 안고서 잠들 때까지 마르코스 외증조할아버지의 마법의 궤짝 안에 들어 있던 매혹적인 이야기들을 들려주었다. 그러면서 나는 미쳐버린 엄마와 함께 그곳에서 자라야 하는 아이들의 운명을 생각해 보았다. 다른 낯선 엄마에게서 애정을 받고, 자장가를 들으며 자라야 하는 아이들의 서글픈 운명을 생각해 보았다. 나는 글을 쓰면서 아드리아나의 아이들이 자신을 달래 재워주던 여자들의 자식과 손자에게 어떻게 그 노래와 애정을 되돌려 줄 수 있을지 생각해 보았다.

나는 수용소에서 며칠밖에 있지 않았다. 어느 수요일 오후 특수 경찰들이 나를 데리러 왔다. 순간 에스테반 가르시아에게 다시 끌려갈지도 모른다는 생각에 공포에 질렸지만, 동료들이 제복을 입은 사람들은 비밀 경찰 소속이 아니라고 말해서 그나마 조금 안심이 되었다. 나는 아드리아나의 아이들에게 따뜻한 옷을 짜주라며 동료들에게 내 순모 조끼를 벗어주었고, 체포될 때 가지고 있던 돈도 모두 주었다. 그 돈은 하찮은 일에는 양심적인 군대의 정직성 덕분에 그나마 내게 되돌아온 것이었다. 나는 공책을 바지 속에 구겨 넣고는 여자들을 한 명씩 돌아가며 껴안았다. 수용소에 들어오고 나가는 모든 여자들에게 그러는 것처럼 동료들이 내게 용기를 주기 위해 부르는 합창 소리를 마지막으로 들으며 그곳을 떠났다. 나는 울면서 걸어 나갔다. 나는 그곳에서 행복했었다.

나는 그들이 내 눈을 가린 채 야간 통행금지 시간에 나를 트럭에 태워서 데리고 갔다고 외할아버지에게 말했다. 어찌나 몸이 부들부들 떨리던지 이빨이 딱딱 부딪히는 소리까지 다 들릴 정도였다. 나와 함께 트럭 뒤편에 타고 있던 남자가 내 손에 사탕 한 알을 쥐어주고는, 내 어깨를 토닥거리며 위로해 주었다.

"걱정 말아요, 아가씨. 아무 일도 일어나지 않을 거예요. 우리는 당신을 석방할 거예요. 몇 시간 후에는 식구들과 함께 있을 수 있어요." 그 남자가 나지막하게 속삭였다.

그들은 빈민가 근처의 쓰레기장에 나를 내려놓았다.

내게 사탕을 주었던 남자가 차에서 내리는 것을 도와주었다.

"통행금지 시간이니 조심해요." 그가 내 귀에 대고 속삭였다. "해가 뜰 때까지는 움직이지 말아요."

엔진 소리가 들렸다. 나는 그들이 나를 치어 죽이려는 줄 알았다. 그래서 교통사고 기사와 함께 내 이름이 신문에 실릴 거라고 생각했다. 그렇지만 차는 나를 건드리지 않고 그냥 가버렸다. 나는 공포와 추위로 온몸이 굳은 채 한참 동안 가만히 있었다. 그러다가 안대를 벗고 내가 어디에 있는지 살펴보기로 마음먹었다. 나는 주변을 둘러보았다. 그곳은 쓰레기가 가득 찬 공터로, 쥐들이 쓰레기 더미 사이를 헤집고 다니고 있었다. 희미한 달빛이 비쳐 마분지와 널빤지, 함석으로 지은 판잣집들이 들어선 빈민가가 멀찌감치 보였다. 나는 그 남자의 충고를 새겨들어 날이 밝을 때까지는 그곳에 가만히 있어야겠다고 생각했다.

그때 어둠 속에서 웬 꼬마 아이가 살그머니 나타나 자기를 따라오라는 손짓을 하지 않았더라면 나는 아마 그 쓰레기 더미 속에서 밤을 꼬박 새웠을 것이다. 나는 더는 잃을 게 없었기 때문에 비틀거리며 그 아이에게 다가갔다. 가까이 다가가자 그 아이의 근심 어린 얼굴이 눈에 들어왔다. 아이가 내 어깨에 담요를 걸쳐주고는 내 손을 잡고 아무 말도 하지 않고 집이 있는 곳으로 나를 데리고 갔다. 우리는 몸을 웅크린 채 큰 거리를 피해서 걸었다. 그리고 어쩌다 한 개씩 불을 밝힌 가로등도 피해서 걸었다. 개들이 짖으며 소란을 피우기는 했지만 무슨 일인지 알아보려고 내다보는 사람은 아무도 없었다.

우리는 깃발처럼 철사줄에 옷가지가 몇 개 걸려 있는 흙마당을 지나, 그곳에 있는 다른 집들과 마찬가지로 다 헐어빠진 오두막집 안으로 들어갔다. 그 안에는 서글픈 빛이 흘러나오는 전구 하나만 켜져 있었다. 나는 이토록 지독한 가난도 있을 수 있구나 싶은 생각이 들 정도로 그 집에 깊은 인상을 받았다. 가구라고 해봤자 소나무 탁자 한 개와 투박한 의자 두 개, 아이들 몇 명이 뒤엉켜 자고 있는 침대 하나가 전부였다.

키가 작고 가무잡잡한 여자가 나와서 나를 맞아주었다. 여자의 다리에는 핏줄이 그대로 드러나 있었고, 인자해 보이는 주름살 사이로 눈이 푹 꺼져 있었다. 주름살이 많아도 늙어 보이지는 않았다. 여자가 나를 향해 웃었다. 이빨 몇 개가 빠져 있었다. 그녀는 감히 다가와서 나를 껴안지는 못하고, 대신 수줍은 몸짓으로 담요를 바로 펴주었다.

"차를 한 잔 드릴게요. 설탕은 없지만 그래도 따뜻한 걸 마시는 게 좋을 거예요." 여자가 말했다.

에필로그

그녀는 차 소리를 들었다고 했다. 그들은 통행금지 시간에 그런 외딴 곳에서 차가 돌아다니는 이유를 잘 알고 있었다. 그래서 차가 떠날 때까지 기다렸다가 아이를 시켜 밖에 무슨 일이 있는지 알아보라며 내보냈다고 했다. 그들은 시체나 발견할 줄 알았다.

"그들은 우리를 겁주기 위해서 가끔 자기들이 총을 쏴서 죽인 사람을 여기에다가 버려놓고 간답니다." 여자가 나에게 설명했다.

우리는 이야기하면서 밤을 지새웠다. 그녀는 우리 나라에서 흔히 볼 수 있는, 모든 것을 체념하고 억척스럽게 살아가는 여자였다. 자신의 인생을 거쳐간 남자들에게서 자식을 한 명씩 낳았으며, 그것도 모자라 다른 사람들이 버린 아이들과 찢어지게 가난한 친척들, 엄마나 누나, 이모를 필요로 하는 사람이라면 다 받아주었다. 다른 사람들의 기둥이 되어주고, 아이들을 키워서 떠나보내는 등 사랑 말고도 당장 더 다급한 일이 산더미처럼 쌓여 있기 때문에 한마디 원망도 없이 남자를 떠나보내는 그런 여자들 중의 하나였다. 그녀는 무료 급식소나 하이메 외삼촌의 병원에서 마주쳤던 여자들, 행방불명된 사람들을 찾기 위해 교회 사무실을 두드리고 시신을 찾으러 영안실에 오던 여자들과 비슷했다. 내가 그 여자에게 엄청난 위험을 감수하고 나를 구해 주신 거라고 얘기하자 말없이 웃었다. 나는 그제야 비로소 가르시아 대령이나 그와 비슷한 사람들의 시대는 이미 끝났다는 것을 알 수 있었다. 그들이 이런 여자들의 정신까지 파괴할 수는 없을 것이다.

다음 날 아침 그녀가 말과 짐마차를 가진 사람에게 나를 데려다 주었다. 그녀가 나를 집까지 바래다주라고 그에게 부탁했고, 그렇게 해서 나는 집까지 오게 되었다. 집으로 오는 길에 나는 모든 것이 끔찍한 대조를 이루고 있는 도시를 바라보았다. 지저분한 잿빛 난민촌의 존재 자체를 부정하기 위해 임시로 벽을 쌓아 아예 덮어씌워버린 갑갑한 오두막집들과, 영국식 정원과 공원에 유리벽으로 된 고층 건물이 들어서 있고 자전거를 타고 다니는 금발의 어린아이들이 있는 부촌이 끔찍한 대조를 이루었다. 잘사는 동네에서는 심지어 개들까지도 행복해 보였다. 모든 것이 깨끗하게 정돈되어 있고 조용했다. 건망증이 심한 사람들이 자신들만의 굳건한 평화를 이루며 사는 곳이었다. 이곳은 완전히 다른 나라 같았다.

외할아버지는 슬픈 표정으로 내 얘기를 듣고 있었다. 그가 좋다고 믿었던 세계가 무너져 내리고 만 것이다.

"자, 미겔을 기다리면서 여기에서 살아야 할 테니 이 집을 약간 손봐야겠구나." 외할아버지가 마지막으로 말했다.

그리고 우리는 그렇게 했다. 처음에는 서재에 온종일 있었다. 외할아버지와 나는 다시 그들이 몰려와서 나를 가르시아가 있는 곳으로 끌고 갈까 봐 두려웠다. 그렇지만 곧 우리는 니콜라스 외삼촌이 말한 것처럼 두려움을 두려워하는 것이 가장 큰 두려움이라 생각하고는, 집 전체를 활용하면서 정상적인 생활을 시작해야겠다고 마음먹었다. 외할아버지는 아예 청소 전문 업체를 고용했다. 그래서 지붕에서부터 지하실까지 광택을 내는 기계로 훑고, 유리창을 닦고, 페인트칠을 하고,

소독도 했다. 그제야 겨우 사람이 살 만한 집이 되었다. 대여
섯 명의 정원사가 동원되어 트랙터로 잡초를 다 뽑아내고는,
양키들의 기가 막힌 발명품인, 양탄자처럼 둘둘 말린 잔디 코
트를 깔았다.

채 일주일도 지나지 않아 우리 집에는 키 큰 자작나무들이
자랐고, 노래하는 분수에서는 물이 솟아올랐으며, 올림포스
신상들은 마침내 엄청난 비둘기 똥과 오랜 시간의 망각에서
벗어나 다시금 멋들어지게 포즈를 취했다. 외할아버지와 나는
클라라 외할머니가 죽음을 예감하고 새장 문을 열어 새를 모
두 날려 보낸 이후로 늘 비어 있던 새장에 넣을 새를 사러 함
께 시장에 갔다. 나는 영혼의 시대에 그랬던 것처럼 꽃병에 싱
싱한 꽃을 꽂고, 테이블마다 과일 접시를 갖다 놓았다. 꽃과
과일 향기가 집 안에 가득했다. 그러고 나서 외할아버지와 나
는 팔짱을 끼고 집 안 구석구석을 돌아다니며 과거를 회상했
으며, 흥망성쇠를 거듭하는 가운데서도 늘 제자리에 있어준
영혼들에게, 눈에 보이지는 않지만 옛날부터 있어온 혼령들에
게 인사를 건넸다.

함께 이 이야기를 쓰자는 것은 외할아버지의 생각이었다.

"애야, 그렇게 하면 설사 네가 여기를 떠난다 해도 네 뿌리
를 가져갈 수 있지 않겠니?" 외할아버지가 말했다.

우리는 잊혀져 있던 집 안 구석구석에서 낡은 앨범들을 찾
아 끄집어냈다. 여기 외할머니의 탁자 위에 사진들이 한 무더
기 쌓여 있다. 색 바랜 그녀 옆에 서 있는 아름다운 로사 이모
할머니의 사진, 아빠 엄마가 네 살 때 트레스 마리아스의 뜰에

서 함께 암탉들에게 옥수수 모이를 주고 있는 사진, 젊은 시절 키가 1미터 80센티미터나 됐을 때의 외할아버지 사진도 있었다. 그 사진은 페룰라 고모할머니의 저주가 이루어져, 영혼이 줄어듦에 따라 몸도 함께 줄어들었다는 명백한 증거였다. 하이메 외삼촌과 니콜라스 외삼촌의 사진도 있었다. 하이메 외삼촌은 어둡고 진지한 표정에 체격은 건장했지만 쉽게 상처 입을 것처럼 보였고, 니콜라스 외삼촌은 마른 체격에 귀여운 인상으로, 변덕스럽고 장난기 많아 보이는 미소를 머금고 있었다. 유모의 사진과 델 바예 외증조할아버지와 외증조할머니가 사고로 돌아가시기 전에 찍은 사진들도 있었다. 결국 귀족인 장 드 사티니의 사진만 빼고는 모두 있었다. 장 드 사티니에 대해서는 어떤 물증도 남아 있지 않기 때문에, 나는 그가 실제로 존재했었는지도 사실 의문스럽다.

나는 외할아버지의 도움을 받아 글을 쓰기 시작했다. 외할아버지의 기억은 당신이 살아온 구십 년 세월의 마지막 순간까지도 전혀 손상되지 않은 채 그대로 남아 있었다. 외할아버지는 손수 많은 글을 쓰시더니 당신이 해야 할 말은 모두 했다고 생각되자 클라라 외할머니의 침대에 누우셨다. 나는 외할아버지 옆에 앉아 함께 기다렸다. 그리 오래지 않아 죽음이 찾아오더니 외할아버지가 잠들어 있을 때 조용히 그를 데려갔다.

외할아버지는 자신의 손을 만지고, 이마에 키스해 주는 사람이 아내인 클라라라고 꿈꾸는 것 같았다. 사실 외할아버지의 마지막 며칠 동안 클라라 외할머니는 잠시도 외할아버지

곁을 떠나지 않았다. 늘 집 안에서 외할아버지 뒤를 따라다녔으며, 외할아버지가 서재에서 책을 읽고 있으면 어깨 너머로 그를 바라보았고, 잠자리에 들 때면 외할아버지의 곁에 누워 아름다운 곱슬머리를 그의 어깨에 기대었다. 처음에는 신비한 광채에 지나지 않았지만, 외할아버지가 평생 자신을 괴롭히던 분노를 점차 잃어감에 따라, 외할머니는 한참 때의 모습으로 고른 이빨을 환히 드러내놓고 활짝 웃으며 집 안 곳곳을 돌아다니며 다른 영혼들도 불러 깨웠다. 또한 외할머니도 우리가 글 쓰는 것을 도와주었으며, 외할머니가 곁에 있어준 덕분에 에스테반 트루에바는 세상에서 가장 맑은 사람인, 영험한 능력을 지닌 클라라의 이름을 중얼거리면서 행복하게 세상을 떠날 수 있었다.

나는 개집에 있었을 때 언젠가는 가르시아 대령을 내 앞에 무릎 꿇리고, 당연히 복수받아 마땅한 사람들 모두에게 복수하겠다는 마음으로 글을 썼다. 그렇지만 이제는 그런 증오심서 사라졌다. 집으로 돌아와 그리 긴 시간은 아니었지만 몇 주가 지나면서 증오심이 많이 희석되었고 날카롭고 또렷하던 면들도 많이 무뎌지고 뭉뚱그려졌다. 그 어느 것도 우발적으로 일어난 일은 없었다. 그 모든 일이 내가 태어나기 전부터 짜여진 운명에 상응하는 것이었으며, 에스테반 가르시아도 그 일부라는 생각이 들었다. 그는 거칠고 삐뚤어진 부분이었지만, 그 어느 것도 괜히 존재하는 것은 없었다. 외할아버지가 강가의 갈대밭에서 그의 할머니인 판차 가르시아를 넘어뜨렸을 때 또 다른 업의 고리가 연결된 것이었다. 그 후 강간당한 여자의 손자는 강간한 남자의 손녀에게 똑같은 짓을 되풀이했고, 아마도 사십 년쯤 후에는 내 손자가 가르시아의 손녀딸을 갈대밭 사이로 넘어뜨리고, 또 다른 고통과 피와 사랑의 역사가 앞으로도 몇 세기 동안 계속될지도 모르는 일이었다. 개집에 있었을 때 나는 각기 정확한 자리를 지닌 퍼즐을 맞추고 있다는 기분이 들었다. 완성하기 전까지는 제대로 이해할 수 없지만 조각들이 다 제자리를 찾고 나면, 각 부분들이 나름대로의 의미를 지니고 전체적으로 조화를 이루게 될 거라 확신했다. 조각 하나하나가 나름대로의 의미를 지니고 있으며, 가르시아 대령 역시 나름대로의 의미를 지니고 있었다.

때로 나는 이전에 모든 것을 경험했고, 이미 이 글을 썼던 것 같은 느낌이 들 때가 있다. 그렇지만 그 글을 쓴 사람은 내가 아니고 다른 사람이었으며, 그 사람은 내가 사용할 수 있도록 자신의 노트를 고이 간직해 두었다. 기억은 부질없고, 인생은 너무 짧고 순식간에 스쳐 지나가 버려서 우리는 사건들 간의 관계를 제대로 관망하지 못한다고 내가 썼고, 그녀도 그렇게 썼다. 우리는 자신이 저지른 행동의 결과를 예측하지 못하며, 과거와 현재와 미래라는 시간의 환상을 믿고 있다. 그러나 전 시대의 영혼들이 공간 속에 모두 뒤섞여 있는 것을 볼 수 있었던 모라 세 자매가 말한 것처럼 모든 사건들이 동시에 일어날 수도 있었다. 그래서 클라라 외할머니는 사물들을 그 고유의 차원에서 보고, 부질없는 기억력을 비웃기 위해 노트에 기록해 두었던 것이다.

나는 이제 증오심을 찾으려 해도 찾을 수가 없다. 내가 가르시아 대령과 그와 같은 사람들의 존재를 인정하게 되면서 증오심도 차츰 수그러드는 것이 느껴졌다. 이제는 외할아버지가 이해되었다. 클라라 외할머니의 노트와 엄마의 편지들, 트레스 마리아스의 회계 장부들, 손만 뻗으면 닿을 수 있는 탁자 위에 놓인 여러 문서를 통해 나는 많은 사건들을 알게 되었다. 내가 복수를 하게 되면 마찬가지로 처절한 복수의 연장이 되기 때문에, 이제는 복수받아 마땅한 사람들 모두에게 복수하기도 어려울 것 같다. 내 임무는 살아남는 것이고, 내 사명은 두고두고 증오를 연장시키는 것이 아니라 이 원고를 채우는 것이라고 생각하고 싶다. 그리고 미겔이 돌아올 때까지 기다리면서 지금 이 방에서 내 옆에 누워 있는 외할아버지의 장례식을 치르고, 더 좋은 시절이 오기를 기다려야 할 것이다. 그러면서 지금 내 배 안에 들어 있는 아이를 기다릴 것이다. 그토록 많은 강간을 당하면서 생긴 아이일 수도 있고 아니면 미겔의 아이일 수도 있지만, 내 딸인 것만은 틀림없다.

외할머니는 삶을 증언하는 노트를 오십 년 동안 써왔다. 공범이 되어준 몇몇 영혼들이 빼돌린 덕분에, 그 노트들은 식구들의 다른 글을 모두 사라지게 한 그 치욕스러운 불길을 기적적으로 피할 수 있었다. 노트들은 클라라 외할머니가 돌아가시기 전에 배열해 놓은 그대로, 연대순이 아닌 사건별로 분류되어 색색깔의 리본에 묶여 지금 내 발치에 놓여 있다. 클라라 외할머니는 내가 과거를 되살리고, 스스로 공포를 극복할 수 있도록 돕기 위해 그 노트들을 기록한 것이었다. 첫 번째 노트는 어린아이의 섬세한 필체로 쓰여진 평범한 스무 장짜리

학교 노트였다. 그 글은 이렇게 시작된다.

　"바라바스가 바다를 건너 우리에게 왔다……."

작품 해설

화해의 역사를 위하여

이사벨 아옌데는 첫 소설 『영혼의 집(La Casa de los Espíritus)』(1982)으로 문단에 등단함과 동시에 가르시아 마르케스 이후 라틴 아메리카 최고의 작가라는 명성을 얻게 되었다. 우리에게는 이스터 섬의 석상과 파블로 네루다의 고향 정도로 알려져 있는 지구 반대편 남반부의 머나먼 나라 칠레는 우리나라만큼이나 한과 질곡의 역사가 굽이굽이 사무친 나라이다. 이사벨 아옌데는 그러한 조국 칠레의 쓰디쓴 현실을 망명지인 베네수엘라에서 집필한 『영혼의 집』에 충실하게 반영했다.

『영혼의 집』은 인민정부가 들어서기 직전인 1930년대부터 피노체트 군사 쿠데타가 일어난 1973년까지 유난히 복잡하고 힘들었던 칠레의 근대사를 사 대에 걸친 한 집안의 역사 속에 담아내고 있다. 타고난 이야기꾼인 이사벨 아옌데는 마술적 사실주의를 비롯해 여러 가지 새로운 문학적 시도를 꾀하면서도, 자신만의 총체적 문학관과 라틴 아메리카의 정치·사회 제도 전반을 반영하려는 기록주의적 성격을 고수하며 라틴 아메리카 여성 해방의 역사를 제시하고자 한 페미니즘 작가로도 널리 평가받고 있다.

이사벨 아옌데의 자서전이라 할 수 있는 『파울라』에서 언급했듯이 작가는 돌아가신 외할아버지를 그리워하며 머나먼 망명지에서 슬픔과 상실감을 극복하고 자신의 근원을 찾기 위해 『영혼의 집』을 쓰게 되었다. 작가는 뼈아픈 현실을 환상이라는 베일로 감싸 있는 그대로 진솔하게 그려냈다. 『영혼의 집』은 작가인 이사벨 아옌데의 외할아버지와 외할머니인 타타와 메메를 모델로 자신의 성장 배경에 '마술적 사실주의'라는 환상의 색채를 입힌 것이다.

이사벨 아옌데는 칠레 외교관이었던 아버지의 근무지인 페루의 리마에서 1942년에 태어났다. 하지만 아버지가 가정을 버리고 행방불명이 되자 어머니와 함께 칠레로 돌아와 외갓집에서 외조부모와 외삼촌들의 도움을 받으며 성장했다. 그 후 어머니가 외교관인 라몬 우이도브로와 재혼하여 이사벨 아옌데는 베이루트 등 여러 나라의 도시를 돌아다니며 자랐다. 삼촌이었던 급진 사회주의자 살바도르 아옌데가 대통령에 선출되지만 그의 좌파 연합 정부는 미국의 지원을 받은 피노체트가 쿠데타를 일으키면서 처참하게 무너지고 만다. 기자 활동을 하던 이사벨 아옌데는 쿠데타가 발발한 이후에도 십오 개월간 칠레에 머물며 군부에게 추적당하는 사람들을 숨겨주고 망명을 도와주었다. 하지만 새 군사 정권의 압박에 못 이겨 이사벨 아옌데 역시 베네수엘라로 망명을 떠나 뿌리 없이 떠도는 서럽고 힘든 생활을 하게 된다.

『영혼의 집』에서 성폭력을 당한 여자아이나 부정적으로 그려진 '아버지'의 존재, 수동적인 남성형과 능동적인 여성형의 등장, 독재 정권에 반항하는 사회 변혁 운동과 여성 해방 등은 작가의 자전적인 면이 강하게 반영된 부분이다. 하지만 그 혹독하고 잔인한 현실을 있는 그대로가 아닌, 신비스러운 분위기의 환상과 결부시켜 업(業)의 고리로, 역사의 반복으로 설명하고자 했다. 끔찍한 고문에서 만신창이가 되어 간신히 살아 돌아온 알바는 자신의 아픔을 추스르기 위해 외할머니인 클라라가 살아생전에 모아두었던 일기들을 정리해 글을 쓰게 되는데, 여기서 작가는 알바의 모습을 빌려 자신의 아픔과 그래도 살아가야만 하는 이유를 당당하게 얘기한다.

『영혼의 집』에 등장하는 여성들은 힘든 삶의 무게를 수동적으로 받아들이는 가련한 여인이 아니라, 힘에 겨운 현실에 강한 문제 의식을 던지며 강하게 살아가는 여자들이다. 가르시아 마르케스의 『백년의 고독』이 남성을 중심으로 한 부엔디아 가문의 칠 대에 걸친 가족사라면 『영혼의 집』은 여성들인 니베아─클라라─블랑카─알바를 중심으로 이어지는 사 대에 걸친 가족사이다. 이 작품에서는 이들 델 바예와 트루에바 가문의 여인들뿐만 아니라 그들을 길러준 유모와 학생 운동을 하던 아나 디아스, 어린 동생을 키우며 한평생 자신의 소신대로 살고자 했던 아만다, 시골 촌구석의 창녀로 만족하지 않고 사업가로 변신한 트란시토 소토, 알바를 구해 준 빈민가의 여인 등의 여성 캐릭터 모두 자기희생적으로 현실을 참아내기보다는, 역경을 극복하려는 적극적이고 주체적인 의지를 보인다. 이렇듯 『영혼의 집』을 시작으로 이사벨 아옌데의 거의 모든 작품에는 페미니즘 색채가 강하게 나타난다. 하지만 배타적이기보다는 화해와 포용을 전제로 한 페미니즘이다. 가부장적 남성 중심주의 사회를 고발하면서 그들 중심으로 왜곡된 역사를 사랑과 실천이라는 모성애로 감싸주면서 화해를 유도하고자 한 것이다. 에스테반 가르시아에게 심한 정신적·육체적 고문과 학대를 받고 강간으로 누구의 아이인지도 모르는 아이를 임신한 알바는 처음에는 에스테반 가르시아에게 처절한 복수를 꿈꾼다. 그렇지만 알바는 외할머니인 클라라의 글을 읽고 역사의 고리를 이해하면서 왜 이런 역사가 반복될 수밖에 없는지를 깨닫고 지기라도 나서서 이해와 관용으로 그 악순환의 연속을 끊으려 한다.

　『영혼의 집』은 트루에바 가문의 역사를 통해 질곡의 늪에서 헤어 나오지 못했던 칠레의 근대사를 가장 현실적으로, 가장 환상적으로 그려낸 작품이다. 미래의 일을 예지할 수 있는 신비한 능력을 지닌 클라라, 전형적인 가부장적 남편이자 극우 보수파의 상징인 에스테반 트루에바, 소작인의 아들인 페드로 테르세로를 사랑한 블랑카, 그리고 그들의 인정받지 못한 사랑에서 태어난 알바, 이상적인 사회주의자 하이메, 사이비 종교의 교주가 된 니콜라스, 민중 폭력 혁명으로 부르주아의 폭력에 대항하고자 게릴라의 우두머리가 된 알바의 애인 미겔 등 『영혼의 집』에 등장하는 인물들은 '마술적 사실주의'로 지칭되는 소설에서나 만날 수 있는 엉뚱하고도 신비스러운 인물들이 아니다. 그들은 모두 우리 사회에서도 흔히 만날 수 있는 보편적이고도 전형적인 인물들이다. 다만, 극복할 수 없는 혼돈 자체인 인생에서 나름대로 삶의 이유를 찾아 몸부림치며 투쟁하다 보니 환상적이면서도 때로는 어처구니없는 모습으로 그려질 수밖에 없는 것이다. 그렇지만 그런 혼란의 반복인 삶과 역사 속에서 대립이나 복수보다는 관용과 화해로, 자식을 감싸 안아 모두 이해하려는 어머니의 마음으로 너그럽게 용서함으로써 자신의 삶의 이유를, 존재의 이유를 깨닫게 된다.

2003년 여름
권미선

작가 연보

1942   8월 2일 페루의 리마에서 태어났다. 아버지 토마스 아옌
       데가 칠레의 외교관으로 리마에서 근무했다.

1945   아버지가 가족을 버리고 행방불명되자 어머니 도냐 판치
       타가 결혼을 무효로 하고 세 자식들을 데리고 칠레의 산
       티아고로 돌아와 그곳에서 친정의 도움으로 자녀를 양육
       했다.

1953   어머니가 외교관 라몬 우이도브로와 재혼한 뒤 볼리비아
       와 베이루트 등에서 거주했다.

1958   칠레로 귀국했다.

1959   산티아고 주재 UN의 FAO(Food and Agriculture
       Organization)에서 근무했다.

1962   미겔 프리아스와 결혼했다.

1963 큰딸 파울라가 태어났다.

1964 남편과 딸 파울라와 함께 브뤼셀과 스위스에 살면서 유럽 여행.

1966 칠레로 귀국한 뒤 아들 니콜라스가 태어났다.

1967 잡지 《파울라》에 기고를 시작했다.

1970 삼촌이자 대부인 살바도르 아옌데가 칠레 최초의 사회주의 대통령으로 선출되었다. 계부인 라몬 우이도브로는 아르헨티나 대사로 임명되었다. 산티아고의 텔레비전 방송에서 유머 프로그램과 인터뷰 프로그램을 진행했다.

1973 아동 잡지 《맘파토》에서 근무했다. 연극 「대사」가 산티아고에서 상연되었다. 9월 11일 아구스토 피노체트 장군이 쿠데타를 일으켰다. 살바도르 아옌데 사망.

1975 가족과 함께 베네수엘라로 망명을 떠나 그곳에서 13년간 거주했다. 카라카스의 일간지 《엘 나시오날》에 협력했다.

1978 남편 미겔 프리아스와 별거를 시작했다. 스페인에서 두 달 거주했다.

1979 카라카스의 마로코 고등학교에서 행정직으로 근무했다.

1981 99세인 외할아버지가 위독하다는 소식을 듣고 외할아버지에게 보내는 편지를 쓰게 되는데, 이 편지가 『영혼의 집(La Casa de los Espíritus)』의 토대가 되었다.

1982 『영혼의 집』을 출간했다.

1984 『도자기를 만드는 뚱뚱한 여인(La Gorda de Porcelana)』, 『사랑과 그림자에 대하여(De Amor y de Sombra)』를 출간했다.

1985	『영혼의 집』이 영어로 번역되어 출판되었다.
1987	이혼. 『에바 루나(Eva Luna)』가 영어 판과 함께 출간되었다. 미국 캘리포니아의 산호세에서 윌리 고든을 만났다.
1988	7월 7일 윌리 고든과 재혼했다.
1989	『에바 루나의 이야기들(Cuentos de Eva Luna)』을 출간했다.
1990	칠레가 민주화되면서 15년 만에 귀국했다.
1991	『에바 루나의 이야기들』 영어 판 출간. 마드리드에서 신작 『영원한 계획(El Plan Infinito)』의 출판 기념회 행사 중 딸 파울라가 불치병인 포피린으로 의식불명이 되었다는 소식을 들었다.
1992	12월 6일 파울라가 산라파엘에 위치한 이사벨의 집에서 사망했다.
1993	『영원한 계획』 영어 판 출간. 런던에서 「영혼의 집」 연극이 상연되었다. 『영혼의 집』이 빌 어거스트 감독, 제레미 아이언스, 위노나 라이더 주연으로 영화화되었다.
1994	『파울라(Paula)』가 스페인어, 독일어, 네덜란드어, 영어로 출간되었다. 『사랑과 그림자에 대하여』가 베티 카플란 감독에 의해 영화화되었다. 가브리엘라 미스트랄 상을 수상했다.
1997	『아프로디테(Afrodita: Cuentos, Recetas y Otros Afrodisíacos)』를 출간했다.
1998	『아프로디테』 이탈리아어와 영어 번역판이 출간되었다.
1999	『운명의 딸(Hija de la Fortuna)』을 출간했다.
2000	『세피아빛 초상화(Retrato en Sepia)』를 출간했다.

2002 『야수의 도시(La Ciudad de las Bestias)』를 출간했다.

2003 『내가 만들어낸 나라(Mi País Inventado)』, 『황금룡 욍국 (El Reino del Dragón de Oro)』을 출간했다.

2004 『소인족의 숲(El Bosque de los Pigmeos)』을 출간했다.

2005 『조로(El Zorro)』를 출간했다.

2006 『나의 영혼 이네스(Inés del alma mía)』를 출간했다.

2007 『모든 삶이 기적이다(La suma de los días)』를 출간했다.

2007 『구겐하임 미술관의 연인들. 이야기하는 직업(Los amantes del Guggenheim. El oficio de contar)』을 출간했다.

2009 『해저의 섬(La isla bajo el mar)』을 출간했다.

2011 『마야의 노트(El cuaderno de Maya)』를 출간했다.

2012 『사랑(Amor)』을 출간했다. 한스 크리스티안 안데르센 문학상을 수상했다.

2014 『리퍼게임(El juego de Ripper)』을 출간했다.

2015 『일본인 연인(El amante japonés)』을 출간했다.

201/ 『거울 지 니미(Más allá del invierno)』를 출간했다

2019 『기다란 바다꽃봉오리(Largo pétalo de mar)』를 출간했다.

2018 BBC 선정 세계에서 가장 영향력 있는 여성 100인에 선정되었다.

2020 『내 영혼의 여인들(Mujeres del alma mía)』을 출간했다.

세계문학전집 **79**

영혼의 집 2

1판 1쇄 펴냄 2003년 7월 5일
1판 38쇄 펴냄 2024년 3월 22일

지은이   이사벨 아옌데
옮긴이   권미선
발행인   박근섭, 박상준
펴낸곳   (주)민음사

출판등록 1966. 5. 19. (제 16-490호)
서울특별시 강남구 도산대로1길 62(신사동) 강남출판문화센터 5층 (우편번호 06027)
대표전화 02-515-2000 팩시밀리 02-515-2007
www.minumsa.com

한국어 판 © (주)민음사, 2003. Printed in Seoul, Korea

ISBN 978-89-374-6079-1 04800
ISBN 978-89-374-6000-5 (세트)

세계문학전집 목록

세계문학전집은 계속 간행됩니다.